抵抗の文学

国民革命軍将校阿壠の文学と生涯

関根　謙

慶應義塾大学出版会

序文　阿壠とその時代

噫《ああ》エルサレム、エルサレム、預言者たちを殺し、遣《つかは》されたる人々を石にて撃つ者よ、牝鶏《めんどり》の己《おの》が雛《ひな》を翼のうちに集むるごとく、我なんぢの子どもを集めんとせしこと幾たびぞや。されど汝らは好まざりき。

「ルカ伝福音書」第一三章三四節

1、中国一九五〇年

人間の運命には、決定的で致命的なある「時」が存在している。その時間に働く磁場は、それまでの歴史の結節点として容赦のないパワーに満ちていて、いかなる個人もその力から逃れられはしない。そしてその「時」における選択は、それがいかに自由意思で行われた自覚的決意に見えようとも、やはりこの磁場の力の及ぶ範囲における自然な選択の一つとなってしまう。このことは一個人の人生の問題であると同時に、またそれ以上に、国や社会の大きな転換を決定しているように思える。ある歴史の瞬間において、古い国家体制の破壊は旧勢力の崩壊から消滅までの直線的な過程ではなく、取って代わる新生権力の全領域にわたる強大な体制構築の同時進行を意味していた。そこには崩壊したはずの旧態依然なものたちが新たな意匠で取り込まれていたし、また新生のはずのものたちにも因習的な欲望が新たな形で急速に伸び広がるのだった。中国の近現代は、こういう不分明な状況の限りなく続くパノラマだったのではないだろうか。

近代中国の歴史的時間として「一九四九年」を考えるのはまったく妥当であり、誰も異議はないだろう。しかしそれは歴史年表的なわかりやすい時間で、一九四九年一〇月一日に確かに毛沢東による建国宣言が高らかになされたのではあるが、新生国家としての中華人民共和国から見るならば、「共和国」としての体制はまだ固まってはいなかった。現にこの段階では、蔣介石の国民党が四川省などの地に勢力を保持しており、いわゆる少数民族居住地区も新中国に対する明確な帰属を表明したわけではなかった。近年の研究ではこの時期の詳細な検討が進んできており、単純に一九四九年をもって「解放前」と「解放後」を区分するような歴史観はすでに過去のものとなったと言っていいのだろう[1]。

一九四九年の中国は、領土、国民、経済、文化、そのすべてにわたって未定形だったのである。第二次大戦後の世界の力関係における新中国の位置は、二一世紀現在の常識からは到底想像できないほどの危うさのなかにあったと言ってもいいだろう。ではこのときに「建国」されたとする国家とは何だったのか。ベネディクト・アンダーソンは近代国家そのものが想像された共同体として構築されると述べた。

> 国民とはイメージとして心に描かれた想像の政治共同体《イマジンド・ポリティカル・コミュニティ》である——そしてそれは、本来的に限定され、かつ主権的なもの「最高の意思決定主体」としてイメージされる。(中略)国民は、限られたものとして想像される。なぜなら、たとえ一〇億の生きた人間を擁する最大の国民ですら、可塑的ではあれ国境をもち、その国境の向こうには他の国民がいるからである。(中略)国民は一つの共同体として想像される。なぜなら、国民のなかにたとえ現実には不平等と搾取があるにせよ、国民は、常に、水平的な深い同志愛として心に思い描かれるからである。そして結局のところ、この同胞愛のゆえに、過去二世紀にわたり、数千、数百万の人々が、かくも限られた想像力の産物のために、殺し合い、あるいはむしろみずからすすんで死んでいったのである[2]。

一九四九年に北京を掌握した新権力は、壮大な共同体幻想を緊急に作り上げる以外に生存の道は残されていなかったのである。中国における新たな国家のイメージは、内戦の敗者であった国民党蔣介石の側にもたしかに存在していたからだ。というのは、中国人の新国家のイメージは辛亥革命以来の歴史で培われたというよりも、特に日本軍国主義との長い戦争の経験のなかで形作られてきたものであるというべきだからであり、そのイメージの形成には国民党との合同と分裂の政治的状況が大きく影響していたからに他ならない。つまり毛沢東と共産党は、これまで国民党と同一のステージで同じコンテンツを使ってきた以上、新たな国家イメージを自分たちで構築するには、圧倒的な軍事力と経済的実力がきわめて重要だったし、文化的にも思想的にも、明確な相違点を創出しなければならなかったのである。わかりやすく言えば、国民党を完全な悪の権化にして排斥し、自らの正当性を高く掲げる必要があったということである。またいわゆる中華意識、漢族意識と現在五五あるという少数民族集団との間にも、アイデンティティー形成における深い溝があり、彼らと新国家のイメージを共有していくためには、相当な力技と周到な手立てが必要だった。

こういう立場で、新中国建国前後を見てみると、そこに一貫した権力の志向性が強く働いていることがわかる。一九四九年一〇月一日の中国が上述のようにまだ統一された状況でなかった以上、毛沢東と中国共産党は強固な権力構築のために、全面的な攻勢を演出していかねばならなかった。その中核を担った戦略は、農業を中心とした経済体制再編だった。毛沢東は国共内戦時の一九四七年に大地主の土地を接収して小作農らに分配する「土地法大綱」を発表し、その政策によって各地で圧倒的な支持を集めていった。こうした農山村での共産党支持層の拡大が一九四九年の建国へつながっていくのは、非常にわかりやすい道筋だった。迎えた一九四九年、本来ならば優勢な新国家基盤を保持して共産党の新たな土地制度を漸進的かつ平和裏に全国に広げていくのが自然と思われたのだが、毛沢東の目指したのは統一と団結を尊重した穏やかな土地所有制度の改革ではなく、激烈な階級闘争の展開を必須の要件とする急進的で情け容赦のない「変革」だった。一九五〇年実施の「土地改革法」は、「土改《トゥガイ》」と呼ばれる一種の摘発運動とともに展開された。地主から土地を取り上げる際に、「解放前の階級の苦しみを告発せよ」というスローガンのもと、吊るし上げの大衆集会が開かれ、地主や富農とされた階層の人々に対して惨たらしいリンチが加えられるケースも見られた。こうした農山村の「土改」の現場には、都市部から多くの知識人や青年も動員されており、(3)「人民武装兵力」たる解放軍の後ろ盾を得て、「旧社会の残滓」とされた旧農村指導層は完全に崩壊していった。このときの犠牲者数は、一説に二〇〇〇万人を超えると言われている。

多くの識者の指摘する通り、この時代の土地所有制度改革はこんなにも激しい争闘を伴わなくとも、十分に可能だった。圧倒的な軍事力をもってほぼ中国全域を支配している中国共産党、この絶大な勢力を前に一地方農山村の地主らが、いったいどんな抵抗や反撃を加えられるというのだろうか。そんなことがまったく不可能なのは、火を見るよりも明らかである。しかし毛沢東は全国人民大衆に「土改」運動を断固としてやり抜かせた。ここには、もはや経済変革の必要性を超えた、さらに大きな権力の意志が働いていたと見るべきだろう。「土改」の年、一九五〇年はこの意味でも大きく見直されなければならない。

新国家にとって明確な「国境」の存在は決定的要件である。アンダーソンの言うように一〇億の国家でも、「可塑的ではあれ」国境が存在し、その向こう側には別な国民がいるのである。では、一九四九年の中国国境とはいかなるものだったのか。中国北方には東北部の旧満州、モンゴルからウイグルの地が広がり、西には広大なチベット高原、大陸南部はインドと接しており、東方の長大な海岸領域の向こうには、北の朝鮮半島から南のマレー半島、さらに南方海上の台湾があって、これらのいずれもがきわめて不安定だった。しかしながらこの時代、新中国がそれらの境界線を国家間の厳しい領域の区分として意識していたとは限らない。というのは、新中国にとってファシズム全面敗北で終結した第二次大戦後の世界は、アメリカとソ連のそれぞれを盟主とする東西両陣営の対決のなかにあり、それはかなり思想的・理念的な帰属意識のもたらす緊張だったからである。したがって盟友ソ連とアメリカ帝国主義とその追随者という精神的な境界はあったが、これらの領域の中で、一九四九年の新中国が明確に敵対する境界として強く意識したのは台湾以外になかった。建国宣言後もなお大陸奥地に残留して反撃の機会を窺っていた蔣介石国民党、彼らの最終撤退は一二月中旬のことであり、その「逃亡先」だった台湾は否応なく大きな敵地（共産党側から「敵国」とは認識されなかった。もちろん台湾が中国領であるからだ）として立ちはだかったことになる。言い換えれば、蔣介石総統も国民党も撤退はしたものの消滅したわけではなく、不倶戴天の敵として新たに誕生したのである。

このように中国大陸の他の境界や海岸線は、この一九四九年当時、共産党が強力に意識する対象にはなりえていなかった。それは上記の国際情勢のほかに、国内的には共産党の政権奪取までの戦略の性質によるものでもあった。共産党による「解放」が地方ごと、都市ごとの出来事であり、「解放区」の拡大の趨勢の頂点として建国を迎えているからである。まさに毛沢東の『持久戦論』の主張そのもの、「農村で都市を包囲」していったのだ。(4) 自己の権力に対立する境界として台湾国民党政権は意識されたが、同時に意識されねばならないはずの諸国家はまだ明確なイメージとして浮かんでいなかったというべきかもしれない。「敵」はこの段階では、「解放」された地域の外側であり、国境意識というよりも共産党支配地域とそれ以外という認識が主流だったのだ。正確に言えば、新国家と諸外国というような概念を持ち得る余力がなかったということだろう。

新中国が国境の意識を明確に持ち始めるのは、やはり一九五〇年だった。この年に戦火が切られた朝鮮戦争において、中国は初めて自国の外に解放軍を派遣する。「抗美援朝」（アメリカ帝国主義に抵抗して朝鮮人民を支援する）のスローガンのもとに「人民志願軍」という名目の軍隊が朝鮮半島に展開したのだ。ここにおいて中国東北部の国境意識は鮮明な形で浮上する。同時に、大陸南部のインド国境が一気に現実味を持って立ち現れるのだが、これは台湾との対峙とともに、資本主義諸国との対立構造の一環として非常に重大に意識され、新国家として自国境界の確定が喫緊の問題となっていったのである。ここで留意したいのは、北方に展開するソ連国境と西部の青蔵高原（青海省からチベットに至る高原）の問題である。この時代、ソ連は中国にとって格上の盟友であり、国境紛争で直面しなければならない相手ではなかった。これは新中国の国家構築にとってきわめて大きな要素だった。しかし厳密に言えば、ソ連と中国の長い国境線の間にはモンゴル人やウイグル人の居住地域があって、その統治の問題は複雑な屈折を経るだろうということはすでに意識されていた。いわゆる少数民族問題は、中国が国家としての品位を試される課題だったのだ。それはこの年より遅れて始まる「チベット解放」の経緯が雄弁に物語っている。いずれにしろ、共産党は着実にこの地の支配を強めていったのであるが、それは国境の意識というよりも国家権力の統治する内部のいわば異端者としての民族支配だった。これら広大な少数民族地域の外側に隣国は存在しているので、東側国境の厳しい対立とはまったく様相を異にしていたのだ。こういう感覚は、日本ではきわめてわかりにくいものではあるが、一九五〇年には、中国はこれらの国境と境界の意識を強く持つにいたった。つまり本格的な国家のイメージは、まさにこの年に始まったと言えるのである。

一九五〇年に展開したこのように明確な国家意識は社会各領域に大きく拡張していくのだが、最も大きな影響を受けるのは、言うまでもなく文化と思想・言論の世界であった。この一九五〇年は、実に多様な論争が一気に繰り広げられた一年だったのである。現時点で振り返ってみると、この年における文化言論領域に対する全面的かつ迅速な思想動員の展開は、政治学者于風政がその著『改造』(5)で鋭く指摘しているように、中国における新国家確立への不可避の道程だったと言える。

近年日本の学界でも注目を集め始めた問題に映画『武訓伝』に対する批判運動(6)があるのだが、それに先立って、この年に『紅旗歌』批判(7)が展開しており、また同時に学術界における各種の批判運動の急速な発展がみられていた。(8)

阿壠に対する批判（それは論理性が欠如しているにもかかわらず、執拗にいつまでも繰り返された）は第三章で見る通り、まさにこの一九五〇年に始まっており、こうした批判運動のモデルケース的な役割を果たしたと思える。阿壠の畏友だった胡風に対する批判運動は阿壠批判に続いているし、一九五五年の胡風事件、一九五七年の反右派闘争など陸続として準備された大きな粛清は、あたかも阿壠批判が撃鉄として機能したかのように見えてしまうのだ。阿壠批判は中国が国家として確立していく過程で、権力の自己増殖と強化のために、思想言論の領域に放たれた火矢だった。国家の「正義」という理念とその実現のための手段とが、まったく随意に権力に握られていく中で、必然的に犠牲を強いられるのは、いつの時代でもどこの地域でも自由に憧れる知識人と文化人なのである。

ところで一般的に言って、中国現代史の研究においては胡風批判[9]を毛沢東による文芸統制の山場として考え、その時期に至るさまざまな事件を、一九三六年の魯迅を巻き込んだ論争[10]以来一貫した布石と見なすことが多いようだ。三〇年代からの長い対立抗争の潮流において「胡風集団（胡風派）（胡風グループ）」が、最終的に追い落とされる道程と見ているのである。しかしこうした観点を成立させるには、文芸上のグループとして「胡風集団」とか「胡風派」とかいうセクトが存在していることを前提としなければならない。本書では、阿壠の生涯と作品を追いながら、こうしたセクトが存在していなかったことを明らかにしようと思う。そもそも「胡風集団」という概念は一九五五年の「胡風反革命集団事件」に由来するもので、国家権力が彼らを犯罪者として摘発する際に使用した仰々しい言葉であることを忘れてはならない。後にこの事件が完全な冤罪であることは内外に公表され、告発された「犯人」に対しては国家としての賠償が、限定された内容であるにしろ行われている。「集団」を構成する認定根拠が消滅しているのに、なおセクト・潮流として文学史を組み立てるのはあまりに政治的であり、妥当性に欠ける態度といわねばならない。

胡風は何よりも文芸思想家であり、文芸雑誌編集を自己の掲げる理念実現のための必須の運動形態として考え、多くの刊行物を周到にそして忍耐強く世に送り出したすぐれた組織者だった。胡風の説く「主観戦闘精神」は後に詳しく見ることになるが、彼は中国を覆う抑圧に対して熱い抵抗の心がある芸術家なら、どのような人でも受け入れて発表の機会を保障してきた。その結果実に多くの文学者の作品が紹介されており、新進の詩人や作家たちにとって胡風は頼もしい先輩だったし、すでに名を成した文人たちからも、時に胡風の激しやすい論争の的になってしまうことがあったとしても、雑誌編集者として常に変わらぬ厚い信任が寄せられていたのである。そして大事な点は、胡風自身の考え方が共産党中央の思想に相当程度近かったことである。胡風は毛沢東や周恩来が自分の文芸思想をよく理解してくれるものと完全に信じ切っていた。しかしながら、胡風の名声と編集者としての組織力を頼って胡風の雑誌に投稿していた文学者たちは必ずしも同じ立場ではなく、中国の現状を憂う心情は共有してはいても、思想の階梯から表現の方法まで多くのレベルがあり、まさに百花繚乱、自由で活発な出版が行われていたのだ。こういう文学者たちを一様に「胡風派」としてしまうのは、乱暴以外の何物でもない。

問題は、一九五〇年という時間である。それは中国に新たな政治権力が国家を形成する極めて重要な時期だった。そしてそのためには、言論思想の世界に対して、徹底的かつ効果的な統制が求められていたということである。文学者間の一九三〇年代からの古き確執が、政権の誕生時に一気に拡大したのではなく、その時代の国家的統制の要請が自由な文芸の土壌を覆していったとみるべきだろう。ある意味では、胡風事件という劇的展開がなかったとしても、形を変えた抑制が文芸界を襲っていたことは間違いないということだ。本書で語る阿壠のような文学者は、一九五〇年代の中国から排除される宿命を、どんなふうにしても逃れられなかったのではないだろうか。

2、「阿壠」という文学者

一九八〇年三月、天津の革命公墓においてしめやかな追悼会が営まれた。故人は一三年も前の一九六七年三月一七日、国家に対する叛逆者「反革命分子」として収監されたまま全身痩せ細って病死していたのだが、この追悼会には

阿壠重慶時代、軍令部参謀少佐のころ（提供：陳沛）

共産党天津市委員会や中国文学工作者聯盟天津市委員会の幹部が出席しており、北京など各地から故人の旧友も駆けつけていて、参列者の最前列には四半世紀もの長きにわたって故人の顔すら見ることのかなわなかった遺児陳沛がその家族とともに座っていた。本来「反革命分子」の遺骸は焼却処理の上、塵埃として撒かれてしまっているはずだったが、不思議なことに、この日の追悼会では清潔な壺に収められた故人の遺灰が、会場前面中央に白い花束とともに安置されていた。あまりに異様ずくめの追悼会だった。しかし少なくとも、故人が相応の業績を残した人物であったと公的に承認されたことを、この追悼会は物語っていた。故人の名は陳守梅、その筆名「阿壠（Ah Long）」が逮捕当時世間に知られた名であり、現在も多くの文献が彼のこの筆名を代表的な名としているので、本論でも阿壠を使用するのが適当だろう。彼は抗日戦争から内戦の時代にかけて、この阿壠のほか、亦門、「S・M・」、師牧、張懐瑞など二〇を超える筆名を駆使して、変幻自在な姿で活躍した文学者であった。中華人民共和国公安警察による逮捕は一九五五年五月、阿壠は働き盛りの四七歳となっていたが、その後は完全に執筆の自由を奪われ、天津監獄から一度も釈放されることなく、獄中で還暦を迎えた年に亡くなったのだった。

阿壠は日中戦争における南京陥落の状況を、中国人として初めて長編小説に書きあげて発表した作家である。当然その名は中国現代文学史に記憶されなければならないはずだったが、一九八〇年に至るまで、その誇り高き業績は中華人民共和国の歴史からほぼ完全に抹消されていた。阿壠はまた詩人としても多くの作品を発表しており、近年のインターネット上には彼の純朴で繊細な愛の詩が、原作者の出自などに触れないままアップロードされている。もちろん、阿壠が緻密で膨大な詩論と文芸評論によって、一九四〇年代の詩的空白を埋める業績を上げていたことなど、知っている読者は皆無に近い。それはこれまで阿壠の「恐るべき反革命」の罪状が一九五〇年代の中国史に黒々と書き込まれていたからである。追悼会が開かれたことは、その「犯罪者」としての悪名が名誉回復によって雪がれたことを意味しているのだが、遺族はじめ多くの関係者は、彼の思想や文学までも含めた完全な復活がなされたとは思っていない。阿壠の獄死が意味している真実は何か。この問いに答えられない限り、彼の業績に対する正当な評価はあり得ないし、その人格に対する真摯な尊敬は成立し得ないのである。

中国に共産党による政権、社会主義を目指す人民共和国が誕生したことは、二〇世紀の世界史に決定的な意義をもたらす出来事であったが、その建国後数年にして著名な文芸思想家・評論家・ジャーナリスト胡風（本名張光人）を中心とする文学者たちが「胡風反革命集団」として一斉に検挙されたことは、中国に注目していた海外の知識人たちに非常に大きな衝撃を与えるものだった。しかし中国の決定に疑念を持つ論者はほとんどなく、中国共産党による断罪がそのまま受け入れられて、日本での研究からも胡風とそのグループの名前は消えていった。阿壠はこのときの「胡風集団」の「骨幹分子」であり、実刑判決によって収監された三名のうちの一人だった。阿壠以外の二人には胡風本人が含まれていたから、阿壠の罪状の重さはこの事件のなかで相当深刻だったことがよくわかる。節を曲げることなく監獄で死を迎えた阿壠、そこには個人の思想自体が国家に対する犯罪として裁かれ、創作と表現の自由が権力構造のなかで圧殺されていく姿が無残に物語られている。阿壠の人生と文学の真実に接近し、その業績を詳細に検討することは、単に「胡風反革命集団」の事件が冤罪だったという再評価の問題に留まらず、文学と政治、文学と権力、文学と社会の根源的命題を深く掘り下げることに他ならない。またそれは中国という特殊状況下の文学の形態を論ずる学術的興味をはるかに超え、同時代を生きるアジアの、日本の文学者としての姿勢をも問うことになっていこう。ここに中国現代文学研究の大きな問題が潜んでいるのである。

3、本書の構成

本書は全五章の構成を取っている。第一章から第三章では、阿壠の人生を現在わかりうる資料と新たな証言をもとに跡付けていくのだが、これは想像以上に難しい検討だったことをご理解いただきたい。それは、阿壠という人物に関しては現在なお公開されていない資料も多いうえに、公表された資料においても複雑な陰影があって、真実の姿が捉えにくかったからである。こういう状況を前提にしたうえで、本書では第一章で阿壠の少年時代から国民革命軍将校となって、日本との戦闘の最前線に派遣されるまでを再現する。阿壠は浙江杭州の没落した家柄の出身で、少年時代には苦労して働きながら文学に接近している。亡国の危機の自覚とともに青年時代を迎え、すぐ国民党に入党、左派「改組派」の活動家となって、やがて黄埔軍官学校第一〇期に合格し、若き青年将校として上海防衛戦に一〇〇名の兵を率いて出陣する。そして二か月余りの激戦の中で重傷を負って後方に撤退するのだが、その時に自らの見聞を基に長編小説「南京」に着手するのである。そのころ阿壠は共産党の延安と国民党の西安を行き来し、国民党軍将校の立場を利用しながら共産党へ重要機密を提供していた。この時期、胡風の雑誌を通して、阿壠の名は（この時代は様々な筆名を使い分けており、阿壠の名はまだ登場していないのだが）次第に広がっていた。

第二章では、阿壠が軍部において国民党軍参謀将校、国民党陸軍大学教官と昇進しながら、独特の感性で優れた詩作を続け、文芸に対する考察を深めていく重慶時代を描く。この時代、阿壠は軍人としても文学者としても格段にレベルを上げており、特に胡風とその友人たちとの交わりは一気に深まっていた。四川の重鎮、山岳都市重慶は中国の戦時首都であり、阿壠が駐屯していたころは政治・経済・軍事はもとより、文化的にも中国の中心であり、非常に活発な大都会だった。このころ阿壠は軍務で成都にも長く滞在しているのだが、ここで一五歳も年下の女性と出会い、激しい恋愛を経て電撃的に結婚する。彼女は成都の名家出身の文学愛好者で、成熟した阿壠の人格に強い憧れを持っていたのだ。しかし陸軍大学に籍を置いていた阿壠は新婚生活を無味乾燥な軍宿舎で過ごさざるを得ず、文学少女だった新妻には辛い日々が始まる。そして日本との戦争に勝利する一九四五年八月、二人の間には男子が誕生するのだが、次第に感情的な悩みを深めていった若妻は、この乳呑児を残して突然自殺してしまう。阿壠は孤独の深い闇に突き落とされたような日々を送ることになり、複雑な関係の広がりの中で江南へ逃亡せざるを得なくなる。そしてその阿壠を追って軍部からの指名手配が行われるのだ。深い愛情と劇的破綻、救国の情熱と現実への絶望、そのすべてを経て阿壠の文学は一種の凄味を帯びてくる。阿壠という筆名が使われ始めるのは、このころのことである。

第三章では人民共和国建国前夜から監獄での死に至るまでの阿壠に焦点を当てる。重慶から逃亡した阿壠は杭州にいた。彼は変名を使い、友人の伝手《つて》で何とか職に就いていたのだが、やがて国民党軍部内に起こる対立抗争の影響もあったのか、不思議にも本名陳守梅で南京の陸軍参謀学校に復帰し、階級も上がって大佐になっていた。この杭州・南京での生活に関わる資料にも、まだ明らかになっていないものが多い。阿壠は建国後、上海鉄道局公安部を経て天津文壇に異動し、人民共和国公認の文学者としての人生をスタートさせる。前述した阿壠批判はほとんど間髪を入れず展開したことになる。阿壠の厳しい後半生が始まったのだ。本章では阿壠批判の詳細を検証しながら、批判する側の非論理性、非合理性、そして強引で執拗な批判運動の展開を確認していく。また冤罪事件の進展と逮捕後の阿壠の姿を公開された資料と関係者の証言から、できる限り忠実に再現してみたい。

阿壠の歩んできた道は大きな迷路を思わせるものである。かなりわかってきたとはいうものの、まだまだ謎が残っていて、本書の叙述も推測の域を出ない箇所がいくつもある。しかし推測とはいえ、いずれも当時においては起こりうる可能性が十分にある推測であり、今後のさらなる徹底的な検証が求められる内容である。

第四章では阿壠の長編小説「南京」について、執筆当初から発表までの経緯と原作者の死後二〇年、原作の執筆後半世紀も経って、中国でようやく刊行されるまでの過程を詳《つまび》らかにしつつ、「南京」の文学的な意義を検討していく。阿壠の「南京」は当時の重慶政府公認の文芸機関誌『抗戦文芸』長編小説公募において第一位に認められた傑作であったにも拘らず、正式出版を見送られた作品だった。その複雑な原因について、一つの推論がここで語られる。「南京」の文学的な到達度に関しても本章で詳しく述べられる。戦争文学としての質的分析を通して、南京陥落を描いた他の作品との比較検討を進め、特に日本の石川達三、火野葦平の文学との比較を通して、南京大虐殺の存在そのものを否定する論調に対して文学の立場からの反証を行う。たとえば石川達三と阿壠とはその作品において、南京陥落時の同一の場所・状況の描写があり、文学の対象とした事実が確かにそこで発生したことを示している。本章では原作における情報の入手先とその妥当性を検討しながら、二人の作家の直面した惨劇の質を確認していきたい。また火野葦平も含めて、戦闘の只中にあった作家の倫理性と宿命とを見つめていきたい。

第五章では阿壠の詩論を概観し、阿壠文学について現段階での総括を行う。阿壠の詩論は一九五〇年の大著『詩与現実（詩と現実）』全三巻にまとめられているのだが、やはり刊行と同時に激しい批判にさらされ、ほとんど販売できないまま倉庫入りとなってしまった。この不遇の大著には、阿壠の詩への熱い思いが込められているばかりでなく、彼の文芸に対する揺るぎない思考と確信が論理的に述べられている。『詩与現実』は阿壠名誉回復後に、いくつかのアンソロジーのなかにその中核的な論考が収められており、本書ではそれらを基本にしながら、阿壠のそのほかの文芸評論、散文を確認していく。そのなかで阿壠の詩論の柱ともいうべき、詩人の表現としての詩創作と精神生活の完全一致の境地、表現されるべき内容と詩の技法の自然で必要な連結、政治と文学の不可分性、先駆者としての知識人の社会的意義などが明らかになっていくだろう。本章においては、特に阿壠の詩に大きな影響を与えたタゴールの詩作との関連について、詳細な検討を行っている。

第四章と第五章の考察を通して、阿壠の文学の高度な達成と豊饒な作品に対する評価が確認されよう。「聖者阿壠」とは天津時代の阿壠を表する言葉であるが、阿壠の預言者のごとき先見性と深い自己犠牲の精神、そして抱いた理想への断固たる信念をすべて込めた適切な表現だと言えよう。これまで筆者の取材において、阿壠について語ってくれた多くの人が口を揃えて言っていたのは、「誠実な阿壠」、「阿壠の真摯さ」、「一途な阿壠」という言葉だった。彼はまことに惨たらしい死を孤独に迎えなければならなかったのだが、被せられたおどろおどろしい罪を生涯認めないまま、多くの友人たちの生存のために、そしてたった一人のわが子の安全のために、従容として死を迎えたのだ。

胡風とその友人たちの作品集に、『白色花』というタイトルが付けられているものがあるが、それは阿壠の詩「無題」からとった名前である。

要開作一枝白色花——
因為我要這様宣告、我們無罪、然後我們凋謝。

一本の白い花となって咲くのだ——
僕はこんなふうに宣言しなければいけないからだ、僕たちは無罪だ、そのあとで僕たちは萎れ果てていこう。

胡風事件に関する論著のなかでは、この一九四四年に作られた詩の一節がしばしば引用されている。詩人が「白色花」に託した情念が、その後の彼の人生と自由を求めた彼の友人たちの宿命を、いち早く予言しているように思えるのは、私ばかりではないだろう。

＊

本書の序の最後に、陳守梅の「阿壠」という筆名について触れておきたい。この名前が大きく登場するのは、日中戦争終結後の一九四五年、胡風編集の文芸雑誌『希望』創刊号に巻頭論文として署名阿壠の「箭頭指向（矢の方向）」が掲載されたときである。[11]このころまで陳守梅の筆名で多用されていたのは、「S.M.」と「亦門」であり、『胡風回想録』[12]でもこの時期の陳守梅は本名か「亦門」と呼ばれるのが普通だった。筆名「阿壠」誕生の経緯について証言があったのは、後年の回想録集『我与胡風』[13]（私と胡風）』に寄稿された何剣薫の回想「従一到零（一から零まで）」である。何剣薫は胡風の年下の友人の一人で、阿壠と同じくこのころ胡風編集の雑誌に小説作品を投稿し、交友を深めており、後には楚辞学者として業績を残すことになる文学者だった。

阿壠という筆名は私が彼に付けたもので、『列子・天瑞篇』から取った。「壠」という字を見つけたとき、これはいい字だと私は言った。しかし彼（胡風）の寓所から通りに出たときに、はっとした。「壠」の本来の意味が「墳墓」だと思いだし、非常によくないと思ったのだ。それでも訂正には戻らなかった。それは第一に迷信に過ぎないことであり、第二に自分がこの名前を付けてあげたとしても、本人がそれを使うかどうかわからなかったからだ。しかしながら彼はついに使ってしまった。いま彼はどうしているのだろう。墳墓のなかに入ってしまったのではあるまいか。[14]

何剣薫が胡風の知遇を得て行き来しているのは、胡風が重慶に暮らしているときのことである。この引用の直前に、一九五五年の胡風批判の時に、何剣薫自身が重慶の作家協会に呼び出された時のことが書かれていて、彼は「当時胡風がこの建物の上の階にいて、自分はその下に住んでいた」ことを回想し、そこから阿壠の筆名を付けたことが思い出されている。実際胡風は一九三八年一二月から一九四一年五月までの二年半と、一九四三年三月から一九四六年二月までの三年間の二回、合せて約六年の年月を重慶で過ごしている。何の回想は胡風一家が重慶の文協に寝泊まりしていたときのこととなっているので、それが二回目の重慶滞在中のことだったとわかる。胡風は一九四三年三月重慶に到着したばかりの混乱状態にある時、老舎から「いっそ文協の事務室に住んではどうか[15]」と誘われたのだった。『胡風回想録』には次のような記述がある。

旅館に落ち着いたばかりのころ、路翎と亦門が訪ねてきたことがあった。そのあとには何剣薫も彼らと一緒に来た。何は相変わらず昔のままで、世間を小馬鹿にしたようなところがあった。よその県の中学校で教壇に立っていたが、校長や同僚をからかう話ばかり好んでしていた。彼の諷刺小説は残念ながら桂林の書籍審査処に没収されてしまっていた[16]。

胡風の周りにはいつも熱っぽい文学青年たちが集っていたのだ。胡風は一九四一年に国民党政権との関係が悪化し始めた重慶を脱出して香港に向かった。しかしその年一二月二五日に香港は日本軍によって陥落し、胡風は一家を伴って再び必死の思いで香港から脱出することになる。胡風らは翌一九四二年三月までに桂林に逃げ延び、その後、重慶を目指したのだった。だから、一九四三年の重慶到着は胡風にとって万感の思いの帰還だったし、また胡風を慕う文学青年たちにとっても、特別な意味を持つ重慶での再会だったのだ。阿壠は頻繁に胡風の下を訪れ、胡風に友人たちを紹介したりしていたが、またそこで胡風から紹介される繋がりも多くあったようだ。何剣薫との交流はこの中の一齣だった。

本書では後に詳述することになるのだが、この時期の胡風の思想は阿壠らにかなりの影響力を持っていた。胡風とその周辺に集う文学者たちが日本ファシズムの敗北を踏まえて、新たな時代に向かい、高い意気込みで世に問うた雑誌こそ前述した『希望』なのだ。その巻頭に置かれた「阿壠」署名の論文、これは陳守梅にとって、自分の文学者としての道を新たに進める気概を込めた名前だったのかもしれない。

楚辞学者何剣薫の言うように「壠」の字には、確かに「壠墓」の意味があるのだが、原義としては龍の背中のようにうねりねった丘や畝の意味があるという。何剣薫が拠った『列子・天瑞篇』において「壠」は次の文脈で現れている。

林類年且百歳、底春被裘、拾遺穂於故畦、并歌并進。孔子適衛、望之於野、顧謂弟子曰：彼叟可与言者、試往訊之。子貢請行。逆之壠端。

（大意：林類は一〇〇歳に近かったが、春になると粗末な皮衣を纏って田の落穂ひろいに出て、歌いながら歩いていた。孔子は衛国に行く途中の田園でこの老人を見かけ、「あの方はお話をお聞きする価値のある人物だから、行ってお訊ねしなさい」と傍らの弟子に命じた。子貢が進み出て、田の畦道のところまで行って老人にお会いした。）

自然のなかで自由に生きる老人が孔子の質問を携えた弟子に「壠（田の畦道）」の端で応対するという叙述で、無為自然の生き方が伝えられている。この古典の文章を博識勤勉な陳守梅が確認していないはずはなく、自分の筆名に用いたのには彼の自覚的な意志があったことは間違いない。そうだとすれば、大地と人間に根差した阿壠の文学の心意気が感じられる。「阿壠」筆名の命名者何剣薫は、この回想を未完のまま一九八八年に世を去っており、これが彼の遺稿となった。自分の命名した阿壠がすでに「墳墓のなかに入ってしまったのではあるまいか」という自責の念を湛えた一文は、簡潔ながらあまりにも多くのことを物語っていると私には思える。

阿壠自身は、自分の筆名についてはっきりした文章を残していないのだが、最近確認できた阿壠の長編詩「悼亡詩」の未発表部分に、亡き妻のもとに急ぐ自分の思いを歌う箇所があり、その中で最愛の妻が自分をいつも「Anone」と優しく呼んでいたという描写があった。二人の間では、その名は古代の無名の吟遊詩人のことで、妻のことは「克麗蒂」と呼んだという。中国音の「Clytie（クリティア）」つまりギリシャ神話のアポロンに慕われた妖精の名である。彼女は太陽を追って向日葵《ひまわり》に変身した女性だ。二人の激しい恋情が伝わるエピソードである。

そしてあなたは僕の事をAnoneと呼ぶのが好きだった
古代の無名詩人たちのいい名前だ
音楽のような、光を放つ名だ
平凡で、謙虚な、存在しながらも存在しない名だ
詩人は存在しなくとも詩が永遠にあり続けるという名だ
そしてあなたの呼び声では、あなたのNの音が、ぼんやりと甘く発音されて女性的なLの音になっていた
だから僕はAlone――
おお、あなたは情を絶ち切って去っていった！　……
行ってしまった、あなたは行ってしまった！　あなたは行った、あなたはもう行ってしまった
――どうしたことだ、僕は本当にAloneになったのではないか？
僕は、僕はすなわちAloneなんだ！
独りで飛び独りで立つAlone

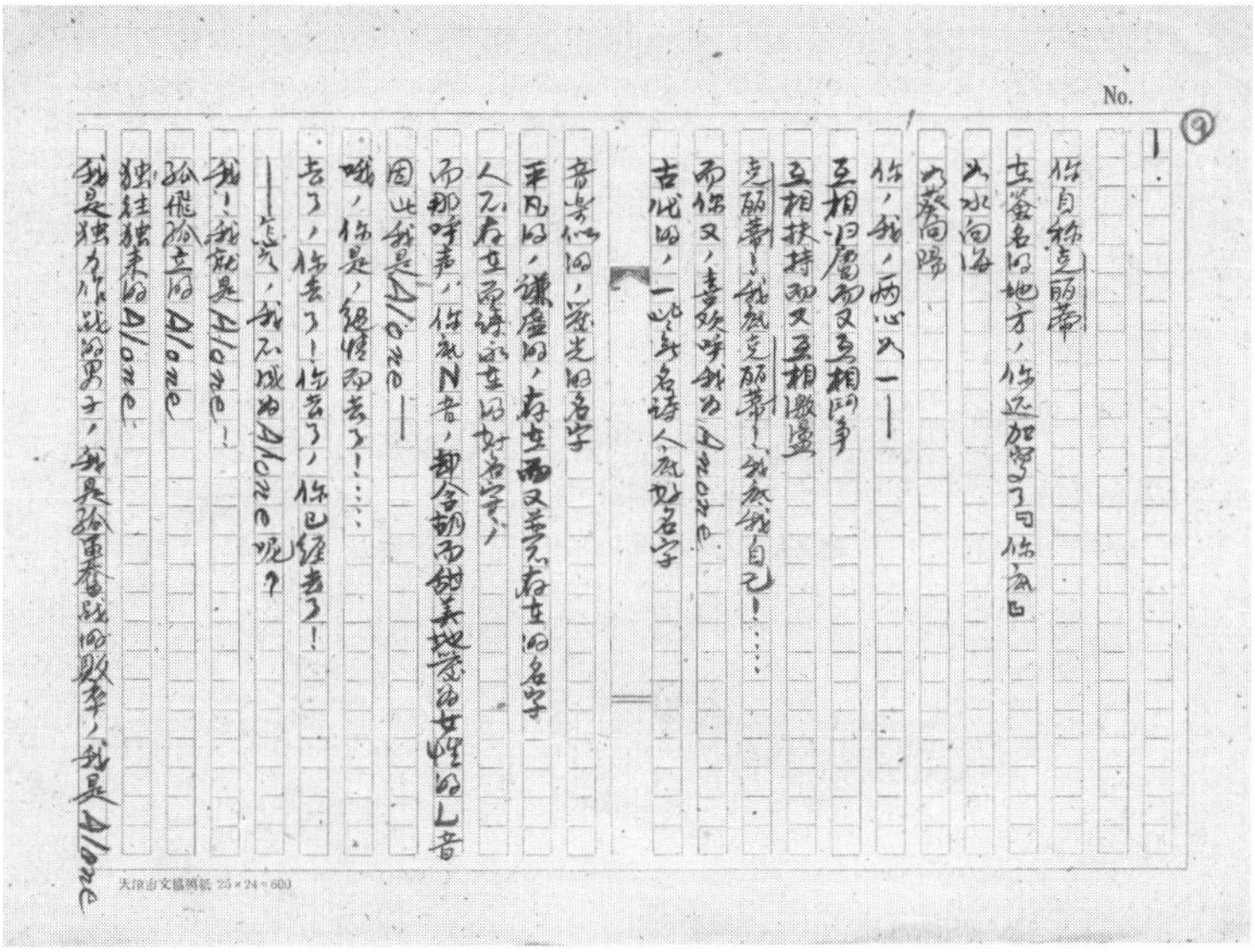
No.
1.
你自称克丽蒂
在签名的地方，你还加写了句你自己
入水向海
为蒸向阳
你，我，两心合一——
互相温爱而又互相斗争
互相扶持而又互相激荡
克丽蒂，我就是克丽蒂，我就是我自己！……
而你又，喜欢呼我为Anone
古代的，一些无名诗人底名字
音乐似的，飘逸的名字
平凡的，谦虚的，存在而又若不存在的名字
人不存在而诗永在的好名字，
而那呼声，你轻N音，却含胡而甜美地发为女性的L音
因此我是Alone——
哦，你是，绝情而去了！……
去了，你去了！你去了，你已经去了！
——怎么，我不成为Alone呢？
我！我就是Alone！
孤独孤立的Alone
独往独来的Alone
我是独力作战的男子，我是孤军奋战的败卒，我是Alone
天津市文協稿紙 25×24=600

阿壠長編詩「悼亡」に残された筆名に関する詩句（提供：陳沛）

独りで行き独りで来るAlone
僕は独りで戦う男子、僕は孤軍奮戦する敗残兵、僕は
Alone、Aloneなんだ！

陳守梅は、何剣薫の勧めもあって筆名「阿壠」を使い始めたのだが、その中国音「A-long」に含まれる英語の響き「alone」の意味する「孤独」こそ、彼の筆名に真の意味を齎《もたら》していたのである。しかもその音は阿壠の亡き妻の発音の癖から生じており、本来は無名・匿名性を表す「anonymous」に基づく「Anone」だった。お互いの文学への敬意に始まる深い愛情が根底にあったのである。そして亡き妻のNとLの発音の交錯が、一心同体でありたかった二人から絶望的な孤独へと向かうスイッチとなった。当初は甘い響きのささやきだったにもかかわらず、一気に魂の深淵に流されてしまう人生、その激しい展開は私たちに様々な思いを紡がせていく。

阿壠への尊敬の念をもって本書の序としたい。

注

(1) たとえば、笹川裕史著『中華人民共和国誕生の社会史』(講談社選書メチエ、二〇一一年九月)など。

(2) ベネディクト・アンダーソン著『想像の共同体』増補版、白石さや・白石隆訳、NTT出版、一九九七年五月、二四～二六頁。

(3) 第三章で触れるように、阿壠もこの「土改」運動に動員されている。この時代の凄惨を極めた政治運動の実態は、近年たとえば『旧跡――血と塩の記憶』(李鋭著、拙訳、勉誠出版、二〇一二年七月)などの現代小説にも詳しく描写されている。

(4) 毛沢東著『毛沢東選集』中国共産党中央委員会毛沢東選集編集員会編、外文出版社・国際書店刊、一九六八～一九七二年、第二巻所収。一九三八年に発表された『持久戦論』は『矛盾論』『実践論』と並ぶ経典的文書として尊敬を集めていた。

(5) 于風政著『改造』河南人民出版社、二〇〇一年一月。

(6) 映画『武訓伝』監督孫瑜、一九五〇年公開、主演趙丹、黄宗英。教育のために生涯をささげた実在の人物武訓の業績をたたえた作品で、公開当初大好評を博したが、一九五一年五月に封建的事物を庇護しているとの大批判にさらされ、以後長く非公開の作品となった。

(7) 戯曲『紅旗歌』は解放軍所属の青年作家魯勒が一九四八年に発表した四幕の現代劇。発表後好評を博し全国の大都市で一四八回公演され、後に映画化もされた。石家荘の紡績女工の労働者としての覚醒を主題にしている。この作品に対しては、一九四九年ごろから主人公の品性が労働者として現実的でないとする批判があったが、一九五〇年に大規模な批判が展開した。

(8) 前掲『改造』九四頁参照。

(9) 胡風に関しては本書第一章参照。

(10) 一九三六年に起こった国防文学論争、「二つのスローガンをめぐる論争」。

(11) 第五章参照。

(12) 胡風著『胡風回想録』南雲智監訳、論創社、一九九七年二月。

(13) 暁風編『我与胡風』、副題「胡風事件三十七人回憶」寧夏人民出版社、一九九三年一月。

(14) 同書三六ページ。

(15) 前掲『胡風回想録』四二四頁。

(16) 同書四二六頁。

目次

【本書について】

1、本書の表記は原則的に日本漢字としており、中国語簡体字も含めて、日本漢字で表わしている。
2、本書で引用した文献の日本語訳は、特記してない限り、すべて拙訳である。
3、本書の引用文において原注は〔 〕、筆者による注は（ ）で表わした。
4、本書は次の拙論に依拠しているが、本書執筆にあたっては大幅に修正を加え、分割編集を行っている。
（1）阿壠「南京」とその問題点――阿壠の文学史上の位置付けのために―― 慶應義塾大学藝文學會『藝文研究』第五六号 一九九〇年一月二〇日。
（2）「胡風事件」三十五年・関係者たちの現在 霞山会・月刊『東亜』二八四号 一九九一年二月一日。
（3）阿壠の詩論について 付：阿壠略年譜 北陸大学『北陸大学外国語学部紀要』第一号 一九九二年一二月二五日。
（4）阿壠に見るタゴール受容の分岐 慶應義塾大学藝文學會『藝文研究』第六五号 一九九四年三月一〇日。
（5）『南京慟哭』における「訳者解説」『南京慟哭』五月書房 一九九四年一一月二八日。
（6）阿壠の四十年代における特異性に関する考察 日本中国學會『日本中国學會報』第五一集 一九九九年一〇月二日。
（7）*A Verbose Silence in 1939 Chongqing* (Ken Sekine, Modern Chinese Literature and Culture Resource Center.http://mclc.osu.edu/rc/pubs/sekine.htm upload/02Sep.2004)。
（8）抗日戦争初期における重慶の新聞雑誌事情と小説「南京」 慶應義塾大学藝文學會『藝文研究』第八七号 二〇〇四年一二月一日。
（9）現代中国文学に見るテキスト修訂――阿壠『風雨楼文輯』校勘序論 慶應義塾大学日吉紀要『中国研究』第一号 二〇〇八年三月三一日。
（10）「戦時首都重慶の形象をめぐって――抗戦時期文化界の状況とキリスト教会各派の活動」『近代中国の地域像』（共著・山本英史他）山川出版社、第九章、二〇一一年一二月五日。
（11）阿壠の前半生について――国民革命軍将校陳守梅の青春と文学 慶應義塾大学藝文學會『藝文研究』第百五号 二〇一三年一二月一日。
（12）回望戦時首都重慶的形象――抗戦時期文化界的状況和基督協会各派的活動 ＊中国語論文、原文簡体字 慶應義塾大学『思考と行動判断の研究拠点報告』二〇一四年一二月。
5、引用したウェブサイトは二〇一五年九月二五日現在で確認してある。

第一章　国民革命軍将校陳守梅と文学者阿壠

――少年時代と国民革命軍将校への道、長編小説「南京」の誕生

1、父母と青少年時代

阿壠は本名を陳守梅といい、多くの筆名を使っていたが、人民共和国建国直前には陳君龍という変名で職を得ていたこともあった。「阿壠略年譜」[1]によると阿壠の生年月日は一九〇七年三月二九日、出身家庭は杭州の「平民家庭」となっている。獄死した年は一九六七年三月一七日だから、阿壠は満六〇歳を迎える直前に亡くなったことになる。阿壠の学んだ黄埔軍官学校資料[2]によると、実家の所在地は「浙江杭県　杭州十五奎巷」となっている。これが正しいとすれば、十五奎巷は西湖近くの古い町並みで、望仙閣と鼓楼を擁する杭州市中心部にあたっている[3]。

ここで本書の依拠する資料について述べなければならない。基本資料の「阿壠略年譜」は、これまで公表された資料の中でもかなり詳細な点まで触れたものなのだが、残念ながらまだ不明瞭な事が残っている。そうした部分に対して本書は、筆者の取材によっていくつかを明らかにすることができた。特に阿壠のご子息陳沛氏からは多くのことをお聞きしており、貴重な録音資料と阿壠直筆の原稿の写しも提供していただいた。録音は二〇〇五年ごろ行われたもので、阿壠の弟陳守春氏の証言と阿壠を取調べてその後の獄中の様子も知っていた公安警察担当官劉迺強氏の証言の二本である。阿壠の原稿は多岐にわたるもので、現在そのすべてが北京の魯迅博物館に提供されており、管理と整理が同館に委託されているのだが、まだその作業は完成しておらず、本書においてもごく限られた範囲でしか参考にで

実家とされる杭州十五奎巷付近（著者撮影）

きていない。入手した録音資料に関しても、諸般の事情で録音内容のすべてを明らかにはできないが、本書の叙述に必要な箇所は訳出して参考とすることにする。このほかに本書の依拠した資料としては、『新文学史料』などの文学研究雑誌に掲載された関係者の回想の文章がある。これらは一九九〇年前後から次第に増えてきたもので、様々な角度から粛清の史実が明らかになってきている。特記すべきは、阿壠研究の原資料として二〇一四年に『阿壠致胡風書信全編』[4]が出版されたことである。その史料的価値は言うまでもなく非常に高い。本書ではこうした資料群を参照しながら、阿壠の人生を辿っていく。

　阿壠こと陳守梅の父は、最近になって陳溥泉という名だったことが判明した[5]が、母の名はわかっていない。「略年譜」では「平民」という表現をしているが、弟の陳守春によると、父陳溥泉は、実は銀行や税関などにも勤務したことのある人物で、祖籍は安徽省だったという。子供は四人おり、阿壠はその長男である。阿壠の下には男子、女子、男子の順で子供が生まれており、証言してくれたのはこのいちばん下の弟である。陳守春は、陳家が「小康之家」だったと語っている。「小康」は元来『礼記』にある古典の概念だが、中国の改革開放政策のなかでは、社会的に目指すべき「中流」の暮らし向きを表す言葉として頻繁に使われてきた。守春は現代に暮らす中国人であり、彼の言う「小康」は現代的な意味合いの言葉であろう。つまりわりといい暮らし向きの家だったということである。陳家の祖先に関する証言や文書はないのだが、銀行や税関などに勤務できる父溥泉の社会的地位は、一代の努

阿壠の父・陳溥泉（提供：陳沛）

力で築き上げられたものではなさそうだ。陳家は代々地方の名士あるいはそれなりの地方役人の家柄だったのだろうと推察されるのである。守春によると、父溥泉はそういう地位と力を持った家系の放蕩的な気性を受け継いでしまい、第一子阿壠（つまり守梅）誕生以後、しだいに賭博や妓女遊びに散財を繰り返すようになっていた。特に杭州税関に勤務したころは相当の財産があったと思われるのだが、末弟守春が生まれるころには父の放蕩の挙句に一家は見る影もなく没落し、まったく貧乏な「平民」となっていた。この間、住まいが火災に遭ったことも没落の一因だと守春は言っている。ただ彼によると、長子である阿壠は、幼いころに豊かな一族の繁栄を享受していたはずだという。長男守梅と末弟守春は一九歳もの年齢の開きがあったのだ。

「略年譜」によると阿壠は一九一八年、一一歳の時に「私塾」で学んだが、間もなく退学したとある。これはまさにこの一家の没落を物語る出来事だったのだ。守春によると、父陳溥泉は中華人民共和国建国時も健在で、一九五〇年ごろの旧正月の時、粽を抱えたまま心不全を思わせる突然の病気で亡くなったという。共和国になってから阿壠一族を見舞う凄惨な境遇を思えば、家族とともに暮らすことができた陳溥泉は幸せな最期を迎えられたと言えよう。

阿壠の父陳溥泉に関して、家族の回想や「略年譜」においては、概ね以上のような内容しか語られていないが、阿壠の重慶時代からの親友冀汸[6]は、阿壠についての回想録「詩人、也是戦士[7]（詩人であり、戦士でもあった）」のなかで、「彼（阿壠）は長男で、同じ母から生まれた弟が一人おり、その他にも異母弟が一人いた[8]」と述べており、父陳溥泉が少なくとも二回結婚していたことを示唆している。これが事実なら、阿壠と守春の大きな年齢差も納得できよう[9]。陳溥泉晩年のことに関しても、冀汸は詳細な回想をしている。阿壠は軍の指名手配を逃れて一九四八年に杭州の家族の下に戻ってきたが、彼らはきわめて困窮した生活を送っていたという。冀汸によると、一家は「韶華巷」と呼ばれる路地にある古びた長屋の一角、上海人からは「亭子間」と蔑まれる薄汚れた狭い中二階の部屋で暮らしていた。実家には、ある同業組合の事務所で「録事」(清書係り)を勤める、年老いて病弱な父が残っており、戦時中に亡くなった弟の妻とその未成年の甥と姪が同居していた。つまり阿壠の帰宅により、父、弟嫁、甥と姪、そして阿壠の五人が狭い空間で暮らさねばならなかったということになる。冀汸によるとそれは文字通り「困難な貧民生活」だったが、「ここが阿壠の隠れ家となり、そして戦闘の場所となった」のである。冀汸はこの回想に続けて、阿壠の父の最期を記録している。阿壠と実家の困窮ぶりを見かねた友人の方然[10]が、自分の経営する学校で、阿壠の父に校長付きの用務員の仕事を回してくれた。父はその仕事を楽しそうにしていたという。逃亡途上の阿壠はまだ公的な仕事はできなかったこともあり[11]、阿壠の父は与えられた職務を一所懸命、また楽しみながらこなしていたようだ。やがて「杭州解放[12]」があり、その翌年一九五〇年二月一七日、ちょうどこの年の旧正月元旦の朝に、粽を頬張ったままの姿で死んでいるのが発見された。節約第一に考えてきたこの家族の年に一度の贅沢で亡くなったのだと記されている。貧しいながらも家族とともにいる幸福のなかで亡くなったというのは、間違いなかろう。

さて少年時代の阿壠に話を戻そう。阿壠は私塾に通えなくなってから、独学で必死に学んだという。北京で始まる五四運動は翌一九一九年のことであるが、この激動の年月に阿壠は少年時代を送っていたことになる。そういう阿壠に救いの手を差し伸べたのは、一族の上の世代の縁者だった。その縁者の助力を得て、阿壠は一九二二年(一五歳)に高級小学校で学べるようになり、一九二四年(一七歳)には順調に卒業できた。この多感な時代に、彼は文学への傾斜を強め、多くのものをどん欲に吸収していったようだ。杭州は古き文化の町である。そういう文化の一翼を担っていたのが茶館だ。彼は暇さえあれば、建ち並ぶ茶館の一角に出かけ、そこで演じられていた民間芸人たちの講釈や歌謡、詩詞の朗誦などにじっと聞き入っていた。聡明な阿壠はこの中で文学の素養を着実に蓄えていったのだ。この時代に五四運動の新文学の影響が阿壠に及ばなかったらしいのは、後の詩人阿壠の作品からすると不思議な思いがする。この一七歳の時に、阿壠の最初の詩作が始まっている。

陳守春によると、この時代の阿壠の気性は母の厳しい教えによるものだという。母からは常々、人としての生き方と道徳を教えられており、正直に生きることが何よりも大切だと言われてきた。守春の言う「母」は、継母のことである。ともかく阿壠はこの茶館通いで一銭も家のお金を持ち出すことはなかった。彼はまったくお金を使わず、ただひたすら茶館の外に佇んで全神経を耳に集中していたのである。守春は、兄が決して嘘を吐かなかったことを強調している。阿壠は自己に虚偽を厳しく禁じていた。この姿勢はこの後阿壠の一生を貫くことになる。

2、杭州商人の「学徒」から国民党入党、左派「改組派」への参加

高級小学校卒業の翌年（この時代は義務教育ではないから就学年齢はまちまちだった）、一八歳（一九二五年）の時、阿壠は杭州の製靴商（名称不詳）で一時期「学徒」として働き、その後「沈奎記」という絹商に同じく「学徒」として入職した。屋号に「奎」の文字があるところから推察できるように、実家の十五奎巷近くに構えた大店だったのだろう。よく知られているように、杭州シルクは中国のみならず、世界的にもその名が轟いていたのである。また杭州は、製靴などの家内工業でも有名な町だった。この時代の「学徒」は日本語の意味とまったく異なり、中国語では弟子、丁稚や見習いを指している。彼の仕事ぶりは詳らかでないが、こういう「学徒」としての仕事はあまり気に入ってはいなかったと思われる。その後、幸か不幸か、一九二七年にこの絹商は倒産してしまう。阿壠は二〇歳で失業することになるのだ。

この「学徒」時代の阿壠のエピソードを、後に阿壠の年下の友人となる耿庸[13]が伝えている。耿庸が阿壠から聞いた話によると、もともと「学徒」として彼を杭州商人の下に送り込んだのは、一族の年長者たちの「経商致富（商人と

なって富を築く)」の期待が働いていたからであり、彼の前には商人としての道しかありえなかったのである。しかし「学徒」生活が始まって何年もしないうちに遭遇した「倒産」により、阿壠は否が応でも人生の選択を迫られることになった。ちょうどそのころ、阿壠の旧体の詩が杭州の新聞に掲載され、一定の原稿料が入ったことが、このときの選択に大きく影響していた。そのときのペンネームは「紫薇花藕」(百日紅《さるすべり》・蓮の花)といういかにも抒情詩人風のもので、詩作は杭州の景物を詠ずる内容だったらしい。もう一人の友人羅洛[14]によると、後年、詩人阿壠はそのころの自作の詩を思い出せなくなっていたが、非常に自嘲的に批判していたという。しかし店の倒産後も一族の年長者たちは、阿壠が当然商人の道を進むものと考えていたのだが、自作の新聞掲載に自信を得た彼はまったく違う選択をする。自分の文才を信じ、杭州の家を出て自立したいと主張したのだ。これは父陳溥泉を始めみなから猛烈な反対を浴び、彼は厳しく追い詰められてしまう。そのとき、阿壠は驚くべき行動に出た。いきなり庭に飛び出して、そこにあった高い木のてっぺんに攀じ登り、商人になるくらいならここから飛び降りると大声で叫んだのだ。まるで芝居の一場面のような出来事だが、実際その場にいた親族はみな肝をつぶし、特に長子阿壠を溺愛していた父親は、このことで彼の自立を認めたのだという。このエピソードの具体的な時点はいまひとつはっきりしないのだが、二〇歳という年齢のときに、阿壠が人生において決定的な選択をしたということを印象的に表しているように思える。

実は阿壠はこの二〇歳のとき、もうひとつ大きな選択をしている。「略年譜」によると、阿壠はこの年に国民党に入党しているのだ。阿壠の運命に致命的な影響を及ぼす選択である。陳守春によると、この選択には阿壠の通った小学校の教師で周侠仁[15]という人物の影響が大きかった。この教師はすでに国民党党員であり、孫文の思想の熱心な崇拝者で、国民党左派「改組派[16]」に属する活動家だった。阿壠は国民党入党後数ヶ月で、国民党幹事(専従活動家、就任先は杭州一区第一分部、および第七分部と呼ばれる部署)に採用されており、翌一九二八年にはその改組派に加盟するのである。情熱的な阿壠の姿を彷彿とさせる出来事である。この年は阿壠の政治への傾斜が一気に強まった年だったのだ。

この当時の阿壠の人生については、逮捕後の取り調べで相当厳しく追及されているはずで、資料としても確実に残っていると思われるが、阿壠に関する「檔案」は遺族にすら公開されていない。

中国の一九二〇年代は激動の時代だった。一九二一年に創立された中国共産党は一九一九年の五・四運動以来着実に成長していた労働運動や、萌芽的な農民闘争のなかに深く入って影響力を強めていくのだが、北方に展開する軍閥勢力の圧力により、大きな困難を抱えるに至っていた。一方国民党は、一九二一年に広東に政府を構えて北方の軍閥と対立しており、様々な曲折を経ながらも一九二四年の国民党第一回全国大会において、歴史的な連ソ容共政策を決定し、共産党との第一次国共合作に踏み切るのだ。孫文は新生国民党の理念として三民主義に反帝国主義、反軍閥、民族解放の理想を盛り込み、統一戦線の強化と実践的軍隊の養成を開始する。その成果がこの年に設立された「中華民国陸軍軍官学校」（略称「黄埔軍校」、一九二八年から「中央陸軍軍官学校」と改称）である。当時の情勢は非常にめまぐるしく、この一九二四年九月に勃発する第二次奉直戦争ののち、勝者である馮玉祥、張作霖、そして段祺瑞らは名声高い孫文の北上を要請、広範な世論を背景に国民会議結成・統一戦線拡充へ大きく動くように見えた。しかし真の統一を目指す孫文と臨時執政になった段祺瑞との間の溝は深く、折から、北京到着後の孫文の病状も深刻で、翌一九二五年三月には孫文はついに北京で逝去することになる。その結果、中国統一を目指した「北伐」は結局立ち消えとなってしまう。軍閥割拠の現状は解消されず、まさに孫文の遺言通り「革命未だ成らず」の暗い世情となっていったのである。

しかしながら中国における帝国主義諸国の圧力に対する抵抗運動は、激化の一途を辿っていた。特に一九二五年の「五・三〇事件」を経て、反帝国主義の運動はさらに大きく展開し、全国規模で広がっていった。この過程で国民党の広東政府は運動の中心的な存在となっていき、一九二五年七月には汪精衛を主席とする「国民政府」が成立する。一方、北京に置かれた段祺瑞政権をめぐる情勢は複雑な展開をしており、激しい離合集散を繰り返していた。そして一九二六年七月、広東汪精衛の国民政府は蔣介石総司令指揮のもとに一〇万の国民革命軍による「北伐戦争」を開始する。それは孫文の遺志の実現であり、「大革命」と呼ばれる時代の始まりであった。北伐軍はまさに怒濤の進軍を開始し、各地の軍閥を次々に制圧していって、翌一九二七年三月には南京を陥落させた。無敵の進軍を続ける国民革命軍北伐軍の背景には、各地で北伐軍に呼応する民衆の革命擁護の運動があった。国民革命軍北上に呼応して、北伐軍を迎えて各地に労働者や民衆による「武装糾察隊」が組織されたのは、その典型例である。こうして長江流域華南の大都市はほとんど北伐軍の勢力下にはいり、南京陥落の数日前、一九二七年三月二一日には、国民革命軍は上海に到達している。大きな革命の熱気が上海を包んでいたのである。

歴史は中国において、しばしば想定できない大転換をもたらしている。この一九二七年の春上海を襲うのは、まさにこうしたいかにも中国的な、そしてあまりにも劇的というほかない凄惨な事態だった。

国民革命軍の破竹の進撃は前述したように、同時に民衆の間の熱狂的な革命への共感を拡張していった。それは具体的には共産党への支持の拡大にも連なっており、労働運動の急速な激化という結果も生んでいた。こういう状況が、中国に権益を保持する帝国主義諸国や、中国に展開する工場などの経営者・資本家の階層に、大きな危機意識を持たせるようになるのは、当然の帰結だった。上海における共産党指導の労働運動・争議の激化、民衆蜂起による臨時政府樹立、そして国民革命軍の上海進駐などという情勢の展開の中で、総司令蔣介石の目には、中国共産党の勢力の拡大が明白な事態となっていた。これらの「危機的」事態を目の当たりにして、蔣介石は孫文路線から大きく右寄りに政治の舵を切る決断をする。国民革命軍を迎える熱気にあふれる上海で、一九二七年四月一二日、後に「四・一二事件」と呼ばれる白色テロルのクーデターを引き起こすのである。その凄惨な弾圧・大虐殺は、蔣介石支配下の広州・北京でも大規模に行われ、後世に長く記憶されることになる。

武漢にあった国民党左派は蔣介石に激しく反発していき、四月一七日には蔣介石の党籍を剝奪するのだが、蔣介石は南京に自身の政府を樹立し、武漢に対立していく。こういう複雑な情勢の下で、反蔣介石勢力の理論的支柱だったのが改組派で、その領袖として汪精衛がいたのである。汪は後に日本の傀儡政権主席となって、売国奴の代表格として侮蔑されることになるのだが、まだこの当時は、中国リベラリストたちの輝ける星のように見えていたに違いない[17]。ここで今一度阿壠に話を戻すと、彼はこの一九二七年に杭州で国民党に入党し、一九二八年の改組派活動開始とともに、このセクトの活動家になっているのだ。まさに相当な情熱家だったというべきだろう。しかし一九二七年以降の歴史は、武漢政府の急速な右傾化、共産党との絶縁、国共合作破綻と蔣介石の南京政府との合体というその後の苦渋に満ちた足跡を記している。

阿壠は二二歳から二四歳ごろにかけて、つまりこの改組派が活発に展開して消滅する時期に、杭州近郊の杭県や寧波の鎮海県で国民党組織の幹事（専従者）として活動をしていた。この時代、一九二八年から一九三〇年ごろ、浙江省など中国南方沿岸部は豊かな農業地帯の揺るがぬ伝統的勢力に加えて、都市部に新興した有力な民族産業の資本力もあって、中国国民党政権の基盤としての強固な力を持ち始めていた。阿壠の具体的な状況は公表されていないが、こういう地域の環境から読み取れば、さまざまな情勢の変化に悩みながらも、祖国の危機に立ち向かう青年活動家として、かなり激しい毎日を送っていただろうと推測できるのである。

後に阿壠に大きな影響を与える胡風も、この一九二七年前後に武漢政府で国民党の地方幹事として活動しており、一時は文化方面の科長を務めたこともあった[18]。後の名誉回復後にはこの件を歴史的な経緯の中の一部として追認され、反革命の罪状にはならなかったのだが、共産党政権下で政治運動の激化する時代にあっては、あまり公開したくない事実だったことは間違いない。ここではあの胡風ですら、奇しくも阿壠と同じ道筋をたどっていたということを確認しておきたい。二人の国民党との関係には、この時代のリベラルな知識人の一つの傾向性が示唆されているように思われる。

3、中国公学から黄埔軍官学校へ

こうした政治的選択をする一方で、阿壠の文学への情熱も激しく、前述した筆名「紫薇花藕」による詩作は続いていた。この時代は阿壠の向上心が全面的に開花する時期だったと言える。阿壠は国民党幹事としての政治生活、そしてロマンティックな詩人としての精神生活を送りながら、さらなる一歩を踏み出すことになる。一九三一年、阿壠二四歳の時に、ついに彼は杭州を離れ、上海に出て「中国公学」で学ぶことになったのだ。所属は大学部経済系だった。

ここで中国公学という新進の教育機関について、簡単にまとめておく。中国公学の設立は当時の日本留学熱と深い関係があった。魯迅が日本に留学するのは一九〇二年のことだが、そのころ中国には日本留学が社会各層に相当な広がりを見せ、大流行と言ってもいいほどの熱気を帯びるに至っていた。日本への留学を振り返ると、最初の留学生派遣は北洋軍閥李鴻章によって一八八八年に行われている。これは成功せず、しばらく途絶えたのち一八九六年に正式な派遣学生一三名が日本に到着する。そのときの留学生たちは着実な成果を本国に伝え、中国は留学に本腰を入れるようになる。またこの直後の一八九八年戊戌の年には康有為・梁啓超らの「変法維新運動」があり、日本の明治維新への関心が急速に高まっていく。そうして魯迅が派遣される一九〇二年には約八〇〇、翌一九〇三年に一三〇〇、一九〇四年二六〇〇と増え続け、一九〇五年には一気に八〇〇〇名という数に膨れ上がった。この背景には日本の産業力、技術力、そして何よりも軍事力への強い関心があったことは言うまでもない。しかしこの一九〇五年をピークに、翌一九〇六年には留学生数が一〇〇〇名減となって、その後は急速に減少し、一九一〇年にはピーク時の半数四〇〇〇名をも下回り、辛亥革命時には千数百名という状態を迎える。これは日露戦争時の日本政府による清国学生取締り令への強烈な反発によるもので、留学生たちは大挙して本国に帰還していったのだ。[19]

この大量な帰国が、中国において新たな社会問題を生じさせることになった。日本からの帰還学生たちをどう処遇するかという現実的課題が一気に浮上し、帰還学生の正当な帰属を求める声が高まったのである。このような強い社会的要請に押されて、一九〇六年に上海で創立されたのが「中国公学」だった。中国公学の資料[20]によると、社会的関心を呼ぶために入水自殺した学校幹部までもいるという。設立当時、中国公学には「大学」「中学」「師範促成」「理科専修」の部門が置かれ、学生の中には多くの革命派がいた。しかし経営的には維持がかなり厳しかったようで、辛亥革命後の一九一七年には一度閉鎖されている。その後、一九一九年に中国公学は復活し、一九二二年に大学に昇格、一九二八年には「文理学院」「社会科学院」と「予科」が設立されて、校長に胡適を迎えている。

阿壠は一九三一年にこの復活した中国公学大学部に入学したわけだが、中国公学の校舎は翌年に勃発した第一次上海事変の時に焼け落ち、三三年には閉校を余儀なくされている。つまり阿壠は、最終的な閉校まで在籍した中国公学最後の学生ということになる。「略年譜」によると、阿壠はこの間に経済学を専攻したということだから、彼の在籍していたのは、社会科学院だったのだろう。阿壠の学生生活に関しては詳らかな資料がないが、明確な事実として「略年譜」は次の二点を挙げている。

第一に、阿壠は中国公学在籍中の一九三二年を中心に、国民党地方組織の専従的な幹部として政治活動に従事していた。具体的には、「国民党上海呉淞区党部幹事（党支部専従者）」を半年間、その後、「実業部江浙区漁業管理局弁事員（党実業部所属の職員）」となり、「科員（前記職員の管理者）」を務めている。これは阿壠が国民党内で着実に信用を築き、能力を発揮してきたという証左と言えよう。また重要な点は、こういう阿壠の国民党地方組織における目覚しい活躍ぶりが、たぶん中国公学への入学において大きな影響力を持っただろうということである。中国公学は国民党政府の高等教育機関としてそれなりの社会的地位があり、入学できるのは、やはり嘱望された人材だったのである。

第二に、「略年譜」が伝えているのは、この時期に阿壠が魯迅の作品を中心とする五四運動以来の新文学、そしてソ連文学を主とする外国文学の翻訳を大量に閲読したということである。ほんの少し前までロマンティックな詩の愛好者だった阿壠は、この時期に、急速に革命的な文学に傾斜していくのだ。残念ながら彼がどのような読書をしていたのか具体的な記録はないが、メディアの発達した都市に暮らす阿壠にとって、後に『野草』としてまとめられる散文詩的小品を含めて、魯迅の基本的な作品群をすべて読破するのは容易な事であり、雑誌『新月』などからタゴールの翻訳詩もこの時期に読んでいたのではないかと想像される。また当時紹介され始めたトロツキーやルカーチの思想についても目を通していた可能性が大きい。[21] この時期に翻訳されていた作品には、ゴーリキーの『母』、オストロフスキーの『鋼鉄は如何に鍛えられたか』、セラフィモービッチの『鉄の流れ』などがあり、ソ連文学初期の革命的ロマンティシズムが阿壠の心情に強く働いたことは間違いないだろう。

熱い情熱を持った青年阿壠が次に選択したのは、さらに決定的な一歩だった。彼は一九三三年に黄埔軍官学校への入学を果たしたのである。この年にそれまで在籍していた中国公学が閉校したのだが、阿壠はまったく迷わずに、軍人の道を歩み始めるのである。こういう選択に阿壠を突き動かしていたのは、単なる救国の情熱では説明できない、もっと根源的な個性の発露のように思える。

この黄埔軍官学校への入学は、阿壠という人物がどのように受け止められていたかを明白に物語ることでもあった。阿壠こと陳守梅は、まぎれもなく国民党江浙地方組織のエリートであり、当時の社会情勢にあっては、こういう彼が黄埔軍官学校という国民党軍部の青年将校養成コースに進むのは、きわめて当然の道筋だったといえよう。国民党高級教育機関の最後の修習生として世に出て、さらに軍部のエリートコースに進んだということは、阿壠にとっては間違いなく輝ける履歴だったが、言うまでもなく、同時にこれが彼の悲惨な人生の扉を開ける鍵となったのである。[22]

4、黄埔軍官学校と初めての戦役

阿壠は黄埔軍官学校に一九三三年二六歳の時に、歩兵科第一〇期生として入学した。所属は学生第一総隊歩兵大隊第二隊だった。学校は首都南京に置かれていたので、阿壠は修了する一九三六年までの四年間を首都で暮し、幹部将校への道を歩むことになった。思えば南京陥落は阿壠が軍官学校を修了する翌年、一九三七年一二月のことであり、後に阿壠が長編小説「南京」に着手するにあたって、彼には執筆に十分の土地勘と人間関係が築かれていたと言えるのである。いずれにしろ、阿壠が暮らし始めたころの南京は、国民革命軍が進軍した一九二七年当時の、大革命の熱気にあふれる都市とは様相がずいぶん変わっていた。これまでの歴史的経緯を今一度、振り返っておこう。

先にも述べたように、四・一二クーデターののち、一時期武漢と南京に分裂していた国民党政府は、左派の勢力が萎縮して国共合作が破綻する中で、急速に右傾化し蔣介石の南京政府のもとに統一されていた。蔣介石自身はクーデター後しばらく下野を宣言していたが、一九二八年には国民革命軍総司令に復帰、新たな北伐を開始する。しかし歴史は、今次の北伐がすでに大革命時の北伐とはまったく違う、軍閥糾合による権力確立のための戦闘だったことを明白に示している。それでも北伐軍は、一九二八年六月についに北京に入城し、蔣介石は第二次北伐の完成を宣言する。そうして南京は、複雑な勢力抗争を経ながらも、こうした権力の頂点に立つ蔣介石の首都となっていたのだ。理想主義的な国民党左派、改組派の名声ももはやかつての輝きは失われていた。

一九二八年までに蔣介石の勢力の拡大は明白だったのだが、一方で、四・一二クーデターで大打撃を受けた共産党は、コミンテルンの指導の下に一挙に武装蜂起路線を突き進み、一九二七年八月に独自の軍隊「紅軍」を編制、南昌で武装蜂起を行った後に、紆余曲折を経て一九三一年一一月に瑞金に「中華ソビエト共和国臨時政府」を樹立する。またこれに先立つ同年三月には、蔣介石軍との抗争の挙句に、汪精衛らと広東・広西の軍閥が広東に反蔣介石の「臨時国民政府」を作った。北伐による全国統一はまさに雲散霧消し、中国にはいくつもの政府が並立する混乱が展開するのである。

日本の中国への侵略は、この時期に決定的な段階を迎える。一九二七年国民革命軍北上の途上で、山東では日本軍との衝突の危機があったが、翌二八年には「居留民保護」の名目で日本軍が山東出兵を断行し、山東省済南で北伐軍との間に大規模な市街戦が勃発した。この後に悪名高き「張作霖爆殺」事件が起こり、日本は一挙に中国東北部に進出するかに見えた。しかし同年末に張作霖奉天軍閥の継承者張学良は国民革命軍への帰順を表明し、国民政府の全国統一の中で、日本軍国主義の野望はいったん挫折する。だがこの時代は、日本の野望が底知れぬ展開を見せる時期であり、この程度の挫折により中国を放棄することはありえなかった。一九三一年九月に日本の関東軍により周到に準備された「満州事変」はその有力な証左である。事変後日本軍は一気に戦火を拡大していくが、同時に全国で反日運動が展開し、南京蔣介石政府に対して、広東汪精衛政府との一致抗日を強く求める民衆運動が急速に激しさを増していった。蔣介石の二度目の下野騒ぎ[23]も巻き込んで、この当時は非常に目まぐるしい情勢の展開があった。そういう中で、一九三二年一月、これまた日本軍部によって巧妙に仕組まれた軍事行動「第一次上海事変（一・二八事件）」が勃発するのである。この上海での戦闘において、上海防衛のために激戦を耐え抜いた国民革命軍第一九路軍の英雄的な事跡は、その後の阿壠の作品の中でもたびたび語られることになる。しかしこの第一次上海事変が世界の耳目を満州から逸らす一種の目くらましであったことは、その後の歴史が証明するところであり、日本軍部のシナリオ通り、一九三二年三月一日に、突如、「満州国」の成立が宣言される。首都は「新京」（長春）とされた。

日本の侵略の劇的展開に直面し、蔣介石と汪精衛は妥協して手を結ぶが、蔣介石は国内の共産党勢力を打ち破って後に抗日に向かうという方針を堅持し、共産党紅軍への包囲殲滅作戦を幾波にもわたって執拗に展開した。一方共産党は瑞金の中華ソビエト共和国臨時政府が日本に対して宣戦布告をするものの、中央の指導権を巡る激しい抗争もあって次第に追いつめられていき、一九三四年には瑞金を放棄して「万里長征」の道を歩むことになる。苦難の時代が一層深刻度を深め、いくつもの政権に分裂した中国はまさに亡国の危機に瀕していった。

こういう時代にあって、南京の阿壠がどういう思いで黄埔軍官学校に学んでいたのか、これもまた明確な資料はないのだが、はっきりしていることが二点挙げられる。

阿壠は抗日救国のために身命を賭して働く意思を非常に強く持つに至った。このことは後に軍事理論の専門知識によって陸軍大学教官になっていく彼の人生を考えれば、容易に想像がつこう。阿壠は黄埔軍官学校で必死に勉強したはずだ。そこで学んだ高度な知識は単なる実際の作戦の指揮官であることに彼をとどまらせず、さらに高いステージへと押し上げていく要素となっていた。彼の軍歴を見ていくと、教官のほかに、陸軍中枢の参謀としても活躍している。阿壠は国民党地方本部のエリートとして活躍していたのだが、この段階ではすでに軍部の嘱望される将校としてもその存在感を大きくしていたのだ。

もう一点は、阿壠の進歩への希求の方向性である。阿壠が強い向上心の持ち主であったことは、すでに前述した少年時代にはっきりと読み取れる。知識を求めて茶館の外に立ち尽くす少年阿壠の姿には、文学への熱い思いが感じられたし、遅く始まった小学校時代に国民党左派の党員だった教師に巡り合っているのも、阿壠自身の救国の覚悟が教師に伝わっていたからだろうと想像される。彼は説得されて国民党に入党したのではなく、自ら望んで仲介者を求めていたに違いない。黄埔軍官学校においても彼の進歩を求める情熱は一貫していた。「略年譜」によれば、阿壠は黄埔軍官学校に学んでいた南京時代に、共産党地下組織の秘密党員であった陳道生[24]という人物に出会い、この党員から思想的にも政治的にも多くのことを学んだとされている。阿壠が南京にいた一九三三年から三六年、共産党は蒋介石政権の激しく残酷な弾圧に曝されており、この阿壠の接触していた人物も生命の危険を冒して南京における地下活動に従事していたに違いない。国民党左派、改組派への急激な接近を果たした阿壠は、当時の情勢の展開から、国民党に対する見限りかたも早かったのではないだろうか。そのときに新たな理想をもって現れた共産党地下組織の党員の魅力は、想像に難くない。阿壠はマルクス主義にも急速に接近していったのだ。

阿壠の内面の変化は、一九三五年に上海の大型文芸誌『文学』に投稿が掲載されたことからもうかがうことができる。[25] これはもちろん身分を隠しペンネーム「S.M.」で投稿した文章だった。

阿壠の創作への傾斜は、翌一九三六年に明確となる。この年、有力な文芸評論家となっていた茅盾の編集する『中国的一日』[26] が刊行された。これはゴーリキーの意欲的業績に学んで、一九三六年五月二一日という一日に中国人は何をしたのかを全国的にまとめた大型のルポルタージュ作品である。全国三〇〇〇名の応募作の中から四九〇編を掲載しているのだが、この中に阿壠の「S.M.」名での作品が、「南京」の部の四番目に載っているのである。ただ不思議なことに、この事実は「略年表」に記載がなく、他の資料にもあまり取り上げられていない。これは茅盾の編集主題である「五月二一日」というタイトルを付した短い文章で、黄埔軍官学校学員である「S.M.」が、状況の切迫にまるで麻痺したような世間の様子を、実弾演習に向かう学員の厳しい感性によって活写した秀作だった。冒頭は次のような文章である。

今日は五月二一日だ。

二〇日前はメーデーで、一八日前は五月三日、一七日前は五月四日、五・四運動記念日、……これらの記念日の意義は多面的であるはずなのに、みな同じように簡単に過ぎて行ってしまった。しかも永久に過ぎ去ってしまった。当然ながら逆に、一九三七年の同じ日、一九三八年の同じ日は一日一日と近づいてくることになる。だが、歴史上のあの日は確かに時とともにしだいに遠くなっていく。記念すべきものはかくも平凡に過ぎ去っていくというのに、この何の記念日でもない五月二一日はどんなふうに過ぎてしまうのだろう。

阿壠はこの文章に続き、蕭軍[27]の短編小説「羊」が脳裏から離れない、武器としての角があるのに、肉となる宿命に甘んじる羊のイメージに悩まされていると綴っていく。そこには抗日の情熱に突き動かされる軍人陳守梅の強い決意が感じられる。前述した冀汸はその回想録のなかで、阿壠のこの文章を初めて読んだときに強い感銘を受けたと述べているが、筆名「S．M．」という書き手は、これらの投稿により文壇から最初の注目を浴びることになったのだった。ちなみに、『中国の一日』の「南京」篇には、「S．M．」の文章に並んで中国トロツキスト運動の指導者だった陳独秀の投稿が載せられている。

阿壠が黄埔軍官学校を終了したのはこの一九三六年、二九歳の時のことだった。卒業後の実習期間を経て配属されたのは、第八八師団第五二三連隊所属の小隊長であり、階級は少尉だった[28]。配属先の第八八師団は、もともとは第八七師団とともに前身が蔣介石直属の警衛部隊（近衛部隊）であり、再編制された精鋭中の精鋭だった。軍人阿壠が当時国民党軍部のなかでいかに嘱望されていたか、この配属を見ただけもよくわかる。彼の内面の思想がどうであれ、その才能はしっかり評価されていたのだ。阿壠が実戦配置についた一九三六年は、日本との戦争のために中国が大きく動く年である。この年の一二月に「西安事変」が起こり、蔣介石をついに第二次国共合作に追い込み、全国一致抗日が実現されるのだ。阿壠の興奮も目に見えるようである。後年、阿壠の息子陳沛は、当時父阿壠の国民党軍部におけるポジションについて、父がもし望めば蔣介石総司令直属の部下として高い階級に上れたのではないかと述べている[29]。

一九三七年七月、日本は盧溝橋で向後八年にわたる泥沼の戦争の火ぶたを切る。八月には上海において、「第二次上海事変（淞滬会戦）」つまり上海防衛戦が開始される。阿壠はこの戦役の最前線、閘北に自分の小隊を率いて出陣した。彼の属する第八八師団が精鋭であったことはすでに述べたが、先の第一次上海事変の際に英雄的な戦闘を行った第一九路軍の支援部隊として派遣されていたのも、実はこの師団だったのだ。上海防衛と第八八師団とは深い絆で結ばれていたと言える。日本軍は上海をわずか二週間で陥落させると広言していたが、第八八師団など中国軍の抵抗は非常に激しく、南京へ向かう日本軍の足を完全に引き留めていたのである。

5、戦場での負傷と「再生の日」

黄埔軍官学校歩兵科第一〇期生修了後、阿壠は少尉小隊長として自分の小隊を率いて上海閘北に出撃した。これまで伝聞が多く具体的な記述に欠けていた阿壠の人生は、これ以後一気に多くの文章が登場し、鮮明な姿で蘇ることとなる。まず阿壠が最前線に投ぜられたこの上海防衛戦の状況であるが、刊行された阿壠の小説集『第一撃』[30]所収の「閘北打了起来（閘北は撃ち始めた）」、「従攻撃到防御（攻撃から防御へ）」、「斜交遭遇戦（接近遭遇の交戦）」に、詳細な内容が描かれている。これらの作品には、当時の彼の熱い思いと高い覚悟が率直に述べられているばかりでなく、戦場における中国軍の奮戦の有様が実に生々しく描きこまれている。これらの作品はルポルタージュ（報告文学）として、胡風編集の半月刊文芸誌『七月』（武漢で刊行）に発表された。作品が書かれたのは「閘北打了起来」が一九三八年二月、「従攻撃到防御」が同年四月であり、「斜交遭遇戦」は一九四〇年二月であった。一九三八年刊行の『七月』には署名「S．M．」で前二作と長編組詩（「小兵」「哨」など四首の現代詩による組詩、後にそれぞれ単独で掲載）「従南到北的巡礼（南から北への巡礼）」及び阿壠が「戦場速写（戦場のスケッチ）」と称した短編随筆「咳嗽（咳）」「血肉二章」「雨中行軍」などが次々と掲載された。なお、阿壠が何度もの手紙のやり取りののちに、胡風と初めて会うのはこれらの作品掲載のこの年、一九三八年七月のことで、阿壠が『七月』の刊行地である武漢を訪れた際のことだった。

胡風はそのときの阿壠の印象を「背丈はあまり高くないが、面立ちには強い意志が感じられ、誠実率直で、心に情熱を抱いていることが言葉にも表情にも表れていた[31]」と述べ、すぐさま全幅の信頼を置くようになった。またこの三作品発表の時期、一九三九年四月から一〇月にかけて阿壠は胡風の助言を仰ぎながら、後に自分の代表作となる「南京」の執筆に全力を傾けることになるのである。このように胡風は初対面の時から、阿壠の文学を高く評価しており、一九三八年一一月には上海海燕書店より「七月文叢」の一冊として、この前二作を『閘北七十三天』というタイトルで刊行するのである。[32]『胡風回想録』には阿壠に対する次のような評価が述べられている。なお引用文では小説題名の翻訳が異なっている。

S・M・〔陳守梅〕――「閘北で戦争が始まった」〔第一五、一六期〕を書いた。彼は学生時代〔上海工専《ママ》大学〕には詩を書いていた。民族の危機に際し、堅い信念のもとに軍官学校に入り、祖国の前途に命を捧げた。抗戦開始当時は小隊長として上海で敵と戦っており〔日本軍の爆撃で負傷〕、この長編ルポルタージュは彼が率いる小隊の日本軍との闘いを描いたものである。彼の視線は抗日戦全体にわたる戦略面、戦術面の要求に注がれ、彼の感情は兵士一人ひとりに対する心配りと愛護に向けられていた。彼が描く兵士は単純素朴な感情から戦争に参加した者がほとんどで、戦争には理屈なしに信念を持ち、純粋にこの小隊長を信頼していた。国民党の不合理な軍事制度や大衆を軽視したり、迫害すら加える軍隊の中で、彼は自分の小隊を戦闘集団にまとめあげ、辛い任務や凄惨な戦闘に立ち向かった。負傷後、半年余りたってこのルポルタージュを書いた彼は沈痛な思いで犠牲者を追悼する一方、強い戦闘意欲をもっていた兵士が不合理な仕打ちから脱走兵となってしまったことを……万感の悔恨を込めて描き出さざるを得なかった。戦争初期の勇ましさと悲惨さをあわせて描くことによって、読者に厳しい自己検証を迫ったのである。続編の「攻撃から防御へ」〔第二〇、二一期〕では、こうした大きな教訓に基づき、国民党の誤った戦略と戦術に対して示唆に富んだ、しかし痛烈な批判を展開した。この二篇は戦争初期の忠実な記録である。[33]

阿壠が上海閘北の最前線にいたのは一九三七年八月一二日から一〇月二三日までの七三日間だ。一〇月二三日という日は、阿壠が戦闘中に砲弾の破片を顔面に受けて重傷を負い、前線からの撤退を余儀なくされた日だった。「七月文叢」のタイトル『閘北七十三天』は阿壠のこの戦闘の日数からきている。ここで第一作である「閘北打了起来」と第二作「従攻撃到防御」及び第三作「斜交遭遇戦」の記述を追って、当時の阿壠の状況を述べてみよう。「閘北打了起来」には阿壠とその小隊が閘北に到着し、八月一三日の最初の銃撃戦に参加するまでのことが書かれており、「従攻撃到防御」には戦闘開始後の苦闘が描かれている。また長編「南京」完成後に書かれた「斜交遭遇戦」には、疲弊した連隊が気の遠くなるような移動の行軍時に遭遇する日本軍との交戦の状況が具体的に描かれている。

阿壠こと陳守梅少尉[34]は国民革命軍陸軍第八八師団第五二三連隊（中国では「団」）第一大隊（中国では「営」）第三中隊（中国では「連」）所属の小隊長（中国では「排長」）で、部隊は首都南京と大都市上海のちょうど中間にある無錫東郊に位置する東亭に駐屯していた。陳少尉の小隊は一〇個分隊からなっており、一分隊一〇名ほどと書かれているので、小隊の規模は一〇〇名ほどだったと思われる。阿壠によると、本来は一分隊一三人編制が原則であり、小隊は一三〇人規模でなければならなかったのだが、適切な兵員が確保されることは一度もなかった。しかもそのなかには怪我や病気の者もおり、自力で動けない者は人力車を雇って移動したという。小説では、陳小隊長は無錫駐屯中の連隊に配属される直前まで南京の中央陸軍軍官学校で学んでいた、実戦経験皆無の青年将校と設定されている。学んだばかりの戦略戦術の理論と救国の情熱だけの若い少尉が、社会経験豊かな古強者までいる農民や労働者出身の兵たち一〇〇名を率いるのである。東亭駐屯中の彼らが新参の小隊長を半分冷ややかに見ていたというのは、当時の軍隊からすれば、あまりにも明らかなことだった。しかし陳小隊長は持ち前の情熱と周到な配慮でしだいに彼らの信頼を勝ち取っていく。もっとも、陳小隊長が決定的に兵たちと心を結ぶのは、この七三日間の戦闘においてであった。

中隊長から陳小隊長に、上海で行われる「大規模演習」に参加せよとの師団命令が伝達されるのは、八月一二日のことだった。この「大演習」が実は日本に対する本当の戦闘を意味していることは、部隊の兵卒に至るまで誰もが知っている公然たる秘密だった。陳少尉の小隊には前述のようにけが人や病人もいたが、大騒動の末に全員が無錫の駅に集合し、列車で上海に移動する。陳小隊長はこの移動のなかで、これまで駐屯中に様々な教育をこの兵たちに行ってきたが、近代的軍隊としての組織には程遠く、精神的にも成長していないように思う。しかしこの移動に遅れる兵は、一人もいなかった。どんなに野卑な兵であっても、この「大演習」の意味することが何であるのか、よくわかっていたのだ。いくつかのエピソードのなかに、次のような描写がある。

たばかりだった。

「小隊長どの！　怖くはありませんか。初めて前線に出るときは、どうしても怖気づくものです」白洪有がいきなりこう私に訊ねた。数名が笑った。私はこの部隊に配属されて、六ヶ月の実習期間も含めてようやく一年になったばかりだった。

彼らは私が前線に出たことがないのを知っている。彼らはよく次のような態度を取ることがあった。私たちのような（学校出の）人間は「口先ばかり」で、講堂で理屈っぽい訓話するときにはまったくかなわないが、野外や練兵場に出たら彼らは絶対負けない、そして彼らには土壇場の強さがある、軍隊暮らしの長い兵たちは豊富な経験があり、戦闘の際にどっしり落ち着いていられて、死など畏れないのだ、それに比べると私たちのような人間は最初の砲声を聞いただけで肝をつぶしてしまい、前線離脱してしまうようなこともよくあるのだ、と。しかし彼らと私は結構うまく付き合ってこられた。お互い腹を割って話をする関係ができていて、親身な感情が湧いていたのだ。

（中略）

「本音で言うとね」私は少し考えてから、ゆっくりとこんなふうに彼らに答えた。「もしかしたら私がいちばん怖がりかもしれない。砲声一発で震えだす弱虫かもね。だが、誰が臆病で誰が勇敢かなんか、わかりゃしないさ。怖気づこうとなんだろうと、死ぬ時は死ぬし、死なない時は死なないんだ、臆病かどうかなんてまったくどうでもいいことさ。いちばん臆病な奴が、その時が来れば、いちばん勇敢かもしれない。私たちはみんなごく普通の人間で、血と肉でできているんだ。怖いもの知らずなんて、芝居のなかにしかいない。それでも自分自身に無理にでも強制して、勇敢な道を進ませなければならないんだ。怖いかって？　怖がっていたら滅亡あるのみだ（中略）私たちのこの時代は、臆病な人にだって勇敢になってもらわなけりゃならない、臆病な人も歯を嚙みしめて、死の道を大股で進み、絶対に生存を獲得しなければならない時代なんだ、そうしなければ生きられない時代なんだ[35]」

臆病な人間が追い詰められて、怖気づいて泣きながらでも、命がけの戦闘に立ち上がっていく、この姿に阿壠は中国の戦争の意義を見出していた。立ち上がるまでの道のりは長く、兵たちは肉体的にも精神的にも様々な問題を抱えている。しかし、最後にはみな立ち上がるのだ。阿壠は閘北の七三日間でこのことに確信を持つに至る。いくつかの例を挙げよう。たとえば第三作「斜交遭遇戦」には、李三光という直属の上官である中隊長とのエピソードが挿まれている。この李中隊長はよくない噂だらけの将校で、長い軍隊暮らしで公金横領や金品強奪を繰り返しては、賭博にのめりこんでいるという、どうしようもない男だった。その名前からして、「賭博場からは、人がいなくならない限り、銭がなくならない限り、空が明るくならない限りは出ていかない」ということから「三光（中国語の「光」には完全になくなるという意味がある）」と綽名されていたのだ。こういう男でも、土壇場の戦いでは死を覚悟して日本軍のなかに突進していった。ただ一人突撃を敢行するときに、李三光は次の言葉を残す。

俺はもうずっと前からわかっていた。この世に生を受けた者は必ず死ななければならない。犬だって蟻だってそうだ、一〇〇歳まで生きた人間だって結局は死ぬんだ。死ぬかどうかなんか問題ではない。生きるんだったら痛快に生きろ、腐れ犬みたいに女々しく生きたりしないんだ。そして死ぬんだったら潔くな、ずるずる泥水を引きずったりはしないのさ。（中略）賭けで負けたら嫌なもんだが、戦争で負けるのはもっともっと絶対に嫌だ（中略）賭けの時にはズボンを剝ぎ取られたって、指をへし折られたって頑張りとおさなけりゃいけないんだ。これこそ戦争の道理なんだよ。（中略）今日俺は日本の臆病野郎たちと最後の大勝負をするんだ、見てろよ、俺が元手を倍にして取り返すからな。もう時間だ。俺は行くからな！　まあ、見ていろよ！(36)

李三光中隊長はこう言って、陳小隊長の背中をポンと押すと敵のいる林の中へ消えた。彼はこのとき、李中隊長から「自分の部隊のどうしようもないならず者二〇〇人」を任されたのである。第三作の最後に置かれたこの李中隊長とのやり取りは、かなり詳細にわたっている。中国では人間の命と魂のぎりぎりのところに、戦争が展開する、そしてそれは中国の軍隊と民衆のなかに限りなく連鎖してつながっていく、だからこそ中国は必ず勝つのだ、阿壠の確信はこういう描写の中に輝いているように思う。

一方で、阿壠は第一作「閘北打了起来」の中で次のようなやり取りも描いている。日本への戦闘開始が公然たる秘密となった「上海における大演習」への移動の列車内で、陳小隊長の兵たちが口々に、侵略者日本人への剝き出しの憎悪を吐き出す。先述の「臆病者の戦い」のすぐあとである。それは死を賭けての戦いの誓いから、「日本人の心臓を食い破ってやる」という文字通りの憎しみにエスカレートしていく。

「俺たちは絶対に日本のチビ野郎どもを打ち負かすんだ！」

「俺は生け捕りにしてやるぞ、ひっ捕まえて心臓を抉り取り、ニラと一緒に炒めて食ってやるんだ！」

私はもはや（臆病者の話の）結論を下せなくなってしまった。話題は捕虜の取り扱いの問題になっていったのだ。私は本当は我々が生き残りたいのなら、その前に命がけの道を選ばねばならないというふうに話を進めたかった。それから、抗日の必要性に関する理論を述べ、抗日の結果のもたらすものが何であるべきかについて話を続けたかった。しかし話題が捕虜の問題になると、兵たちの気持ちは急に高ぶっていき、どんどん過激な雰囲気になっていった。こうなると私は自分の話を続けるわけにはいかなくなり、しかも、兵たちの過激な感情に対してもすぐに匡正《きょうせい》しなければならないと思ったのだ。そして私は顔を真っ赤に紅潮させている兵に向かってこう言った。

「どうして君は日本人の心臓を食うんだい？」

「だってチビ日本人どもが酷《むご》すぎるからです！」

「君が人の心臓を食うって言うのも、ずいぶん酷い話だよ」

「いえ、小隊長どの！　私は善人の心臓は食いません。私はけっして酷くはないんです」

「日本人は誰もがみんな酷たらしいと思うのかい？」

「みんなそうです、兵隊になる奴なんか、中国に来たら最後、酷くない奴だって酷くなるんです！」

「君はある日本の国会議員が、何て名前だったか、その人は中国に逃げてこようとして、却って彼らの憲兵につかまってしまい、いまでは生きているのか死んでしまったのかもわからくなっているって知っていたか？　新聞に載っていたんだ。君はこういうことがあるのを知っているのか」

その兵はまったく予想外の話を聞いて、驚いてしまった。兵はぽかんと口を開けて目を怒らしている。しかしすぐに首を振りながら、信じられるものかといった表情で、腕に抱えた銃を撫でた。

「そんなの嘘です」

列車はまた長い鉄橋にさしかかり、グォーンという響きが轟いて、張り上げないと声も聞こえないほどだった。

「それなら君に訊こう、中国人なら誰でもみんな日本と戦うって思っているのかい？」

「もちろんですとも！」兵が毅然として答える。

「日本と戦いたくない奴なんかいるものですか」別な声があがった。

「君たちは漢奸（売国奴）がいるのを知っているだろう」

「漢奸！　そんな奴ら皆殺しだ！」

「問題はそこにあるんだよ。中国人は日本の侵略に反抗しなければならない、だが中には漢奸だって混じっている。日本の軍閥や資本家は中国を滅ぼそうとしている、だがやはり中国人を兄弟だと思っている日本人もたくさんいるんだ」

「小隊長どの、もしあなたがおっしゃっているんでなかったら、そういうことを言うやつは漢奸だ」

「陳小隊長、日本人にもいい人がいるって言うなら、どうして連中は兵隊になって中国に来て中国人を殺そうとするんですか」

「内戦の時に、君たちは自分の同胞を殺したいと思っていたかい」

「いいえ、絶対に！」

「いいえ、思っていません！」

「それなら、君たちはなぜ内戦で戦ってきたのだろうか。それは君たちが脅され、騙されていたからだし、生活の問題もあっただろう。そうやって君たちは前線に送られてきて、砲弾の餌食にされてきたんだ。日本人だって同じだ。だから君たちが捕虜を取ったりした時でも、心臓を食うなんてもってのほかだ。そうなれば、日本の軍閥の宣伝に載せられて、中国は野蛮人だってことになり、世界から同情されなくなってしまうんだ[37]」


ここには、作者阿壠の戦争と人間に対する不屈の信念が込められている。戦争に導く権力と社会の体制を厳しく見つめると同時に、なす術《すべ》もなく戦場に駆り立てられていく兵隊を、中国と日本の人種の壁を越えて包んでいく大きな人間愛が伝わってこよう。ここには、安易な憎悪に滾《たぎ》る狭隘《きょうあい》な民族的感情が昇華され、圧倒的な博愛の精神で両国の兵の傷を癒し、平和を目指す大きな団結に導く力が存在していると思う。こういう慈愛に満ちた信念こそが、阿壠の文学を支える情感だったのではないだろうか。これは国際主義と人道主義の結合ともいうべき概念であり、戦時下の中国文学における稀有な達成とみなされるべき作品と言えよう。阿壠が後に著す長編「南京」では、この基本的理念がさらに高度な形で結実することになるのである。

『第一撃』巻末に付された阿壠の随筆「我写《閘北打了起来》」からは、戦場にいた作者の激しい情熱が伝わってくる。彼は部下や戦友の一人一人の戦闘と戦死、負傷と離脱の記録を丁寧に書き綴って、こう訴えるのである。

私自身が第一期抗日戦争に参加できたことは本当に幸せだった。しかも私はここから日本帝国主義に弾丸を撃ち込むことができたのだ。これは私のはじめての弾丸であり、私が閘北で流した血は、私がはじめて祖国の大地に流した血であり、これらは閘北にいた七〇日間、民国二六年八月一二日から一〇月二三日まで、つまり「八・一三」に始まったといえるのだ。そこには私の喜びも怒りもあった。私はこの作品を私自身に残す記念として書いた。もし今書かなければ、我々のようにいつも死線のうえにいるものにとって、書けるときがいつくるかなど、まったくわからなかった。(38)

阿壠が書いた「本当に幸せだった」という言葉は、強い響きを持っている。自分の理想と信念のために、実際に自らの血を流し闘った戦士の誇りが、率直に述べられているのだ。そしてこれが彼の文人としての天分を刺激し、新たな義務感を彼の心に植え付けた。義務感はさらなる力となり、阿壠を創作に駆りたててやがて長編小説「南京」に結ばれていった。阿壠の全作品には、闘う人間の情念が一貫しているのである。「南京」とその執筆前後に書かれたルポルタージュ群との関係は、章を改めて詳細に検討することになる。ここではこうした創作に情熱を傾けるようになった事件——上海戦における阿壠の負傷について述べたい。

弟陳守春は阿壠の負傷の状況を次のように回想している。

長兄守梅と自分は一九歳も離れており、物心がついてからの記憶では、最初に兄の姿を見たのは兄が南京の黄埔軍官学校を卒業して、杭州に帰省したときだった。兄は軍服の正装で馬に乗って帰ってきたのだ。そのときの兄は非常に凜々しく、誇らしげだった。二度目に会ったのは、兄が上海戦役で負傷して杭州に運び込まれたときだった。兄は現在の杭州第一人民医院に入院し、治療を受けることになった。私は毎日卵をもって兄の看病に行った。兄は第八八師団という当時の陸軍精鋭部隊にいたのだ。兄は少尉小隊長で、自分の小隊を率いて閘北の最前線にいた。当時兄はすでに戦闘機や爆撃機の爆音、砲撃や空爆の破裂音を聞いただけで敵か味方か判断することができていた。あの日（一九三七年一〇月二三日）兄は爆音が敵機のもので、空爆がきわめて危険な状態だと瞬時に判断し、自分の小隊に伏せろという命令を下した。しかし兄は全員が伏せたかどうか心配になり、自分だけ顔を上げて振り返ってしまった。そのとき敵の爆弾が炸裂して破片が顔面を貫通したのだ。

阿壠の具体的な負傷の程度について、筆者は何人もの関係者に訊ねた。そのなかでもっとも確実な情報は、やはり実子陳沛と阿壠の学生林希[39]によるものだった。阿壠を襲った爆弾の破片は右頬から右顎部奥を経て貫通した。少し位置がずれれば致命傷となるほどの深刻な重傷で、阿壠はすぐに後方に撤退することになる。後の写真から見ると顔面右側にやや歪みが残っているのがわかる。しかし問題は顔の表面ではなかった。顎部、特に右奥歯のあたりが大きく吹き飛ばされ、その傷跡が猛烈な化膿を起こし、いつまでも治らなかったのだ。これは阿壠逮捕直前まで彼を悩ます深い傷跡だった。羅惠[40]は、阿壠の印象を語ってくれた際にこう表現していた。

「阿壠は笑うと、悲しみを浮かべて泣いているような表情に見えた」と。

上海戦での右頬の古傷が笑う際にひきつれるためだったのだろう。泣くように笑う男、阿壠の生き方がここにイメージされているようにも感じられる。

阿壠は日本との戦闘で重傷を負ったこの日を、自己の新たな生命の再生の日として記念し、生涯にわたって忘れることはなかった。その心情は、後に個人詩集『無弦琴』(一九四二年)のなかの一篇となる詩「再生的日子(再生の日)」から、読者に力強く伝わってくる。ここにこの詩の全文を訳出する。

一〇月二三日/ああ、/僕の再生の日――

十字架にはこのように血が流れていて、/荊棘の冠には/このように血が流れていた
人の子は/こうして復活したのだ!――/復活したのだ!

母親から/天地の間の大いなる愛から/母によって体現された大いなる愛から僕は最初の誕生を遂げた、/血を浴びながら、最初のたくましい男の子の叫び声を上げたのだ。

敵から/生死の間の大いなる闘いから/嵐のように激しく/災いの蝗のように群がりくる/あの日本ファシズムの火と鉄から/僕は/二度目の誕生をした/血を浴びながら、僕は世界と再び巡り会った/僕は全身びっしりと真っ赤に染まった人間なのだ。

血に塗《まみ》れたときには涙はない／一人の兵士には一滴の涙もない／一滴の朝露のように小さな涙もない／血を流す人は涙を流す人ではない／「ああ、小隊長！／花を着けてしまいましたね」（原文「載花」戦場で負傷すること）／僕が着けたのは戦闘の花だ、戦闘と同じように赤い花だ、／正義の花、正義と同じように赤い花だ、／僕はいつ勝利の花を着けられるのだろう、勝利と同じように赤いあの花を。

僕の歯は打ち砕かれてしまった！……／僕はもう敵にかみつくことができなくなったのだろうか――／僕は敵の肉にぎりぎりと齧り付いてやりたい／僕の鋼のような憎しみで／僕が使うのは歯ではなく、憎しみなのだ。

僕の口は打ち潰されてしまった！……／五月の江南の水蜜桃を頬張ったときのように／僕の口は崩れた血肉で溢れた、／僕はもう大声で不義を糺し、正義を守ることはできなくなったのか――／僕が活きている限り／やはり変わらない力で世界に向かって話をしよう／僕が使うのは僕の憤怒の迸る速写の文章なのだ！

一〇月、／それは革命の勝利の月だ！／二三日、／ああ、／僕の再生の日！

一九四一　重慶にて(41)

『無弦琴』は亦門の筆名で編まれた阿壠の第一詩集で、胡風の「希望社」（桂林）から一九四二年八月に、「七月詩叢」第一輯の一つとして出版されている。この詩集は阿壠の延安から重慶に至るまでの非常に劇的な時期に執筆された。詩集には一九篇の詩が収められていて、冒頭の「小兵（若い兵）」は一九三八年の作、その四年後に書かれたこの「再生の日」が最後に置かれている。これまで見てきたように、この間に阿壠は多くの戦場のルポルタージュを機関銃のように書きまくっており、「南京」も書き上げていた。しかしこれらの戦闘的執筆群は、すべて上海での負傷後に書かれていることを、いま一度確認しておきたい。阿壠はこの戦争において自らが何者であるのか、何をなすべきなのかを常に考えていたようだ。そして一九三七年一〇月二三日の戦闘で重傷を負い、生死の間を彷徨って、実戦における物理的肉体的な戦士であることから一歩退かねばならなくなった瞬間、その明白な答えが心を捉えたのだと推測できる。阿壠の重傷は、あれほど希求していた戦争の最前線に立つことから彼を遠ざけ、終生にわたって彼を肉体的に苦しめ続けた。しかしこの上海での負傷がなかったなら、阿壠は自分の内部にある力をこれほどまでに文学に注ぐことはなかっただろう。肉体の苦痛が耐えられなくなればなるほど、阿壠の精神は文章の表現にますます力を与えていき、中国の多くの読者に感動をもたらしていったのだ。阿壠文学の原点は、とりもなおさずこの血の一〇月二三日にあった。この日、肉体の戦闘者陳守梅は文学者「S・M・」、亦門としての復活したのだ。

6、上海最前線撤退から延安到着まで

阿壠は重傷を負って後方に撤退した後、延安に潜入することになるのだが、その経緯は実は明白ではない。「略年譜」によると、彼は負傷後ただちに後方南昌の病院に収容され、その後長沙に転院しているが、先の弟陳守春の証言にあるように、重傷を負った後にまずは杭州の病院（現在の杭州第一人民病院）に担ぎ込まれて療養生活を送ったようだ。阿壠は杭州出身であり、実家のある土地での療養は安心できるものだったのだろう。守春は毎日鶏卵を持って兄の病床に見舞いに行っていた。その後転院して治療を受ける江西省南昌市は、上海の戦闘最前線から西南へ約五〇〇キロ離れた都市で、湖南省長沙市はそこからさらに西へ二〇〇キロほど後方になる。療養先がしだいに後方に退いていくのは、戦線の拡大の影響があったのだと思われるが、いずれにしろ、具体的な療養の期間は数ヶ月だったようだ。先述の『無弦琴』巻頭の詩「小兵」は「一九三八年六月一八日、衡山、南岳市」と付記があるのだが、「略年譜」に

よると、阿壠は長沙での療養後に「湖南省全省保安団隊督練処教練官」を勤めていて、この詩を作ったのはちょうどそのころだった。階級は大尉となっていた。陳守梅は昇進して軍事教官として復活しているのだ。昇進はもちろん上海戦における名誉の負傷によるものだったろう。この後陳守梅は最終的に国民革命軍陸軍大佐にまで昇進していくのだが、そこには黄埔軍官学校卒業生という国民党軍部のエリートであったこととともに、この戦役での一身を賭しての貢献が大きく働いていたに違いない。

阿壠が一時期就任していた「保安団隊（保安団を編成した部隊）」は地方の軍事組織の一種で、北洋軍閥政府時代の一九一四年にその淵源がある。もともとは地方において民間の武装力を整備・組織化し、治安・警察の分野で活用しようというものだったが、その後幾多の変遷があり、抗日戦争のころには国民党支配地域での民間武装力として着実な実践的能力を保持していた。阿壠のいた湖南省の保安団に関しては、現在も湖南省のウェブサイトに「湖南省保安司令部」の紹介として次のような一文がアップされている。

一九三三年四月に湖南全省保安部が成立し、全省の保安を管轄した。司令部には正副司令各一名、参謀長一名が配され、その下に参謀・総務・執法の三部門、および参議と観察員数名が置かれた。また衛士隊と特務隊を司令部直属として設置した。同年一二月総務隊を整理改編して経理部および副官処とした。全省で二九個保安団と二個独立大隊が編制され、総兵力は三万五〇〇〇であった。一九三四年一二月、保安司令部は保安処に改編され、処長弁公室および第一、二、三、四科を設置した。後に第五科と会計室、統計室が増設された。一九四三年、保安処は警務処に改編され、全省保安団隊は警察大隊と改称された。(42)

中国では「保安団隊」というと国民党の警察の手先のようなイメージが強く、かつてはテレビドラマなどの抗日戦争ものでは決まって悪役が登場していた。しかしこの引用からもわかるように、実際は抗日戦争のなかできわめて重要な実践的役割を果たしていたのである。阿壠は戦傷の療養後に赴任したこの保安団隊での経験を、すぐさま詩に表現した。阿壠の描く保安団隊の少年兵のイメージは、情熱的でありながら粗野ではなく、繊細な筆致で純真な中国の心を浮かび上がらせている。

大きな掌のちっぽけな小指のように、／逞しい隊列の中でとりわけ小さく見える。
灰色の軍帽は大きすぎて／目深にかぶると却って始末に負えない。
気を付けの姿勢で立つと、／頭がやっと銃口と同じ高さになるだけだ。〔当然、銃剣は付けていないが〕
年を訊くと
恥ずかしげな若い顔に白い歯をのぞかせて笑みを浮かべ、
柔らかな楓の葉のような手を伸ばす。
ぐるぐる巻きあげた袖は、それでもまだ長すぎたが、
親指と小指を立ててさっと突き上げた。
「一六になりました」／「一六だって？……」
年齢が確かにそうだとしても、／体格は絶対に成熟していない。(43)

阿壠は未成熟な子供としか見えない少年兵を前にして、青い果実を無造作に市場で叩き売るブローカーたちを連想して「反感が私の血のなかで燃えた」と続ける。阿壠はこの少年たちこそ「未来の中国の苗だ」と信じており、そういう子供たちを戦闘に送り込むなどは、もってのほかであり、逆に「しっかりと守ってあげなければならないのだ」

と思う。そして戦争の恐ろしさを少年に語り、「銃は重くないのか」「爆撃機や大砲が怖くないのか」と畳み込む。ところが少年は「いいや、僕は兵隊になります、僕は日本を撃てるんです」ときっぱりと言い放つのだ。阿壠はこの言葉の前に深く慚愧し、いかに「未成熟な肉体に成熟した戦闘意識が満ちみちている」のかを噛みしめ、自分こそ「中国の子供たちを侮っていた」のだと考える。この詩の最後は、次のような言葉で飾られている。

少年の血は純潔そのものだ／中国の版図はさらに鮮烈な色彩を必要としているのではないか／さらに豊かで美しいものを／中国の大地は降り注ぐものを必要としているのだ／〔亀裂の走る古い稲田のように〕／少年よ、私は心から願う
君が戦闘のなかで成長することを！(44)

この詩「小兵」の副題には「保安団隊第一二連隊第五大隊二等兵趙雲南のために」という言葉が付けられており、実在の少年兵と陳守梅大尉の心の交流が目に浮かぶようである。さらにこの詩から現在もなお伝わってくる純真性は、抗日戦争という民族の大義の前に、「保安団隊教官」に就任した陳守梅の選択が、いかに誠実で緊迫したものだったのかも雄弁に物語っている。しかしこの時期の阿壠の経歴、特に保安団で教官をしていたという部分は、あまり触れられることがない事実だった。それは先述した国民党左派「改組派」との関連にも通じることで、たとえ阿壠の「名誉回復」後であっても、国民党軍部での業績を語らない方がいいという判断があったのだろうと推測される。

保安団隊大尉教官として赴任していた衡陽（前述の「小兵」付記にある「衡山南岳」は、行政上、衡陽市）は、療養先だった長沙からさらに南に一〇〇キロほど下った地方都市で、湖南省軍部の拠点地でもあった。阿壠は一九三七年一〇月に負傷して杭州、南昌、長沙と転々と移動しながら療養生活を送り、一九三八年一月か二月ごろには赴任先に到着

しているはずだ。「略年譜」では、ここ衡陽でおよそ半年間暮らしていたと記録されている。重要なのは、この期間に阿壠が「S・M・」のペンネームで先述のルポルタージュ群を猛烈な勢いで書き綴っていたということである。到着後すぐ二月には「従攻撃到防御」、四月には「閘北打了起来」が書かれており、そのほかの短編の多くがこの時期に集中していた。武漢での胡風との出会いについてはすでに述べたが、それもこの時期のことだった。阿壠が本格的な作家となるにあたって、この衡陽での保安団隊教官時代の執筆活動が大きなステップになっていたことは重要である。阿壠が延安へ行くことになるのも、この時期の執筆と交流を抜きにしては考えられない。

阿壠がどのようにして延安に行ったのかについては、「略年譜」では一九三八年の項で次のように書かれている。ここですぐわかるのは、戦傷後の治療の経緯や保安団隊教官就任の状況に関する説明とまったく異なり、著名な仲介者と正式な手続きを経てのことだったと丁寧に綴られている点だ。

七月、武漢に行き初めて胡風と知り合う。一一月、胡風の紹介で、中国共産党中央長江局呉奚知の繋がりを通して、衡陽から徒歩で西安に行き、第一八集団軍弁事処の手配を経て延安に向かった。そして抗日軍政大学慶陽第四分校、および抗日軍政大学に進んだ。

多くの回想録も阿壠の延安行に関してはすべてこの記述のままで、大きな相違はない。武漢で初めて対面した際の胡風の阿壠についての印象はすでに紹介したが、胡風は一九三七年一〇月に戦争の拡大に伴って武漢に移転してきていた。胡風はこの後、一九三八年一二月に重慶に到着するまで、武漢を活動の拠点にすることになる。阿壠はこういう状況の時に衡陽から胡風を訪ねて行ったのだ。そして武漢滞在中の胡風を通して阿壠の知人の幅は一気に拡がっていき、中でも共産党系の文化人たちとの交流は確実に増えていったようだ。こういう新たな知人層のなかに呉奚如がいたのだ。彼は阿壠の生涯を考える上できわめて重要な人物となる。この人物がいなかったら、あるいは阿壠は共産党への決定的な接近をせずに重慶サイドの自由な文化人の道を選んでいて、その後の人生がまったく変わっていたかもしれない。

まず中国共産党中央長江局について確認しておきたい。共産党史においてこの名前の機関は三回登場する。最初は当時の共産党臨時中央政治局会議が一九二七年に長江局の組織を機関決定し、湖南・四川から安徽に至る長江流域の革命運動指揮を目指したとされるが、厳しい情勢と路線問題、中央組織改編などがあり、この時期に同時に組織された北方局、南方局とともに短期間で解散している。二度目は一九三〇年のことで、中央委員会決定により再度北方局、南方局と長江局が組織されている。当時共産党中央は李立三路線の過激な武装闘争に走っており、危機的な状況が拡大していって、最終的には翌一九三一年に半年足らずで解散してしまう。最後が、阿壠延安行に関係する呉奚如のいた長江局だ。一九三七年、国共合作路線の下で共産党の紅軍が国民革命軍第八路軍に改編されたが、共産党中央委員会は南方局を組織して革命の指揮を統括させることとした。それから間もなく、コミンテルンからの強力な指導もあって、南方局が長江局に改編され、国民党との協調を第一にする方針に急速に傾斜していった。そしてソ連から帰国したばかりの王明が長江局書記に就任し、機関は漢口に置かれた。漢口は武昌、漢陽とともに武漢三鎮と称されてきたが、現在は武漢市に合併されている。これは王明の主導する国共融合の方針であったが、翌一九三八年一一月に延安で開催された第六期中央委員会全体会議（六中全会）において最終的に否定され、王明は指導力を失って、その指導下にあった長江局は新たに南方局と中央中原局に改編されることとなる。党史はここにおいて、王明路線を克服して正しい方針が確立されたとしている。阿壠の延安行の背景となる共産党の状況は、相当複雑だったのだ。ここで大切なのは、中国共産党中央長江局という組織が単なる地方の党支部組織のようなものではなく、路線の誤りがどうだったかは別として、共産党指導の革命運動にとって、また共産党組織の基本運営にとって非常に重要な中央機関だったということである。党史関連資料には次のような記述がある。

（一九三七年一二月一三日の南京陥落後）一二月二三日、中国共産党中央代表団と中央長江局は武漢で第一回連絡会議を開催し、工作の合理性を図るために、二つの組織機関を統合することを決定した。この機関は対外的には中国共産党中央代表団と称し、対内的には長江局と呼ぶこととして、周恩来、項英、秦邦憲、葉剣英、王明、董必武、林伯渠（西安駐在）の七名で構成され、王明を書記、周恩来を副書記に任命した。[45]

王明路線順風満帆の構えがよくわかるが、同時に周恩来が重要なポジションを占めていることも明白であり、その秘書だった呉奚如が社会的には共産党中央幹部と見られていたことが明らかなのである。また同じ党史資料において、この王明が長江局書記に就任していた時期の特徴について、次のような記述があるのも興味深い。

一九三七年一二月から一九三八年一〇月まで長江局の歴史は一年足らずではあったが、この一年間は抗日戦争史において、戦略的防御を堅持する段階から戦略的対峙の段階への転換を準備する一年だった。そして国共両党の関係史において、第二次国共合作の全期間の中で最も融和していた一年だった。中国共産党史からすれば、南方党組織が大きな発展を遂げ、大衆の隊伍が大いに活躍し、統一戦線工作の大規模な展開が見られた一年であり、長江局はこうした新たな局面に対して大きな貢献をしたのである。[46]

中国共産党史において、王明は国内外の影響を受けて踏み間違った「右翼日和見主義者」であり、抗日民族統一戦線内に出現した「階級的投降主義（敗北主義）者」であって、コミンテルンに対して盲目的に服従する誤りを犯した中央幹部とされている。しかし王明の事案は党内の問題として処理されており、この時期の共産党の動向が完全に否定されてはいない点に注目すべきだろう。端的に言って、史上類を見ないほど、国共両党は蜜月の時代を迎えていたのである。そしてこういう状況下にあって、阿壠の延安行は、共産党機関の正式な手続きを取ったうえでのことだったと強く主張しているのだ。この時期の国民党・共産党の強い融和関係こそが、阿壠の延安行の条件だったと言えよう。

この阿壠延安行のキーパーソンとなった呉奚如は、阿壠筆名の命名者何剣薫と同じように、『我与胡風』にやはり遺稿となった回想が掲載されており、そのなかで阿壠についての重要な言及が残っている。呉奚如の経歴についても、同書に詳しい紹介が付されている。

呉奚如〔一九〇五～一九八五〕湖北京山県出身、一九二五年に革命に参加、黄埔軍官学校特科大隊中共党支部書記、後に葉挺の独立連隊政治指導員。一九二七年湘贛辺区《しょうこうへんく》（湖南・江西地域の革命根拠地）工農革命軍警衛連隊中隊長、同年一〇月湖北省軍事委員会参謀、省委員会常任委員、書記代理。一九二八年一一月河南省軍事委員会委員兼秘書。一九三三年四月上海にて左翼作家聯盟〔左聯〕および中央特科の工作に従事。西安事変前夜「抗日同志会」機関紙『文化週報』に従事、編集長に就任。一九三七年延安に赴き、抗日軍政大学政治教員、八路軍西北戦地服務団副主任を務める。一九三八年二月から一〇月まで周恩来副主席の政治秘書となり、同年一一月から八路軍桂林弁事処処長に就任。皖南事変の時に新四軍第三支隊及び江北縦隊で政治部主任。一九四一年四月八路軍総政治部宣伝部文芸科長。一九四七年から東北地方で労働組合工作に従事、一九五七年からは中国作家協会湖北分会に所属し、専業作家活動。(47)

呉奚如は阿壠よりも二歳年上で、なんと黄埔軍官学校の先輩・後輩の関係であった。黄埔軍官学校卒業生は非常に強いネットワークをもっており、国民党軍部中枢へはもちろん、共産党軍部の幹部としても多くの人材を輩出している。呉の回想によると、黄埔軍官学校特科に進学したのは一九二五年のことで、阿壠より八年上の同窓ということになる。黄埔軍官学校は一九二四年広州で孫文自らの設立になるから、呉奚如は堂々たる二期生だったのだ。彼は阿壠と同じくやはり没落した商人の家に生まれ、ろくな教育も受けられないまま広州に流れてそこで革命の意識に目覚めたという。黄埔軍官学校は戦火の拡大により一九二八年に南京に移転するのだが、二期生の呉奚如はその広州で入学を果たしたことになる。有名な広州コミューンの勃発の二年前だった。その後の経歴は実に輝かしく、阿壠の延安行のタイミングはちょうど中共中央のエリートとして呉が漢口で中国共産党中央長江局副主席周恩来の政治秘書を務めていたときにあたっている。ちなみに、周恩来自身も黄埔軍官学校設立時に政治指導員として就任しており、呉奚如の恩師でもあったのだ。呉の回想によるとこの当時すでに創作を始めており、胡風との交流も深かったようだ。阿壠について呉は、この回想で二度触れている。

この（胡風の）反革命集団の重要分子に陳守梅〔「S.M.」阿壠〕がいた。やはり私が抗日戦争初期に偽名で延安抗日軍政大学に送り込んだ人物だったから、〔抗大で学んだ後に国民党中央軍系統に復帰して情報活動を続けてもらいたかった〕私は非常に心配になった。だが結局誰も私に対して彼を延安に送った政治責任を追及することはなく、新聞紙上では彼が「延安抗大に潜入した」としか報じられなかった。(48)

胡風事件の中心人物の一人として重大な反革命犯となった陳守梅こと阿壠、その男と延安時代に深い関係があったことが暴露されたら、自分のすべてがあっけなく吹っ飛んでしまう、呉奚如はそのことに言い知れぬ恐怖を感じていた。呉こそが阿壠を中国共産党の中核に送り込んだ人物であり、当時の漢口における胡風・呉奚如を中心にした人脈図を簡単に証言できる党幹部だった。そのチャートの展開には、周恩来や王明、そして協調路線の対象であった国民党軍部まで含まれていたはずなのである。特に、この回想のなかで、「抗大で学んだ後に国民党中央軍系統に復帰して情報活動を続けてもらいたかった」という理由で「偽名で延安抗日軍政大学に送り込んだ」という証言に至っては、阿壠の共産党に対する潔白を確実にする決定的証拠となりえるものだった。しかし大規模な粛清運動の暗黒に取り込まれた呉奚如は完全に怯えきっており、もはや正義のために発言するような気力は萎みきっていたのだろう。呉奚如の阿壠に関する回想のもう一つは、己の原稿の末尾に付した「付記」である。呉はここにその人生の深い痛恨の念を込めているように思う。

付記：今年六月、楼適夷同志が四川峨眉山を旅して北京に帰る途中武漢に立ち寄り、私の家に訪ねて来てくれ、往時を懐かしんだ。その折に、「胡風はまだ死んではいない、四川省政治協商会議委員になっている」と教えてくれた。胡風はまだ死んではいなかったが、優秀な詩人陳守梅はすでに監獄で発狂して死んでいた。彼は黄埔軍官学校の卒業生で、私の同窓でもあり、私が当時延安抗日軍政大学に送り込んだのだった。私はこの野の花のようなささやかな文章でもって、彼を偲ぶこととしよう。悲しい哉。〔一九七九年一〇月補足して記す[49]〕

本文の回想の原稿には「一九七九年五月」と記されており、その時点ではまだ、呉奚如は胡風が長期にわたる監禁の末に獄中で亡くなったと信じていた。またこの付記でも、阿壠のことを獄中で「発狂して」死んだと記している。『我与胡風』の編者暁風はこの付記について、「この付記は他の諸氏の回想と明らかな齟齬があるが、筆者はすでに故人であり、修正が不可能なので、このまま掲載して今後の調査に待つことにする」と注釈を付けていた。この回想は文化大革命終結後の「自由回復」の年に書かれてはいるのだが、その当時の情報がいかに制限されていたか、そして呉奚如らがいかに権力による抑圧に恐怖の日々を送っていたかが、ひしひしと伝わってこよう。

7、延安にて、抗日軍政大学での日々

阿壠の延安行は、これまで述べてきたように、複雑な情勢下の出来事であって資料が不十分なので、よくわからない問題が依然として残っている。「略年譜」の記述では阿壠は衡陽から徒歩で西安に向かい、西安での正式手続きを経て延安に向かったとある。地図上を単純に直線で見積もっても、衡陽西安間は、たっぷり一二〇〇キロはあろうという途方もない距離だ。これは単に、民族の危機に立ち向かう情熱家の意志のなせる業《わざ》としてだけでは済まないように思われる。阿壠はなぜたった一人で走破しなければならなかったのだろうか。いまの段階では、いくつかの資料から推測するほかはない。まず阿壠自身の文章を見てみよう。この時期阿壠は、到着したばかりの西安から胡風宛に次のような手紙を書いていた。書簡の日付は一九三八年一一月二一日である。

胡風先生：

一ヶ月にわたる困難な道のりを経てついに西安に到着し、そしてついに問題を解決しました。残念だったのは、奚如先生が出発なさったばかりだったから、自分で自分を推薦するようなことになり、危うく間違いを起こしそうだったことです。もし奚如先生の住所をご存じなら、どうか教えてください。私の連絡先は「重慶江北米亭子八号三楼・楼淑政方」です。一一月二一日　　陳守梅(50)

暁風の注には「人目を忍ぶために、阿壠は単身徒歩で衡陽から西安に向かい、第一八集団軍弁事処の手配により延

安に行き、抗日軍政大学慶陽第四分校・延安抗大で学んだ。」と記されている。阿壠にとって西安での連絡先は臨時の滞在に過ぎないから、友人のいる重慶の住所を自分宛の親書の届け先に指定していたのだろう。阿壠が単身徒歩だったことは、「一ヶ月にわたる困難な道のり」とあるだけで、この注釈を読まない限りわからない。また「呉奚如の紹介で」ということは、これまで何度も説明されていたのではあったが、この手紙では、実際は西安での手続き時には阿壠は呉奚如との連絡を失していて、かなり大変だったことも読み取れよう。最後の一文「呉奚如の住所をどうか教えてください」というところには、阿壠の必死さと困惑が込められているように見える。[51]ともかく阿壠は、この手紙を送った後、たぶん一九三八年末には延安に到着していたようだ。

一方、阿壠の弟陳守春は、この件について次のような証言を残している。

兄は当時胡宗南部隊に所属していた。胡宗南部隊は延安包囲を任務としており、兄は昼は部隊の包囲線の一区画の守備の責任を負う将校として任に就き、夜になってから延安の抗日軍政大学に通ったのだ。

陳守春の証言にある阿壠が胡宗南部隊所属の将校だったという事実は、いままでのところ、どの回想録にも書かれていない。戦史を紐解くと、胡宗南はやはり黄埔軍官学校第一期の卒業生で、生え抜きのエリートとして蔣介石の厚い信頼を得ていた。阿壠とはまたもや同窓ということになる。その実家は浙江省鎮海県であり、そこは青年阿壠が情熱に燃えて国民党幹事として活動した土地でもあった。胡宗南は一九三七年四月に第一師団師団長に就任、阿壠の負傷する八月の上海防衛戦に出動、すぐに第一七軍団軍団長に昇進して戦役の指揮を執っている。そして一九三八年九月には武漢防衛戦に出動しているのだが、日本軍の攻撃に敗退して西安に撤退したとされている。しかし蔣介石の胡への信任は篤く、翌一九三九年に黄埔出身者としては初めて軍団総司令官（第三四軍団）に就任している。それから国共内戦の時期にいたるまで、胡宗南は西安を拠点にして、蔣介石の指示の下延安の共産党に睨みを利かせることになるのだ。こうして経歴を追っていくと、胡宗南と阿壠の人生との、ある種の重なりのようなタイミングが、確かに存在しているように感じられる。実際、阿壠が湖南から西北へ向かう時期も動線も、微妙にこの胡宗南指揮下の軍団の動きに合致している。これはあくまでも推測にすぎないのだが、もしかすると阿壠は、南岳衡陽での保安団隊教官の任を解かれて、西安に転戦する胡宗南軍団に合流するよう命ぜられていたのかもしれない。またあるいは、それは胡風・呉奚如らの勧めもあって、国民党軍部の軍事情報の探索と入手のために、自ら進んで軍団本隊への復帰を志願したという可能性も考えられる。さらにこの二つの想定の上に、阿壠は基本的には胡宗南軍団の幹部将校として西安・延安に配属されながら、秘密裏に共産党の抗日軍政大学に学び、創作執筆活動をも展開していた、そして国民党軍部には将校の顔を、延安には情熱的な文学青年の顔を、さらに弟など身内には軍の任務で動く軍人の顔を見せ、それらを巧妙に使い分けていたという想像も可能であると思われる。

いずれにしろ、阿壠の延安行には陳守梅大尉本来の所属先である国民党陸軍部隊の移動が、何らかの形で関係していたと言えそうだ。

阿壠が延安行の「正式」な申請をしたとされているのは、記載によれば「第一八集団軍弁事処」であるが、これは一九三七年に国共合作により「八路軍」として国民革命軍に改編された共産党紅軍が、更に軍制上の修正を経て編制された新たな軍団名であり、その代表部である「弁事処」は西安に置かれていた。事実のみで述べれば、国民革命軍第三四軍団所属陸軍大尉陳守梅は胡宗南指揮下の軍団本拠地西安において、国共合作政策の下、延安の抗日軍政大学で学ぶ申請を共産党勢力下の第一八集団軍代表部で行ったということになろう。

阿壠の学んだ抗日軍政大学（略称「抗大」、一九三七年創立）は正式名称「中国人民抗日軍事政治大学」であり、その前身は一九三六年に始まる「紅軍大学」だった。延安抗大と呼ばれるように、「革命聖地延安」を象徴するほど著名な軍事教育機関である。「略年譜」では「抗大慶陽分校・延安抗大で学んだ」と記載されていて、分校と本校で学んだようになっているが、慶陽分校は延安にある学校ではない。延安は西安からちょうど真北に二百数十キロ、慶陽はこの直線を底辺にして西方に一〇〇キロほど突き出る二等辺三角形の頂点付近、西安からは二〇〇キロ弱の地点にある。当該の記載だけでは、この二校で実際にどのように学んだのかは不明である。

延安は陝西省であるが、慶陽は甘粛省に属し、広く陝甘寧辺区という極めて重要な共産党の根拠地の一部となっていた。慶陽分校は歩兵科を中核にしており、阿壠の通ったころには二〇〇〇名もの学生を集めていた。抗大自体、この一九三八年末には六〇〇〇名に近い学生数を誇っており、軍事面だけではなく共産党の方針を大々的に伝播する広い教育機関として展開していた。分校の数も一〇校を越えていて、下には中学校も六校持っていたという。黄埔軍官学校とは性質の異なる言わば大衆的な側面の強い学校だったのだ。実際、抗大は国民党統治地区からの知識人や青年学生、軍人も抗日の同志としてかなり受け入れていた。国共合作の時代の独特な雰囲気が、ここ延安にも確実に届いていたというべきだろう。

阿壠の延安に対する深い思いがよくわかる詩が残されている。少し長いが阿壠の詩の特徴が鮮明に現れているので、原文も参照していただきたい。

一月的夜的延安／前線帯回来的一身困倦、／従這深深的夜逾越過去、
又是新紅太陽的戦闘的明天、／戦士們需要香甜的休眠。
嘉嶺山上的塔対著蹀躞在広場上的夥伴／他在他底哨位上！
深沈的夜底十二点到一点、／天上／Orion 横著燦爛的剣、
北極星永恒的光／従太古以前／直到春風的将来

照看人間。(52)

一月の夜の延安／前線から持ち帰った、身体にまとわりつく疲労、
この深い夜を越えていけば、／また新しい太陽の、戦闘の明日があり、
戦士たちには甘い眠りが要るのだ。
嘉嶺山の塔が、広場を行き来する仲間の前に聳えている。
彼は歩哨の持ち場に就いているのだ。／深い夜の一二時から一時、
空に／Orionが輝ける剣を置き、／北極星の永久の光が太古の昔から
春風の将来まで／この人の世を照らしている。

抗日という「聖戦」の象徴的な土地にいる感激が素直に読み取れると思う。この時代の詩はともすれば「闘志」のみのイメージが先行しがちだが、それはかえって読者の詩への共感を妨げてしまう。こうした詩には生きている人間の実感が伴っていないからで、心の中に引き起こされるべき共鳴が少ないのである。これに対し、阿壠の詩は戦う詩人が実体験している大地と空との一体感をベースにして、仲間たちとの深いつながりと明日の勝利への希望が、自然な韻律の心地よい流れに乗って伝わってくるのだ。まず一行目に注目したい。これを発音表記（中国語ピンイン表記）で表わすと、次のようになる。

Yiyue de ye de Yan'an

一読してすぐ、自然な「Y」音の統一が見られ、読者は思わず、詩人のいる大地に引き寄せられていく。また脚韻が響きよく並べられているのもすぐに気付くはずだ。「倦 juan」「天 tian」「眠 mian」「点 dian」「剣 jian」「前 qian」「間

jian」の配列に、一行目の「安 an」「伴 ban」、さらには二度使われる「上 shang」と中心的な言葉となる「光 guang」など双声、畳韻も含む韻律の適切な「排列」によって詩人の熱い情念が効果的に表出されているといえよう。

詩人の心から湧き上がる感動は、最もふさわしい文字のリズムを作り上げる。そのリズムの高ぶりの頂点に「空に(天上)」という二文字の圧縮された象徴的な言葉が置かれ、次に「Orion が輝ける剣を置き」と歌われる。もはや詩人の心は中国音の制約も越えて、一気に精神の高みへと飛翔していくようだ。そしてそれに続く「北極星の永久の光」、この「光」こそ戦士である詩人の思いの凝縮された言葉である。詩はこの言葉の後、ゆっくりと収束していく。この詩からは自然と大地と人間の大きな一体感が伝わってくる。それは誠実で善良な心を持った詩人であることによってもたらされる境地ではないだろうか[53]。

さて阿壠の抗大での行動を伝えているのは、やはり延安で書かれた胡風への書簡である。

胡風先生：

お手紙は数日前に落掌しましたが、返信を書くのが今日まで遅れてしまいました。お手紙を受け取ったとき、私はちょうどあなたがたのことをとても懐かしく思っていました。

丁玲さんと雪葦先生にはまだお会いしていませんが、雪葦先生の所には二度ほどお訪ねしています。お会いしてから状況をご報告いたします。

『七月』も懐かしく思い出され、この返信がお手元に届くころには出版されていることをただ願うばかりです。私の文章をあなたはとても重視されていますが、お恥ずかしい限りです。こちらに来てから、勉強している間にこの長編「南京」を完成させようと心に決めたのですが、いまだに着手できずにおり、気が急いてなりません。あなたと連絡がきちんとついたら、私は必ず書き上げたものをお送りいたします。

こちらはいささか寒いのに、私ときたら、セーターも持ち合わせておりません。出発の前に池田先生と燕君から、たくさん着るものを持っていくようにと言われていたのですが、ついにこの氷も溶けだす現在まで頑張ってしまいました。あなたは私に、ある種のぬくもりを手にすることを願うとおっしゃってくださいました。春が巡ってきましたから、暖かくなって来なければならないわけで、やはりぬくもりが当然あります。でも冷え冷えとしたところも存在していて、これは想定外のことでしたので、本当に厭になります。しかし総体としての政治路線の正確さと、辺区の人々の生活の実質的な向上を理解できるから、私はけっして恨み言は申しません。確かに冷たいところがあるのだけれど、それはやはり春寒というべきもので、けっして初秋の風の冷たさではありません。いまは仕事をしなければならない時であり、完成への道へは乗り切れていないのです。そうお思いになりませんか。

私の友人楼君の姪の淑政さんがあなたにお会いしたいと申しています。私は彼女のことをそれほど知っているわけではありませんが、ちゃらちゃらした女性でないことだけは間違いありません。お会いしたいというのは、たぶん何か教えを乞うというようなことだろうと思います。お受けいただけますか。

私は「抗大第三大隊第一〇隊」で勉強しています。お手紙はこちらにお願いします。

熱い握手を！　陳守梅　拝　二月九日　もし雑誌などを送っていただけるのなら、失くしたり開けられたりしないように、書留にしてください。

原注：「雪葦」は劉雪葦〔一九一二〜一九九八〕のこと、文学評論家で、胡風が左聯にいたころの戦友。後に延安に行き、中央研究院特別研究員となる。解放後は上海新文芸出版社の総編集長、華東行政委員会文化局書記などを歴任。一九五五年に「胡風集団骨幹分子」とされたが、一九七九年三月に名誉回復。(54)

書簡の日付は一九三九年二月九日、延安到着から一、二ヶ月後に書かれたものである。この書簡により、阿壠が

「抗日軍政大学第三大隊第一〇隊」に所属して学習を始めていたという重要なポイントが確認される。先にも述べたように、抗大は一九三八年末に最大規模になっており、歴史的には抗大第四期と言われる時期にあたっている。国民党統治地区出身者のための特別隊は一九三七年に「第四隊」として設立されているが、書簡から見ると阿壠が入ったのは通常編制の隊だったようだ。なお、この第三大隊は阿壠が延安を去る一九三九年初夏のすぐ後に、抗日戦争の前線に派遣されている。華北から西へ侵攻しようとする日本軍を撃退する壮烈な戦役、中国では「百団大戦」として有名な戦役である。

これらは阿壠が劇的な延安生活を送っていたことを示唆しているのだが、阿壠の抗大での実際はほとんど書かれていない。手紙はそれらに触れず、延安での文学者との交際の難しさを胡風に訴えているように読める。著名な文学者丁玲、注にある劉雪葦は阿壠にとって、延安の文学者との交際の最初の関門だったようだ。紹介されてはいても、実際にはなかなか会ってもらえない状態だったのだろう。「池田先生と燕君」とは池田幸子[55]と彭燕郊[56]のことで、いずれも胡風と非常に親しい間柄だった。

この書簡でもう一つ重要なのは、阿壠が長編「南京」に着手する決意を胡風に報告していることだ。「南京」着手の動機となっているのは、後に詳述するように、南京陥落後に火野葦平、石川達三の関連作品が発表されており、そのことに阿壠が激しい憎悪を抱いたからであった。そしてその日本人作家の情報を伝えたのは、この池田幸子だったのだ。胡風の『七月』に集まった文学者たちの厚い友情が読み取れると同時に、延安での知識人たちの交流に何らかの排他性があったことも感じられる。阿壠は特殊な来歴を持った軍人だったから、延安の「革命的」な知識人の付き合いに、なおさら馴染めないところがあったのかもしれない。

阿壠が胡風にこの長編創作の最初の時点ですでに相談をしていることは、後の「南京」の運命にとって極めて重大な事実である。胡風は阿壠が「南京」を書いていることを知っていたのだ。

その後の阿壠の消息を伝えるのもやはり、この手紙の後に西安で書かれた胡風宛の手紙である。一九三九年五月五日の日付である。

胡風先生：

私の歯がまたひどくなりました。他にも、角膜が二度化膿し、左腕の防疫注射も化膿してしまいましたので、西安に治療に来たのです。よくなったらまたすぐに戻ります。こちらには三、四週間ほど滞在するつもりです。滞在先は西安中正門外郭上村十三号の周兆楷君の所です。

私はこれまで手紙や原稿を続けて郵送したのですが、ご返信をいただいていないので、届いているのかどうかわかりません。『七月』はやはり難産なのでしょうか。こちらの環境は、もとより沈鬱そのものです。

私は大胆にも長編「南京」に着手して二章を書き上げました。約二万字になります。私はしっかりしたものを書きたいと強く思っていますが、あなたからご指摘のあった弱点は、私の能力で克服できるものなのかどうか、心配です。

あなたからのお手紙を、本当に心待ちにしています。

丁玲先生には一度お会いしました。雪葦先生とお会いする機会はかなりありましたが、彼の私に対する認識にはどことなく陰りがあるように感じています。私の誤解であってほしいと思っていますが。私は人から何か言われるのが率直であれば、たとえ粗野な言いようであっても何ともありません。でも疑りや遠回しな批判はたまりません。いちばん最近の面談の際に、彼は「鬧北打了起来」を読んでから私のことをもっとわかるようになったとおっしゃっていました。そうであってほしいものです。

公明正大であらんことを！

陳守梅　拝　　　五月五日

原注：抗大で学んでいた期間、この年の四月に、阿壠は古傷の歯茎の潰瘍が糜爛し、発熱したにもかかわらず、野戦演習に参加しており、突進の際に転倒して右眼球を棘のような雑草で突き刺してしまって、組織の承認を得て国民党支配区の西安に治療に行くことになった。しかし目と歯茎の治療が済んだころ、延安への交通路が国民党によって封鎖されてしまい、延安に戻れなくなった。胡風日記に「一九三九年五月二一日――S・M．の手紙を落掌。彼は西安にけがの治療に行ったという。すぐ返信を送る」という記述がある。(37)

ここで触れられている歯の古傷は当然上海防衛戦での負傷だが、眼の怪我・疾患は、注によると、野戦演習中の出来事だった。この時期に演習中に眼球を野草で突き刺し、それが悪化して治療のため西安に撤退したということである。「略年譜」には次のように記載されている。

一九三九年〔三二歳〕、年初に長編小説「南京」に着手、二章を完成。四月、古傷の歯茎が糜爛し発熱。熱を押して野戦演習を堅持した際、突進時に転倒し、右眼球を野草の棘で刺傷、組織の同意を得て国民党統治区の西安に治療に行く。眼疾と歯茎の治療が終了したのち、交通線が国民党によって封鎖され、延安に戻ることができなかった。

「略年譜」とこの書簡に付された注は、いずれも阿壠の延安撤退・西安行の不可避性と手続きの正当性を語っている。しかし阿壠のこの書簡そのものは、先の胡風宛の手紙と同じように、延安での文学者たちとの交流の難しさを伝えていて、さらに阿壠が執筆中の「南京」二章を完成して、鋭意創作中であることを述べ、胡風に一層の助言を求めている。また西安の臨時の連絡先を明示して、原稿の受け取りの安全性を確保しようとしていることも注目される。胡風は「南京」執筆に深く関与していたのだ。

ここで手紙の宛先に使われている周兆楷という人物に注目しておきたい。これは阿壠の黄埔軍官学校時代の同窓生で、同郷出身者、つまり南京時代以来の親友ということになる。彼は後の軍歴においても西安から重慶に至る経緯で阿壠と重なる部分が多い。しかし考えてみれば、胡宗南軍団所属の将校であれば、動線が同じになるのも当然であり、後に見るように周兆楷は西安での任務ののち重慶でも軍令部に配属されているのだ。日本風に言えばまさに「同期の桜」だったのだ。

ところで、阿壠の負傷と化膿の件について、弟の陳守春は「略年譜」とはだいぶ食い違う回想をしている。守春によるとそれは成都の陸軍大学教官時代に匍匐訓練を実施していた時のことで、この怪我のために共和国建国後の粛清でずいぶん苦労したと述べているのだ。阿壠の息子の陳沛は、その怪我が成都でのことであるはずがないから叔父の記憶違いだろうとしていたが、守春の回想はこの負傷を語る直前で前述の胡宗南部隊所属だったという重要な証言を残していた。ここには何か、単なる記憶違いとは言い難いものを感じざるを得ない。成都ではなく、延安の時代のことであるのは間違いないとしても、どのような状況下の怪我であったかは、依然としてよくわかっていないというべきだろう。

阿壠眼球負傷に関する記述で、もう一点よくわからないのは「組織の同意を得て」という部分である。ここで言われる組織とは、文脈に沿って読めば当然抗日軍政大学のことになるのだが、当時の共産党の大衆的宣伝機関としての性格を強めていた抗大が、押しかけてくる六〇〇〇名近い受講者の詳細を把握していたとは思われない。黄埔軍官学校に関しては卒業生の名簿を正確に把握していて、現在もその出身地まで公開されているのだが、抗日軍政大学はかなり違っていたというべきだろう。実際、当時の受講生の出入りは予想以上に頻繁にあったらしく、そのような組織の同意など必要だったとは考えにくいし、また物理的にいって可能だったとも思われない。(58) 同時期に抗日軍政大学の教育長だった羅瑞卿は、劉迺強の立ち合った事情聴取の際、阿壠の西安行の件についてまったく記憶がないと陳述し、当時の抗大に集まった青年たちの振る舞いに対して、「来るときは大騒ぎしてやってくるが、延安を離れる段になるとあっけなく出ていく」と皮肉っぽい証言[59]をしたという。

こう考えてくると、もし「組織の同意」というのなら、陳守梅大尉にとって許可を得るべき相手は共産党ではなく、所属部隊である胡宗南指揮下の陸軍軍団だったのではないだろうか。陳守梅は所属の軍部の正式な許可を得て、西安に撤退していったと考えた方が合理的だと思われるのだ。国民党による封鎖によって延安に戻れなかったという記述に至っては、陳守春の回想にあるように、仮に阿壠自身がその封鎖の一翼にいたとするならば、「略年譜」は実に細心の注意を払った書き方をしているというべきだろう。

しかしいずれにしろ、阿壠は延安抗大第三大隊第一〇隊で学んでいた期間に、かつての古傷と新たな傷のひどい化膿によって、延安を離れ、西安に向かったのだ。

8、延安から西安へ、長編小説「南京」執筆の日々

阿壠は西安に一九三九年春、四月か遅くとも五月ごろまでには到着していた。彼は西安で眼球と歯茎の治療を受けながら、長編小説「南京」の執筆に打ち込んだ。前出の手紙には「西安中正門外郭上村十三号周兆楷」君宅という臨時滞在先の住所が書かれていたが、中正門は西安北辺に聳えていた城門で、郭上村はその先はるか遠くに現存する地名である。手紙にある周兆楷は阿壠の信頼する古い戦友だったから、重要な書信のやり取りの連絡先としていただけで、阿壠がここに長く住んでいたとは思われない。実際、後に挙げる何満子[60]の回想では、阿壠が市内ＹＭＣＡに滞在していたとある。それ以後の住所に関しては、「南京」各章の末尾に付された日付と地名がヒントを残している。第一章に一九三九年八月二七日とあり、これをはじめとして、第五章の九月一八日までは「西安、崇恥路、六合新村」という地名が、そして同年一〇月五日から一〇月一五日までの短期間にまとめられた第六章以後の六章分には「西安

北城上」という地名が書かれていた。いずれも明確な場所は確定できていないが、治療の便を考えると遠方であるはずはなく、新たな任務先である西安市の北側辺りに近い場所とみる方が可能性は高い。現在の西北大学近辺でほぼ間違いなかろう。胡宗南軍団との関連から見ても、胡宗南は司令部をやはり西安市内北部、小雁塔に置いており、本隊所在地から離れて滞在したとは考えにくい。「略年譜」の記載は、前述の部分の後に次のように続けられている。

（一九三九年の記述に続けて）同年一〇月、西安で国民党軍事委員会戦時幹部訓練第四団に少佐教官として就任。七月～一〇月、「南京」前二章を書き直し〔もとの原稿はそのほかの作品とともに延安に残したまま持ち出せなかった〕、全編を書き上げる。重慶で刊行された雑誌『七月』に「S．M．」の筆名で組詩「南から北への巡礼」を発表。〔同年一一月、「閘北打了起来」と「従攻撃到防御」が胡風編集の「七月文叢」シリーズに『閘北七十三天』という題で組み入れられた。本書は上海海燕書店によって香港から刊行されたが、その経緯の詳細については編集の胡風も原作者の阿壠も了解していなかった〕

一九四〇年〔三三歳〕二月、ルポルタージュ「斜交遭遇戦」を発表。中華全国文芸界抗敵協会主催の長編作品公募に自作の小説「南京」を応募して、受賞する。しかし「南京」が国民党の人民を食い物にして外敵には脆弱という真相を暴露していたため、出版不能となる。

西安に到着した一九三九年春以降、阿壠は数ヶ月間にわたり治療と長編小説「南京」の執筆に専念した。このいわば体力と精神力の充電の期間ののちに、阿壠は一〇月に大尉から少佐に昇進して「国民党軍事委員会戦時幹部訓練第四団」に教官として赴任している。このことは逆に「延安から西安への撤退」が国民党軍部の承認なしに行われるはずがないことを物語っていよう。上海戦で名誉の戦傷を負った陳守梅大尉は、当地できちんと軍務を果たしていたからこそ、少佐に昇進して教官に迎えられたはずなのだ。またこの昇進は阿壠の軍における勤勉を証明するものであり、これから本書の触れる共産党への軍事情報の提供も、そういう阿壠の軍部内の顔があればこそだったのだろうということは容易に想像できる。

陳守梅阿壠の西安における新たな任務先である国民党軍事委員会戦時幹部訓練第四団とは、正式名称「国民政府軍事委員会戦時工作幹部訓練団第四団」のことで、略称は「戦幹団」、第四団は「戦幹四団」と呼ばれていた。それは抗日戦争勃発後ただちに国民党によって開設された大規模軍事訓練機構で、いずれも蔣介石自らが最高責任者である団長に就任して、全国に四団展開している。武昌に第一団、山西に第二団、江西に第三団が置かれ、第四団は一九三八年九月に西安城北の西北大学に置かれた。[61]阿壠こと陳守梅が延安から西安に撤退したまさにその時期に、戦幹四団は設立されたのだった。戦幹四団の教育長には軍団長胡宗南が就任しており、ここでも陳守梅が教官に招聘されているのが偶然ではありえないことが読み取れる。戦幹団は原則的に黄埔軍官学校の精神を継承する教育機関と位置づけられていて、阿壠のような黄埔出身者はきわめて望ましい人事だったのではないだろうか。記録によれば、戦幹四団は一九四五年八月の閉鎖まで二万四〇〇〇名もの修了者を輩出し、最大時には将校クラスの軍人及び教職員一〇〇〇名、学生八〇〇〇名までに膨れ上がっていたという。訓練期間は基本的に半年ほどで、蔣介石の意図としては、延安の抗日軍政大学に対抗する機関として、多くの抗日の情熱を持った青年学生を取り込んでいくことにあった。当時国共合作中とはいえ、両党の青年の取り合いは熾烈を極めていたのである。

阿壠がこの西安での滞在期間で長編小説「南京」を完成したことは、中国文学史に書き残すべき輝かしい業績である。残念ながら、傑作「南京」は不遇の小説となって長く葬り去られてしまうのだが、この時期阿壠の創作は「南京」に留まっていない。ルポルタージュや詩を中心に、彼はかなり多くの作品を精力的に発表している。それらは主に胡風編集の雑誌『七月』に掲載されているのだが、当時の読者に鮮烈な印象を与えていたことは多くの回想が指摘している。ここで改めて陳守梅としての阿壠の軍歴を考慮しなければならない。すでに胡宗南部隊で少佐に昇進し、戦幹四団の生え抜きのエリートとして訓練の先頭に立っている阿壠、その姿はきっと眩いばかりだったのではないだろうか。そうなるとなおさら、これらの作品群がすべて本名を隠した形、「S．M．」などの筆名で発表されなければならなかったのは当然であろう。

阿壠の「南京」以外の作品として、いくつかの詩を紹介しておきたい。これらは後述する「南京」執筆ノートの後に書きつけられていた作品で、後に一部は『風雨楼文輯　阿壠遺稿』[62]に掲載されているものもあるが、次の「答客問（問われるままに）」と「答蝶之贈（胡蝶の贈り物に答えて）」は未発表である。

「問われるままに」

どこから来たのか／どこへ行くのか／渭河に浮かぶ三朶五朶の雲を指さし
流れは答えるだろう、もしかしたら／風暴の中に鷹がいる／風浪の中に魚がいる
彼らに訊きなさい、／どこから来てどこへ行くのかを。
道につけられた入り乱れる轍／牛の足跡が馬の蹄に踏まれてかき消されていく
変更は智慧のアルキメデス／人はようやくその軌跡を理解した。

「胡蝶の贈り物に答えて」

胡蝶の行くところ／それは砂漠――／やはり春風が強く吹いていた。
完全な贈り物に対しては、／受け取るのも、感謝も同じように完全だ。
毛虫から胡蝶に、／匍匐から飛翔に、／生命はたゆまず飛躍し、

美しい色彩と能力に向かって、／広大な大陸と天空に向かって進んでいく。
千里の遠くからの贈り物を／人はどんなに懐かしく思うことだろう。
僕も、胡蝶と同じように飛んでいきたい。
（中略）
ただ愛と美だけが／永遠に壊されることがない！／戦争の日々を経て、
地獄に投げ入れた三頭の獰猛な犬に食らわせて消してしまえ、
神の力ではなく人の力で、もう一つのイブの園を作ろう、
花々を咲き乱れさせ／胡蝶を舞い散らせ／生命を歓喜で満たそう、
ああ、その素晴らしい時よ！／僕はどれほど、どれほどその時を望んでいることか……
その時、／僕は／胡蝶となって／――胡蝶の一つとなって
君のもとに届く贈り物になろう。

この未発表の二編の詩でまず気が付くことは、ほとんど読みにくいところがないという点である。たとえばすべて自然な音数律と音韻律が淀みなく流れて、一行の拍数もよく整っており、反復や強調も容易に読者の共鳴を誘うものとなっていることがわかる。しかもこれらの詩にはわかりやすい詩に付随しがちな卑俗さがない。一見中国の民間歌謡風の詩でありながら、随所に詩のリズムの工夫があり、詩が卑俗なリズムに流れることを拒否しており、また「アルキメデス」という哲人の名の登場は、先に見た「哨」の「Orion」同様、詩人の深い思索を象徴的に伝えている。

これらの詩の境地は、特に「答蝶之贈」から鮮明に伝わってこよう。端的に言えば、自然と生命に対する賛美と確信である。「哨」とこれらの詩の間には一〇ヶ月の月日と長編小説「南京」が横たわっている。阿壠が戦争の残虐性

と正義のための犠牲の尊厳を描く作品を経て、たどりついた境地がここなのである。この境地をさらによく説明しているのが、彼の散文詩の世界である。

古い竹の籬《まがき》に蝸牛《カタツムリ》がいて、柔らかな触角を動かしながら目の前の空間を探っていた。蝸牛はまばらに青苔の付いた籬から、赤い朝顔と明るい日光のある籬の頂上に這い登っていきたいように見えた。夕暮れに人がこの蝸牛に気づき、明け方にまたそれを見た。蝸牛の位置はあまり変わっていなかったが、後尾に銀白色の跡を一筋分泌していて、それが憂鬱な光を発していた。

「君はどんな世界に行くつもりなんだい?」

「僕は真っ赤な情熱の朝顔のところに行きたいのです、僕は生命とともに存在すべきな日光のところに行きたいのです。僕はもっと遠くの、もっと高いところにある生命のところに行きたいのです。生命それ自身が目的です。前進、また前進、絶え間ない前進、そのこと自体が目的なのです。」

人はそれを聞いて微笑みを浮かべた。

「でも君はこんなにも緩慢で、道のりはこんなにも遠いんだよ(63)」

これは散文詩連作「蝸牛之類」の一部であり、やはり長編小説「南京」原稿ノートの後ろに書かれたもので、前掲の『風雨楼文輯』所収の作品である。「蝸牛之類」は、「蝸牛」「毛虫」「蛍」「鷹」というタイトルの五編の散文詩からなっており、引用した部分は「蝸牛」の前半である。ここには自然な音数律と象徴的な物語形式の心地よい反復の技巧がある。これによって散文詩全体が引き締められ、躍動する文章の中に我々はすぐさま引き込まれてしまう。全体の主題はカタツムリの「生」への憧れと、その充足へ向かうたゆまぬ前進の強い肯定である。カタツムリに象徴されているのはもちろん中国の姿であろうが、それを超えて、このカタツムリの形象が阿壠自身にも、あるいは我々弱い人間たちすべてにも思えてくる。そして「生命それ自身が目的です。前進、また前進、絶え間ない前進、そのこと自体が目的なのです。」というカタツムリの回答に、阿壠の「生命」に対する信仰にも似た敬虔な精神を読みとることができる。この境地は政治状況によって左右されることのない、一種の「生命哲学」とでも言うべきものであろう。阿壠のこのころの詩は、根底に自然・大地・生命に対する敬虔な精神が一種の信仰のように存在している。この精神が阿壠をとりまく森羅万象を貫き、象徴的な詩世界を形成しているのである。また阿壠の詩の世界は、彼の心象のリズムをきわめて自然に取り入れており、それが読者の心に共鳴していくのである。(64)

さてこの西安時代の阿壠について、興味深い回想を残しているのは何満子である。

私が陳守梅と初めて会ったのは一九四〇年の西安でのことだった。そのころ彼はまだ後に有名となった阿壠という筆名は使っていなかった。私はただ彼の筆名「S．M．」を知っていただけだった。我々は西安ＹＭＣＡ宿舎に下宿していた。最初は食堂や私の部屋の前などで彼と会ったときにお互いに会釈するぐらいだったが、ある日、彼が周という女性〔名前は忘れたが、当時は小周と呼んでいた〕を伴って私の部屋の前を通ったとき、彼女と私は顔を見合わせて驚いた。彼女とは延安で知り合っており、同郷の杭州人だったのでしょっちゅう話をしていて、たくさんの人のなかでも覚えていたのだった。この彼女を通してやはり杭州の同郷人である私と陳守梅は友人になった。私はそのときのことをはっきり覚えている。彼は私の部屋にしばらく寄って、ロマン・ロランの『ミケランジェロ伝』の傅雷訳を借りていった。その後お互いに始終行き来するようになった。彼は当時国民党戦幹団で教官になっていたが、病気治療の都合で西安市内に下宿していた。こういうことはすべて小周が教えてくれたのだが、二人は恋愛中だったのだろう。そして阿壠が西安を離れたのも、この恋愛がダメになったからだと思われる。彼は私より一〇歳年上だが、見かけは一世代も上のように見えた。口数は少なく、いつも堅苦しい感じで、警戒心が非常に強い印象があった。(65)

この回想には当時の阿壠の風貌と生活態度が生き生きと描かれている。阿壠の治療のための滞在先が西安市内YMCAだったという重要な事実も証言されているのだが、それ以上に興味深いのは、阿壠と小周という女性との恋愛関係である。阿壠が恋をしていたというのは、その生真面目な言動からは想像も難しい。しかし何満子が言うように、その女性が同郷の杭州出身者で、延安にもいたことがあるとなると、阿壠の情愛はとても深かったと推測されるだろう。この小周とのほのぼのとした恋の逸話は、実は、別な角度から取り上げられていた。それは反革命の取り調べの冷厳な証言の中で現れたもので、証言者は鄭瑛という女性である。後に詳述するように、阿壠は国共内戦の時期に、共産党へ国民党陸軍の機密情報を提供していた。この事実確認の聴取の際に、当時南京で情報工作に従事していたこの鄭瑛が取り調べられたのである。彼女は阿壠からの情報伝達の仲介者だったと証言していた。

阿壠は一九三三年から一九三六年の黄埔軍官学校在学中に周兆楷とその姉周鈺と親しく交際していました。私が阿壠と初めて知り合ったのも私の友人であった周鈺の家でのことでした。(66)

周鈺は周兆楷の姉であるから、当然阿壠とは同郷なわけである。南京時代からの付き合いとなると、延安に行っていたかどうかは別として、阿壠の恋人はこの黄埔軍官学校以来の親友の実の姉、周鈺とみてほぼ間違いなさそうだ。もし何満子の言うように、阿壠の小周との別離が西安から重慶へ移動するきっかけとなったのならば、阿壠の恋の痛手の大きさが偲ばれよう。いずれにしろ、抗日の情熱に燃えた将校軍事教官である阿壠が、遅い青春の花をこの西安で咲かせていたのだという逸話は、とてもほほえましく感じられる。

一方、陳沛は父の手紙[67]から判断して、阿壠の西安における恋愛の相手は何未秀という名前の女性だったと述べている。何未秀は阿壠の詩のファンで、何度かの文通を経て恋人の関係になったらしいのだが、後に何未秀に夫も子供もいることがわかり、阿壠は裏切られたという思いでかなり絶望したようだ。もっとも、何未秀という名前自体阿壠が手紙で用いた偽名であって、本当は周鈺だった可能性があることも否定できないと陳沛は指摘していた。

西安時代の最後に、彼が西安で心血を注いだ長編小説「南京」が、戦時首都重慶で刊行されていた統一戦線政策下の公認文芸雑誌『抗戦文芸』主催の長編小説公募において、高い評価を得ていたことに簡単に触れておきたい。詳細は前述したように、本書後半に譲るが、阿壠の作品は、連合政権の正式な機関雑誌の公募において最高の評価を獲得していたのである。それは文豪老舎責任編集の雑誌で、胡風はじめ当時の名だたる文学者たちが選考委員会を構成していたきわめてオフィシャルなプロジェクトだった。スポンサーとしても国民党政府はもとより、有力な新聞などのメディアが賞金と出版への出資を約束していたのだ。『抗戦文芸』の発表によると、全部で一九点の応募があり、相当な力作ぞろいだったという。阿壠の作品の高度な達成が公式に認定されたということができよう。文学者阿壠の文芸創作の力はここに重大な飛躍の時を迎えており、その名声は深くしっかりと中国文壇の記憶に刻まれていったのである。

注

（1）本書の基本的資料。季刊『新文学史料』二〇〇一年二期所収、耿庸・羅洛編集、緑原・陳沛修訂「阿壠年表簡編」（七九〜

八二頁）を本書では「阿壠略年譜」（または「略年譜」）と称することにする。

（2）「中国黄埔軍校網・南京本校第十期歩兵大隊第二隊学員姓名籍貫表」URL　http://www.hoplite.cn/Templates/njbxx100000-2.html

（3）秋吉久紀夫訳『阿壠詩集』（土曜美術出版社、一九九七年三月）の解説によると、杭州市西湖の北、江干区の「貧農」出身となっている。この江干区は西湖と銭塘江の間に広がる現在の杭州中心部で、軍官学校資料の住所からも東に一キロメートルほどの距離に過ぎない。およそこの周辺が阿壠の実家の所在地と見て間違いないだろう。

（4）阿壠著『阿壠致胡風書簡全編』陳沛・張暁風輯注、中華書局、二〇一四年八月。「暁風」は胡風の娘張暁風（一九三九～）の筆名。胡風と胡風事件に関して多くの著述がある。

（5）陳沛提供。前掲書所収、書簡一一五番（一九四六年五月九日重慶発）に「杭州涌金門韶華巷三十四号陳溥泉」とある。

（6）冀汸（一九一八～二〇一三）作家、詩人、本名陳性忠、湖北省出身。復旦大学歴史系卒。胡風編集の『七月』に代表作となる詩集「走夜路的人（夜道を行く人）」を発表。胡風事件に連座。阿壠とは重慶で知り合い、その後親交を深めた。

（7）『新文学史料』一九九一年二期、一二二頁。

（8）同右、一二五頁。原文「他是老大、還有一個同胞兄弟和一個異母兄弟」。

（9）しかしながら守春自身は異母兄弟のことに触れておらず、この時代の回想証言の微妙さを感じさせられた。

（10）方然（一九一九～一九六六）本名朱声、安徽省出身。詩人、文芸批評家、編集者、教育者、他の筆名に柏寒。成都で阿壠の盟友となり、文芸誌『呼吸』を主宰。抗日戦後に安徽中学校長、人民共和国で浙江省文聯編集部長など歴任、文革期に横死。

（11）ただし「略年譜」では、この同じ年に阿壠が南京中央気象局資料室代理主任の職に就いたと記述されているが、第三章で見るように、身分を隠しての逃避行の暮らしだったことに変わりはない。

（12）一九四九年五月三日、激しい戦闘の末、「解放」を勝ち取った。

（13）耿庸（一九二一～二〇〇八）本名鄭炳中、インドネシア・スマトラ生、台湾澎湖島に本籍。三〇年代からジャーナリストとして活躍。「胡風分子」として長く拘禁され、当時の妻は自殺した。名誉回復後、上海で文芸活動。引用は阿壠著『第一撃』（上海抗戦時期文学叢書、海峡文芸出版社、一九八五年九月）所収の耿庸による「『第一撃』重版後記」一二二頁。

（14）羅洛（一九二七～一九九八）本名羅澤浦、四川成都出身。華西大学卒。詩人、翻訳家。「胡風分子」として追放されたが、名誉回復後には上海市作家協会主席などとして活躍。

（15）周俠任という人物に関して、阿壠自身は前掲『阿壠致胡風書簡全編』所収書簡番号一六八（一七三頁）で改組同盟会の時代の英雄として「私の旧友の一人、周人俠、今ではその彼も勝利を見ぬうちに亡くなっている」と記している。名前が「俠任」なのか「人俠」なのかは不明。

（16）改組派は反蔣介石の左派系政治勢力として登場、議会政治と党内民主主義尊重に国民党を改組することを主張し、蔣介石との差異化を図った。山田辰雄は『国民党左派の研究』（慶應通信、一九八〇年六月）で「蔣介石の支配は必然的に中央集権的、独裁的傾向を強めていくのに対抗して、反蔣勢力は「民主主義」を標榜することになる。改組派は、このような反蔣各派の政治的要求を担って登場してきたのである」（二一〇～二一一頁）と指摘している。

（17）前掲『阿壠致胡風書簡全編』書簡番号三一（三七頁。一九三九年一二月一三日西安発）で、阿壠は「汪精衛に対してはどんな風にすれば腹の虫が収まるやら見当もつきません。私はこんなにも深く奴を憎んでいるのです」と述べている。

（18）胡風の国民党左派改組派への接近に関しては、馬蹄疾著『胡風伝』（四川人民出版社、一九八九年六月）三二～三三頁参照。

（19）中国人留学生資料は、実藤恵秀著『中国人留学生史稿』（日華学会、一九三九年三月）八八～九九頁参照。

（20）中国公学に関しては、王炳照主編『中国私学・私立学校・民弁教育研究』（山東教育出版社、二〇〇年一二月）四一五～四一六頁参照。ほかに、URL baike.baidu.com/view/411226.htm に詳細が掲載されている。

（21）阿壠は後述する詩論の中で、タゴールに対して詳細に論究している。また当時、トロツキーの『文学と革命』は魯迅が、ルカーチに関しては胡風が紹介している。

（22）中国の検索エンジンである「百度《バイドゥ》」に二〇一三年末ごろ阿壠に関する書き込みが加えられた。その書き込みによると、阿壠の黄埔軍官学校入りは、実家陳家の遠い親戚で国民党軍部の上層にあった陳儀が保証人となったからこそ実現できたのだということになっている。陳儀という軍人は、蔣介石の信任の厚い腹心の一人で、一九四七年に台湾で勃発した二・二八事件時の行政府責任者だったが、後に共産党への裏切りを疑われて処刑されている。この陳儀との関係について、その真偽を阿壠の子息陳沛に確認したところ、まったくそういう事実はないと断言された。ここに念のため書き添える。

（23）蔣介石は生涯に下野を三度経験している。最初は一九二七年八月、四・一二クーデター後。二回目が本章で言う一九三一年一二月、満州事変勃発後の下野。最後は第三章で問題になる共産党との内戦敗北による一九四八年一〇月の下野である。

（24）不詳。

（25）「略年譜」では一九三五年に上海の文芸誌『文学』に作品が掲載されたとあるが、確認できる『文学』掲載の「S・M・」署名の作品は一九三六年第六巻六期の「在射撃場上」と題する詩で、優れた臨場感と鋭い感性に満ちた作品である。この詩の末尾には「一九三五年一一月一〇日、京」とあり、一九三五年に南京で書かれたことがわかる。筆者の調査では、一九三四年に同じく上海の雑誌『新壘』に署名「S.M.」で自由詩「茄色的雲」が掲載されているが、これも阿壠の作品だとすると、後の詩風を思わせるロマン主義的な傾向の鮮明な作品である。
(26) 茅盾主編『中国的一日』、上海生活書店、一九三六年九月。邦訳『中国の一日：一九三八年五月二一日』中島長文編訳、平凡社、一九八四年五月。ただし邦訳は部分訳で、阿壠の文章は入っていない。
(27) 蕭軍(一九〇七～一九八八)本名劉鴻霖、作家。遼寧省錦州市出身。小説『八月的郷村』でいわゆる東北作家の筆頭的存在になる。反右派闘争時に追放され、文革後に名誉回復。短編小説集『羊』は一九三六年一月に文化生活出版社から刊行された。
(28) 前掲『阿壠致胡風書簡全編』書簡番号一(三頁)、胡風宛の最初の手紙における自己紹介。
(29) 筆者の取材、二〇一四年八月。
(30)『第一撃』は一九四七年に胡風により海燕書店から筆名阿壠で刊行された作品集。元は一九三九年一一月に筆名「S.M.」で同じく海燕書店から刊行された「七月文叢」の一つである『閘北七十三天』。
(31) 序文注(12)『胡風回想録』一四〇頁。
(32) 阿壠はこのときの一連の戦役をいくつもの緊急性の高いルポルタージュにまとめては発表していた。このことは、「南京」諸章の独立性の高さに影響しているかもしれない。「統一性はないが、抗日戦争自体が文学性を付与してくれた」と阿壠は後記で述べている。また、これらの作品のなかに提示されている重要な概念、たとえば日本人に対する民族主義的な憎悪に対する批判、売国奴となってしまう中国人への同情、略奪をする兵への哀しみ、賭博者に対する哀惜などはそのまま「南京」に移されていく内容である。
(33)『胡風回想録』一三九～一四〇頁。
(34) 作品では「陳小隊長」(第一作)、「梅墨法小隊長」(第二作)、「小隊長」(第三作)。
(35) 阿壠著『第一撃』一六～一七頁。
(36) 同右、一〇八頁。
(37) 同右、二〇～二二頁。
(38) 同右、一一三頁。
(39) 林希(一九三五～)男、本名侯紅鵝、天津出身、作家。一九五二年教師養成の専門学校卒。その後天津文聯勤務。この時代に阿壠の大学における講義を受講。胡風分子として糾弾されたのち、右派分子として労働改造に送られた。名誉回復後に

『白色花劫』『百年記憶』など文学史再考のうえで重要な論著を刊行。現在シカゴ在住。
(40) 羅恵　詩人緑原の夫人、現在北京在住。
(41) 阿壠著『阿壠詩文集』人民文学出版社、二〇〇七年三月、五九～六一頁。
(42) 湖南日報報業集団『湖南在線』URL　http://hunan.voc.com.cn/gb/content/2004-09/13/content_1399435.htm
(43) 前掲『阿壠詩文集』五頁。
(44) 同右、七頁。
(45) 中共湖北省委党史資料征集編研委員会、中共武漢市委党史資料征集編研委員会『中国共産党歴史資料叢書　抗戦初期中共中央長江局』湖北人民出版社、一九九一年、一頁。
(46) 同右、五〇頁。
(47) 序文注(13)『我与胡風』一三頁。
(48) 同右、三〇頁。
(49) 同右、三二頁。
(50) 前掲『阿壠致胡風書簡』阿壠書簡番号一一、一五～一六頁。
(51) 同右、書簡番号一八(二三頁)に「奚如先生の手紙は山西から転送されてきました。もう私があちらを離れてしまってから届くなんて、遅すぎます。学校も移転しているのです。約一ヶ月前に航空便を桂林に送ったのに、まだ返信をもらっていません」とあり、阿壠の呉奚如に対する不信が垣間見える。
(52)「哨」『七月』二二期所収、一九三九年一二月、付記に「一九三九、二、四、膚施。」とある。膚施は延安の古称。前掲『阿壠詩文集』八頁。
(53) ここに現れる天地との自然な一体感には、後の章で見るタゴールからの深い影響が感じられる。
(54) 前掲『阿壠致胡風書簡』一六～一七頁。
(55) 池田幸子(一九〇八?～一九七三)　抗日戦争時期に中国で活動した作家鹿地亘夫人、自身も作家。
(56) 彭燕郊(一九二〇～二〇〇八)本名陳徳矩、胡風に認められ『七月』でデビューした詩人、この当時は新四軍第二支隊で宣伝工作に従事していた。
(57) 前掲『阿壠致胡風書簡』一七～一八頁。
(58) 前出注(51)参照。阿壠の延安からの撤退に呉奚如が無関係であること、また阿壠のいた分校の移転すら知らなかったことを考えると、「正式な許可」の意味が疑われる。

(59) 劉迺強録音、二〇〇五年ごろ、陳沛氏提供。

(60) 何満子（一九一九〜二〇〇九）本名孫承勳、浙江省出身。随筆家、文芸評論家、ジャーナリストとしても活躍。胡風分子、右派分子とされ、長く追放、名誉回復後は上海古籍出版社などで編集活動。

(61) 「戦幹四団」関連URL「黄埔軍校〝戦幹四団〟徽章」：http://blog.sina.com.cn/s/blog_4cd60c7d0100tvlj.html

(62) 中国語原作「南京」は旧作そのものではなく、執筆ノートをもとに復元された作品である。ここでいう数篇の詩は、その原稿部分に続けて書かれていた。『風雨楼文輯』（路莘編、時代文芸出版社、一九九九年一月）には一部が掲載されている。

(63) 前掲『風雨楼文輯』所収「蝸牛」九頁。

(64) 後に詳しく検討するが、これは当時中国に大きな影響を与えたタゴールの詩の世界に連なっていると言うことができる。そしてここで強調したいのは、このようなタゴール的な世界が阿壠自身の戦争の経験から生まれたという事実である。人間性の極限にまで追い込まれていく中で、阿壠はタゴールに辿り着いているのである。

(65) 何満子著「中国現代文学史上頭等大事中一个小人物的遭遇（中国現代文学史の大事件中にいた小人物の遭遇）」前掲『我与胡風』二四三頁。

(66) 鄭瑛証言については前掲『新文学史料』二〇〇一年二期、七一頁と七二頁に関連記述。

(67) 前掲『阿壠致胡風書信全編』所収、書簡番号二四（一九三九年一〇月三〇日）で、阿壠は胡風に「南京」の完成を喜びをもって報告しているのだが、「「南京」執筆に際しては何未秀君も励ましてくれた一人でした」と初めてこの女性を紹介している。以降、恋愛が破綻した後一九四〇年四月一日（書簡番号三八）まで数回記述がある。「南京」執筆の過程でこの女性が阿壠の陰にいたことはとても重要だが、資料が足らないので、本論では詳述しない。なお、阿壠は同書『阿壠致胡風書簡全編』書簡番号三二（三八頁、一九三九年一二月二四日西安発）の中で、大革命の時代に「プラトン式」の大恋愛をして失恋したと述べており、今度の何未秀はそれ以来二度目で、「騙された」「三度目の恋愛はしない」とも書いている。

第二章　愛と流浪の歳月

——重慶での生活、愛情とその破綻

1、重慶陸軍軍令部少佐としての生活、胡風への思い

西安から重慶に移り、重慶で軍令部勤務となる時期の経緯について、「略年譜」は次のように記載している。

一九四一年〔三四歳〕二月、西安から重慶に向かい、国民党軍事委員会政治部軍事処第二科に少佐科員として就任、間もなく軍令部第一庁二・三処に少佐参謀として転出。「聖門」「師穆」などの筆名を用い、鄒荻帆、姚奔、曾卓らが重慶で創刊した雑誌『詩墾地』に詩作を発表。またこのときに小説「南京」を書き直す〔原稿は後に遺失〕。一九四二年〔三五歳〕延安で創作した詩を含めた自作の詩集『無弦琴』を編集し、「七月詩叢」シリーズに組み入れられ、希望社によって桂林から刊行。桂林南天出版社の依頼で自作の散文集『希望は我にあり』を編集したが、原稿郵送中に遺失。

一九四一年、阿壠が三四歳になる年の二月、彼は西安から重慶に移った。今度の部署は国民政府軍事委員会政治部軍事処第二科で階級は少佐に昇っていた。着任後まもなく異動があり、同軍事委員会軍令部第一庁第二科および第三科の少佐参謀となる。最初の着任先である国民政府軍事委員会政治部とは国共合作後に組織された中央軍事組織で、

国民政府軍事委員会講堂跡（重慶日報社内）と阿壠の住んでいた「山城巷」辺り（著者撮影）

第二科は主に民間の軍事訓練・教育を主管していた。政治部には一九三八年の同組織開設時に副部長として周恩来が就任し、宣伝工作主管の第三庁の庁長には郭沫若が任じられていた。阿壠がまずこの部署に配属されたというのは、西安での戦幹四団教官の経歴から見て当然であろう。その後異動した軍令部は、組織改編の後に参謀本部を統合して作られた司令機関であり、中華民国陸軍の中枢だった。軍上層の陳守梅少佐への信頼が、いかに篤かったかはきわめて明らかである。そしてここに至って、延安抗大に阿壠を「送り込んだ」呉奚如ら共産党長江局の意図が、着実に進んでいることも指摘しておかねばならない。

軍令部は現在の「重慶日報」本社ビルのあたりに本部を置いていた。そこは現在の地名で言うと解放西路、当時は林森路（一九三七年に国民党元老にちなんで命名）あるいはそれ以前からの名で陝西西路と呼ばれていた。重慶半島は東の突端で長江と嘉陵江が交わっているのだが、その中心が現在の陝西路という大通りで、この通りは南側長江サイドに沿って解放東路・解放西路に続く。この方向をさらに西に向かうと南区路という大通りになり、現在の菜園壩、つまり重慶駅に連なることになる。当時の林森路はこれらの大通りをすべて含んでおり、重慶を代表する目抜き通りだったのである。軍令部はこの林森路の中心付近、現在の解放西路の北側に大きな構えで建てられていた。今でも門衛の許可を得て重慶日報本社ビルの裏側に回ると、かつての軍令部大礼堂（講堂）の古い建物が確認できる。なお、この軍令部の真向いには質素な「基督教解放西路教堂（教会）」の建物が見えるのだが、それは抗日戦争の時期に建てられた歴史ある教会で（旧名称「陝西西路教堂」）、かつては軍令部に来る軍人の信徒たちも礼拝を捧げていたという。現在の牧師に訊ねたところ、軍令部大礼堂は抗日戦争のころは教会の日曜礼拝に借用されたこともあったそうだ。(1) 蔣介石はプロテスタント・メソジスト派の有名な信徒なので、そういうこともあったのだろうと推測される。この教会は現在もなお、多くの信徒の敬虔な信仰生活の中心になっている。阿壠の文学には時に聖書の強い影響を感じることがあるのだが、あるいは阿壠もまたこの教会の礼拝堂を訪ねたことがあったのかもしれない。

「略年譜」には記載がないが、弟守春の回想によると、阿壠の宿舎は西安のころと同じように、やはり軍令部に歩いて通える重慶市内の便利な場所にあった。守春は次のように述懐している。

私はそのこと（兄の上海戦での負傷撤退）があってからずっと兄とは会えずにいたが、一九四三年に重慶技術学校に入学して重慶江山（重慶の北部郊外）に行った翌年、一九四四年に軍令部に赴任した兄と再会した。あのころ兄は較場口あたりから遠くない山城巷の一般民家の二階に、親友たちと下宿していた。周兆楷、蔡熾甫と砲兵科出身の彭飛らだ。私は休日になると必ず彼らの所に遊びに行った。兄はしょっちゅう『七月』や『流火』に投稿しており、私は兄の原稿を何度も胡風の家に届けたことがある。あのころ胡風は重慶にいた。軍令部では第三庁の庁長が郭沫若だった。私がいた技術学校は国民党第二一兵器工廠付近にあり、工場長は左派の影響を強く受けた人だった。

守春の言う「較場口」とは林森路からやや北に入った有名な繁華街の一つであり、かつては文化的にも中心地だった所で、現在もやはり重慶有数のにぎやかな商店街である。「山城巷」はこの較場口の西南方面、旧フランス領事館のあった道に続く狭い路地だった。この坂道沿いの路地には、両側に古びた二階建ての民家がひしめいていて、その這いつくばるように曲がりくねるたたずまいから、今でもなおかつての人々の息吹が漂っているような錯覚に陥ってしまう。この山城巷から急な坂道を長江の方に下ると、中興路という大通りに出る。較場口と旧林森路を南北につなぐ道路だ。そこを南に歩くとすぐ解放西路となり、さらに東に数分で重慶日報本社ビル、つまり軍令部に着く。山城巷で阿壠の住んでいた民家が実際はどれだったのかは、たいへん残念ながら確認できなかった。しかし写真でもわかるように、どの民家も似たような二階建てで、戦火を免れてなおかつての雰囲気を伝えているように思われた。阿壠が共に下宿していた三人の友人のなかに、先の西安での連絡先に使われた周兆楷の名も見える。彭飛という人物については、黄埔軍官学校砲兵科第一〇期生の名簿に名前が確認できる。蔡熾甫は、阿壠のその後の人生で大きな役割を果たす人物となる。三名とも黄埔時代からの戦友で、阿壠が最も心を許した相手だったのだろう。若い四人の青年たちは寝食を共にし、たぶん勤務先軍令部も一緒で、毎日それなりに愉快な日々を送っていたのではないだろうか。守春が休みのたびに遊びに行ったというのも当然のことであり、その楽しげな日曜日のイメージが、現在の山城巷を歩いたとき脳裏に浮かんだ。

また守春が兄の原稿を胡風に届けていたという記述も重要である。阿壠の胡風との関係はこの時代にいっそう深くなっていた。何度もの原稿のやり取りを通して、阿壠は胡風の文芸に対する姿勢に強く影響され、深い尊敬の念を抱いていた。重慶時代の胡風は国共合作下の文芸政策において、きわめて重要な役割を果たしており、その名声は確固たるものだったのだ。胡風は一九三七年九月に戦火の広がる上海を離れ、一〇月に武漢に到着、約一年間武漢で活動したのちに、一九三八年一二月に重慶に入っている。南京陥落後の国民政府首都の移動と時を同じくしているのは言うまでもない。胡風はその後一九四一年五月まで重慶に滞在し、状況の悪化から香港へとさらに移動していくことになる。こうして見てみると、胡風の動線もまた阿壠の人生に宿命的な繋がりがあるように思えてならない。阿壠の道の選択において、胡風は常に身近な位置から助言を与えていたのだ。胡風が香港に移動した後、一時、胡風は死んだとか変節したとかという噂が流れたことがあった[2]。そういう噂に心を痛めて、阿壠が残した詩がある。「謡言——懐念F先生（デマ——F先生を思って）」という題で、付記には「一九四一年一二月一六日重慶」とある。

信じない／太陽が徹ることを／信じない／デマを
夜は深く／通りの犬が吠えている……／怯えのない眠りにつくとき／妖怪などはあり得ない／健康な眠りに怯えはなく／正直な人は日の出の到来を信じている。
妖怪など怖れるに足らない／犬だ／犬がうるさく吼えるのだ／思いが怒りに変わるとき怒りは思いを輝かせ／烈火が赤銅を輝かせる／デマに心を惑わせれば惑わすほど／思いはますます深くなる[3]。

題にある「F先生」は胡風（中国音 Hu-Feng）のことであり、阿壠の胡風への深い敬愛の念がよく伝わってこよう。
この時期の阿壠について、先に触れた冀汸が具体的で重要な証言をしている。冀汸は阿壠がこの時期に知り合った友人で、後に阿壠とともに文芸誌『呼吸』の編集にも携わっていた。本名陳性忠、湖北の出身で阿壠よりも一回り以上年下である。冀汸は学生の身分ではなかったが、当時重慶郊外の北碚に移転していた復旦大学の学生寮に住みついており、仲間らとともに文芸誌『詩墾地』の創刊に奔走していた。このころの学生寮では、このような正規身分でない青年知識人たちが隠れて寄宿することも珍しくはなかった。その折に冀汸が編集する雑誌の原稿で阿壠の「再生の日」を読み、深い感銘を受けたのが二人の直接の交流のきっかけだったという。冀汸はそれ以前に前出の茅盾主編『中国の一日』で「S．M．」の文章を知っており、その気迫に満ちた文体に強く惹かれていた。実際に彼ら二人が出会うのは、一九四一年晩秋に重慶で開かれた『詩墾地』の座談会の席上だった。この年代は日本軍の重慶爆撃が激しい時期なのだが、晩秋から冬の時期を迎えると重慶は深い霧に覆われて、日本軍爆撃機の飛来が不可能となり、戦時首都重慶では市民たちの生活が一斉に落ち着きを見せ、さまざまな文化活動が展開するのだった。座談会は市内中一路にある書店の一角で行うことになっていたのだが、そこは若い詩人や作家、芸術家などのアジトと言ってもいいような取り散らかされた一室だった。阿壠は最も早くその乱雑な会場に来ており、軍帽こそかぶってはいないものの、陸軍徽章を外しただけの軍服姿で身じろぎもせず開会を待つ表情が、まったくその場の雰囲気から浮き上がっていた。冀汸は、そのがっちりとした体つきと真剣で鋭い眼差しを深く心に留めることになる。にぎやかな文学青年たちのやりとりに、阿壠はじっと耳を傾けていたが、司会者がいくら水を向けても、一言も発言をしなかった。やがてみんなが、座談会はおしまいにして会食に行くとなったときに、冀汸が阿壠に「あなたはどうして何も話してくれなかったのか」と訊いたところ、彼は「私はいったい何を言えばよかったのだろう」と答えて力強く握手をしたという。それ以後二人は親しく交際を始めることになる。

彼（阿壠）は手紙を彼の仕事先に出してはいけないと言い、いつも別な組織宛にして彼の友人である蔡熾甫から転送させるようにしていた。そのうち彼は住所を教えてくれたので、手紙はそこに直接出すようにしたし、暇を見ては会いに出かけもした。話しやすいように、私はふつう土曜日の夜か日曜日に彼の下宿先を訪ねるようにしていた。そこは古くてみすぼらしい民家で、彼は二階を借りており、階段を上るときにうっかりしていると踏み板がものすごい音を立てた。部屋の鍵は二つあり、一つを彼が、もう一つを同居人の蔡熾甫が持っていた。彼と蔡とは杭州の同郷で、黄埔軍官学校の同窓生でもあった。部屋のなかは極めて質素で、二張りのベッドとその下に置かれたそれぞれの物入れ、二脚の小さな机、そこにそれぞれ積み重ねた書物、そして木製の台と裏返しに置かれたそれぞれの洗面器があるだけだった。そこはもちろん家と呼べるようなところではなく、単に眠るだけの場所だった。い

つも私が訪れると、蔡熾甫は何か口実を設けて外出し、私たちにゆっくり話をさせるように気遣っていた。(4)

弟陳守春の証言では、山城巷の下宿に三人の仲間とともに兄守梅が住んでいたことになっていたが、この冀汸の回想では、同居人は蔡熾甫だけということになる。あるいは守春の記憶は、兄の下宿とこれらの旧友たちとの思い出が結びついてしまっているのかもしれない。また守春の証言が、どちらかと言えば楽しい休日の兄と共有した懐かしい時間であるのに対し、冀汸の回想は、厳粛な阿壠の生活姿勢を示唆するものになっていることに注目しておきたい。冀汸はこの回想の後に続けて、阿壠の下宿を訪ねた際に連れて行かれた、薄汚いイスラム料理店の絶品「牛尾スープ」の忘れられないおいしさを述べ、それが阿壠との一生の思い出となったと言っている。

阿壠は重慶で、陸軍軍令部における任務に就きながら、こうした文学上の交際を深めていった。軍令部での任務の詳細を阿壠は書き残していないが、詩集『無弦琴』所収の詩にはソ連からの戦術顧問との心の交流を描く作品「握手」(5)がある。

我が友、トロフェイモフ／これが初めての握手だ／永遠の協力の始まりだ
とても長い間／どんなにか感謝の気持ちを抱いてきたことか／言葉にできない心を
今日わたしは／ついにその手に触れた／なんと際立った手だろう／なんと際立った力だろう／それは困難を越えて三つの五か年計画を創り上げた手だ／それは新たな人類の利益を守るたいまつを高く掲げた手だ／それは襲い来る敵に打ち勝つ堅い拳を握る手だ／その手がこんなにも親しげにさし出された／わたしは涙を浮かべて／微笑みを浮かべて／まるで一〇年の離別と艱難を越えた兄弟のように／その手を固く永遠に握りしめたい／しかし本当は、あっさりとした接触だけだったのだが

任務の途上で／顧問室で／大本営で／戦闘のなかで／私たちは今日手を握った！
（中略）
そうだ／わたしはロシア語がわからない／直接あなたに答えられる言語はない
しかし我が友、トロフェイモフ！／わたしにはわかる／あなたの微笑む唇と眼が
この情熱的な握手が／私たちの共同の運命がわかる／共同の事業が／共同の陣営が
わたしはしっかりと応えよう／革命の同志の果たすべき援助の力で／言語以外に直接伝えられる応答で／わたしにはわかる／わたしは応えられるのだ／この握手で――／親愛なる我が友、トロフェイモフ！

中国は一九三〇年代半ばまでナチス・ドイツからの軍事顧問団を入れていたが、国共合作開始後は一気にソ連からの大量の軍事顧問団を受け入れるようになっていた。もちろんコミンテルンの中国戦略が統一戦線路線を拡張していたからである。阿壠が軍令部に赴任したころには、五〇〇以上のソ連人顧問が重慶にいたはずだ。トロフェイモフの具体的な状況はよくわからないが、重慶に駐屯する中国軍将校、共産党系はもとより国民党系の軍人たちにとっても、ソ連人軍事顧問の姿は珍しいものではなかった。この「握手」には「一九四一年一〇月一一日、林森路にて」と付記されているのだが、一九三九年五月から重慶には日本軍の戦略爆撃が集中的に展開していて、特に翌一九四〇年にかけての二年間は、重慶爆撃の最も悲惨な時期だった。ソ連の軍事顧問団はとりわけこの日本の爆撃機の迎撃において名を馳せており、当時は非常に詳細な報道が相次いでいた[6]。ソ連空軍戦士の勇猛果敢な戦いぶりは中国の読者に深い感動を与えていたのである。また「林森路にて」という付記は前述したように軍令部の所在地を指すものであり、阿壠が軍令部参謀陳守梅少佐としてソ連軍事顧問トロフェイモフ氏を訪ねて熱い友情のエールを交わしたということになろう。阿壠は、言葉の障壁を越えて、正義の戦いに一身を賭す信念と情熱によってのみ結ばれる同志愛を高らかに

歌い上げた。

文学者としての阿壠はこの時期、優れた詩作を次々に発表している。それらが詩集『無弦琴』に編まれ刊行されるのは、一九四二年のことだった。阿壠終生の代表作ともいえる「縴夫（船引人夫）」もこの地で執筆されている。この長編詩について、まず指摘しなければならないのは鋭い象徴性である。前出の散文詩「蝸牛」に象徴的に描かれた中国の現状が、より象徴性を深めて先鋭化している。たとえば、次の引用部分では、大きな古い船や絶望して通りにたたずむ老人の姿などから、中国の救いようのない状況が鮮明に伝わってくる。

嘉陵江／風は、あくまでも頑なな逆風／河は、狂ったような逆流、
しかしその大きな木の船は／朽ち衰え、懶惰で、／深く浸かったまま、重い
しかし船引人夫たちは／まさにこの逆風に、／この逆流に、立ち向かう
三百尺の引縄を前にして、／大きく、たった一寸だけの足取りを踏み出すのだ。

風は、絶望した道端の老人のようで／枯れ萎びて錆びついた老いの手を伸ばして通りがかりの人を引き留める
〔どこにも行かせないように〕／いつまでも終わらない没落の独り言を最後まで聞かせたいのだ
（中略）
大きな木の船は／二百歳も生きてきたように見え、もう生きるのに飽き飽きしているように見え、／どす黒く猥雑で／黒ずんだ柱のあちこちが蝕まれてしまい／板材はひび割れて真黒な裂け目が開いている〔その中では陰謀と南京虫が巣を作っているのだ〕
（中略）

一本の引縄で／整えられる歩調〔召集されて集合する老兵のように〕／歩調は厳粛だ〔礫岩の岸辺に降りる夜明けの霜のように厳かだ〕／歩調は揺るぎない〔人間性を喪失してしまうほど不動だ〕／歩調は沈黙する〔鉄で鍛えられた男子のような沈黙〕／一本の引縄がすべてを繋ぐ／大きな木の船と船引人夫たち／糧食と種子と船引人夫たち／そして力と方向と船引人夫たち／そして船引人夫たち自身――一個の人間と、一つの集団、／一本の引縄が組織する／歩調を／力を組織する／群れを組織する／方向と道程を組織する――／それがこの一本のまるで頼りない、イラクサで編まれた、細く長いこの引縄なのだ。

前に進め――／力いっぱい前に進むんだ！／この前進の道程を／同志たちよ！

それは一里一里と進む道ではない／一歩一歩進む道でもない／ただひたすら――一寸、一寸としか進まない道程、／一寸一寸の作り上げる百里、／一寸一寸の先の千里なのだ！(7)

人々の前進の方向（狭義には中国の帝国主義に対する闘争）とその速度に関しては、一九三九年の作品では、阿壠の生命哲学を構成する要素の一つに過ぎなかったが、「縴夫」では、一種の悲壮感の漂う象徴を伴っている。言い換えると、一九三九年には彼の生命に対する賛美の中で、弱くはかない存在の持つ生の充足が誇らかに歌われているのに対し、一九四一年では戦闘的に聞こえる叫びの陰に、ほとんど前進していない中国に対する悲壮な心情が先行してくるのだ。一見して、聞一多の有名な象徴詩「死水」に連なる世界の展開が読み取られよう。またこの長編詩の終段の部分では合計一七回にもわたって「一寸」という絶望的な単位が使われている。激しい抵抗の詩のように見えて、「わずか一寸」の前進と言い切る詩人の感性は、いわゆる「革命的ロマンティシズム」とは一線を画するものと言える。ここにはまたある種のペシミズムの傾向が見え、知識人の立場からの現状への深い認識を示す観念として注目しておきたい。

重慶の時代、阿壠は陳守梅少佐として軍令部参謀の任務をこなし、また筆名を駆使して秘密裏に詩人としての創作活動に邁進していたのである。こういう阿壠の重慶に抱いた思いはかなり鬱屈したものだった。一九四一年に残した「霧」の一節を最後に紹介する。

チベット高原が陰影から／秋の開始とともに――霧季が始まる
ああ、霧よ！　君はどこにいるのだ？……
僕は、そしてどこにいるのだ？――僕には遥かなペルセウス座も見えないし、
自分自身の心許す影も見えない、／高い空も広い大地もなく／昼もなく夜もない……
僕はどこにいるのだ？　周囲はみなぼんやりと白く、漠然と広がるばかり
(中略)
まったく金が価値を失った日々だ、／車、車、そしてまた車
脚と車輪の、車輪と脚の、覆い尽くすような霧だ
なんという深い霧！／闇のなかで嘉陵江と長江が、昼も夜もなく嗚咽している
それは抉り取られた両の眼から流れる二筋の苦しい涙(8)

阿壠が「抉り取られた両の眼から流れる二筋の苦しい涙」と描写した嘉陵江と長江、「昼も夜もなく嗚咽している」冷たい大河に挟まれた半島都市重慶での生活の重苦しさは、読む者の心を鷲掴みにするほどの孤独感を伝えていよう。

2、重慶陸軍大学学員の生活と張瑞との出会い

阿壠は重慶の軍令部で少佐参謀として任務に就いていたが、一九四四年に軍人としてのステータスをさらに高めることになる。抗日戦争は一九四五年八月の日本敗戦・中国の勝利のうちに収束し、時代はまっしぐらに国共内戦の混乱へと向かっていく。阿壠の最も劇的な人生の時期が始まるのである。この時期は「胡風反革命集団」の事件に直結する出来事が次々と出てきて、阿壠に関する証言がいくつも残されている。本書では「略年譜」を基礎にしながら、重要な証言や回想をもとにこの時期の阿壠の姿を追っていく。まず「略年譜」では、この間の阿壠の状況が次のように伝えられている。

一九四四年〔三七歳〕春、国民党陸軍大学〔重慶〕第二〇期に合格、成都での実習に参加、このとき中佐に昇進。成都では平原詩社の方然、蘆甸などと友人として交流、このころから詩歌評論を中心にした文学評論を書きはじめる。同年五月八日、若い文学愛好者の張瑞と結婚。

一九四五年〔三八歳〕「阿壠」の筆名で論文「箭頭指向」を雑誌『希望』に発表。また「人仆」「方信」「魏本仁」などの筆名で同誌に詩作を発表。同年八月、息子陳沛誕生。

一九四六年〔三九歳〕妻張瑞が理想と現実の矛盾のなかで自殺。阿壠は「侮辱され傷つけられた結果、自殺でもって人生を完成させた」と語った。同年四月長編の詩「悼亡」を完成。夏、陸軍大学〔重慶〕を卒業し、成都国民党陸軍軍官学校に中佐戦術教官として赴任。阿壠はこの重慶・成都の期間、何度にもわたって、国民党軍隊の編制や配置状況などを含む軍事情報を友人に託し、胡風を通じて延安に届けた。また任務や学習のために延安に向かう人たちのために、国民党の封鎖線を潜り抜ける「ルート」を提供したり、国民党から逮捕令の出ている青年たちを匿

ったりもしており、知り合いであるか否かにかかわらず、多くの青年の原稿を読んでやり、推敲の手伝いや文学問題の討論をさまざまな形で行ってきた。またこの時期、方然や倪子明らと大型文芸雑誌『呼吸』を創刊した。

阿壠は一九四四年春に重慶の陸軍大学第二〇期生に合格し、陸軍中佐に昇進して再び国民党軍部での地位を高める。陸軍大学は一九〇六年に保定で創立された近代軍制を意識した陸軍高等教育機関で、その後北京、遵義などの地を経て、一九四〇年に重慶に移転された。阿壠の重慶行とほぼ同じころに重慶に移転してきたことになる。当時は四〇週から四八週程度で終了するカリキュラムで、陸軍少佐以上の中堅将校を対象としており、終了後は陸軍大学卒業資格と昇進が保証されていた。ほとんどは中佐以上となって原隊に復帰していったのだが、このシステムの背景には、黄埔卒業生の昇進が遅いことに対する不満があったという。特に黄埔第八期、第九期に不満が多く、阿壠らの第一〇期もなかなか昇進できなかったらしい。そういう状況を考えると、阿壠は最終的には大佐にまで昇進しており、順調な方だったと言えよう。なお『中華民国陸軍大学沿革史』掲載の卒業生名簿には、「正則班第二〇期（同期卒一二三名）」に「陳守梅　浙江杭県」として阿壠が記録されており、黄埔同窓の蔡熾甫と周兆楷は年度が一年早い「正則班第一九期（同期卒九六名）」に名前が見出された。また同書には台湾で陸軍総司令、参謀総長を歴任した郝柏村が阿壠と同期であることも記録されている(9)。

陸軍大学が置かれていたのは、山洞といういささか変わった地名の所だった。その名からわかるように重慶市内から山中に入りこんだ不便な場所だが、国民党陸軍にとっては非常に重要な拠点だった。重慶半島の根元あたりには、歌楽山という優雅な名前の丘陵地帯が聳えている。実際その種の娯楽施設も現在では歌楽山あたりに見出せる。山洞は丘陵の尾根のあたり一帯を指す地名で、歌楽山中央を貫通する道路によって市内と繋がれており、現在もその名が残されている。重慶市中心部からは西北へ二〇キロほどの距離であろう。しかし現在は、グーグルマップで詳細な写

重慶「山洞」陸軍大学跡（著者撮影）

真を確認しても何ひとつ写っていない。その理由は現地を実際に調査すれば、すぐわかることだった。山洞一帯は解放軍関連諸施設の集中的に展開する地域、つまり対外的に非公開の軍事基地群だったのである。そこの中心を走る道路は山道であって曲がりくねってはいるものの、重量級の軍用車が楽にすれ違えるほどの道幅で、その両側に高い塀が聳えており、軍事教練施設や軍の通信関連養成学校など様々な軍事施設が見えてくる。重慶後方に広がる丘陵地帯歌楽山は丸ごと、中国西部の大都市重慶を防衛するうえできわめて重要な基地だったのだ。これは阿壠の時代、戦時首都重慶建設に始まる軍事配備だった。当時、軍中枢機能は日本軍の爆撃を避けて歌楽山に移動しており、蔣介石ら軍首脳もここに別宅を構えていた。周恩来の宿舎や毛沢東の宿泊した施設もあったという。重慶市内の軍令部からの道程を考えると、車で一時間以上はかけなければ歌楽山中の山洞に到着できないのだが、山中の軍事基地としては当然ながら、高射砲基地など迎撃用の軍事施設も展開していて、日本軍の爆撃機もなかなか近づけないところだったのだ。

山洞という地名は関係文書のあちこちで見られていたので、市内の軍令部跡がすぐわかったように陸軍大学跡も簡単に見つけられるものと思ったのだが、まったく痕跡がなかった。しかし地元の古老を訪ねてじっくりお聞きしたところ、陸軍大学跡が現在の解放軍通信学校敷地内に存在することがわかった[10]。実際、車で施設内を五分ほど奥に行ったところに、古老の言う陸軍大学旧跡であるはずの現在学生用食堂となっている建物を見つけた。陸軍大学跡とされた建物はずいぶん修理が入っていたので、昔のままであるはずはなかったが、間違いなくこの場所に陸軍大学の校舎があったのだった。奥に五分ほど行ったところというのは、この通信学校自体が歌楽山貫通道路に沿って長方形の敷地になっているからであり、高い塀で覆われてはいるものの、道路までは塀がなければすぐ渡れるような位置関係になっていた。当時はこの建物あたりを真ん中にして、道路側にも多くの宿舎や諸施設があったと推測される。中佐に昇進した陳守梅阿壠が新妻張瑞を成都から迎えてあまりにも短い新婚生活を送る地となるのが、このあたりだったのである。

それにしても阿壠にとって山洞の陸軍大学は、相当つまらないものだったようだ。先の冀汸は、前出の回想録に阿壠から聞いた陸軍大学の話を書き残している。

はっきりいつだったかは思い出せないが、阿壠は軍令部を離れて陸軍大学の学員になった。ある日、彼は休暇を利用して北碚〔復旦大学所在地〕に私に会いに来てくれた。私は好奇心から彼の「大学生生活」について訊ねた。彼は厳しい口調で、あそこは奴隷を訓練する場所だ、上司が黒を指して白だと言えば、必ず同じように言わねばならない、白であります、たいへん真っ白でありますと。ああいう所では魂のない奴らしかのびのびと暮らせない、と言った。彼はひどい笑い話を語ったのだが、そのうちの二つの話は今でも深く私の心に刻まれていてすぐ思い出せる。教官たちはしばしば即興で「口頭試問」を行うのだが、それらはまったく軍事知識に関するものではなく、退屈しのぎの愚にもつかぬことで学員を苛め、恥をかかせて二進も三進もいかなくさせるためだけのものだった。たとえば、「おまえは麓から大講堂までいくつの階段を上ったか」とか、「おまえの宿舎から教室まで何歩あったか」

などという問いだ。学員は答えられなかったり、不正確な答えだったりするのだが、そうなると、その上官は自分が苛め飽きるまで厳しく叱責し、学員が堪えられず顔面蒼白になるほどになってようやく解放される。もう一つは、陸軍大学最高指揮官たちの愚昧と無学に関する話だ。教育長だった万耀煌はその代表的な人物で、毎日騎馬で登校し、後ろに完全武装の騎馬兵三騎を従えていた。この男は長ったらしい訓話が大好きなのだが、いつも支離滅裂だった。学員たちはこの男をきわめて輝かしい対聯で皮肉っていた。「耀武揚威、前後にいつも馬三匹。煌言鑠論、東へ西へたわごとばかり」(11)。

阿壠の重慶山洞での陸軍大学学員時代の生活がいかに無意味な内容だったか、このエピソードはよく伝えている。また陸軍大学自体の存在意義も、抗日戦争最終段階を迎えていたにもかかわらず、まったく現状と切り結ぶことなく、中堅将校のための単なる昇進のステップにしか過ぎないということも、はっきり読み取れよう。阿壠がこのような山洞での「学生生活」に心底から辟易していたことは明らかで、だからこそ、その入学後にようやく巡ってきた成都での「実習」訓練は、彼にとってきわめて魅力的なものだった。これは正規のカリキュラムであり、停滞した重慶山洞を離れて、成都での長期滞在を必ず伴うものだったからだ。成都は古くは蜀の国であり、同じ四川でも山岳都市重慶とは異なり、多くの覇者がその拠点として築いた内陸平原の歴史ある文化都市だった。劉備や諸葛孔明はもとより、詩人杜甫などもすぐに連想されるだろう。当然ながら成都はこの当時も抗戦中国の内陸の文化的中心であり、若い詩人や創作者たちの活発な活動が展開していた。阿壠が実習期間にどんなことをしていたのか、具体的な内容はわかっていないが、かなり活発に詩人のサークルに出入りしていたことははっきりしている。詩人方然の「平原詩社」はその中心だった。この平原詩社という同人サークルは、多くの若い学生や文学同好者を集めていたのだが、そのなかに、女子学生グループがあったことも当然だった。そしてこの同人の集まりに張瑞という魅力的な若い女性がいたのである。

3、張瑞との恋愛と結婚、その破綻

当時の成都は一種の自由の気風が流れている都会で、青年学生たちは多様な形の結びつきを広げて、文学創作の発表や交流を盛んに行っていた。そういう彼らの集まりやすい場所に、リベラルな大学教授の自宅があった。華西大学教授の父を持つ李嘉陵という女子学生は、同じ文学好きの女友だち羅恵たちと、自宅でよく情勢や文学などについて語り合っていた。彼女のこういう女子学生グループに、先鋭な感性を持つ張瑞が混じっていた。李嘉陵はそのころすでに蘆甸というフィアンセがおり、彼もやはり若き自由な詩人だった。蘆甸は、成都において平原詩社のメンバーであり、当時重慶から成都に来ていた阿壠とも親交を深めていたのである。

羅恵によると、阿壠と張瑞の出会いは、この李嘉陵の自宅でのことだった。その出会いの場面を羅恵は目撃している。蘆甸（当時は川東中学校の教員）は実はこの李嘉陵の家に寄宿していたのだが（つまり下宿先の娘と結ばれていたということ）、阿壠はこの日、友人の蘆甸を訪ねて李嘉陵の家にやってきたのだ。ちょうどその時に、同じように友人の李嘉陵を訪ねて来ていた張瑞と、阿壠は運命の出会いを果たすのである。二人はこの日のうちにすっかり意気投合する。二人ともお互いに一目ぼれだった。張瑞は生まれつき足が不自由だったが、写真で見ると、豊かな黒髪に感性の鋭さを湛える大きな瞳、きめ細かな肌の色白な美しい女性である。また阿壠は、目撃者の羅恵によると、凜々しい軍人で、学識に裏付けられた溢れるほどの詩才があり、誰よりも明らかに優雅で上品だったという。この出会いからわずか数ヶ月後、一九四四年五月八日に三六歳の阿壠と二一歳の瑞は成都で結婚した。そして翌一九四五年、日本敗戦の八月に長子、沛が誕生するのである。

冀汸はこのころのことを次のように回想している。

一九四四年の初め、阿壠は陸軍大学学員の身分で成都駐屯軍の見習い将校となった。成都には「平原詩社」があり、方然、蘆甸、孫躍冬、白堤、羅洛、左晴嵐、杜谷ら若い詩人たちがいた。阿壠が現れると、当然彼らのなかでは「兄貴分」となり、みんなから相応の尊敬を集めることとなった。こういうなかで阿壠は平原詩人たちの間に多くの友人を持つ二一歳の張瑞と知り合うことになったのだ。二人は出会ったとたんに心を惹かれ、激しい恋愛関係に突き進んだ。三六歳となった男子阿壠からすれば、愛のキューピッドの到来はかなり遅いものだったが、遅れて巡り会った愛情の成熟は異常に速かったと言える。四月には婚約して五月にはもう結婚していたのだ。見習い期間が終了すると阿壠は張瑞を伴って重慶に戻り、山中の小さな町山洞にあった「陸軍大学家族宿舎」で二人の家庭を営むことになった。(12)

阿壠の妻となる張瑞は、成都の旧家の出身である。息子陳沛によると、実家は「成都市下草市街四十七号」という住所だった。(13) 張瑞の父は骨科（整形外科）の医師で、大きな門構えの診療所を兼ねる邸宅が実家で、周辺には漢方薬の店や漢方医などの家が建ち並んでいたという。「草市街」という地名はそもそも、草、つまり薬草を扱う商店街という意味であった。成都にはこのような業種ごとの地名を関する商店街が、たとえば「鑼鍋街」など、古くからあったようで、現在もその片鱗が残っている。それら古い商店街は寺や廟などとともに、市内の中心である天府広場から扇状に広がっている。「草市街」は天府広場から東北に一キロ半ほど行ったあたりで、近くには成都の観光名所である「文殊院」があり、当時は相当な賑わいを見せた街並みだったと推測される。現在の草市街で目立つのは「第二人民医院」であり、周囲には現在も薬局や漢方薬店、そして小規模な診療所が集中している。この第二人民医院の北側に「竈君廟街」という道教の小さな廟にちなんだ古い町並みが確認できるのだが、旧時はこの街並みを中心にして、

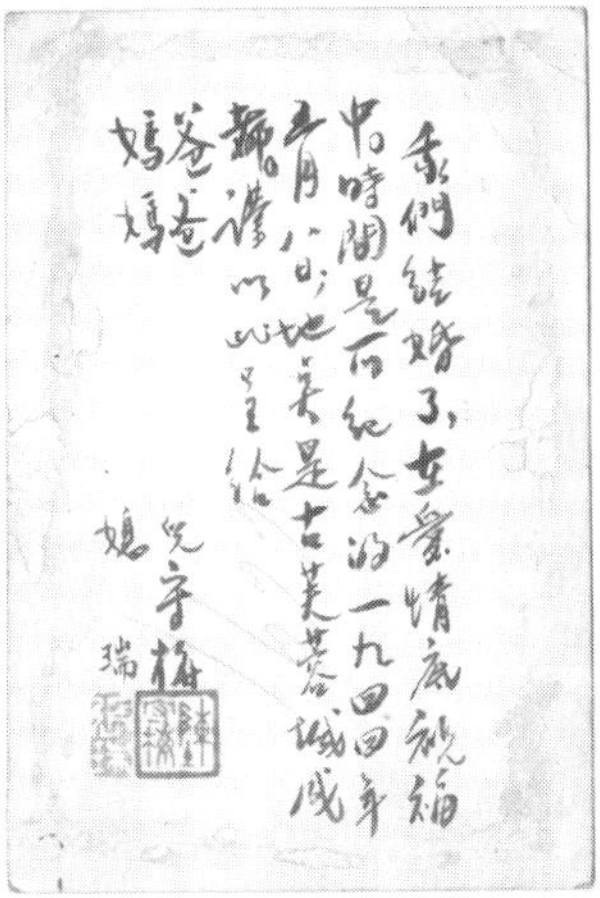
我們結婚了，在柔情底祝福
中，時間是值得紀念的一九四四年
五月八日，地點是古芙蓉城成[illegible]
謹[illegible]以此呈給
爸爸
媽媽
兒 寧梅
媳 瑞

阿壠と張瑞の結婚写真と結婚を知らせる父母宛の手紙（提供：陳沛）

⑴

⑵

沛を抱く瑞

⑶

⑷

⑸

成都下草市街の実家中庭のスナップ、張瑞の父・張心如（1）と母・巫桂雯（2)、上の妹・瑀（蘇予）(3)、下の妹・瑚（4)、沛を抱く瑞（5)（提供：陳沛）

北側を「下草市街」、南側の人民医院の方を「上草市街」と呼んでいたようだ。張家の旧邸宅の跡ではないかと思われたのは、その街並みの一角で、現在は「金沙巷」という扁額を掲げた尼寺(14)である。ただ、この尼寺は庭の雰囲気から建物の様式まで、昔の大規模邸宅の面影を残しており、有力な医師の家柄であった張家邸宅跡と考えてもおかしくはない。後に取材した詩人杜谷の証言でも、張瑞の家は草市街の真ん中あたりだったということなので、この辺だったに違いないと確信している。

陳沛によると、張瑞の父は張心如、母は巫桂雯といい、代々の骨科医師の家柄で、約一五〇〇平米の邸宅には四つの庭園があり、下男下女も数名住み込んでいるような名家だった。また父の書斎には「心斎」という顔楷体で書かれた扁額がかけられていたという。母の名前まで明確に伝わっているところに、張家の文化的ステータスの高さがよく現れている。張家には四人の娘がいたが、長女は夭逝しており、次女の張瑞が実質的には三姉妹の長姉のような存在だった。三女は張瑀、末の四女は張瑚という名で、三姉妹ともにたいへんに優秀で、全員がキリスト教会系の名門女子校「華美女子中学」で学んでいる。瑞は後に述べる理由で大学には進まなかったが、地元紙が瑞の作品を載せていたし、高校在学中すでに華西大学の文学グループに出入りもしていた。瑀は燕京大学（北京大学）、瑚は北京師範大学を卒業している。この時代に、張家は娘たち全員に高い教育を与えていたのだ。中でも三女の瑀は後に蘇予というペンネームで活躍するのだが、北京市長彭真の秘書に抜擢されており、その才能が高く評価されていたことがわかる。

阿壠と瑞の恋愛の激しさは、いくつかの詩に残されているのだが、一九四六年に刊行された詩集『無題』は、そういう阿壠のもっとも劇的な時代の詩を伝えている。たとえば、「求訴」と名付けられた詩には次のような表現がある。

かつて僕は川辺を彷徨っていた／輝くほどの白い花、そのなんと美しかったことか
手を伸ばして摘むこともためらわれた／ああ、生命よ！……

苦痛すら高貴な享受となるとき／僕は最も素晴らしい時を享受したのだ
生命は／河岸に立つ項羽の自刎した首／獄中でソクラテスが呷った毒の酒
（中略）
両手いっぱいに宝石を捧げるとき／僕はそれらを選ぶことも撫でることもできない
そのなかの最も煌めく一粒の宝石を――／いや、／僕はその一粒を空に放って
星にするのだ
（中略）
大地に満ちる花々／大空に満ちる星たち(15)

はるかに年の離れた恋人張瑞をそのままの姿で愛し、触れることすら躊躇《ためら》われるという中年を迎えた男の愛が素直に読み取れるだろう。彼はありのままの瑞を夜空の星の美しさに喩えるのだが、その控えめでいながら激しい情念の自然な描出に心を打たれる。

同じ詩集『無題』に、「題冊（アルバムに添えて）」という詩がある。これはアルバムの裏表紙に書き込まれた詩句で、阿壠はそのアルバムを後々までずっと大切に保管していた。長編小説「南京」執筆当時、つまり上海戦での負傷から、延安行きを挟む時期、阿壠の詩は戦闘の意欲に満ちたものだったが、一九四三年、張瑞と知り合って恋におちるころから、阿壠は戦闘集団の一員としての自分よりも、個としての自己を創作の根底に据えるようになっているように思える。この詩はその転換点を示す作品でもある。詩人阿壠の成熟にとって、張瑞の存在は、戦闘集団の一員としての価値基準から、個人としての詩人自身をいっそう強く自覚させる、まさに引き金だったといえよう。

はじめに、僕はひとりの——人として生きていかねばならない／次に、もちろんひとりの——男子として生きていかねばならない／最後に、僕はひとりの——兵として生きていかねばならない／野薔薇にそれ自身の花を咲かせよう／いばらにそれ自身の棘をつけさせよう
無花果にそれ自身の果実を結ばせよう(16)

阿壠は「題冊」において、自分がまず人間であり、そして次に男であり、最後に戦士であると歌い、これに続く三行で、あらゆるものたちがその存在なりの果実を得ることを祈るのだ。阿壠が張瑞との愛を育んだ期間に残した詩は、どの一篇をとっても、彼の以前の詩よりはるかに激しい個の情念の燃焼と思索の深化が読み取れる。次にあげる詩「願歌（願いの歌）」は、足に障害を抱えて暮らしてきた瑞に対する阿壠の心底からの掛け値なしの献身を強く表すものだ。

やむを得ないことなのだ／僕たちは、僕と君は、蝸牛のように這っていこう——
生命は過程であり／生活は運動なのだ／僕たちは、僕と君は、生命を絶えず分泌させよう／二人で這い進む道程の上に／そうすれば、二人の後ろには新しい銀河系が作られるだろう——／蝸牛自らの銀色の軌跡、／時には剣と杖を頼りに、僕と君とは／時には、お互いに支え合いながら、二人で、／——いや、そうじゃない／いっそのこと、僕は自分の体力でもう一本の／君の、君自身の／血の通った脚になってしまおう(17)

この詩は愛するものと二人で歩む生命の過程の意義をカタツムリの歩みにイメージし、それを新たな銀河系への夢に結ぶ。愛の生命は永続する分泌を軌跡として残していき、それは銀色の輝きを放って新たな銀河系を導いていく。

この表現には精神的な結びつきのみではなく、肉体の言語化ともいうべき肌の感覚が表出されている。注目したいのは、最後の二人の全的合一への意志である。「――いや、そうじゃない／いっそのこと、僕は自分の体力でもう一本の／君の、君自身の／血の通った脚になってしまおう」阿壠は愛する瑞の障害を抱えた足までも自己の情念の対象にしている。剣と杖、二人を支えるのは軍人の魂ともいうべき剣とこれまでも使っていただろう歩行の道具なのだが、それよりも、阿壠は自分の肉体と精神のすべてを彼女のために捧げると宣言しているのだ。二人の愛の激しさは十分に想像できよう。阿壠のこの「願い」を込めた結びはたいへん突飛に見えるが、愛する男としての自然な情念の発露と思える。

しかしながら阿壠の情熱は、時折ペシミズムの色彩を帯びて深刻になり、ある意味で難解なシンボリズムの傾向を持つようになる。この一九四四年には「琴的献祭（琴の捧げ歌）」という詩も書かれていた。

昔からの清らかな風も明るい月もなく／秋の虫の悲しい鳴き声も落ち葉もない
まして小さな草花たちのあの恥じらいを帯びた艶やかな歓喜などまったくない
詩のない、この日々の暮らしよ！……／僕には奏でる弦すらないのだ。
人の歓喜がないわけではけしてなく／人の苦痛がないわけでもまったくない
ただ僕の歓喜がそうした歓喜の外にあり、／僕の苦痛が、苦痛自体の中にあるだけだ。
（中略）
僕のスローガンはこれだけだ。／人民！　人民！　卑賤で光のない人民！／人民よ！……
いま僕はあなたのもとに来た。／そして本当の喜悦を持つことができた／だから枯れて砂粒しか残っていなかった両の目が輝きを放ち／鉄のように無情な涙が微笑みの中から流れ出ている／そして微笑みは、あなたを見つめ

るとき美しくなれる
僕はあなたのために奏でるのだ！――／あなた一人だけのためであっても、たった一人のためだけであっても／
たとえこの琴に弦が一本も残っていなくても[18]

これは詩集のタイトル『無弦琴』のもととなる詩である。このころの阿壠は公私ともに大きな転換点に立っていた。複雑な環境を克服しなければ、もはや一歩も進めなかったのだ。阿壠は「詩のない日々の暮らし」の苦痛を「私の苦痛が、苦痛自体の中にあるだけだ」と嘆く。色濃く現れるペシミスティックな現状認識は、読者との共鳴を享受せんがためのものではなく、自己の苦悩を吐露するだけのように思えてくる。それは特に、「卑賤で光のない人民！」という表現に集中していよう。これは共産党の文芸路線からすれば、きわめて不用意な句と言わねばならない。実際、後に編まれた阿壠の作品集では、「琴的献祭」を掲載していないものが多く、この詩に対する政治的な配慮の影が感じられる。

引用部分の後半は、「琴的献祭」の最後の句である。「卑賤無光」と表現した人民への呼びかけの後に続いていたのは、ようやく手にした愛情の一方的な吐露だった。この詩において阿壠は、奇怪な環境をふり捨てて新妻との愛のみに生きている。しかしそうした隔絶した愛が、永遠ではないことを一番知っているのも阿壠だった。いずれにせよ阿壠の陥っていた孤独な世界が、この詩に結実していることは間違いなく、その孤独を救うただ一つの道として、阿壠は必死にその新しい愛にすがっていくのだ。

ここで紹介した四編の詩は、いずれも一九四四年春の作で、「願歌」には、四月二一日という日付も付されていた。結婚のわずか二、三週間前である。二人は前述のように成都で結婚した。そのころはまだ見習い期間が終了しておらず、しばらくは成都のたぶん張瑞の実家で暮らしたようだ。そして二人は、阿壠の実習終了とともに、重慶に戻り、陸軍大学宿舎のある山洞で新婚生活を営むことになる。沛と名付けられる男の赤ちゃんが生まれるのは翌一九四五年八月だ。

燃えるような恋愛の時期はあっという間に過ぎ去り、現実の家庭生活が始まったのだ。阿壠こと陳守梅中佐は陸軍大学学員の身分であり、大学から離れることはできなかった。陸軍大学の内容が非常に空虚であったことはすでに述べたが、新婚生活となると、そういう空虚さだけでは済まされなくなる。二人は国民党軍部の中堅幹部たちの家族と交際もしなければならなかった。特に、新妻の瑞は見栄や外聞だけがすべてのような近所づきあいを毎日こなして、いつ帰ってくるかわからない夫を待つのが日常となっていった。

こうした二人の新婚生活に関して、いくつかの証言が確認できる。冀汸は前述の文章に続けて、次のように述べているのだが、彼自身は自分でも不思議がっていたように、この期間に山洞の新婚家庭を実は訪れていない。しかし重慶北碚に拠点を置く胡風周辺の多くの友人が阿壠夫妻を訪ねていて、なかでも路翎[19]の言葉が、新婚の二人の状況をよく捉えていると冀汸は思ったという。

路翎は「彼女（張瑞）は芸術サロンの雰囲気で育った人で、空想が豊かすぎるから、実際の風雨には耐えられないのではないか」と語った。（中略）その通りだ。張瑞は「自尊心と敏感さ」を持つ、「他の子たちより早く知恵の育った、早熟な娘」で、ずっと「裕福な環境」で暮らして来て、「家庭のぬくもりや教会女学校のピアノと歌声、そして書物と詩の世界のなか」で育ってきたのだった。[20]

成都の暮らしとあまりにもかけ離れた重慶、歌楽山の山洞。そこは重慶市内ですらないのだ。まわりには文化的な雰囲気はまったくなく、軍人の奥様連の下らない世間話などには、いっそのこと付き合わないことにしたとしても、日常生活を切り盛りすること自体、たいへんな不便さを耐え忍ばなければならなかった。

胡風夫人梅志は、筆者の取材に対して、慎重に言葉を選びながらも、「張瑞は重慶の陸軍大学での暮らしに、とても疲れていました。彼女は才能のある文学青年だったので、とりわけ軍人の家族の付き合いなどはできなかったのでしょう。よくお酒を飲んでいたようです。酔いつぶれることもあったと聞いています。阿壠は厳しく律する人だったから、辛かったに違いありません[21]」と話してくれた。こういう彼女の、生活に崩れていく姿は、多くの友人たちの知るところになっていたようだ。それはいまの精神医学で見れば、抑鬱状態ともいえる症状だったのだろう。ずっと後になってからのことだが、このとき瑞のお腹にいた沛には男女二人の子供ができた。つまり阿壠の孫たちである。その孫娘は優秀な医師として現在も活躍中であるのだが、彼女はこのころの祖母、瑞の症状を「妊娠期神経症」ではなかったかと父沛に話したという。

瑞は妊娠してから特にこうした神経症的な反応が強くなり、結局重慶山洞を離れて、成都の実家で出産することになった。阿壠はほぼ毎週、重慶から成都の瑞のもとに通った。当時の交通事情で言うと、たとえ陳守梅が陸軍中佐として、それなりの権力でもって便宜を図ったとしても、どうしても一昼夜はかかっただろうと言われている。週末に出かけて週明けに戻る生活である。それは想像を超える困難さであり、回復不能な疲労を蓄積させる日常だったに違いない。そういう異様な新婚生活の果てに、心配されながらも沛は無事生まれてきたのだが、瑞は重慶に戻ろうとはしなかった。山洞の生活、それが愛する夫の任地の暮らしで、夫が救国のための戦闘の一員であろうとも、あの空虚と不便と野蛮しかない暮らしには、もう二度と戻りたくなかったのだろう。しかし一方で、成都の実家での両親に見守られながらの子育て生活も、けっして充実したものではなかったようだ。彼女の飲酒はやはり続いていく。彼女は夫への愛と現実の間に揺れ動き、何度も山洞の夫の下に行こうとしながらも、最後までついに重慶への帰路に就くことはできなかった。そして運命の一九四六年三月一八日、まだ長子沛がようやく生後半年を迎えたばかりの日に、家族がちょうどその日にあった土地廟の祭礼に赤ん坊を連れて行って留守になった夕方の五時ごろ、実家の家業で常備していた猛毒の漢方薬「毛茛（トリカブトの毒）」を呷って自殺したのだ。

阿壠の弟陳守春の回想によると、瑞は、この服毒事件の前にも自殺を図ったことがあったという。ある時瑞はいきなり河へ身を投げたのだが、そのときは運良く舟を出していた漁師に助けられたのだそうだ。そういうことがあって、家族も相当注意をしていたのだろうが、二度目の自殺の試みを防ぐことはできなかった。

阿壠は瑞の自殺を次のように受け止めた。いや、受け止めざるを得なかったという方が正確だろう。少し長いが、全文を引用する。

一九四四年三月初めに亡き妻張瑞と初めて出会った。それ以前にお互いに相手のことは少し聞き及んでいた。愛情というものは、その最初から人生における一切を顧みない残酷な性質を持っている。私たちは五月八日に結婚した。これ以後重慶郊外の田舎で一年近く、平凡だが幸福な生活を送った。妊娠したので成都に戻ったのだ。一九四五年七月末あるいは八月一日に息子沛が生まれた。しかし私の地位の関係で、出産のときや節目の祝いの時に彼女のもとに戻ってやることができなかった。その後頻繁に手紙を送り、毎日少なくとも一回は速達を書き送った。だが手紙に綴った内容がしょっちゅう検閲に引っかかり、遅延したりしていたので、川東郵政管理局に問い質しもしたが、そういうことは何の得にもならないばかりか却って逆効果で、私自身の成都行にさえも悪影響を及ぼした。こういうふうだったから、私は彼女を速やかに慰めたり助けたりしてやることができなかった。一九四六年春から彼女からの手紙は少なくなって、苦痛や悲哀の感情が行間に見え隠れするようになっていった。彼女は何度も重慶に来たがっていて、実際何度も重慶への切符を購入もしたのだが、私の立場のことを考慮し、また自身の感情面のこともあったのか、取りやめにしていた。ところが私はこういうことをまったく知らず、遠く離れて暮らすときの若妻の精神的問題だと思い込んで、ただ懐かしみ夢想を繰り返すだけだったのだ。あの手紙を受け取るまでは。そのあと私は返信を書き、そしてそのまたあとに、成都から電報が届いたのだ。三月一八日午後五時、彼女は赤ん坊におっぱいをやった後――遺書を残して自殺した――私は彼女が深刻な状態だと感じていたので、返信を出したあとも引き続き、何通も手紙を書いた。しっかりと毎日を暮してほしい、僕はけっして変わらないから、変わらずに愛しているから、と書き綴ったのだが、その時はすでに遅かったのだ。――手紙の致命的な遅れだ！　彼女の遺書は、私が慌ただしく彼女の喪に服していた間にも見ることができなかった。重慶に戻る最後の日になって、私の必死の求めにようやく彼女のお母さんが応じて、やっと見せてくれたのだ。彼女の遺体は化成禅院に安置され、その後成都の沙河堡で埋葬された。

私にはもはや述べる気力がない。彼女もまた「侮辱され、傷つけられた」世代の一人だった。彼女は透明なほど善良で、夢想を遥かかなたに結んでいたから、人生において屈曲した道を歩むほかなく、ついにはトリカブトの毒を呷って死ぬしかなかった。それは彼女の血肉の飛翔だ。しかし私は、私は彼女の遺体を背負ってこれから生きていくのだ。(22)

ここには瑞への阿壠の深い思いとともに、瑞の自殺に関する周縁の多くの事情が語られている。交通事情と郵便事情の致命的な遅延、そして成都の実家との感情的な行き違い、それから彼女が自殺に向かう微妙な状況、それらを読み解いていくと、阿壠という人間の大きさをまず筆者は感じてしまう。実家に新妻を戻して出産させ、実家でしばらく母親と嬰児の面倒を見てもらうということ自体、中国ではごく普通の事であり、戦時首都重慶の軍部にいる将校の家族ならば、なおさら十分に想定される育児方法だ。しかし繊細な新妻瑞の精神状態は、成都に戻ってからいっそう複雑になってしまったようだ。特に出産後半年たって、初めて春節を迎えたころから、瑞の手紙に不穏な内容が散見するようになり、手紙の回数も激減してしまう。阿壠は必死に手紙を書き送り、瑞への慰めと励ましを繰り返したという（残念ながらこれらの手紙は確認できていない）。そして三月になってから届いた手紙に、阿壠は驚愕してただちに返事を出し、「しっかりと毎日を暮してほしい、僕はけっして変わらないから、変わらずに愛しているから」と訴えた。しかしこの訴えの手紙も、当時の郵便事情から瑞には届いていなかった。「致命的な遅延！」という他はない。

瑞の自殺は「侮辱され、傷つけられた」ために惹起されたと、阿壠は言う。それは具体的には、いったいどんな事情だったのだろうか。瑞のその「事情」が直接、阿壠の綴る自分が変わらずに愛しているという訴えにつながる原因となったのだ。筆者の調査に最初のヒントを最初に与えてくれたのは、上海の賈植芳[23]で、筆者がまだ阿壠の『南京血祭』を翻訳中に、阿壠の新妻瑞の自殺には杜谷という成都の詩人が関係している、と真剣な表情で教えてくれた。阿壠の遺族のサイドから、この件にはほとんど証言がないのは、亡き母親（あるいは兄嫁）に対する当然の感情だろうと思われる。

4、阿壠夫人瑞の自殺をめぐるそのほかの証言

新妻張瑞の自殺は、阿壠にきわめて甚大な衝撃を与え、その人生の道を大きく決定づけてしまったと言って間違いない。瑞を自殺に追い込んだのは、大きく見れば、自由に羽ばたこうとした女性に対する当時の社会の偏見と差別だったのであろうが、そういう社会的悲劇は必ず具体的な事象によって積み上げられているのだ。一見些細な出来事の一つ一つに、人間の生きる哀しみが込められており、実はそういう些事にのみ、真実が育まれているのではないだろうか。本書はそういう立場から瑞の自殺の真相に迫り、その悲劇の衝撃から摑み取られた文学者阿壠の新たな生き方を考えてみようと思う。ここで依拠する資料は、阿壠の義理の妹（瑞の妹）張瑀（蘇予）の姉瑞に対する思いを綴った

追悼文「藍色の勿忘草の花」(24)と、重要な鍵を握っていたと思われる詩人杜谷の証言である。

蘇予の「藍色の勿忘草の花」は、姉の自殺に対する清明な思索と阿壠夫妻に対する変わらぬ情愛を湛えたすぐれた文章である。

一九八九年三月一九日、農暦己巳年二月一二日、花朝《かちょう》の日、私の六三歳の誕生日、あなたの四三回めの命日。

四三年間、この長い年月、私はあなたの短かった人生を忘れたことはなく、あなたの重い愛と死を思い出さない日はなかった。あなたは二一歳の時に梅兄と結婚し、二年も経たないうちに成都の実家で突然自殺して果てたのだが、その時あなたのまだお乳を飲んでいた息子はたった七ヶ月で、梅兄は遠く重慶にいた。あなたは自分では受け止めきれない感情の荒波から解脱するには、命を絶つ苦い酒と劇薬の灼熱しかないと思い、彼に対する愛と疚しさ、そして恩と恨みに、自分の生命の完成によって応えようとしたのだろうか。でも梅兄は、あなたのためにさらに大きな災厄に見舞われ、苦しみのなかで一生を終えた。彼はあなたが世を去って九年後、「胡風反革命集団」の冤罪で逮捕され、一〇年間の収監を経て、天津監獄が有期徒刑一二年の判決を下し、早期釈放を決定したが、結局解放されることはなかった。一九六七年、彼は獄中で脊髄カリエスにより痩せ衰えて亡くなった。数年前、「胡風集団」の冤罪が名誉回復された後、一九八二年になって、あなたがたの息子の陳沛とあなたの下の妹張瑚、そして私はようやく彼がもうこの世にいないことを知った。それからまた四年経って、湖南文芸出版社が彼の遺稿『無題』を出版し、十数首の「瑞に捧げる」という愛と追悼の詩を見ることができた。最近入手した彼の「如夢令」にはこういう一節がある。「髪を結うときも心を動かされ、指を噛むときも心が痛んだ。愛し合った月日は短く、白雲と黒い塚が残っているだけ。気をつけて、気をつけて、と夢のなかでも声をかけてくれるのに」私は詩句を追って涙にくれた。梅兄とあなたの間に結ばれた数十年にわたる生と死、それは綿々と恨みを連ね、冤罪の獄に繋がれた怨念の幽鬼さながらに、死を迎えてもなお解脱することはできない。沛と下の妹、そして私は、この数十年、水の枯れた池の魚のように、お互いに支え合って何とかこの世間をわたってきた。そういう私が、あなたと梅兄のことをどうして忘れられようか。

蘇予の文章は、四〇年以上の時を経てもなお、姉瑞に対する深い思いに貫かれている。その純粋な強さは、肉親ゆえの血の濃さを表すのかもしれないが、不可思議な愛に翻弄されて命を捧げた女性への哀惜の念がにじみ出ており、それはそのまま蘇予自身の人生への遥かな眼差しとしても受け止められよう。愛の対立軸として中国に存在したのは、人々を心身ともに絡めとる政治の力だったのだ。

蘇予はまず、姉の先天的な障害とその幼少期への影響について次のように述べている。瑞の障害は先天的な異常で、右足の付け根と足の甲に畸形があり、幼時には地面に足を着けると甲が下になって歩けなかった。骨の整形が専門だった医師の父は心を鬼にして、幼いころから瑞の足に板を挟み、何とか矯正しようとしてきた。そのため成長とともに瑞の足は正常に見えるようになったが、右足を動かすにはやはり相当な努力が必要だった。瑞は他人の憐みの視線にも、子供たちの囃し立てる声にも深く傷つき、幼いころから友達がなく、来客があっても、挨拶に出ようともしなかった。いつも一人で本を読み、『芥子園画譜』[25]や西洋絵画を模写し、自分で考えたデザインで刺繡をする毎日だったという。中学校で琴を学んでからは、よく自分の好きな詩句に曲を付けて弾いており、蘇予は姉瑞の奏でる「打起黄鶯児、莫教枝上啼」[26]の愁いに満ちた調べが脳裏に刻まれており、後年までその歌詞を歌うことができた。瑞は障害を持つ者特有の孤独感からか、あるいは強い自尊心と天性の鋭敏さからか、早熟で、聡明だった。小学校六年生の時には、成都の新聞副刊に投稿した文章が掲載されたことがあり、中学校に入ってからは、薇庵、秦蓁などのペンネームで成都や重慶の新聞、文芸誌に作品を発表するようになっていた。蘇予はこの追悼文で瑞の長編の詩「真理の開花」の一節を紹介しているが、それは一九四〇年に重慶の『時事新報』副刊に掲載されたものだった。

あなたは言う、薔薇の刺が／あなたを傷つけたと／ライラックが／あなたに愁いをもたらすと／月見草があなたの魂を／深くよどんだ夜の色に／染めてしまうと／浅い愁いの蘭の花が／あなたに寂しさを／感じさせてしまうと／

（中略）

しかし私はあなたに宣言しよう／真理が花開こうとしているのだと

蘇予の記憶するこの瑞の詩句からは、明らかに早熟な才能を読み取ることができよう。また最後の二行からは、これも明白な形で、阿壠と共有する詩的感性が瑞に備わっていたことが理解できる。しかしこの時代の瑞はまだ阿壠を知らず、その憧れは詩人何其芳[27]に向かっていたようで、蘇予は次のような瑞の何其芳宛の手紙の一節を記述している。「今日、私たちはまだごみ溜めの上で墓を掘っています。あなたの手紙はもう届きません。いつになったら、あなたは故郷へ戻ってくるのですか。そして果てしのない暗闇のなかで夜明けの角笛を吹き鳴らしてくれるのですか」瑞のこのような激しい感情の吐露は、そのまま彼女のロマンティックな行動様式を物語るものでもあった。

高校三年の時のことである。瑞はあと少しで卒業という一九四三年の夏に、突然高校を退学してしまった。瑞は「社会と生活を知るために」重慶に行って就職すると言い張ったのだった。重慶にまるで家出同様にして飛び出した瑞だったが、巨大な戦時首都重慶に、高卒の学歴すらない身障者の小娘が受け入れられるはずもなく、ほどなく彼女は成都に戻ってくることになった。中国において、夏はこの当時から大学入試の季節であり、受験生には厳しい季節だったのに、彼女はその時期を完全に逸してしまったことになる。親からは予備学校に行くことや家庭教師を付けることなども言われたようだが、彼女は一切受け付けず、ただふさぎ込んでは自分の身の障害を恨むような日々を送っていた。こういうときに、何其芳の導きもあって成都「平原詩社」の詩人たちとの交流を始めたのだ。この中に、蘆甸、杜谷などがおり、そして阿壠と知り合うことになったという。

阿壠と知り合ってからの瑞は、まるで人が変わったように生き生きと輝き、毎日蘇予に向かって阿壠の素晴らしさを語ったという。阿壠は瑞のまったく知らない世界からやってきたのだ。

その（阿壠の）複雑な社会的地位、曲折した人生の経歴、その三六歳の男性の濃厚な気質が、疑いもなくあなたを虜にしたのだ。あの人は「八・一三」上海防衛戦に出撃して負傷したの、顔には傷跡があるわ、あの人は延安にも行ったことがあって、散文詩「光明賛」は延安を歌い上げたものよ……こういうことを話していたときのあなた、その目はきらきらと輝き、ふだんのあの冷静沈着な姿はまったく消えていた。あなたたちはすぐに相思相愛の仲になり、結婚話もすぐ持ち出されてきた。

二人が一目惚れから激しい恋愛関係になっていったころ、瑞の実家は厳しい状況を迎えていた。そもそも成都の名家張一族には五つの系譜があり、その本家筋が瑞の実家だったのだが、母巫桂雯は男子に恵まれず、とても肩身の狭い思いをしていた。その上、このころには父張心如が認知症で入退院を繰り返しており、家業の医事行為からはすっかり撤退していたのだ。親戚縁者からの厳しい批判を受けてもなお、奔放な娘を心から愛していた母は、そのすべてを耐え忍びながらも、阿壠の出自素性に疑いの眼を向けざるを得なかった。しかし愛娘の一途な心情に打たれて、母は結局この結婚を認めるのだが、その条件は成都の名家張一族の名に恥じないような立派な式典を挙行することだった。

瑞と阿壠の結婚の第一段階の儀式は、一九四四年四月中旬に成都の少城公園にある桃花源会館での招待宴だった。

この席で正式な婚約が成立し、翌五月八日に成都でも最も格式の高い栄楽園で豪勢な結婚式が挙行され、親戚縁者はもとより阿壠の同僚や成都で実習中の将校連も招待された。こういう格式高い婚礼は母の強い願いだった。母は他人に後ろ指を指されるような、適当な結婚披露宴で済ませるようなことは絶対に許せなかったのだ。しかし婚礼が始まって司会の詩人鄒荻帆(28)が母に新婦の親の席に進むよう促した時、彼女はどうしてもその席に着こうとはしなかった。しかたなく外祖父が親代わりに着座したのだが、それは婚礼に出席できない父親の席に母が着座するわけにはいかないという一徹な母の思いからだったという。

瑞は挙式後すぐ成都の実家を離れて、阿壠とともに重慶山洞での新婚生活を開始した。母は心配でならなかったという。瑞は進取の気性のある勇敢な女性だったとはいえ、母の眼からすれば自分の懐にすがる障害を持ったか弱い娘に過ぎなかった。そういう娘が軍関係の宿舎に入って生活できるとは、母にはどうしても考えられなかったのだろう。実際母の心配する通り、新婚生活の破綻は間もなく始まってしまう。蘇予は次のように書いている。

あなたはほとんどわかっていなかった。二人の家庭生活には、愛の思いと見つめあう眼差しのほかに、あなたがこれまでやったこともない竈の火起こしやストーブの火くべが必須であり、一日三回の食事の準備、掃除や食器洗いも欠かせなかった。また周囲にいるのは、マージャンや世間話に明け暮れ、終日物価の値上がりに文句を言い、お化粧とファッションしか考えない将校夫人連ばかりだった。そしてひどく辛い悪阻《つわり》、毎日の平凡な暮らし。ましてあなたがたは山洞に住んでいた。そこは国民党軍事機構と陸軍大学大本営の所在地だった。ここでは「一〇人の中で五人はスパイ」で、空気までも人を窒息させるとあなたは言っていた。(中略)一九四四年、あなたは結婚後の生活を酷暑の重慶で過ごした。それは耐えられないほどの猛烈な暑さだった。あなたの手紙はめったに来なくなったが、山洞への嫌悪の情はひどくなる一方だった。詩人・作家の妻となり、重慶文化界の胡風先生、梅志夫人、方管（叙蕪）と行き来するようにはなったが、あなたは自分を阿壠の単なる若妻に過ぎないと思っていて、彼等の中にいると幼稚で場違いな感じがしていた。創作も詩歌もあなたから遠くなり、あなたにはただ山洞で閉じこもる暮らししかなかった。あなた方の間に最初の亀裂ができたのは、このころの事ではなかっただろうか。

母の予想は完全に当たっていた。平凡な生活の苦痛に加え、若い母体に宿った新しい命の苦しみもまた瑞を追い詰めていく。蘇予の指摘するのはそれだけではない。阿壠の尊敬する胡風をはじめ文学者仲間との交際においても、蘇予は姉瑞が自分の未熟を感じて孤立していったというのだ。この傾向を手繰っていくと、当然ながら阿壠本人の存在に行きつくのだが、瑞の愛する阿壠は、彼女の嫌悪するすべての条件のなかで生き抜いてきた戦士であり、また彼女と違って遥かに成熟した文学者で、いやそれのみならず、場合によっては、胡風らをしのぐ先見性を備えた才能の持ち主だった。文学を志し、愛する男との情熱に生きようとした瑞、しかし彼女がこの動かしがたい位置関係に気づいたとき、自分の全面的な孤独を感じざるを得なかったと言ってもいいのかもしれない。

翌一九四五年四月ごろ、阿壠は瑞を連れて成都に戻り、実家で出産を迎えさせることにした。重慶での新婚生活は一年ともたなかったことになる。そして八月となり、成都中が抗日戦争の勝利に浸っていた時、男児が無事生まれた。蘇予は大学新聞系の一年次を終了したのち、夏休みの間四川の農村で農民組織の活動に参加していたが、抗戦勝利によって成都の大学に復帰し、実家で姉瑞とその赤ちゃんと一緒にしばらく暮らすことにした。嬰児はよく乳を呑み元気に育っていた。はじめのころ瑞はよく赤ちゃんを笑顔であやしていたのだが、やがてしだいにふさぎがちになり、煙草の本数がどんどん増えていったという。大学が始まると蘇予は週末だけ実家に帰る生活を送ったのだが、帰るたびに沈鬱な姉の表情が気になった。夜中にふと目が覚めると、姉がひとりで起きて、煙草を片手に、思いにふけっているようすだったという。悲劇が次第に醸成されていく過程だったのだ。

瑞の自殺した一九四六年三月一八日の顚末を、蘇予はとても詳しく伝えている。

三月一八日は日曜日で、ちょうど旧暦二月一二日の花朝の日に当たっており、成都の「花会」の一番賑わう日であり、しかもまたちょうど私の二〇歳の誕生日でもあった。あなたは早くからこの私の「ビッグバースデイ」の準備に忙しく、私にどんなプレゼントがいいかと訊いたり、家の者に紗の半袖旗袍を作らせたり、またあなた自らバースデイケーキを焼いてくれ、私の友人たちを招待して、土曜日の晩にはバースデイパーティまでしてくれた。その晩あなたは黒のシルクの旗袍に耳飾りという姿で、私たちにピアノを弾いてくれ、みんなで歌った。あなたはかなりお酒を飲んでいて、顔を真っ赤にほてらせ、目の輝きが格別だったように見えた。私はあなたがどうしてあんなに興奮しているかわからなかった。私たちが歌うのを止めても、あなたはまだ一人で歌っていたのだ。私にはどうしても、その日があなたの最後の夜だとは想像もできなかった。あなたはこうして人の世の歓楽と苦痛に別れを告げたのだ。

あの忘れがたい日曜日、私は朝早くから友人たちと東郊の獅子山に春遊（早春の野遊び）に出かけ、午後には直接学校の宿舎に帰ってしまった。あの日、あなたは母や同居していた従兄の張琰、従姉の春華たちをみんな青年宮で開かれていた「花会」に行かせて、赤ちゃんは昔からの保母である曾《ツォン》お婆ちゃんに預けた。そして家人たちが夕暮れに遊び疲れて帰ってきたときには、あなたの呼吸はもう止まっており、身体は硬直していたのだ。家人たちはあなたを正府街の中央大学医学部付属病院に送り込み、深夜まで蘇生にあたってもらったのだが、とうとうあなたは霊安室に入れられてしまった。母は病院に最後まで残っていた。母のために人力車を雇ってはいたのだが、なぜか母はそれに乗らなかった。その夜はひどい風が吹いていた。正府街は私たちの家のあった下草市街から、たった二回曲がればいいところだったのにもかかわらず、母は自分の家がわからなくなり、一晩中、通りを彷徨ったあげく、空が白んでからようやく帰ってきた。

瑞の自殺は周到に準備された計画であり、一時の気の迷いではないことがはっきりわかる。瑞は愛する人たちすべてに別れを告げる儀式を行い、予定された死への道を踏みしめていったのだ。この後蘇予は葬儀の悲痛な様子を克明に綴り、そして愛娘を失った母までも、瑞の死後四〇日足らずで、後を追うようにして息を引き取ったことを万感の無念を込めて書いている。蘇予はまた阿壠に宛てた姉の遺書の一節を覚えていた。遺書は便せん一枚に縦書きに書かれており、ひどく筆跡が乱れていて、ほとんど文字の態をなしていなかったのだが、その書き出しの一行が蘇予の心に刻まれたのだ。

「復讐するは我にあり、我必ず報いをせん[29]」

蘇予はこれがトルストイの『アンナ・カレーニナ』冒頭に置かれた聖書の言葉であり、姉瑞はそれをわかった上で、遺書の書き出しに引用したと確信している。そして蘇予は姉瑞があたかも「轢死したカレーニナ夫人のように己が身を投げ出して、あのまったく不合理な『応報』を受け入れよう」としたのだろうかと、深い疑問を提起するのだ。聖書の言葉以外に蘇予の目に飛び込んできたのは、李白の「春思」の一節「燕草如碧絲、秦桑低緑枝。当君懐帰日、是妾断腸時[30]」と「私は私の生命であなたへの愛を完成させます」という一文だった。

蘇予はこの涙に濡れた遺書から、孤立した姉瑞が心を許した別の男性の存在を瞬間的に読み取った。この遺書はアンナ・カレーニナのイメージに代表されるような、罪の「応報」と生命を犠牲にすることによる愛の「完成」を強く暗示していたのだ。蘇予は次のようにその不条理にやり切れぬ思いをぶつけている。

梅兄のあなたに対する感情はとりわけ深く、あなたがた二人は通し番号を付けた手紙を、まるで魯迅夫妻の『両地書』よろしく、毎日やり取りしていたではないか。まさか他にもう一人、その人のためにあなたは感情の担いきれない負担があったのだろうか。なんと重苦しく、なんと残酷な愛だろう、そのためにあなたは、自分の生命と乳を失う沛、そして梅兄の苦悩までも捧げなければならなかったのか。その人は誰なの、それは彼なのだろうか、あなたの昔の、そして梅兄の友人でもあった、あのいつも愁いの面持ちをしたあの詩人（中略）なぜあなただけがそのすべてを引き受けなければならなかったの。あなたの犠牲によって「完成」される愛、あんなにも悲痛な死を代償にしなければならなかったのだろうか。

前述のように、ここで問題になる詩人についてはすでに賈植芳の証言から、杜谷であることが判明している。阿壠のことを知っているかつての胡風の仲間たちのなかでは、阿壠の妻の自殺と杜谷の関係に関しては、明言を避けてはいるものの、誰もがわかっている事実だったのだ。一切公表されていないのは、阿壠の名誉のためだったのだろうと推察される。蘇予の追悼文は姉瑞に対するものであるので、妹として当然の感情によってここまで深く言及せざるを得なかったに違いない。

瑞の葬儀は世間体から見れば一種不名誉なこうした要素により、ごく内輪で行われ、遺体は阿壠が重慶から来る日まで町はずれの東門外望江楼対岸にある小さな寺（化成禅院）に仮安置された。阿壠が駆けつけたのは、三月下旬になっていた。阿壠の到着によってはじめて埋葬が許され、東門外沙河堡の墓苑に埋められた。母は前述のようにその後まもなく亡くなるのだが、残されたのは、蘇予と下の妹、嬰児の沛、そして認知症の父親だけで、蘇予は財産分与の争いの渦に巻き込まれ、大家庭の没落を眼にすることになる。

この項の最後に、事件の鍵を握る詩人杜谷が筆者に話してくれた内容を記しておこうと思う。[31] 杜谷は一九二〇年生まれで、阿壠より一三歳年下である。詩人で『泥土の夢』などの詩集を胡風の援助で刊行しているので、胡風派と呼ばれるが、詩から見ると、彼個人としては、胡風よりも何其芳に傾斜している。一九四〇年に田漢、郭沫若らの文化工作委員会の抗日活動で僻地を回っていた際に関節炎を患い、それが原因で足が悪くなったという。つまり杜谷もまた、張瑞と同じような脚の障害を持っていたのだ[32]。

杜谷によると、彼自身は成都の中学校教師をしていた時に、高校三年の瑞と文通して恋に落ちたそうだ。しかし瑞とのたった三回のデートで、実は瑞にはほかに二人の男友達（つまり阿壠ともう一人の別の教師）がいるということを知り、身を引くことにしたという。その後は友人として付き合っていただけで、不正なことは何もないと杜谷は強調していた。彼からすると阿壠は七月派の著名な詩人で、みんなからは「老大哥（大兄さん）」と呼ばれ尊敬される兄貴分であり、第一、陸軍大学の凛々しい軍人であって自分たちとは格が違うように思えたという。杜谷は瑞が友人たちの中で一番尊敬しているのは詩人亦門（阿壠）で、杜谷も瑞のことがきっかけで阿壠と付き合うようになったのだという。瑞の付き合っていた男友達のもう一人とは、中学（高校）の英語の教師譚某[33]であり、瑞が一九四三年の夏休みに家出のようにして突然重慶に行ったのも、実はこの譚という教師に呼び出されたからだという。重慶では譚のいた銀行の宿舎に泊まっており、ここで過ちがあったのではないかというのである。杜谷はこう述べている。

譚先生に会うために瑞はすべてを捨てて重慶に行ったのです。卒業試験も受けませんでした。他の二人の姉妹が高学歴、名門大学出身なのに、瑞は実に惜しい才能だったと思います。一九四四年春に阿壠と結婚したのですが、阿壠はこういう経緯を知りませんでした。瑞はこの一件が判明してから後に阿壠が自分に対して冷たくなったと悩んでいたのです。瑞の性格は、愛していれば、何でも許してしまうというロマンティックなもので、酒もたばこも好んでいました。ある時瑞に請われて成都の妓楼を見に連れて行ったこともあります。瑞は先端的なモダン女性で独立思考の持ち主だったのです。

杜谷によると、瑞とは結婚後も親しい友人として交流を続けており、結婚式後に写真も送ってくれたし、手紙のやり取りも頻繁だったという。手紙には山洞に転居後、陸軍大学勤務の複雑さ、山洞での暮らしのきつさ、生活の深い悩みが繰りかえし書きこまれていた。杜谷は瑞の飲酒に驚いたという。そして山洞が彼女のモダンな性格にまったく合わない土地だったのだと強調する。筆者が驚いたのは、杜谷は瑞の服毒自殺の前夜、瑞が自分を自宅に呼び出して苦悩を打ち明けたと証言したことである。彼女は従兄を夢に見て、従兄が会いに来てくれたと語ったとしている。彼によると、実は瑞は従兄との間が親密すぎると疑われており、自殺の直接の原因もこの従兄に関係しているのではないかと思われるという。杜谷は、阿壠はここまで彼女のことを知らなかっただろうと述べた（彼によるとこの従兄はすでに服毒自殺をして亡くなっているそうだ）。杜谷は自殺前夜、瑞は阿壠と別れたいと言い、阿壠が自分を理解してくれないと訴え、山洞には絶対に戻らないとも語っていたと証言する。この話を瑞から聞いたとき、杜谷は絶対に別れてはいけないと諭したそうだ。瑞は、親戚たちから夫阿壠の元に戻らないこと、成都に居続けていることを責め立てられていて、たぶん居たたまれなかったのだろうという。こういう状態だったから、彼女はひょっとすると杜谷に対してある種の期待を抱いていたのかもしれないが、彼は現在の夫人と恋愛中だったからはっきり断った。彼はもしかしたらこのことに瑞は失望したのかもしれないとも述べている。瑞の自殺の翌日、瑞の家を訪ねたが（瑞の家に「万有書庫」の本などがあり、借りようと思っていた）、自殺したとは告げられず、「病気」とか「病院に行っている」とか言われたそうだ。自殺するとはまったく考えていなかったが、後にすべてを知って、杜谷は現在の夫人とともに瑞の墓に花を供えに行ったという。

杜谷の回想証言の信憑性は確信できないが、これまで阿壠に関する記述のなかで、この詩人に関することがほとんど書かれていないので、一つの記録として筆者の取材の記録をここに残すことにした。

【付記】阿壠と張瑞の悲劇は、事件発生後すぐに路翎が戯曲『雲雀』[34]にまとめている。しかし胡風はじめ関係者の阿壠に関する証言ではこの戯曲に触れられていない。登場人物と事実との深い親和性はまた稿を改めて論じることにしたいが、胡風は路翎のこの戯曲を「知識分子の性格矛盾の悲劇[35]」と評している。

5、抗日戦争終結後内戦時期、重慶における共産党への情報提供

日中戦争終結の月に長子沛が誕生し、翌年三月に妻瑞の自殺があって、阿壠の人生には逃れようもない深い影が生じていくのだが、阿壠は毅然とした意志で新たな道を踏み出そうとしていた。まずこの一九四六年夏に、阿壠陳守梅中佐は重慶の陸軍大学を卒業し、成都の陸軍軍官学校に戦術教官中佐として赴任する。阿壠三九歳の年である。「略年譜」によると、阿壠はこの重慶・成都の期間、何度にもわたって、国民党軍隊の編制や配置状況などを含む軍事情報を友人に託し、胡風を通じて延安に届けている。また任務や学習のために延安に向かう人たちのために、国民党の封鎖線を潜り抜ける「ルート」を提供したり、国民党から逮捕令の出ている青年たちを匿ったりもしており、知り合いであるか否かにかかわらず、多くの青年の原稿を読んでやり、推敲の手伝いや文学問題の討論をさまざまな形で行ってきた。またこの時期、方然や倪子明らと大型文芸雑誌『呼吸』を創刊している。

陸軍大学卒業は軍部における阿壠のステータスを顕著に強化するステップだった。戦術教官中佐として成都に赴任した阿壠の立ち位置は、実に輝けるものだったのだ。これは阿壠の陸軍高級情報へのアクセスが、一段と容易になったことを意味する。後の胡風反革命事件における阿壠の「反革命罪」は、特にこの時期の「反動国民党軍人、大物特務」の身分から決定づけられたのだが、実際の阿壠の行った情報活動に関しては、逮捕後の公安部における尋問調書で完全に明白になっていた。次の証言は、その総括ともいえるものである。これは当時の公安の責任者の一人、司法

部監獄管理局副局長だった王増鐸が『新文学史料』二〇〇一年第二期に発表したもので、文章のタイトルは「阿壠に真実の面目を取り戻そう（還阿壠以真実面目）」となっていた。王はまず阿壠の犯罪性の認定について、尋問による結論を次のように確定している。

阿壠の解放前におけるこうした複雑な経歴は、公安機関の調査によって、次のように確定された。阿壠は早年、国民党の「反共歪曲宣伝」を信じて、国民党の刊行物に灰色の文章を一、二編発表してしまったことがあったが、この時期以外にはその人生上に反動的罪悪を犯した事実を発見できなかった。関連資料の調査によると、阿壠は青年期に「八・一三」抗日戦争に参加している。その後胡風の紹介で延安の抗日軍政大学に身を投じ学んだが、眼疾により延安を離れて西安に行った。以後彼は長期にわたって国民党軍事機関で教官になっていたが、『新華日報』を日常的に読んでいたことにより国民党から「調処査看（異動させた上で観察する）」処分を受けたり、進歩的な文芸活動で国民党の党地区で有名になり、「思想問題」を疑われて、国民党から指名手配を受けたりするなどした。以上の事実から、阿壠は国民党当局から「党と国家に忠誠な」人物とは思われていなかったと判明した、と。[36]

阿壠の国民党陸軍軍事情報の共産党への提供の事実は、阿壠を反革命罪で告発する側の公安部の資料によって、実に正確に証明されていたのである。非常に皮肉な結果であった。しかし阿壠は、当時の中央公安部の結論として反動軍人ではないとされたにもかかわらず、反革命の中核分子として断罪されるのである。王増鐸はさらに、阿壠断罪の原因となった胡風の手紙について、その全文を紹介しながら次のように解釈している。この手紙は胡風から阿壠に宛てて出された一九四七年九月のものである。

陳卓がいいでしょう、彼は去年北平警察局長でした、すぐに彼の所を訪ねてお願いしていただきたい。直兄はまったく消息不明です。しかし私は彼がこうした疑いに微塵も関係ないことを保証しますから、この点を陳氏にお伝えください。たぶん彼の家に身を寄せていた小娘〔最近彼と折り合いが悪かったらしい〕がやったことでしょう。以上のことは学生のしたことでもあり、また直も文人であり、まったく危険がないとお伝えいただきたいだけです。陳氏にすぐ二人の釈放〔中字処に拘置されていると思われます〕に着手するよう願いたい。もし難しいのならば、直の奥さんだけでもまず釈放してほしい、一家庭婦人を長く留置しておくなど笑いものになりますから。(37)

王増鐸によると、陳焯とは国民党の諜報機関「軍統」の局長で、南京と北平で警察局長を務めた人物であり、共和国建国後に処刑されている。実は陳と胡風・阿壠は面識もなかったが、逮捕された賈植芳夫妻を救出するために、胡風はかつて賈植芳が阿壠は陳と知り合いだと聞いたことがあったため、その伝手を使って何とか保釈してもらうよう阿壠に依頼したのだった。しかし阿壠はまったく陳を知らなかったので、この件は実行できなかったという。この経緯は公安が確認している。この件につき、阿壠は後に第三章で詳述する「上申書」において、次のように反論しているが、その論理はきわめて明快である。

もしも編者のロジックのように胡風と陳焯の間に本当に政治的関係があったのなら、胡風はなぜ直接陳に手紙を書いて依頼せず、私にこうした手紙をだしたのだろうか？　なぜ胡風はこの手紙で陳焯を「陳卓」と書き間違え、しかもこの前の手紙では「陳卓然」と間違えているのか？　なぜあなたがたのみつけた「密書」が陳焯らの所から出たものではなく、こういった文書だけなのか？　これは矛盾だ、矛盾だ！(38)

個人の信書の片言隻句を引用して勝手な解釈を加えて断罪するという方式は、胡風事件以後中国共産党政権下の常套手段となっていくのだが、阿壠が巻き込まれたのはまさにその嚆矢ともいうべき案件だった。実際の軍事情報の提供についても、公安の取り調べの結果がはっきり出ている。王増鐸は具体的事実として、第一に胡風経由の情報、第二に共産党南京地下党鄭瑛経由の情報、第三に共産党華東局宣伝部の杭行〔羅飛〕経由の情報、第四に文学者方然経由の情報の四点を挙げている。第一の情報は次のような胡風への手紙に始まるものである。

小谷〔胡風〕先生：

今日まで待っていましたが、私はまだ出発できないでいます。まったく焦ってしまいます。だからなおさら皆さんに会いたいと切に思います。寗〔路翎〕はどうしたでしょう、仕事は見つかったでしょうか、あるいは少なくとも住む家は見つかったでしょうか。

この期間、蕪兄〔舒蕪〕の所に五日ばかりおりました。荒れ果てた山間部でしたが、何にも妨げられずのびのびとおしゃべりをしました。本当は彼も感情問題で敗れていたのです。彼は私のことをしっかり見ておきたいと思っていました。私が結局のところどうなっていくのか、私たちのような人間がどうなっていくのか！話した内容はかなりたくさんありましたが、この手紙に書くことは控えます。

大局については、ここではすべてが楽観視されています。そこであなたにも楽観してくださいと申し上げましょう。三ヶ月で主力を撃破し、一年で粛清するのです。かつて独立大隊長以上の将官を集めた会合が開かれたことがあったのですが、訓話があり、あの人の自信がみんなをさらに鼓舞することになりました。同時に、こちらの機械化部隊は済南に空輸され、反戦車部隊は綏遠〔内蒙古〕に空輸されました。一にも二にも徹底してやるのです、膿なんだから、結局押し出さなければなりません。

突然、宋代の雪を詠った戯《ざ》れ詩を思いだしました。「地上はすべて覆われて、井戸だけぽっかり穴が開く。茶色の犬は白くなり、白い犬は腫れ上がる。」詩に詠われる形象は十全に美しいものですが、問題は形象であり詩そのものではありません。この詩はそのいい例でしょう。祝福を　　門〔亦門→阿壠〕拝　七月一五日[39]

まず親友の路翎の暮らしぶりを心配した後、第二段落で同じく親友の舒蕪[40]の山里の家で屈託なく話し合えた報告をしているのだが、その話の内容が人生の苦しみに関するもので、当然ながら亡き妻のことを語ったのだろうと思われる。問題はそれに続く「大局」の一段である。国民党陸軍の上級将校を集めての会合の内容が、具体名を避けながら語られているのである。胡風は後の取り調べにおいて、この部分は阿壠が「蔣介石匪賊」の反動軍人などでは決してないことの証明だとして、これこそ重要な軍事情報を提供した箇所だったことを詳細に上申している。重要な軍事配置の急を告げた後、阿壠が特に「膿だから徹底的に排除せよ」と言っていることを踏まえ、蔣介石国民党軍に対する憎悪を表しているのだと胡風は抗弁したのである。この手紙の最後の一節は、宋代の戯れ詩を引用したものだが、そこには手紙の発信者と受信者に共通する教養の深さがにじみ出ている。

この時期の情報について、阿壠自身は取り調べにおいて次のように語ったとされている。

私は一九四七年に匪国防部第五庁参謀周兆楷から蔣介石匪賊の山東沂蒙山地区左翼旋回作戦計画の情報を得た。当時魯南地区の戦闘は緊迫しており、蔣介石匪賊は全力を挙げて新四軍を殲滅しようとし、沂蒙山付近で決戦をする戦略だった。この左翼旋回作戦の主力は偽第五軍邱清泉と偽第一一師団、そのほか別の師団もあったがどのぐらいの規模だったかもう覚えていない。当時上海で胡風に会い、簡単な兵力配置図をメモして、すぐに共産党サイドに送るように言った。その後胡風から手紙があり、たいへんに有益だったと聞いた。[41]

王増鐸は関係者の取り調べと事情聴取から、この証言の真実に迫った。それは、胡風本人の自供、胡風からこの情報を受け取ったとされる廖夢醒（宋慶齢秘書、周恩来との連絡員、共産党の実力者廖承志の実妹）の事情説明、廖から情報を伝えられた張執一（当時共産党中央統一戦線部副部長）の証言、そして保管されていた国民党軍事情報のなかから確認した歴史資料による検証だった。情報の流れは、まず周兆楷から阿壠が情報を入手、上海で胡風に会い、情報内容をメモにして手渡す、胡風は共産党中央へのパイプを持つ廖夢醒にそのメモを手渡し、廖が党中央情報関係の責任者である張執一にそのまま伝える、という筋になろう。この最高軍事情報は、張によって上海共産党の秘密電信を使って党中央に直接送られた。最後の確認は、秘密電信で伝えられた国民党の歴史資料の生の軍事情報であるが、王増鐸によるとそれは次のようなものだった。日付は一九四七年六月二四日である。

一、東北地区の局地的情勢は緊張しているが、国防部の重点は東北以外に魯南の第一兵団の八三師団、二五師団、一一師団の三個師団を主力とし、（中略）共産党を包囲し、沂山地区から駆逐するものである。二、沂山砲撃の準備はまさに昼夜兼行で進められている。三、河北から東北に移動できる部隊は新二軍（広東部隊）第五三軍（旧東北軍）、第九四軍で、天津以東渝関に当たり、青年軍二〇七師団から防御任務を受け継ぐ。四、（省略）。五、国防部は胡宗南部隊から一個連隊を東北に移動させる。この件は現在計画中である。(42)

阿壠の提供した情報が、共産党の防衛戦略に非常に大きな影響を与えたことは、一目瞭然である。ついでながら、中国公安部の調査の徹底ぶりが際立つことも明白だ。

情報提供の第二のルートは、南京地下党の鄭瑛を経由するものである。鄭瑛の名前は、すでに西安時代の項で出ているのだが、阿壠に関する重要な証言をした女性である。調べによると鄭瑛は、阿壠の同郷、同窓の周兆楷の親戚縁者であった。阿壠との最初の出会いが、周兆楷の実姉周鈺のところだったことはすでに述べた通りである。鄭瑛は当時南京の地下党で情報関連の任務に就いており、上級には張棣華という党員がいた。阿壠にとって鄭は同郷の知人だったが、彼女が党員で情報関連の任務にあると知ってからは、もっぱら彼女に軍事情報を提供し始めた。鄭は事の重要性に驚き、上級の指示を仰いだ結果、阿壠と定期的に接触するようになり、一九四八年には一一月から一二月にかけて五回情報提供を受けたと証言している。鄭によると、阿壠の情報は非常に詳細で、たとえば2Bは第二旅団、T3は第三師団を指し、206や201などの数字が青年軍の編制番号を示すなど内部の軍人しかわからない専門的な内容だった。これらの情報がきわめて有効だったことは言うまでもない[43]。

第三のルートは杭行を経由するものである。杭行は阿壠の古くからの友人の一人で、一九二五年の生まれ、羅飛[44]というペンネームで活躍した文芸評論家・詩人である。共産党員であり、共産党中央華東局宣伝部で任務に就いていた。上海を中心に情報活動宣伝活動を行っていたようだ。王増鐸によると阿壠は杭に三回にわたり情報を提供している。杭はこうした重要事項を単独で決めるわけにはいかず、党の上級指導者である甘代泉（地下党員だったこと以外不明）に報告し、その許可を得て情報の仲介を開始した。初めの二回は兵力配置と武装配備についてだったが、第三回目には、国軍高級指揮系統再編計画、四月分人事経費基準一覧、国軍特殊部隊人事経費、軍事武装手冊「全国各軍火砲検討表」の原本などが含まれていた。これらの情報は阿壠が、もう一つの情報源である蔡熾甫から入手した情報だった。この情報提供の接触の中で、杭行が自ら蔡熾甫に国軍に対する反乱蜂起を勧めたことがあったというが、その時にはまだ事は成就しなかった。

ここで阿壠の情報源となった二人の高級将校について公安の尋問によって確認された内容を紹介しておく。二人とも何よりもまず、阿壠とは同郷の杭州出身で、黄埔軍官学校の同窓、さらに重慶陸軍大学の同窓でもあり、当然無二の親友である。周兆楷についても、胡風の手紙でもしばしば言及されており、情報の信頼性はかなり高かった。当時は国民革命軍陸軍大佐、国防部第五庁の科長で、王増鐸によると「一九四九年一二月に蜂起し、我が軍に加盟した」という。蔡熾甫は阿壠と「義兄弟」だったと王増鐸は記しているが、国民革命政府陸軍軍令部第三庁で科長、当時の階級は中佐だった。尋問記録によると、蔡は一九四九年四月に阿壠の委託を受けて欧陽荘[45]、化鉄[46]の救出に尽力したという。蔡からの情報は二〇種に及び、すべて阿壠によって杭行にもたらされたとしている。

公安が確認した阿壠の情報提供第四のルートは、文芸誌『呼吸』編集長で阿壠の成都時代の畏友、文学者方然によって共産党に伝えられたものである。それは国民党軍の浙江省全省軍用地図で、兵力の配備を詳細に期した重要資料だった（録音証言を残した劉洒強によると、その後獄中での取り調べの際、阿壠は自分のもたらした軍用地図の価値について、かなり疑問を持っていたようだ。自分の情報が無意味だったのではないかと落胆さえしていたように見えたという）。阿壠は蔡熾甫からこの軍用地図数枚を入手し、そのまま方然に手渡して共産党への連絡を依頼した。一九四八年冬のことだった。方然の一九五七年一月二四日の尋問調書によると、彼は当時浙江省に展開する遊撃隊の連絡拠点が杭州の安中（杭州市の東、銭塘江西岸の地名）に置かれていることを知っていたので、そこに赴いて遊撃隊への連絡を申し出た。方然の自宅は同じく杭州の紅門局五十七号（西湖の東側、安中から四キロほどの市街地）にあったが、そこで待機していると「金肖遊撃隊[47]」の黄および穆という人物が現れて、地図を持っていったという。この件に関しては、蔡熾甫も同様の供述をしたと記録されていた。

阿壠の人生については、これまで推論の域を出ないものがかなり含まれていたのであるが、もっとも極秘に行われた自軍の軍事情報提供については、こんなにも詳細で周到な確認ができているのである。これは阿壠の辿った人生の道筋からすれば、まったく不可思議な事態であると同時に、筆者の眼には、中国独特のアイロニーとも映るのである。

この節の最後に王増鐸自身の阿壠に対する感想を記しておく。ここには胡風事件の本質が的確に捕捉されているように思う。

私個人はこう思っている。当時の歴史的背景では「胡風反革命集団」の第二号人物として、「胡風派の理論家」として、そして「胡風の右腕」としての阿壠は早くから「胡風反革命集団」の戦車にがっちり繋がれており、胡風問題が解決しない限り、つまり「胡風反革命集団」が名誉回復しない限り、他のいわゆる胡風幹部分子と同じく、たとえ歴史的に無実が証明されていたとしても、単純に個人レベルでの解決など不可能だったのだ。なぜならば、これは空前の大事件であり、阿壠はその「欽定（毛沢東の定めた）の犯罪者」だったのだから。(48)

6、重慶・成都における阿壠の文芸活動、重慶脱出の経緯

これまで見てきたように抗日戦争勝利後、阿壠の文芸活動の拠点は重慶から成都に移っていた。阿壠は一九四六年夏に重慶の陸軍大学を卒業して、成都陸軍軍官学校戦術教官として赴任しており、成都の瑞の実家にしばしば通っている。母を喪った息子沛とも短い間ではあるが時間を共有できた。(49)それは阿壠の全人生にとって非常に大切な時期で、阿壠の文学創作への鮮烈な感覚もこの中で強化されていった。当然ながら多くの作品が書かれているのだが、この時期阿壠の最も重要な活動は、文芸評論と雑誌刊行にあった。

抗日戦勝利直後に胡風編集の文芸誌『希望』が重慶で創刊され、本書の序で触れたように、阿壠は初めてこのペンネームにより、巻頭を飾る文芸評論「箭頭指向（矢の方向）」を発表する。阿壠という名前が文壇に登場する記念すべき最初の文章であった。『希望』は抗日戦争期の『七月』の後継雑誌であり、『七月』の常連だった文学者が多く集結しているのだが、単なる雑誌の継続などではなく、それ以上に新しい時代の息吹を反映しており、誌面には先駆者として文芸を導いていこうとする気概と情熱が溢れていた。胡風自身、文芸評論家として、雑誌編集者として『希望』

に大きな力を注ぎ、巻頭言となる「置身在為民主的闘争裏面（身を民主のための闘争の中に置いて）」には詩人胡風の熱い思いが高らかに歌われている。この『希望』創刊号は、胡風・阿壠の文章のほかに、巻頭の小説としては路翎の「羅大頭的一生（羅大頭の生涯）」を載せ、文芸論としては、後にあまりにも有名となる舒蕪の「論主観（主観を論ず）」が掲載された。この四篇のみを眺めても『希望』は他の追随を許さぬほど実に強力な布陣であり、新時代の幕開けにふさわしいメディアが誕生したと断じても過言ではなかった。胡風は新たな雑誌に『希望』という名を付けたのだが、同時に彼はかつて『七月』でそうしたように、「希望社」という出版社を立ち上げ、多くの同人の発信に寄与するメディアを構築したのである。

胡風の周辺に集まる文学者たちには、ある種共通の雰囲気が漂っているように思われる。しいて言えば、それは創作主体の自由に対する重視、生活者の個別性に着目する描写、欧米発のリベラルな感性と、そこに同居する無産階級文学の意識であろうか。もっと端的に言えば、作家の個性の尊重の一語に尽きよう。思えばそれは、死の床にあった魯迅を巻き込む一九三六年の論争「国防文学論争」の一つの帰結を示す創刊であった。全面的な抗日戦争開始を目前に、文芸の在り方を創作から表現まで、すべてにおいて、当時国家の主要テーマである「抗日・国防」を据えなければならないと主張する周揚ら共産党左派文芸路線に対し、創作の源である個人の主体性において、抗日の志のある者の自由な文芸を主張したとされる魯迅の方向は、胡風によって継承されていたと言える。重要なのは、胡風周辺に集う文学者たちが、こうした雰囲気を共有していることが非常に目立っていたという事実であろう。共産党の組織原則である中央集権主義からみれば、単純に分派的活動とされてしまう理由も確かに出現していたということである。

何はともあれ、新時代の幕開けとは、雑誌『希望』に集う文学者たちにとって、大きな民族的抑圧を超越して尊厳を回復した人間の、真に自由な心の叫びを表現できる「時」の到来を意味していたのだ。『希望』創刊号で重要な柱となった舒蕪の「主観を論ず」は、阿壠らの論調に哲学的な根拠を確定するものであり、そのまま彼ら同人の心情的傾向を物語る内容でもあった。胡風、阿壠、そして舒蕪と続く論調は、路翎の小説でその実践的作品を提供することになる。

阿壠はこうした重慶における胡風の文芸活動の主柱となっていたが、成都に自己の拠点を移すと、ただちに別な文芸誌の編集を企画した。出版を請け負ったのはジャーナリスト倪子明で、編集長には方然が就いた。彼らは雑誌の名前を『呼吸』と名付け、成都での文学者の中核的な刊行物として育てようとした。重慶と成都でそれぞれ自由な文芸を目指すメディアが活動を開始したのである。

この時代の阿壠の状況について、「略年譜」は次のように記載している。

一九四七年〔四〇歳〕「従攻撃到防御」を含む『閘北七十三天』を小説集『第一撃』というタイトルにして、やはり海燕書店から出版。上海の新聞『大公報』『時代日報』および賈植芳、耿庸などの編集による『雑文・諷刺詩叢刊』に詩論や文学評論、政治諷刺詩などを発表。同年四月、「君はうまいことやっているが、自分の本当の姿が暴かれないよう気を付けなさい」という匿名の警告の手紙を受け取り、軍事情報を中国共産党地下組織に送付していたことが発覚したと知り、五月に任地成都から出奔し、重慶に脱出したが、同じころ国民党中央軍校教育長関麟徴署名の指名手配令状が重慶に到着し、阿壠は重慶から東に下って南京に入った。同年八月、陳君龍という変名で南京中央気象局に資料室代理主任として就職した。

阿壠作品の刊行が相次いでいるのは、彼の文学者としての名声が次第に高まっていたことの証左である。ここで問題なのは、この年の四月に阿壠が受け取ったとされる「匿名の警告文（原文：你干得好事、当心揭露你的真面目）」である。この警告文および教育長名の指名手配原文は、現在までの段階で未確認である。しかし国民党中央軍校とはすなわち成都軍官学校であり、その教育長である関麟徴は胡宗南の右腕だったことは間違いない。この警告文の発信者の意図について、陳沛や阿壠の友人たちは、軍部の情報を知っている人間によって書かれたもので、密かに阿壠に迫りくる危険を知らせたのだとしている。これは一つの推論として成り立つのだが、阿壠は前節でみたとおり、軍部に強力な友人たちがおり、かつての同窓の筋を辿ったとしても、このような決定的情報が直接耳に入ってこないということ自体が想定しにくい。

ここでもう一つの推論が生まれてこよう。一見してわかることは、この警告文自体軽く書かれていて、嘲笑的な響きすら感じられるということではないだろうか。つまり親友からの心ある警告ではないということだ。誰かが阿壠を密かに告発して、同時に阿壠に、成都から出ていくよう脅したのだとは取れないだろうか。阿壠の成都における名声を快く思わず、阿壠が目障りになっていた人物が阿壠の周囲にいたと、筆者は推測している[50]。

阿壠は奇怪な警告文を受け取ってすぐに成都から脱出して重慶に向かったが、教育長名の手配書が重慶に届くに及んで、重慶からも逃亡しなければならなくなった。沛は実家に残していかざるを得なかった。この選択は、阿壠にとって身を切られるような痛みをともなうものだった。阿壠はすでに最愛の妻を失い、今またたった一人の愛児を残していかねばならない。こうした痛切な情を中国では古来「恨」という語で表しているが、阿壠のそのときの思いは、まさに恨そのものだった。「略年譜」では成都から南京に向かったとされているが、阿壠が当面の逃亡先に選んだのは南京ではなく、実家のある杭州だった。このことは、弟陳守春の回想でも確認できる。

重慶からの逃亡は船路だった。乗ったのは「民憲号」である。この時の様子を詩人緑原の夫人羅惠が証言している[51]。羅惠は夫緑原とともに、瑞の自殺後に成都の実家に阿壠を訪ねたことがあった。当時緑原は中米合作所通訳の仕事を断って妻羅惠の故郷である成都郊外の岳池県に暮し、現地の学校に勤めていたが、後には胡風の紹介で重慶に移転していた復旦大学に職を得ていた。緑原の阿壠に関する回想（「憶阿壠」一九八〇年一〇月）によると、阿壠とは成都の

『詩壑地』で知り合い、爾来年少の同人として親交を結び、意気投合していた。緑原一家が瑞の家にいた阿壠を訪ねたとき、緑原の長女若琴はまだ幼児で、沛は満一歳だった。彼の悲痛な思いは、見ていてとてもつらかったという。

重慶から逃亡しなければならなくなったとき、緑原一家はちょうど緑原の実家のある武漢に行くことになっていて、阿壠と一緒にこのときの船旅を過ごすことになった。長江を下る民憲号は重慶から武漢を経由し杭州に向かった。羅恵の印象に残る阿壠は、優しいお兄さんの風格のある目上の先輩で、顔の傷のために「笑うと泣いているような表情」になる、仁愛に満ちたまなざしの上品な男性だった。羅恵は阿壠の船中でのエピソードを一つ紹介してくれた。阿壠はある時、船中の賭博で持ち金を失ってしまった男を可哀そうだと言って、一〇元を貸してやったことがあった。これには緑原も彼女もあきれて、阿壠自身逃亡中なのに何を考えているのかと、強く反対したのだが、結局、この男は途中の長沙で降りて行方をくらましてしまった。しかし阿壠は、お金というものは必要な人が使えばいいと言って、まったく落胆するそぶりも見せなかったという。このエピソードからは、人間の弱さに優しく接する阿壠の人格が偲ばれるが、また同時に、もしかすると阿壠は、賭博や遊興で財産を失くしてしまうような父陳溥泉のイメージを、この男への同情心に繋いでいたのではないかとも想像される。

緑原はその回想文を、自分の記憶に残る阿壠の旧体詩で書き起こしているのだが、それは「江行雑詠[52]」と題された七言絶句の二四首連作で（緑原の記憶では「鶯啼序」となっている）、まさにこのときの船旅の途中の感慨を表出するものであった。なお阿壠と緑原一家が乗った船の名が「民憲号」だったというのは、この連作の後書きによるものだ。

（第一首）
江水蒼茫東復東／十年兵馬一帆風／波濤夜吼蛟龍怒／残破家山到夢中

（意訳＝長江の流れは東にひたすら向かい、一〇年戦役の思い出がいま帆の風に揺れる。今宵、大きな波が蛟や龍のように怒号する中、破れ果てた私の家と街の姿が夢に浮かんでくる）

（第六首）

墳草青青春雨濃／春堤半曈聴吹簫／白衣青鬢人何在／一鳥孤飛更路遥

（意訳＝墓を覆う草に春雨が降りしきり、春の河堤に立ってひっそり眼を閉じ簫の音を聴く。真っ白な服を着た黒髪の人は今どこにいるのだろう、孤独な鳥が遥かな道を飛ぼうとしているのに）＊瑞は楽器をよく奏でた

（第七首）

石榴初発帰程遠／江上晴雲西更西／念念春城惆悵尽／夢也愁聴小児啼

（意訳＝石榴《ざくろ》が咲き始めたが帰郷の道は遠く、長江の晴れた空にかかる雲は西の方に残される。春城を思う心は寂しくやるせない、夢のなかにも幼子の啼く声が切なく聞こえてくる）＊春城は成都の別称

二四首のなかの三首を引用したが、どれも読む者の心に響く哀切な詩である。第一首の「東復東（東へまた東へ）」と自らを運びゆく長江の流れと第七首の「西更西（西へさらに西へ）」残されていく雲、この対比の上に浮かぶ寂寞は愛するものをすべて失った孤独な旅人の心情を見事に表現している。この時の船中での作と思われる旧体詩詞が『阿壠詩文集』には多く収められている。人生の絶望的な状況に陥った阿壠は、自らの最も深い思いを古典の詩作のなかに求めていったのだ。

こうした悲痛な思いと捨てきれぬ未練を胸に、阿壠は杭州に到着したのであった。

7、杭州に帰ってからの生活と南京

現在の韶華巷付近（著者撮影）

阿壠の実家は冒頭にも述べたように、黄埔軍官学校の記録によれば「杭州十五奎巷」にあった。しかし守春は録音のなかで繰り返し「韶華巷」にあったと証言しており、陳沛に確認したところよると、そこは後に二番目の叔父が受け継いで暮らした家で「杭州市横紫成巷五十一号」だったということだった。私は実際に杭州で阿壠の実家跡を訪ねてみて、その関係をほぼ確認できた。

阿壠が一九〇七年に生まれたのは、旧市街の中心に当たる十五奎巷だったとみて間違いない。老舗が並ぶ商店街の一角に、当時まだ羽振りの良かった父の家があったのだ。十五奎巷は現在の中山南路の東側に沿い、緩やかなカーブを描くようにして続く街並みで、具体的な番地はわからなかったが、およその位置関係からすると、商店街のアーチから入った辺りだと思われた。その街並みの裏側には高い槐《えんじゅ》の木々が現在も豊かな樹冠の茂みを見せて残っており、二〇歳の守梅青年が商人になる道を拒否して、勉学の道へ進む意志を貫くために登ったと言われる高木もこのなかにあったのかもしれないと想像された。

一方、「横紫成巷」なる地名はまったく見つからなかった。しかし土地の人に訊ねてみたところ、「直紫城巷」（「直」はタテの意味、「成」ではなく「城」、中国語の発音は同じ）は存在していた。それは杭州駅（城站）から西にまっすぐ伸びる「西湖大道」が西湖に突き当たる辺りに連なる路地だった。その町の古い食堂の人たちに訊ねてみると、「横紫城巷」は都市計画で完全に潰されて現在は広い駐車場になっているということだった。そのかつての横紫城巷だったところを歩くと、すぐに「韶華巷」という看板が見つかった。小さな路地の入口の壁にひっそりと貼ってあったのだ。もうほとんどかつての建物は残っていないが、まだ取り壊されていない家並みから、当時の庶民の生活が色濃く伝わってきた。実際、いま杭州関連のネット上に、路地「紫城巷」の古い街並みの写真がたくさんアップされていて、当時の貧しい庶民の暮らしが感じ取られる。土地の人によると、当時は木造の二階家が多く、特に抗戦勝利後はたくさんの人たちが移り住んできたのだという。建物の多くがいわゆる「亭子間」、低い中二階を設けていて、没落した陳溥泉の一家も、ここに移っていたのだ。韶華巷はまさに下町そのものだったのである。かつての代表的な歓楽街、西湖沿いの大通り「南山路」はすぐ前で、韶華巷から少し出ると西湖東岸が一気に視界に広がった。

距離的に説明すると、現在の中心地杭州駅（城站）から真西に直線二キロ弱で西湖東岸に出るが、ここに韶華巷があり、この直線の中央から少し南に下った辺りに十五奎巷があるという感じだ。十五奎巷から韶華巷までは一キロほどしか離れていない。歩いて一五分ぐらいしかかからない距離ではあったが、ここに陳溥泉一家の没落の軌跡が劇的に示されていたのである。

杭州での生活が始まって間もなく、阿壠はこの一九四七年の六月二五日と二七日に「聖湖にて」という後書きを付した詩を書いている。聖湖は古来西湖の別称（『水経注』によると明聖湖、あるいは神聖湖）とされており、これらの詩が杭州到着後に作られたことがわかる。二五日に書かれたのは「対岸」で、二七日には「笑っていなさい、それでいいのです」という愛児陳沛に語りかける詩を残している。落ちぶれた実家に戻ってきた阿壠の、悲痛な心情がよく伝わってくる。

対岸は無人だ／しかし僕には君の隠された姿が見える、永遠に僕を凝視させる君の後姿が見える／君の水面に映る影は、水中にびっしりと広がる花の影のように、／露に潤んだ真っ白い花の影のように、浮かびあがる。／僕は君の名を呼ぶ、夜明けが巡ってくるたびに、夕暮れが巡ってくるたびに／僕はいつも声を上げずに、君の名を呼んでいるのだ。
いま僕はわかっているのだ、対岸が僕にとって永遠の対岸ではないことを／後姿が僕にとって、やはり永遠ではないことを／なぜなら僕はもうあまりにも疲れてしまったから、そして僕はもう花と命の恵みに触れてしまったから／僕は着ているものを絡げて、この流れに飛び込んではいけないのだろうか、あるいは裸足で流れのなかを歩んで行ってはいけないのだろうか／いや、それはいけない、太陽が沈もうとしているとき、明日のために僕は横たわらねばならない、命のために僕は床に伏せなければいけない／沈む太陽の速度と同じくずっしりと重く、そして速やかに／夕焼けの耀きと響きを伴って／こうして僕は自分の心を取り出し、星のちりばめられた空の下、／秋の虫たちの荒れ野のなかで、両手で捧げ、跪いて呼びかける、／僕の愛する人よ、こちらを振り返ってくれないか、そして僕を助け起こしてくれないか……(53)

もう一首「笑っていなさい、それでいいのです」からは、成都に残してきた愛児沛に対する忸怩たる思いと厳しい父性愛が感じられる。

わが子よ、君はそんなふうに笑うんだね。笑っていなさい、それでいいのです／琴は弾かれなければいけないし、牡丹は咲かなければいけない、笑っていなさい、それでいいのです／僕は自分の不幸のために恨みを抱いたりしない、／なぜならば、種子から果実が再生するのを、僕が見たから／君から、君のお母さんの貴重な命の繋がりを、僕が見たから／僕はこんなにも惨めだけれど、僕は自分の失った笑顔を君の激しい喜びの笑いのなかに見出し、心から感動している(54)

杭州西湖東岸に広がる貧しい路地「韶華巷」、そこに密集する木造住宅の中二階「亭子間」に父たちと暮らすことになった阿壠、ともすれば絶望に陥りそうな環境だったが、成都の陸軍学校からの手配を避けて逃亡生活をせざるを得ない身の上を考えると、阿壠はただひたすら耐えて頑張らねばならなかったのである。生活面での支援は、限られていたとはいえ、成都からの友人たちが奔走してくれていた。それは誰よりもまず、成都の雑誌『呼吸』の同人たちであった。

ここで確認しておかねばならないのは、四川に移動していた江南の人々が、日本の敗戦によって一気に故郷に戻ることになったという歴史である。これら四川から帰還する人々を当時「復員」と呼んでいた。その流れは成都の文学者たちにも及んでおり、阿壠の杭州行と同じ時期に、編集長だった方然も杭州に居を移していたし、化鉄は南京に職を得ていた。特に方然は地元の有力な親戚の関係で、この地に安徽中学という学校を開設することになっており、自ら校長に就任するという関係から、父陳溥泉を校長付きの雇員として雇ってくれたのだ。また自由な活動ができなかった阿壠には、やはり帰還していた化鉄が手を差し伸べてくれた。南京気象台の仕事を斡旋してくれたのだ。変名「陳君龍」を使うという危うさはあったが、阿壠はともかく資料室代理主任として、働けることになったわけである。一家の暮らし向きはだいぶ安定してきたと見ることができよう。

阿壠にとって、この時期は精神的にも重要な再起と回復の時間となった。文芸活動においても、これまでのルポルタージュをまとめた『第一撃』が海燕出版から刊行されたし、文芸論・詩論も発表されている。重要なのは、「南京」の原稿の回復が行われたことである。八年前（一九三九年）に『抗戦文芸』に投稿したのち、戦乱と逃亡のなかで紛失してしまった三〇万字に及ぶ長編小説「南京」の原稿を、この期間に再度復元しようとしていたのである。復元には南京気象台の出納簿として支給されていた大型ノートが使われ、阿壠独特の細かな文字で、ノートの裏にびっしりと書き綴られていたのだ。残念ながら、字数は一四万字ほどに縮小されていたが、後の刊行はすべてこのノート原稿によるものだったのである。

ところで南京と杭州とは直線で二〇〇キロほどの距離であり、現在は「動車組」と称される新幹線で一時間足らずで行ける。当時の交通事情を考慮したとしても、江南の大都市を結ぶ利便性は不変であり、阿壠がこの間を頻繁に行き来したことは想像に難くない。しかしながら阿壠は気象台の仕事を、長くは続けなかった。翌一九四八年には、更に劇的な転身を図っているのである。

この当時の阿壠の状況を「略年譜」は次のように記載している。

一九四八年〔四一歳〕七月、国民党陸軍大学兵学研究院第一六期に中佐研究員として採用される。一〇月、国民党陸軍参謀学校に大佐教官として就任。この期間中国共産党地下組織に軍事情報を提供し続ける。この年の初めに、政治詩集『悲憤の街にて』と愛情詩集『白色花』をまとめたが出版はできなかった。大量の詩と詩論、外国の作家作品に関する評論、政治詩などを執筆し、北平〔北京〕の朱谷懐などの編集する『泥土』、成都の羅洛などの編集する『荒鶏小集』、上海の方典などの編集する『横眉小輯』、南京の欧陽荘、化鉄などの編集する『螞蟻小集』および『時代日報』などに発表した。

阿壠は翌年七月に、何と、国民党陸軍大学に復帰し、数ヶ月後には大佐に昇進しているのである。この「略年譜」の記述は、これまでの阿壠関連の資料にはまったく書かれていない内容だった。教育長関麟徴名よる手配書が回っているような人物が、なぜ同じ陸軍大学の機関に復帰できたのか、しかも間もなく大佐にまで昇進するといったことが可能だったのだろうか。前述したように関麟徴は胡宗南軍部の重鎮であり、その手配書がないがしろにされるような事態が可能だったのだろうか。私はこの件につき、陳沛はじめ多くの方々に訊ねたが、納得できる回答はなかった。もしかしたら、この記述が間違っているのかもしれないと思い、誤記の可能性も確かめてみた。しかし調査の結果、この記述の情報源が阿壠の親友蔡熾甫であり、蔡自身が供述した内容を基にしていると判明した。ということは、例によってこの資料の確認はできないものの、部外秘の「阿壠檔案」には当然明白に記されているはずだということである。私たちのできることは、阿壠の軍部復帰の実現可能性についての推測である。

陸軍大学兵学研究院とは陸軍大学の系譜であり、第一六期とは継続される入学時期を示す番号ではあったが、実は一九四七年に大きな変動があったことがわかってきた。それは国共内戦の時期のできごとであった。蔣介石率いる国民党政権は南京に政府機関を置き、軍部もその統制下にあったのだが、一九四七年には台湾の二・二八事件なども含めて統治上の問題が噴出していた。蔣介石は共産党との徹底抗戦を進める一方で、内戦以後の最悪のシナリオも考えていたのだ。こうした諸条件の複雑な展開の結果、蔣介石は一九四八年に突如下野を宣言し、政権を副総統だった李宗仁に譲り、軍部では白崇禧が頂点に立つ事態を迎えることになった。つまり一時期にせよ、蔣介石やそれに連なる軍部の領袖たちは相対的に力を失い、反対陣営が盛り上がってくるのだ。この過程で、成都重慶で蔣介石腹心の胡宗南らから指弾された高級将校阿壠に復活の可能性が生まれてきたのではないだろうか。陸軍大学に関してもこの時期に四川から南京への復帰が計画的に進められ、国防大学と参謀学校の二種類の高等教育機関を置く改革方針が決定して、一九四八年一〇月に参謀学校が設立されている。阿壠は非常にタイミングよく、陸軍参謀学校設立時に大佐教官として就任していることになる。国民党政権と軍部はこの時期大変な混乱状態を迎えていて、敵の敵は味方という古風な戦略がわかりやすく活きていたのだと思われる(55)。

推測はどうであれ、阿壠陳守梅大佐は陸軍参謀学校教官として復帰した。それと同時に、共産党への軍事情報の提供もまた復活するのである。この時期の情報提供に関しても、証言が残されているが、本論では省略する。

阿壠の文芸活動も活発だった。この時期までの詩論などは後にまとめられて刊行されるが、詩集の出版準備（刊行はできなかった）なども含めて、精力的に動いている。また同人としていくつかの雑誌に投稿も続けており、中でも南京の文芸誌『螞蟻小集』には相当力を入れたようだ。この文芸誌の編集者であった同人の欧陽荘と化鉄に関しては、二人が国民党情報機関に拘束されたときに、先述したように、軍部の関係（蔡熾甫）を通じて釈放に尽力したということもあった。

この時代の阿壠に関しては、まだまだ不明瞭なことが多く、一九四〇年代後半の歴史全般に関して、今後の研究継続と飛躍的な発展が望まれる。

注

（1）筆者による取材は二〇〇九年一二月、詳細は山本英史編『近代中国の地域像』（山川出版社、二〇一一年一一月）所収の拙論「戦時首都重慶の形象をめぐって」（三二一～三五二頁）参照。

（2）序文注（12）前掲『胡風回想録』三九九頁。

（3）第一章注（41）前掲『阿壠詩文集』二四～二五頁、阿壠詩集『無弦琴』所収作品。

（4）冀汸「詩人、也是戦士」『新文学史料』一九九一年二期、一九九一年五月、一二四頁。

（5）前掲『阿壠詩文集』二一～二三頁、阿壠詩集『無弦琴』所収作品。トロフェイモフは「特羅飛莫夫」、人物不詳。

（6）国民政府とソ連顧問団に関しては、重慶抗戦叢書編纂委員会編『抗戦時期重慶的軍事』（重慶出版社、一九九五年八月）二〇三～二一一頁に記載があり、「抗戦期間蘇聯軍事顧問団在中国」URL　http://military.china.com/history4/62/20141028/18903023.html が詳細な解説をしている。

（7）前掲『阿壠詩文集』一二～一八頁、阿壠詩集『無弦琴』所収作品。

（8）前掲『阿壠詩文集』三〇頁、阿壠詩集『無弦琴』所収作品。

（9）陸軍大学第一九期、第二〇期卒業生名簿は、楊学房他主編『中華民国陸軍大学沿革史　暨教育憶述集』（三軍大学刊、一九

九〇年一二月）三九三〜三九九頁参照。郝柏村に関する記述は同書二〇五頁、郝はその後行政院長、国防部長も務めた国軍のトップである。またこの書の共編者である潘光建も阿壠の同期であり、陸軍少将に昇ったことが確認できる。前出の第一章注（2）「中国黄埔軍校網」掲載「陸軍大学文史館──陸軍大学校発展始末」URL http://www.hoplite.cn/Templates/ljdx0004.html に陸軍大学に関する詳しい記載がある。

（10）筆者の訪問した時期は八月の中旬で、ちょうど中学校や高等学校などの生徒の軍事教練期間になっていた。この通信学校も多くの男女生徒を受け入れており、施設内のあちこちで一五、六歳と思しき少年少女の隊列が見られた。思えば、陸軍大学は中佐以上の将官の教育機関だったから、当時は中年過ぎの厳めしい軍人たちが歩いていて、いまの若者たちが闊歩する姿とは相当違っていたのだろうと想像された。

（11）前掲冀汸「詩人、也是戦士」『新文学史料』一九九一年二期、一二七頁。陸軍軍官学校歴代教育長の名前は台湾の国立中央研究院近代史研究所保管資料『陸軍軍官学校校史』（全六冊、非売、一九六九年六月配布、配布番号六三〇）で確認できる。

（12）同右、一二七頁。

（13）第一章注（4）前掲『阿壠致胡風書簡全編』書簡番号一二〇（一三二頁、一九四六年七月二日重慶発）に張瑞実家の住所記載がある。

（14）筆者は取材の際に、この尼寺に暮らす九三歳という女性僧侶に訊ねてみたが、詳細は教えてもらえなかった。土地の古老の記憶にも、この辺に医師がいたことは間違いないがそれが張姓だったかどうかはわからないとのことだった。しかし写真と比べてみても、この建物が張瑞旧宅だった蓋然性は高い。

（15）前掲『阿壠詩文集』七〇〜七一頁。

（16）同右、六九頁。

（17）同右、七四〜七五頁。

（18）阿壠「琴的献祭」、『白色花』緑原・牛漢編、人民文学出版社、一九八一年八月、一七〜二一頁。この詩は前掲『阿壠詩文集』や上海文芸出版社刊「海上百家文庫」『阿壠曹白巻』二〇一〇年六月など他のアンソロジーには収録されていない。

（19）路翎（一九二三〜一九九四）本名徐嗣興、安徽省出身。胡風とその友人たちの中で最も秀でた作家。『飢餓的郭素娥』（一九三七）『財主的児女們』（一九四五）など長編の力作がある。胡風事件で長く拘禁され、精神に異常をきたしたと言われたが、筆者が一九九二年に訪問した際には活気ある応答があった。

（20）前掲「詩人、也是戦士」『新文学史料』一九九一年二期、一二七頁。

(21) 梅志（一九一四〜二〇〇四）胡風夫人、本名屠玘華、自身も作家であり童話作品がある。邦訳に『胡風追想　往時、煙の如し』（原題『往時如煙』）拙訳、東方書店、一九九一年一二月）。筆者の取材は、その翻訳作業中のこと。

(22) 阿壠長編詩「悼亡」付記、前掲『阿壠詩文集』一四四頁。瑞に関しては前掲『阿壠致胡風書簡全編』書簡番号一〇〇（一〇八頁、一九四四年九月一三日重慶発）で「（胡風宅へ）私は瑞と一緒に行きます」と初めて登場。ここまでの経緯は何も書かれていない。その後書簡番号一〇九（四六年三月二四日重慶発）で瑞急死の知らせ、書簡番号一一〇（四月四日重慶発）で自殺の知らせを送り、瑞に関する記述が増える。悼亡詩の内容に関する分析と『阿壠致胡風書簡全編』内の瑞に関する言及については、本論では深入りせず稿を改めたい。ただ、書簡番号一一一（一一九頁、四月一二日重慶発）で「もしも彼女が本当に裏切ったのなら、私はこんなに辛く思ったりも狼狽したりもしません。彼女が自殺しないで、私と別れただけならこんなことにはならなかったでしょう。（中略）彼女の遭遇したことと性格は、私は許すべきだと思います。しかし私の許しは遅すぎたのです。（中略）私はあなたに、そして友人たちに支えられています。私はそういうふうにして自分を持ちこたえていこうと思っています。しかし、私には報復の毒念が生じているのです！」と述べ、強い復讐の思いについて語っていることに留意しておきたい。

(23) 賈植芳（一九一五〜二〇〇八）山西省出身、青年時に日本留学、日本大学に学ぶ。作家として活躍。胡風事件で有期刑。名誉回復後に復旦大学教授。胡風事件に関して多くの回想を残す。不屈の闘士として後進の尊敬を集めた。

(24) 蘇予、原題「藍色的勿忘我花」文芸誌『随筆』一九八九年五期所収、八九〜一〇三頁。

(25) 清の文人李漁の別荘「芥子園」にちなんで名づけられた画集。沈心友、王概ら画家の作品を集めている。『画伝』とも称される。遺児陳沛によると、当時非常に有名な画家張大千も成都に来た際に張家で長逗留しており、成都張家の文化的素養の深さを物語っている。

(26) 盛唐の軍人、蓋嘉運の作とされる「伊州歌」の一節、この後に、「啼時驚妾夢、不得到遼西」と続く。大意は、朝方に木の枝で啼く鶯を追い払ってしまいたい、西へ戦いに行った愛しいあの人の下を訪れる夢を破ってしまうから。

(27) 何其芳（一九一二〜一九七七）本名同じ、重慶出身、詩人。北京大学哲学系卒、延安魯迅芸術学院で教鞭を執ったこともある中国共産党文芸路線の中心的人物。

(28) 鄒荻帆（一九一七〜一九九五）本名同じ、湖北省出身、詩人、翻訳家。重慶時代の復旦大学で学ぶ。阿壠らの文芸誌『呼吸』などで活躍。反右派闘争時に労働改造処分、名誉回復後に中国作家協会理事。

(29) 原文「伸冤在我、我必報応」『新約聖書・ローマ書』第一二章第一九節の中国語訳。

(30) 遠方の夫を慕う妻の詩、なかなか帰ってこない夫に断腸の思い抱くという意。
(31) 筆者の杜谷取材は成都市内の杜谷家で二〇一三年三月二九日に行われた。
(32) 阿壠はこういう共通の障害も二人の接近のきっかけになったとみている。
(33) 人物不詳。
(34) 『雲雀』(安徽文芸出版社刊『路翎文集』一九九五年、第三巻所収)は路翎の演劇脚本の第一作、南京で上演され好評を博したという。劇の内容と阿壠夫人瑞の自殺との関連を初めて明確に指摘したのは、朱珩青であるが(朱珩青著『路翎』中国華僑出版社、名家簡伝書系、一九九七年四月、一一〇頁)、日本でも奥野行伸が「南京時代の路翎」(現代中国学会発表、二〇一四年一〇月)で触れている。
(35) 『胡風全集』第三巻(湖北人民出版社、一九九九年一月)所収「為『雲雀』上演写的(『雲雀』上演に寄せて)」三八三頁。
(36) 前掲『新文学史料』二〇〇一年二期、六九頁。
(37) 同右、六九頁。原注によると文中の「陳卓」は「陳焯」、「直」は賈植芳、「中字処」は国民党特務機関「中統」のこと。
(38) 同右、六九頁。
(39) 同右、七〇頁。
(40) 舒蕪(一九二二〜二〇〇九)本名方管、安徽省桐城の名家の出身、文芸評論家。
(41) 前掲『新文学史料』二〇〇一年二期、七一頁。
(42) 同右、七二頁。
(43) 同右、七二頁。
(44) 羅飛(一九二五〜)本名杭行、江蘇省出身、詩人。共産党員、胡風事件に連座。逮捕されるまで中共中央華東局宣伝部文化処に所属。釈放後、思想改造のため寧夏に送られた。
(45) 欧陽荘(一九二五?〜二〇一二)本名同じ、蘇州出身、詩人、編集者。共産党地下党員として労働運動及び文芸活動に従事、胡風事件に連座し長く拘禁された。名誉回復後は南京下関発電所所長に復帰。
(46) 化鉄(一九二五〜二〇一三)本名劉徳馨、武漢出身、詩人、作家、編集者。欧陽荘と同じく労働運動の方面で活動、胡風事件に連座して長く拘禁された。
(47) 「肖金遊撃隊」のことか。「浙東遊撃隊肖金支隊」は、杭州市から東に四〇キロほどの肖金で遊撃戦を展開していた。
(48) 前掲『新文学史料』二〇〇一年二期、七四頁。

(49) 前出の蘇予もこの時期の生活について、切ないながらも親子の繋がりの上で重要だったと回想している。
(50) 阿壠も取り調べにおいて、この推論と同じ考えを述べたと劉迺強が録音に残している。それが誰だったか断定するには、残念ながらまだ時間が必要である。
(51) 二〇一三年三月北京にて取材、長女若琴が同席。
(52) 前掲『阿壠詩文集』一五八〜一六二頁。
(53) 同右、九三〜九六頁。
(54) 同右、九七頁、引用は第一節。
(55) 阿壠のこの時期の陸軍大学復帰の経緯に関して、前出の冀汸はまったく触れていない。冀汸の阿壠回想は非常に詳細であるにもかかわらず、この重大な事項をおとしているのは、きわめて異様に感じられる。阿壠の復帰がごく限られた期間のことであり、また解放後の胡風事件の複雑さもあって、冀汸はあえて触れなかったのかもしれない。陸軍参謀学校設立の経緯に関しては、前出『中華民国陸軍大学沿革史』二一一頁参照。

第三章　冤罪の構図
――殉道者阿壠、その死の意味

1、杭州戦役から人民共和国建国、上海から天津へ

「略年譜」には阿壠が陸軍大佐に昇進した翌年、一九四九年について次のような簡単な記述しかない。阿壠が実際どのような経緯で南京から上海、そして天津へ向かったのかは書かれていない。

一九四九年〔四二歳〕年初に詩論集『人と詩』を上海書報雑誌聯合発行所から出版。五月、上海解放。六月、北平で開催された中国文学芸術工作者第一次代表大会に招聘される。同年九月、上海鉄路公安局に一時期就職。

一九四九年四月、共産党指揮下の解放軍第二・第三野戦軍は、いわゆる大渡河作戦で長江沿い五〇〇キロに及ぶ広大な作戦地域に対して一〇〇万の兵力で全面攻勢を開始した。国民党軍は四月二三日に南京を失い、杭州上海のラインまで撤退する。そしてこの杭州で最後の激しい戦闘が展開するのである。五月三日のことだ。戦闘は未明から続いていたが、杭州駅が午前九時に解放軍の手に渡り、午前中に市の中心部まで解放軍が進入、そして午後三時までには市のほとんどの部分から国民党軍が敗走した。北京など多くの都市が無血入城を果たす中で、杭州市の戦闘は激戦として戦史に残ることになる。

この歴史的な重みのある一九四九年を国民党の軍人たちはどのようにして迎えたのだろうか。常識的に考えれば、第一に蔣介石ら本隊とともに台湾に向かう、第二に国民党軍に反旗を翻し「蜂起」(共産党軍下に入ることを指す)を決行するという二つの選択肢だろうと思われるが、それは中堅以上の将校の選択であった。一方、普通の名もない兵士たちの選択は第三の道、つまり国民党軍からひっそり離脱し、共産党軍に公然非公然を問わずともかく入れてもらうか、軍装を脱ぎ捨てて庶民のなかに紛れ込むというのが当たり前だった。実際、国民党軍で使われていた下級兵士たちは、解放後も公安警察や消防機関などで重宝がられていたようだ。

しかしながら高級将校の敗戦後の選択には、特に浙江の杭州戦役に参加していたとなると、他の都市における場合とは違う条件がはっきりと存在していた。この特殊な条件が、彼らの選択に大きな影響を与えていたに違いない。蔣介石の実家は、同じ浙江の寧波南郊に位置する奉化県だったのだ。蔣介石の浙江への思いは特別であり、実家の安否がいつも蔣介石の心を覆っていたようだ。また蔣介石は浙江出身の軍人たちへの配慮も、常に気にかけていたから、ましてそれが黄埔軍官学校卒業となれば、さらに彼の「近衛軍」八七師団や八八師団出身者となれば、その前途に対する配慮は格別だったに違いない。だから杭州戦役後、蔣介石に従った軍人たちが厚遇されるだろうということは、誰もが予想できたはずなのだ。こう考えてみるとなおの事、杭州出身の阿壠陳守梅大佐のこのときにおける選択は、実は今では考えられないほどの重みをもっていたと言える。

阿壠の選択は、かなり特殊な状況で進められた。陳守春は次のように証言している。

杭州は一九四九年に解放されたのだが、解放軍の司令部は蕭山(杭州市東部)にあって、司令官(共産党の「警備部司令」)は王建安将軍という人だった。その人が兄に会った。兄は自分の状況を王建安将軍に話した。王将軍は文化の面で素養があり、兄に関心を持っていた。当時兄は文武両面のことに従事していた。武は鉄路公安局だったが、兄は文の方面に行きたいと相談した。兄はとても短期間、鉄路公安局にいたのだ。王将軍は上級の批准を待って、兄を天津の文聯に異動させたということだ。

この守春の回想はとても重要である。王建安[1]は中国人民解放軍上将という階級まで上った中国共産党軍最古参の大幹部である。上将という階級は大将の上に置かれており、この上には元帥しかいない。王は一九〇七年の生まれなので阿壠と同い年ということになる。万里の長征に参加しており、多くの著名な戦役の指揮官として名をとどろかした軍人であった。王は、一九四九年四月からは解放軍の長江渡河大作戦主力第三野戦軍司令として活躍し、翌月の五月三日には杭州解放の前線指揮を執っている。この王将軍が阿壠にたいへんな関心を持っていたというのだ。資料が少なく、また例によって推測の域を出ないが、阿壠の軍事情報提供（そのなかにはこの渡河大作戦の成功を準備した遊撃隊肖金支隊への軍用地図の提供もあった）による貢献を十分に知り抜いていたからこそ、特別な関心を寄せていたに違いない。もちろん王将軍の個人的な文学趣味も関係しているのかもしれないが、ともかく王将軍は、阿壠にどの道を進みたいのか、直接面接して尋ねているのである。

この時期の阿壠の動きに関しては情報が閉ざされている。阿壠がどのようにして杭州に突入した解放軍を迎え、国民党軍大佐の地位をどのように放棄したのか、まったく記されていない。一方、冀汸はその回想のなかで、この時期の阿壠の陸軍参謀学校大佐教官の経歴には触れていないものの、進路選択においては、守春ともまた異なる記述を残している。冀汸によると、阿壠はこれまでの陸軍軍人の経験と知識を生かして、共産党の軍隊で仕事をしたいと強く申し出ていたというのだ。この件は胡風を通して共産党軍高級幹部の彭柏山[2]に伝わっていたようだったが、結局実現できず、最終的には魯藜[3]の強い勧めに従って天津に移ることになったのだ。

話を少しだけ天津転居の前に戻そう。弟守春の回想にも時間的な齟齬があり不正確ではあるのだが、阿壠は杭州解放後、短期間違いなく上海鉄路公安局で任務に就いていた。『阿壠詩文集』の羅飛による後記のなかで、「上海鉄路局共産党委員会書記黄逸峰同志が阿壠の政治的立場に理解を示し、鉄路局公安処での仕事を手配したのだが、この時阿壠に中国文学芸術工作者第一次代表大会の招聘状が届いた(4)」という記載があるのだ。共産党の正式な手続きを経て、新たな任務に就いたことだけは明々白々の事実である。この第一次文代会は開催が一九四九年七月二日だったから、この記載が正しければ、阿壠が上海鉄路局公安処に入職したのは、「略年譜」の記載する九月ではなく、この年の初夏、五、六月だったことになる。前出の秋吉久紀夫「年譜試稿」にも、入職を一九四九年五月としており、勤務先が上海「北」駅鉄路公安処だったことと、宿舎は虬江路にある北駅職工宿舎だったことも判明している。羅飛によれば、阿壠は宿舎が虬江路になったことを大変喜んだという。それは阿壠が最初に自分の小隊を率いて上海防衛戦の最前線に立った、その記念すべき戦闘の任地がすぐ近くだったからだ。自作の詩「再生の日」の熱い思いが再び阿壠の脳裏を過ったのだろう。

この時期の阿壠の史実は確実に公安が押さえていたに違いなく、またそれが明るみに出さえすれば、「胡風反革命事件」自体の前提が完全に崩れ、阿壠にかけられた嫌疑のでたらめさが証明されたはずだ。先に触れた公安幹部王増鐸の回想にある「欽定の犯罪者」としての阿壠の逃れられない宿命が、すでに動きはじめていたと言う他はない。

弟守春の証言に依ると、阿壠に対する王将軍直々の問いかけはこの後の出来事でなければならない。ともかく阿壠はこの問いかけに対し、文の道への転身を願い出ていたのだ。もはや以前のような「武」の仕事は続けたくなかったということだ。しかしここでもまだ疑問が残る。なぜ、天津でなければならなかったのかという点である。王将軍自身さらに上級の指示を仰いで決定されたということだが、上海や杭州・南京こそ、阿壠の活躍の場であり、これまでの人生において阿壠は天津とまったく無縁だったのだ。

阿壠の息子陳沛はこのことについて興味深い話をしてくれた。上海の文壇において、父阿壠には、何らかの「やりにくさ」が存在していたのかもしれないというのだ。それは延安の時代にまでさかのぼることである。本書でも前述したように、阿壠が延安に入った際に、現地の文学者たちとの間で感覚的にうまく行かなかったという回想があった。国民党の軍人であった阿壠をめぐって、何らかの気まずさが漂っていたと推察される。そのような感情的なしこりが、上海ではまだ一部の人々に残っていて、阿壠を受け入れない雰囲気があったのかもしれない。もしそれが本当なら、まったく異なる地で心機一転を図るという選択が阿壠にあっても納得できよう。

いずれにせよ、阿壠の杭州から上海、そして天津への移動には、完全に共産党上層部の正式な決定があったことだけは確認しておかねばならない。

一九四九年から一九五〇年の動きはさらに精査しなければならないが、ここでは南京の陸軍大学にいた陳守梅大佐が、この時期において台湾に行くのではなく、中国大陸に残る道を選び、しかも新しい共産党政権と速やかに協調して、上海で公安関係の仕事を始めたということを確認しておきたい。後に見るように、それは当然、多くの文芸評論や詩論も次々に用意されていく時期であり、阿壠の新中国における立ち位置が、急速に明確になっていく時期でもあったのだ。

2、人民共和国の時代、杭州から天津文壇の指導者へ

一九四九年を迎えた阿壠は、政治的には何よりも歓喜のなかにあったと言えよう。一九三八年以来、敵対する国民党軍人の身分でありながら、共産党の戦略に大きな影響を与える軍事情報を、身の危険を顧みず提供し続け、信念と情熱をもって新しい国家社会の誕生を追い求めた阿壠、その文芸と行動の軌跡は今や耀ける結末を迎えようとしていたのだ。阿壠はもはや国民党軍陸軍将校という肩書から永遠に解放され、新中国建設の同志として暖かく包まれていくはずだったし、その高い見識と豊かな経験に裏付けられる情熱的な文芸論は、新たな社会の先導者としての期待を

膨らませるに十分なはずだった。

冀汸はこの時期の阿壠について次のように述べている。

一九四九年五月三日杭州は解放され、阿壠も解放された。苦難の日々は終わり、幸福が訪れたのだ。彼はまさに喜びに満ち溢れて、学校に飛んできて私たちと一緒に街頭詩を書き、市内のあちこちに貼りまわって解放軍の大部隊を迎えた。私たちの思いは同じで、この偉大な時代の始まりに恥じぬよう、人民文学の発展のために今すぐに具体的な仕事で寄与したいと強く願っていた。それで阿壠、方然と私で、杭州にいる文協の会員を探す新聞広告を出した。すると翌日すぐ魏孟克が夫人の微林を伴って来てくれ、彼らから杭州ではすでに「新文化工作者協会」の発起人たちが動き始めていると知った。(中略) この協会に魏孟克が誘ってくれたので、私たちは喜んで参加した。方然は学校のことで忙しかったのだが、阿壠は「暇人」の部類に入っていたので、彼が「杭州市新文学工作者協会」の具体的な設立準備活動に加わった。この協会の設立大会の「宣言」も阿壠が起草したものだ。阿壠、方然と私は協会の理事に選出された。(5)

阿壠はまず「暇人」の部類だったということだが、先ほど触れたように、実は陸軍参謀学校大佐教官だったのであるから、杭州解放前には何らかの形で国民党の陸軍を離脱していたのは絶対にまちがいない。冀汸の言う「阿壠も解放された」とは、まさにこのことであろう。阿壠は新時代を迎える文学者の姿を取り戻し、自由にそして喜びに満ちて、街中に宣伝文を貼りまわっていたのだ。そして間もなく、組織的にも新しい文壇での位置を獲得していく。杭州市新文学工作者協会の設立宣言草案も阿壠によるものだったのだ。(6)

時間的には、このような歓喜に満ちた興奮状態の後に、上海で公安関係の仕事に就く一時期があり、その後共産党の決定を得て、天津の文学界への赴任が確定するのである。

阿壠は一九五〇年旧正月に杭州から天津に居を移した。この間の経緯を「略年譜」は次のように記している。

一九五〇年〔四三歳〕一月一一日、天津に入り、天津市文学芸術工作者聯合会創作組組長および天津文学工作者協会〔中国作家協会天津分会の前身〕編集部主任に就任。二月、魯藜主編の雑誌『文芸学習』の編集工作に参加。筆名「張懐瑞」で『文芸学習』誌上に発表した「傾向性を論ず」と上海の梅志、化鉄、羅飛などの編集する『起点』に発表した「正面人物と反面人物についての略論」が批判を浴びる。

冷静に考えれば、阿壠こと陳守梅が国民党軍陸軍大佐という高級将校の地位にありながら、誕生したての共産党政権下で文芸の世界に新天地を見出すということ自体、阿壠の共産党への貢献が並々ならぬものだったことを示していると容易に判断できよう。阿壠は天津において、天津文聯中核の一員となり、同時に文聯の編集部主任に就任する。宿舎は天津市和平区新疆路五十九号の天津文聯宿舎であった。この住所に現在は、天津作家協会など旧文聯関係機関は置かれていないが、近隣にはかつての天津租界の洋館が建ち並ぶ優雅な街並みがあり、当時すでに天津市の重要な中心的町並みだったことがわかる。阿壠は社会的にも経済的にも落ち着いた時期を迎えており、大きな期待と幸せな高揚感があっただろうと推測される。

こういう阿壠が何よりもまず実現したかったのは、当然ながら、亡くなった瑞の忘れ形見、一人息子の沛を四川から迎えることだった。それは天津転居後まもなく実現する。沛は成都から下の叔母張瑚とその婚約者に連れられて、父の住む天津にやってきたのだ（陳沛の証言）。このことについて、やはり冀汸の回想に記述が残っている。

幼くして母を亡くした「沛ちゃん」は、言うまでもなく母方の実家で大切な宝物のように育てられており、わがままな習慣がすっかり身についてしまっていた。小遣いもお菓子もふんだんに与えられて、まったくいうことを聞かないやんちゃ坊主だったのだ。友人たちから伝えられた話では、沛は父親にいつも小遣いをせびり、一回に五角(一元の半分、当時平均給与一〇元ほどか)で、少ないと駄々をこねるという。私はその話を聞いて眉を顰めたが、阿壠の気持ちもよく理解できた。彼には張瑞への深い愛があったから、息子に対しては常に忸怩たる思いがあって、そうしていたのだろう。彼は父親であったが、母親の責任も負わねばならず、子供に対して母親が与えるはずの愛を形にしなければならなかったのだ。考えられる代償がどのようなものであれ、阿壠はその代価を必ず支払い、子供の願いを満足させようとしていた。そのことを彼は「溺愛」だとも「放任」だとも「放縦」だとも思わなかった。——在天の阿壠を慰められるのは、今日の陳沛がしっかり鍛えられて専門の技量を習得し、正々堂々たる好男子として活躍しているということだ。——遥か杭州に残してきた阿壠の父にとっても、阿壠が孫と一緒に暮らし始めたということはきわめて大きな慰めだった。老人は阿壠が天津から寄越した手紙を私と方然に見せてくれた。そこにはこう書いてあった。現在の収入はまだ少なく、実家に仕送りできるほどではありませんが、将来はソ連の作家みたいに、大学教授なみの給料となって、ずっと良くなるはずです……と。老人は震える指先で「大学教授」の文字を指しながら、愉快そうに私たちに笑いかけた。私もそう思った、たぶんそうなるだろう、ただかなり先の話だろうけれど、と。(7)

阿壠のつつましい幸福の時間は、あまりに短く、あまりに切ない年月だった。阿壠の父陳溥泉はこの手紙を受け取って間もなく、本書冒頭で触れたように、粽をのどに詰まらせてなくなっている。陳溥泉にとっては、それでも幸せだったろうと推測されるのは、この阿壠の手紙がよく物語っている。

天津で新たに知り合うことになる文学者李離[8]は、この天津にやってきた当初の阿壠について、そのきわめて誠実な人となりが周囲の人々を引き寄せたことを、次のように伝えている。

阿壠の人となりを文聯では誰もみな褒めたたえていた。性格は温厚誠実で、律儀で人情に厚く、友情を何よりも大切にしていた。人と接する際はとても謙虚で、礼儀正しかったが、普段は処女のように慎ましく、寡黙であまり人付き合いはしなかった。彼の生活は質素でいつも倹約に務めており、清貧な暮らしぶりと言ってもいいほどだった。みんな陰では「聖者阿壠」と呼んでいた。[9]

「聖者阿壠」という表現は、阿壠を語る人が共通して持った感覚で、その人格を的確に表していると思う。阿壠は天津に行ってから特に、この本来の資質を生活の隅々で発揮していた。李離によると、この時期阿壠には、上海の名門、復旦大学から教授として招聘する話や、天津図書館から図書館長として迎えたいという話[10]などがあったが、彼は一文学者として生きていきたいということですべて断った。誠実で清貧なまでに切り詰めた生活、友に熱く、後輩の面倒を徹底的に見る、こうした阿壠の姿が、容易に想像できよう。

李離は阿壠父子の天津での生活ぶりについても、次のような回想を残している。

息子はわがままでやんちゃだったから、ときおり駄々をこねてどうしようもなくなることがあり、彼の方もひどく腹を立ててしまって息子に手を上げることもあった。しかし息子を打った後で、彼はまるで自分の最も痛いところを突き刺されたかのようになって、ひどく哀しみ、涙を目にいっぱいためて息子に語りかけるのだった。「君にわかるか、君を叩いたんだけど、痛むのは僕の心なんだ」と。[11]

阿壠は天津で文聯宿舎に住むことになったのだが、そこは文聯事務所も同居しており、多くの同僚や文学者たちが出入りする建物だった。当然ながら阿壠の居室を訪れる人も少なくなかったようだ。阿壠の居室ではすぐに目を引くものが二つあったという。

一つは机に置かれたガラスの額縁の若い婦人の写真で、その前には毎日必ず新鮮な果物と花が供えられていた。もう一つは部屋の隅に置かれた大きな楠材の箱で、頑丈な鍵がかけられていて、開けられることはなかった。やがてきた。阿壠と親しくなってから初めて、みんなこの二つのものが、彼の結婚の悲劇にまつわるものだということがわかってきた。（中略）張瑞は二四歳の若さで自殺し、まだおむつの取れない男の子を残した。最初阿壠はその衝撃を受け止められず、極度の苦痛のなかで何度も自殺を考えたが、生後一年にも満たない子供を誰も見るものがなくなることを思い、何としても生き抜かねばならないと決意したのだ。彼の愛妻への切ない思い出のよすがとして、彼は二人の結婚のときの衣類と布団をすべてこの箱の中にしまい込んだのだが、それは二度と開けられることはなかった。そして阿壠は張瑞の遺影をガラスの額縁に納めて、机の上に置き続けていたのだった。(12)

李離はこの回想に続けて羅洛の回想「詩的随想録・阿壠片論」を引用し、阿壠の愛情は「苦い蜜、血を流す幸福、弦の断たれた琴」だという羅洛の指摘のあまりにも適切な表現に、友人として切ない同意をしている。阿壠の天津における生活が、息子との最後の幸福な時間であったのは間違いないが、同時に、これまでの人生の哀しみを静かに振り返る充分な精神的ゆとりを与えられた時間だったことも間違いないだろう。阿壠はこうして、清貧で誠実な聖者の気概を周囲に照射しながら、地道でいながら妥協のない文学者の道を踏み出したのだ。

3、共産党政権下の文芸活動と「胡風事件」への布石

阿壠の天津における文芸活動は当初から相当激烈な論争を引き起こすものだった。それは正当な文学者の間の論争というよりも、阿壠に仕掛けられた「でっち上げの論難」という方が正確であろう。時間的な経緯は次のようになる。

（1）一九五〇年二月一日、阿壠「傾向性を論ず」（筆名「張懐瑞」、魯藜主編、天津市文学工作者協会刊『文芸学習』所収、原稿は一九五〇年一月一四日付け。なお、一九五四年に北京で創刊された同名の雑誌とは別の書）
（2）一九五〇年三月、阿壠「正面人物と反面人物についての略論」（筆名「張懐瑞」、梅志、化鉄、羅飛編集『起点』二期所収、原稿は一九四九年九月二八日付け）
（3）一九五〇年三月一二日、『人民日報』において阿壠批判論文第一弾「文芸と政治の関係を論ず――阿壠『傾向性を論ず』批判」（署名「陳涌」）。
（4）一九五〇年三月一九日、『人民日報』において阿壠批判論文第二弾「マルクス・レーニン主義の歪曲と偽造に反対する」（署名「史篤」）。
（5）一九五〇年三月二六日、『人民日報』阿壠の「自己批判書」を掲載。
（6）一九五〇年四月、天津文壇にて阿壠批判の会合多数。
（7）一九五〇年九月二六日、阿壠、毛沢東主席への手紙。
（8）以後、一九五五年胡風「反革命集団」事件摘発に続く。

阿壠は「傾向性を論ず」で、当時中国に影響力のあったソ連の文芸理論家シモノフの論点を引用しながら、「芸術

と政治は二つの異なる元素ではなく、一つの統一したものであり、芸術に政治をくわえるというのではなく、芸術即政治なのだ」と主張した。これは当時、周揚をはじめとする中国共産党文芸官僚によって行われていた一種の政治至上主義、つまり「芸術は政治に奉仕する要素である」とする傾向に対する阿壠の反論であった。こうした文芸に対する政治の優位性を確立しようとする思潮は、あきらかに毛沢東の延安文芸講話からの継承であり、前述の第一次文代会の主要な方向性だった。阿壠はこの議論を、「一元論対二元論・多元論」、「弁証法対機械論」、「現実主義対形式主義・公式主義（教条主義）」の対立だと位置づけた。阿壠は共産党系官僚の拠り所である延安文芸講話から、「芸術のための芸術、超階級、超党の芸術、政治と並行する芸術、相互に独立する芸術は、実際には存在しない」という毛沢東自らの指摘を引用し、「政治と芸術は統一されたものでなくてはならない」として、「これこそが党派性の問題」だと断じた。[13] また毛沢東の有名な言葉「芸術は政治に服務する」や「政治は芸術と同じではない」に関しては毛沢東の芸術理論の弁証法であり、その基本的観点は「芸術と政治の統一、形式と内容の統一」という「毛沢東芸術観の一元論」であるとして自己の理論に組み入れた。[14]

阿壠の「傾向性を論ず」の論点でもっとも重要なのは、創作精神の絶対的な自由を主張していることである。阿壠は次のように指摘する。

政治は一定であるが、芸術は多様である。傾向性は必然のものであるが、「書く、話す」ということは自由なのである——もしも必然ということを認識するならば、そこには自由がなければならない。[15]

単純に言い換えるならば、敵味方の政治的関係性は不変であり、新社会への心的傾向性が必然的に生じるものとするならば、表現における創作の自由は絶対に保障されねばならないし、自由な表現があって初めて、心的傾向性の真実が現れる、こう阿壠は主張しているのである。ここにこそ阿壠の論点の主眼があった。

この「傾向性を論ず」に引き続き、阿壠は第二弾「正面人物と反面人物についての略論」（以下「略論」）を上海の雑誌『起点』に発表する。『起点』は上海の詩人魯藜や胡風夫人梅志らの編集する月刊文芸雑誌であり、発表時の筆名はやはり張懐瑞（この筆名には亡妻張瑞を思うという意が込められている）、付記によると論文自体は一九四九年九月二八日上海虬江路で書かれたものとなっていた。

阿壠は「略論」において、当時の文芸界において主流となりつつあったステレオタイプ的な人物描写を厳しく批判した。正面人物とは革命運動においていわゆる進歩的な立場を代表する登場人物であり、反面人物は逆の立場、発展史観における歴史に逆行する反動的立場、革命の反対者などの登場人物のことである。共産党の文芸政策では、この正面人物こそ文学の主人公であって光明と進歩を代表しており、反面人物は必ず没落敗北するみじめな脇役とならねばならなかった。しかし阿壠は、マルクスとエンゲルス共著の「新ライン評論」(16)の一節を引用して、マルクスとエンゲルスが機械的な典型人物に反対しているとし、自己の論陣を展開した。阿壠の引用した箇所はマルクスらが英雄的人物像の描写に関して論究している部分で、この論文発表直後に猛烈な批判を浴びる原因となる箇所なので、ここに阿壠の原文から訳出しておく。


革命前の各種結社と印刷物において、あるいは社会革命後の公然たる地位に着いた後でも、党の運動の先駆者に対しては、全生命の堅実な横溢を象徴風な色彩で描いているのだが、それは何と人を渇望させる事柄であろうか。しかしながらこれまでの描写においては、これらの人物を現実の姿どおりに描くことはけっしてなく、彼らはいつも神々しい様で描かれ、彼らの公式な姿――短靴を履き、頭には後光が差している――となっていた。これらの神格化されたラファエロ的な肖像画は、一切の描写の真実性を喪失している。

ここにある二つの作品には、二月革命の「偉人たち」が登場する際帯びていた短靴も神々しい光も完全になくなっている。作品は深くこれらの人々の私生活に入り込み、彼らに普通の服装を着させ、さまざまな周囲の人々とともにいる所を私たちに指し示してくれた。しかしそうではあっても、現実の人物と事件に対する忠実な描写とはまだほど遠いものだ(17)。

阿壠は現下の文学的傾向が、描写においてマルクスの言うように「あるべき真実性を失っている」とし、それは中国では英雄的人物が神格化された結果、衣食住の現実から離れてしまい、彼が本来持っていた生命の充実から遠ざかってしまったからだと指摘する。阿壠は「私たちが見ているのは『社会人』ではなく概念であり、真実の人物ではなく、空洞化したあるいは虚偽となった影に過ぎない」と主張する。阿壠はさらに、ここでも毛沢東の「我々の文芸は第一に労働者、農民、兵士のためである」という有名な一文を引用し、それは労働者、農民、兵士の階級のみを描けと言っているのではなく、ほかの階級の状況も当然描かれなければならないのだと論を進める。問題はどういう思想的立場なのかであって、描き方が制限されているわけではないはずだと、阿壠は言うのである。そして次のような決定的な断定を行っていく。

私たちは反面人物を描くことができるばかりでなく、必ず描かねばならない。ほかの階級の状況を描くことができるばかりでなく、必ず描かねばならない。——私たちが無産階級の立場に立ってさえいれば、歴史的唯物論、新民主主義、そして現実主義を把握してさえいればいいのである。もしも私たちがこの点を成し遂げられれば、政治的にも芸術的にも絶対の優勢を占め、主導的な立場に立つことができるのだ(18)。

阿壠論文は情熱的で激しい響きを持っているのだが、この二編には特にその特徴が顕著である。それは人民共和国建国後における文芸の傾向性が、阿壠の危惧した通り、次第に確固たる政策として定着してきていたからである。二編の論文がこうした方向性に理論的な反撃を加えようとしたものであるのは明白だが、それ以上に、阿壠の個性から発せられる本能的拒絶感が色濃く反映されているように思える。

阿壠の論文に対する共産党文芸官僚側からの反撃はすぐさま発せられた。その第一弾は一九五〇年三月一二日に共産党機関紙『人民日報』紙上に発表された署名陳涌の記事「文芸と政治の関係を論ず——阿壠『傾向性を論ず』批判」である。陳涌はこの記事の中で「阿壠先生の『傾向性を論ず』という論文は文芸と政治の関係に不正確で誤った解釈をしている」と断じた。ここではまだ阿壠に敬称の「先生」が付されていて、一見たとえば魯迅に対したのと同じような敬意が払われているのだが、この時代はすでに呼称として「同志」が広まっており、敢えて「先生」と呼ぶことで、阿壠を同志的な結合の外の人間として別扱いしようとする意識が働いているように感じられる。実際この論文で陳涌は、毛沢東に対しては必ず「毛沢東同志」という呼称を使っている。陳涌は、阿壠が大量にマルクスやエンゲルスそして毛沢東の文章を引用しているが、それは自己の主張「芸術即政治」を飾るための「でたらめな（魯莽）歪曲」に過ぎないとして、「延安文芸講話」以後も「党派性の不純な」知識分子たちが自己の思想改造をおろそかにして、階級の本質を無視している現状があると指摘して、芸術さえよければすべてよしとするプチブル思想が阿壠の本性だと批判した。さらに陳涌は、阿壠こそ政治的運動の深化をすべて「公式主義」として葬ろうとしていると厳しく論断する。ここまで論が進むと、もはや阿壠に対して遠慮がちな「先生」の呼称もなくなっていた。

陳涌は一九一九年広州の生まれで、延安抗日軍政大学に阿壠と同じ一九三八年ごろに学んだ共産党幹部である。早くから共産党に入党しており、『解放日報』文芸副刊副編集長を経て、一九四九年には党中央文芸機関誌『文芸報』の編集委員となり、後には主編に抜擢されている。共産党文芸官僚のエリートと見て間違いない。

陳涌に続いて阿壠批判を展開したのは、蔣天佐（筆名史篤）である。蔣は一九一三年江蘇省の生まれで、一九三〇年には入党している。左連を経て上海文化界の党書記や新四軍政治部員として活躍し、後には『大公報』主編、人民文学出版社副社長、文化部弁公庁副主任など高級文化官僚として輝ける業績を誇る生え抜きの党員である。英語にも通じていたらしく、ディケンズの翻訳業績も残っている。陳論文発表の一週間後、一九五〇年三月一九日に蔣天佐が筆名史篤で発表した論文「マルクス・レーニン主義の歪曲と偽造に反対する」は、陳涌を凌ぐ激しい批判だった。

蔣はまず、現下の中国で多くの人民がマルクス・レーニン主義にほとんど初めて接触したばかりで、マルクスとレーニンの学説を飢えた人のように求めているとし、そのような状況下で偽のマルクス・レーニン主義が「思想の市場」を漁って、読者を騙す機会を拡大していると警告することから本論を書き起こしている。そして筆名張懐瑞で発表された阿壠の論文「略論」こそマルクスとレーニンの言葉をちりばめながら完全にマルクス・レーニン主義に違反する文芸思想だと糾弾した。蔣はマルクス・レーニン主義の純潔を保つために、張懐瑞のような一切の偽装を告発し、大衆の面前でその本質を暴かねばならないと挑発する。この論文では、もはや阿壠に「先生」の敬称すら付いてはいない。

蔣天佐が阿壠の「偽造マルクス・レーニン主義」の本質を見破ったとする論拠は、阿壠の引用した翻訳の間違いだった。この経緯は、羅飛が詳しくまとめている[19]。前述のように、阿壠は「略論」を「新ライン評論」の引用から説き起こしているのだが、ここに間違いが潜んでいたのである。問題の個所を大月書店刊の『マルクス＝エンゲルス全集』第7巻所収の邦訳で確認しておく。

革命前の秘密結社や新聞においてでもよいし、その後、官職についたときでもよいが、とにかく改革党の先頭に立っていた人々が、ついにレンブラント風の質朴な色調で、生けるがように描きだされるということほど、望ましいことはない。これまでの描写は、そういう人物をそのありのままの姿にはけっして描かずに、コルトノス〔古代ギリシアとローマで、悲劇俳優が履いた底の厚い半長靴。登場人物の背を高く見せるのがその目的であった〕を足にはき、頭を後光で囲まれた、よそゆきの姿ばかり描いてきた。こういう神々しいラファエロふうの肖像画では、描写の真実性はまったく失われてしまう。

いま手もとにある二つの著作では、たしかに、これまで二月革命の「大人物たち」が姿を見せるさいにいつも身にまとっていたコルトノスや後光は、とりのけられている。この二つの著作は、ともにこれらの人物の私生活にはいりこんでいく。そして、彼らが種々雑多な下役連にとりかこまれて、普段着でくつろいでいるところを、われわれに見せてくれる。だが、そうだからといって、この両著も、人物や出来事のほんとうの、忠実な描写を与えていない点では、ほかのものと選ぶところがない。筆者の一人は長年ルイ＝フィリップに仕えたきわめつきの密偵であり、もう一人は、古くからの職業的陰謀家であるが、やはり警察との関係がはなはだ疑わしい人物であり、その理解力の程度も（中略）およそわかろうという男である。こういう連中の筆からは、ことに彼らがそのうえ自分の個人的弁護の目的で書いている場合に、二月革命の多少とも誇張された醜聞史以外のものを、期待できないことは、もちろんである。[20]（傍線は筆者）

この引用部分の「書評」の対象となっているのは、「市民コシディエール配下の前警備隊長A・シュニュ著『陰謀家――秘密結社、コシディエール配下の警視庁、義勇兵団』パリ、一八五〇年」と「リュシアン・ド・ラ・オッド著『一八四八年二月における共和国の誕生』パリ、一八五〇年」の二作である。この長い書名は『マルクス＝エンゲルス全集』に邦訳されたタイトルによる。先ほどの阿壠論文の引用した翻訳文と比較すると、筆者が傍線を付した部分がマルクスらの原文と異なっていることにすぐ気が付くだろう。蔣天佐はこの後半の部分、「密偵」と「職業的陰謀家」の件を阿壠が引用していないところに攻撃の糸口を見出したのである。そして蔣はあたかも検察官のように、論難する。

マルクス・レーニン主義の文言の盗用者であるこの文章の書き手は、なぜ原文のこの部分を隠し、スパイ分子の著作をマルクスが我々に「模範」と「方向」として推薦したかのような罪悪の推論を書いたのであろうか。その理由は誰の目にも明らかだ。これはマルクスなどではけっしてなく、この盗用者が私生活の描写を提唱するためであり、けっしてマルクス・レーニン主義の文芸理論ではなく、この盗用者の「理論」なのである。

蔣は正面人物と反面事物の描写に関する阿壠の考えを、「蔣介石がなかったら、共産党はない」と論じるのと同じだと切って捨てる。そして最終段では、次のように阿壠論文の「欺瞞性」を指弾する。

以上のように、誰の目にも明らかであろう。マルクスを引用するのは私生活に深く入る創作方法を証明するためであり、毛沢東の「我々の文芸は第一に労農兵のためのものである」を引用するのは、労農兵とほかの階級に軽重がないことを証明するためであり、エンゲルスの「現実主義の偉大な勝利」を引用するのは、現実主義が世界観や階級的立場を征服するためであり、レーニンのトルストイ論を引用するのは、トルストイの作品の人民性を証明するためなのだ。――トルストイの宗教信仰や、農業共産主義思想平民主義の政治思想の類は、当然、何の関係もないものとされているのだ。およそこういう論調に至っては、マルクス・レーニン主義に対する最大の歪曲と冒瀆以外のなんだと言うのか。

蔣天佐は、自分が厳しく阿壠批判を展開するのは「マルクス・レーニン主義の純潔性を守る」ためであって、こうした理論闘争は、今後一層粘り強く広範に展開しなければならないと力説するのである。蔣天佐の論文は、阿壠の翻訳引用の誤りを、あたかも鬼の首を取ったかのように書き立てて、執筆者阿壠の真の意図がマルクス・レーニン主義の歪曲にとどまらず、犯罪的な冒瀆であることを証明したと自画自賛しているのである。

これに対する阿壠の反応は、非常に速かった。蔣論文発表の直後、一九五〇年三月二六日のことだった。この日の『人民日報』に「阿壠先生的自我批評（阿壠氏の自己批判書）」が掲載されたのだ。それは編集部への手紙の形で書かれたもので、日付は三月二一日、蔣論文の二日後であり、自分の過ちに対する阿壠の真摯な反省が率直に述べられていた。ここでは全文を訳出しておく。

「傾向性を論ず」と「正面人物と反面人物についての略論」はどちらも私が書いたものです。批判の文章二編も私は読みました。それは私にとって苦痛でしたが、私はしっかりと反省して、ご指摘を完全に受け入れるつもりです。

私自身については、特に重大な過ちは引用文の内容に関することでした。私はそのすべての責任を負わねばなりません。私本人が見ても、これはすでに思想問題とか理論問題とかではなく、許すべからざる、そして弁解すべくもない政治問題であることは明白だからです。

はじめに、ことの経過を申し上げます。私は貧乏だったから必要な書籍をすべて手に入れることはできませんでした。それでわたしは何冊かのノートを作り、本を借りたときには、研究する価値のある箇所や思考すべき箇所などを書き写していました。こうして私は数年やってきたのです。『科学的芸術論』は教育的意義のある書籍で、とりわけ文学を学ぼうとする人にはなおさら役に立つものだと思っていました。私はこの本を重視していたのですが、自分の手許にはなく、また解放前に自分自身が国民党軍部から指名手配を受けていて、生活が不安定で本を持ち歩くことができなかったから、こういう書き写しの方法しかなかったのです。解放後、杭州でいろいろな書店の中を探し回りましたが、入手できず、上海に行った折にも探してみたのですが、やはりだめでした。それで友人たちにも、この本に留意しておくようお願いしていました。こういう事情は、何人かの同志たちはご存知のことです。引用の文章は去年の九月に上海にいたころに書き写したものです。書き写しの元になったのは、手許にあったあの不完全な抄録ノートだけで、それが今回の大きな過ちを犯す原因となってしまいました。しかしいかなる事情があっても、責任は私にあります。

次に申し上げなければならないのは、新しい状況に対する私の認識の浅薄さです。問題提起が全面的でなく、分析も不足していました。これも当然ながら、私自身が責任を負うべきです。

さらに加えて、私は引用文の箇所を次のように誤って考えていました。「私生活」については、人物の生活内容の一面を指しているのであり、そういう彼らの生活内容を書くべきだ、と。また「さまざまな周囲の人々とともに」については、社会内容を反映していて、人と人の関係、つまり葛藤や接触、衝突や矛盾を指しているのだ、と。そしてそこからマルクスらが「私たちに指し示して」いるというような間違った結論を導き出したのです。

最後に、この十数年来、私は国民党の統治下にあって、なによりも第一に、党の教育を受けられませんでした、そして第二に、私たちの陣地は分散して孤立しておりました、第三に私もしっかりした教育を受けたことがなく、完全に独学でした。このような条件があって、私が多くの事柄を深めることができなかった結果、今回の重大な誤りを犯すことになってしまったのです。過ちは私にあります。どうか多くのご批判をもって、私を援助してくださるよう、心からお願いいたします。

三月二一日

革命の敬礼をもって　阿壠

この手紙は、蔣天佐の批判に対する阿壠のほとんど全面的な敗北が述べられているように読める。実際、手許にあった写し書きを基にした引用しかできない状態だったのも間違いなかろう。阿壠の率直な自己批判を、人民日報編集部は受け入れて次のような編集者の言葉を付している。

現在阿壠先生は自ら手紙で批判を受け入れるとおっしゃっている。彼のこの種の進んで自分の誤りを認める精神はたいへんによく、歓迎に値すると私たちは考える。このような批判と自己批判を通して、私たちは文芸思想において最後の一致に到達するだろう。

阿壠が「同志」としての革命的敬礼で文を終えているのと比べると、あくまでも「先生」という呼称で、自陣営の外側にいる文人の印象を保持してはいるが、理性的で常識的な知識人の対応をとっていることがよくわかる。特に「阿壠先生の自己批判」によって「文芸思想において最後の一致に到達するだろう」という部分は、相当敬意を払った表現と見ることもできよう。実際、この三月末の『人民日報』紙上には「批判と自己批判」をテーマにした論説が散見でき、(21) 阿壠のような自己批判が一応「歓迎」される政治的傾向があったことも確かなようだ。阿壠に対する公的な批判は、この阿壠の手紙によって収束していくようにみえるが、北京との行き来の頻繁な天津文壇においては、阿壠の問題が繰り返し行われる批判の的であることに変わりはなかった。阿壠はこの迅速な自己批判の後、徹底的に文献を確認したうえで、全面的な反論を試みるのだ。しかしそれに対する反応は冷ややかで、やがて、党の側から吹いてくる風は、予想通り、厳しく凍てつくようなものになっていくのだった。

4、一九五〇年の論争とその終わりのない再現

阿壠の文芸論に対する批判は、自己批判の手紙で一段落つくことはまったくなく、やはり表面的な収まりに過ぎなかった。何よりも、阿壠の自己批判文そのものにおいても、よく読めば阿壠が自分の引用文の間違いを認めてはいるものの、「傾向性を論ず」を頂点とした自己の文芸理論そのものに対しては、まったく修正も変更もしていないことがすぐわかろう。天津文壇の阿英ら指導層を先頭に行われた批判は、先の陳涌・史篤論文の機械的な繰り返しに過ぎず、もはや批判の体《てい》をなさない闇雲な攻撃になっていた。これらに対し、阿壠は五月までに二つの反論をまとめて、相次いで周揚ら党中央幹部、天津文壇指導者阿英らに送付している。阿壠はこれらのでたらめな攻撃にしっかり反撃し、正式に『人民日報』あるいは『文芸報』で公表してもらいたかったのだ。しかし後に見るように、送付した原稿は差し戻され、結局阿壠死後の名誉回復まで、読者の目に触れることはなかった。

阿壠の反論は最初の論文を補充強化する立場で書かれたもので、阿壠の厳しい文芸論が展開されている。「傾向性を論ず」については「『傾向性を論ず』に関して」（一九五〇年四月二五日付け、原稿の天津文聯提出は八月四日、当時未公刊）、「正面人物と反面人物についての略論」に対しては、「『正面人物と反面人物についての略論』に関して」（一九五〇年五月四日付け、原稿の天津文聯提出は八月八日、当時未公刊）というタイトルをつけ、いずれも綿密な構成を持った論文であったが、当時結局公刊されることはなかった。私たちの目にするのは、これら四篇の論文を「阿壠文論四編」としてまとめた、二〇〇七年に出版された阿壠文集『后虬江路文輯』においてである。

阿壠は「『傾向性を論ず』に関して」の冒頭に序文を付し、それまでの経緯を振り返っている。その中で阿壠は、「自己批判書」以後、批判に対する自分の考えを理論的にも明らかにしようと思って、党中央の周揚と馬凡陀（袁水拍）に文章を送り、『文芸報』や『人民文学』に発表してもらおうとしたのだが、そのつど不適切だとされ修正する

ようにということで、一〇月にはいってもなお、つき返される状態が続いていると訴えている。そのうえで、本論においては、陳涌の粗雑な批判論文をかなり厳しく逆批判するのである。たとえば、陳の批判の中核である「芸術即政治という阿壠の理論は唯心論だ」とする指摘を捉え、「それならば、陳涌同志の『唯物論』たるものは、芸術は政治ではない、ということになるのだろうか」と突き、その教条的な二元論の仮面を被る政治至上主義の姿を明らかにする。

問題はいかにして現実生活の内容〔大衆の生活、大衆の要求、大衆の闘争〕を通して、その一切の〔政治的な〕本質を把握し、反映させて政治のために服務するという任務を完成させることなのだ。(22)

阿壠はこのように自己の変わらぬ主張を整然と述べたうえで、陳涌や蔣天佐らの批判のやり方を「さらにもう一歩進めていけば、そこに得られる結論とは、〔彼らの主張する概念に〕反対するものは、反政府、反人民の言動に等しいということになる!!」と感嘆符を二個つけて警告している。

阿壠の文学者としての意志の強固さと誠実な人柄をよく表しているのは、これら四篇の最後の論文『略論』に関して」である。先述の「自己批判書」では、自分の引用の過ちを厳しく自己批判していた阿壠であるが、「『略論』に関して」においては、その過ちを明確に説明した上で、今度は批判者史篤こと蔣天佐の論文構築の卑怯さを暴き、その上で、これまでの主張をいっそう強く押し出しているのだ。

阿壠はこの論文の前書きで、「批判と自己批判」の精神に則り、よりよい批判のために材料を提供するつもりだとし、語学に堪能な友人の援助を請いながら、マルクスとエンゲルスのロシア語からの中国語訳と英語訳文を点検したと明言した。阿壠が明らかにしたのは、次の諸点である。

① 引用の元となった阿壠自身のノートにおいて、当該箇所は誤って写し落とした部分だった。これに関しては自分の当時の書き写しノートを党中央の周揚に見せて、故意ではないことを確認してもらった。

② ロシア語からの中国語訳は史篤の指摘通り、不正確な部分もあり、それを用いた自分のうかつさを深く反省する。しかし中国の文学状況から言って、マルクスの著書は広範な読者のために今後重訳が望まれる。

③ 史篤は英語版[23]によって批判をしていたのだが、その英語版には、実は当該箇所が訳出されていなかったという。つまり、当該箇所は史篤の批判した不正確な中国語訳にしか存在していない。史篤は英訳を批判の基としながらも、訳文脱落箇所に関しては中国語訳を基にしていることが明らかだ。

阿壠は本論で、自分のうかつさと引用の誤りを深く認めながら、今度は批判者史篤の論理構成の矛盾を指摘したのだ。前節で見たように、阿壠はマルクス・レーニン主義の歪曲と冒瀆という重大な犯罪的言動をしたことになっているのだが、その歪曲の原因たる箇所は、中国語訳においてはもともと不正確であったし、英訳では省略されたりしていたところだった。その訳文上の原因について阿壠は、当該箇所が書評の部分であって、理論的展開のための傍証的なところだったから、英訳では省略していたのかもしれないと推測している。しかしながら、史篤は訳文の正確さにおいては中国語訳を批判しつつ、自身の根拠となる英訳でも省略されていた引用箇所の脱落により阿壠の「欺瞞的姿勢」を追求したのだった。ここに至って阿壠は、史篤こそ自分の都合に合わせて他人の不注意なミスをあげつらっていると逆に問い質したのである。このほか、レンブラントの訳文における脱落問題や「偉人たちの神々しい姿」の問題など、周到に確認作業を進めて詳細に言及している。

これは客観的に見て、阿壠論文の圧勝であった。阿壠はこの反論を魯藜に渡して、正式な公表を依頼した。詩人魯藜は当時天津文壇の指導者の一人であり、天津文聯機関雑誌の編集者であった。そもそも阿壠の「自己批判書」も、魯が示唆して書かせたものだったから、阿壠としては、この反論も当然公開されるものだと思ったのだが、それはまったくなく、「非常に冷酷」（後述の阿壠の毛沢東宛書簡の表現）な形で拒否されてしまう。自身の潔白を証明するために書き写しノートの確認を依頼した周揚も、また馬凡陀も、阿壠の反論を受け止めず、ただ差し戻すだけだったのだ。それればかりでなく、一方的に阿壠の反論を差し止めておいて、機関側からは執拗な阿壠批判が繰り返された。天津文壇の九月に開催された天津文代会で、阿英は総括報告において、阿壠の「傾向性を論ず」に対して激しい批判を浴びせかけたのである。こういう形の有無を言わせぬ強引な手法は、文学者同士の論争の域をはるかに超えている。そこには阿壠に代表されるような論調に対する徹底的な敵視と憎悪すら感じられる。

当時の状況下で阿壠に再反論の機会を許せば、その論調が一定の支持を獲得するだろうという恐れを抱いたのではないかとも推測できるのではあるが、それにしても、この阿壠シフトは異様としか言いようがなかった。実際文壇の動向を概観すると、阿壠の論法をよしとする傾向もあったようだ。たとえば、阿壠の指摘する中国における翻訳の拙劣さは、わりと共通認識になっており、この前後の『人民日報』の論調には、[24]外国作品の翻訳状況を嘆く記事も現れるぐらいで、「批判と自己批判」傾向の助長の論調とも相まって、知識人の一種の自省がまだ見られたということができるのかもしれない。

しかしながら阿壠にとって、この数ヶ月は理由のわからぬ極めて不安でいらだたしい期間だった。阿壠は、必死になってこの「論戦」のソフトランディングを探していた。そして最後に、不毛な論争の一挙解決を目指して、決定的な手段に打って出る。一九五〇年九月二六日の事だ。阿壠は直接当時の共産党主席毛沢東に手紙を書いたのである。この手紙は、現在北京の魯迅博物館に保管されており、その内容については魯迅博物館研究員常楠が阿壠の書簡全文を付して発表している。[25]先述の北京中央や天津文壇との確執の経緯は、この手紙に書かれていた。

少々長いが、毛沢東宛書簡の冒頭部分を訳出しておく。

敬愛する毛主席：

国内および国際の重大事件があなたによる処理を待っている現在、私がこのような手紙を書くことに、とても不安を覚えます。あなたの時間は、一分一分を厳粛に捉えなければならないということは、私も想像がつきます。だから何度も私は、この理論問題を偶然の出来事や個人的な試練と看做して、胸にしまいこんでしまおうとかとも考えました。しかしまた、これはひとつの文芸思想の問題で、目前に存在する巨大な現実の要求に関連するばかりでなく、事態が現在このようにまで展開してしまった以上、あなたに状況を申し上げてご指示を仰ぐ以外に、この問題を解決する方法がないとも考えました。小さな草がいつも陽光を慕っているように、私は常にあなたのことを思っています。万やむを得ず、このようなお手紙を差し上げて、お心を煩わせてしまう無礼を、どうかお許しください。

私は都市の貧しい家庭に生まれて、幼年時代から飢餓の生活を開始し、少年時代には学徒として働いたこともありました。その後またいくつかの職業を経験しました。私を啓発したのは現実の人生であり、私を教育したのは社会科学と文学、とりわけ魯迅先生の思想と戦闘でした。人生の戦闘において道を模索しながら生長してきたので、私の成熟は非常に緩慢であり、政治的覚醒は大革命の時期になってからのことでした。長い歳月を異常なほど幼稚で朦朧とした状態のまま過ごしたのです。その後、民族の危機を痛感したゆえに、そして政治的かつ社会生活的な低気圧状態に窒息したゆえに、また青年特有の失望と情熱、空想のゆえに、さらに一・二八事変の直接の刺激のゆえに、私は軍人になりました。野蛮な軍隊生活の中で、反動的な政治措置の中で、激動の事変と重苦しい現実の中で、最初は単純に、やがて清明な判断によって私は共産主義の思想を受け入れ、確信しました。私は八・一三の抗日戦争に参加しました。その戦役で負傷した後に延安に行き、再び負傷して延安を離れることになりました。この十余年の歳月において、私の理解と感受の範囲内で、水滴のように少しずつ、文学〔思想闘争〕の面でもいささか

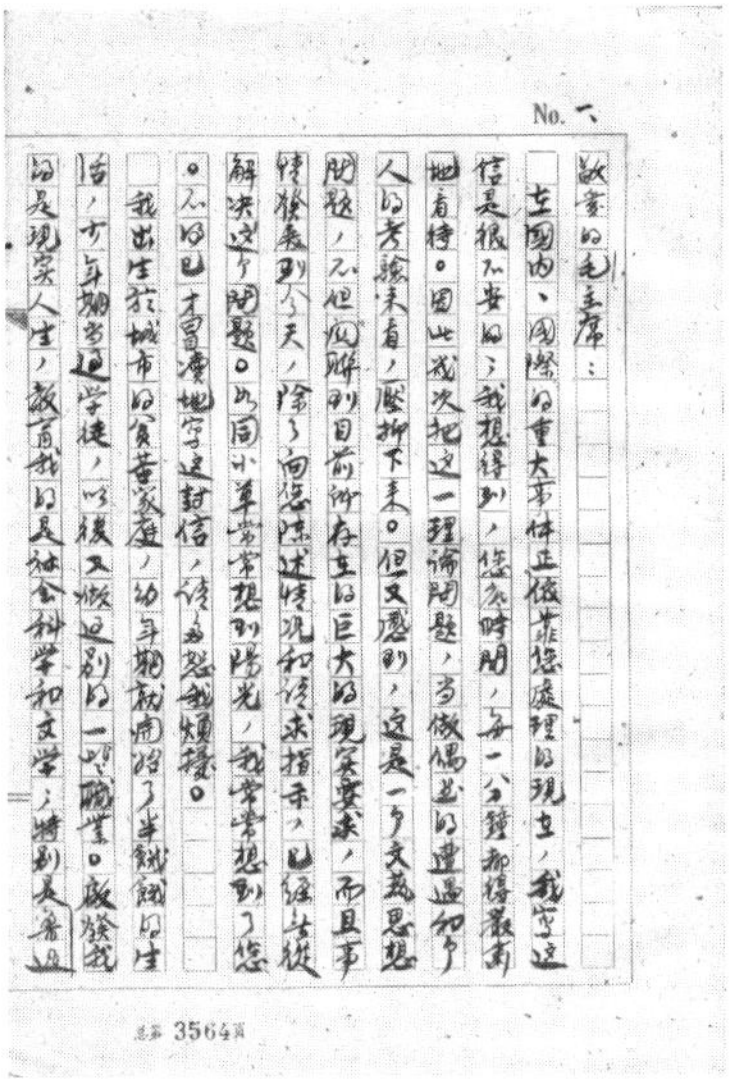

No. 一

敬爱的毛主席：
在国内、国际的重大事件正依靠您处理的现在，我写这信是很不安的；我想得到，您底时间，每一分钟都很严肃地看待。因此我没把这一理论问题，当做偶然的遭遇和个人的考验来看，压抑下来。但又感到，这是一个文艺思想问题，不但关联到目前所存在的巨大的现实要求，而且事情发展到今天，除了向您陈述情况和请求指示，已经无从解决这个问题。如同小草常常想到阳光，我常常想到了您。不得已才冒渎地写这封信，请原谅我烦扰。
我出生於城市的贫苦家庭，幼年期就尝到了半饥饿的生活，十年期当过学徒，以後又做过别的一些職業。启发我的是现实人生，教育我的是社会科学和文学，特别是鲁迅

3564

阿壠の毛沢東宛書簡冒頭部分（提供：陳沛）

の仕事をしてまいりました。自分の力量とできうる条件の中で、事実上革命闘争のためにわずかな力を貢献し、いくつかの遊撃的な雑誌の刊行と編集を組織したり援助し、革命根拠地の作家と作品を紹介したりもしてきました。解放前には反動派の指名手配を受けたこともあります。解放後に全国文代会に参加し、今年の正月に天津文協に赴任して仕事に従事しています。この巨大な時代において、私のした仕事はごく微小なものです。私がここで簡単に自分の経歴を申し述べたのは、自分の経歴を検査していただくことを心から望んでいるからです〔天津には私の自伝があり、全国文代会の際にも簡略な経歴を提出しています〕。

私は数年間家塾に通い、高級小学校で一年半ほど学んだことがありますが、その後大学らしきところにはわずかな期間いたことがあるだけに過ぎません。文学の仕事をしたのも、最初は好きでやり始め、しだいに現実の闘争と思想闘争を理解するようになって来たのです。理論的なものを書いたのは、やはり偶然のなす業《わざ》でした。

この書簡冒頭の数段を読んでいくと、阿壠の誠実な人柄が行間に強くにじみ出ているのを感じる。毛沢東の貴重な時間を割く忸怩たる思いとともに、自己の巻き込まれた「理論問題」が実は新中国の方向を考える上で重要な要素を含んでいるとしか思えない、だからこそ、毛主席に「小さな草が陽光を慕うように」その解決を直接お願いするのだ、という切羽詰った緊張感も容易に読み取れよう。また阿壠自身の半生の概略も興味深い。ここで彼は初めて、党中央に対して正式な自己紹介をしているのである。慎重な言葉選びの中で、国民党軍部の経歴とともに自己の学歴の貧しさが率直に語られている。

手紙はこの後、これまでの阿壠の主張を論理的に再構成する。その主要な論点は、文学現象の上に存在する偏向に対する批判であり、偏向が拡張していく公式主義への警告だった。阿壠は次のように述べている。

芸術とは、私たちにとって政治的なものでなければならないと考えています〔実際は、反動的な作品にあっても、たとえば「世界主義」や「芸術のための芸術」等々は、本質的にやはりこのようなものです〕。革命の事業において、それは特殊な政治の形式であり、特殊な政治活動に従事するものです。政治と芸術とは、それ故に、矛盾しながらも統一したもので、相似た内容もあれば、特異な色彩も帯びるものであります。しかしこの二つの偏向に至っては、どちらも現実の闘争の発展から遊離した結果であり、現実生活の内容を抹殺して、このような力と原因になったのです。もし現実の生活に深く入らずに現実の闘争を表現するなら、政治的なものを失ってしまうし、もし思想内容から離れて芸術に従事するなら、芸術自体の堕落となってしまいます。

阿壠はさらに、建国直後に始まる一連の「論争」を総括しつつ、その中で周揚、馬凡陀、阿英、そして魯藜らの自分に対する不合理極まりない反同志的な対応を詳細に証明していく。

毛沢東への手紙の最後を、阿壠は次のように締めくくっている。

私は（この書信で）あなたをあまり煩わせ過ぎないことを願っています。この手紙があなたのお手元に届くことを願っています。私に尊いご指示が下されることを願っています。そして党の文学事業があなたの光の下で大いに前進することを願っています。

どうか私の無礼をお許しください。崇高な敬礼を！　そしてご健康をお祈りいたします。

もしもご指示がおありなら、天津新疆路五十九号文聯宿舎陳亦門宛にお願いします。

陳亦門（阿壠）拝　　九月二六日

しかし予想のとおり、この手紙は完全に無視された。常楠による「阿壠毛沢東宛書簡」の公開は、実に六〇年以上を超えてのこととなるのである。阿壠問題の複雑さがここに如実に現れている。

この問題はこの後しばらく落ち着いたように見える。というのは、一九五一年から中国の文学者や知識人たちは、相次いだ政治的事件、朝鮮戦争や土地改革運動などに休むまもなく動員されていき、落ち着いた文筆活動が進まなかったからである。たとえば路翎は、朝鮮戦争勃発後すぐに中国人民志願軍従軍作家となって、最前線に送られていた。このとき路翎が自己の見聞と体験をもとに発表した『初雪』『窪地上的〝戦役〟』などが、刊行後ただちに猛烈な批判を浴びることになるのだが、それに関しては稿を改めたい。そして阿壠は、一九五一年一二月七日から一九五二年五月までの半年間、天津文聯から湖南省桃源県に派遣され、土地改革運動に参加することになるのである。その記録(26)はまだ発表できる段階ではないが、詳細な日記を残していたということは間違いない。

阿壠の文学活動はこうしたあわただしい政治運動の期間も停止することはなかった。一九五一年から一九五二年

（四四歳～四五歳）にかけて、これまでに発表した詩論に未発表の詩論を加えた約八〇万字に及ぶ論著を『詩与現実』三巻にまとめ、五十年代出版社から出版しているのだ。しかし想定されたように、この巨大な文芸論はほどなく批判を受け、出版を差し止められる。また一九五三年（四六歳）には、外国作家作品論の未発表の論文にすでに発表した少数の論文を加えて、『作家的性格与人物的創造』という表題で、上海新文芸出版社より出版した。そして一九五四年（四七歳）には、系統的な詩論『詩是甚麼（詩とは何か）』を完成し、上海新文芸出版社より出版した。これらの出版は、阿壠の公的な文芸活動の最後の輝きだったのだ。

5、胡風批判の展開と阿壠逮捕までの経緯

本書の序文で述べたように、中国現代史において中華人民共和国建国の一九四九年が、記念的な時間として意義深いのは言うまでもないものの、一九五〇年代前半の歩みは、毛沢東と中国共産党の国家戦略にとって、さらに決定的意味を持つ歳月として記憶されなければならない。この年代は、経済的には、土地改革運動、政治的には「三反五反」と名づけた社会階層の大規模粛清、軍事的には台湾との緊張、朝鮮戦争およびチベット進攻という矢継ぎ早の戦略が打ち出され、この過程で国家の枠組みが明確な形をとっていくのである。そして思想文化面では、これらの動きと相俟って、毛沢東共産党への絶対的な帰依のシステムが作られていった。中国社会を震撼させた「饒潘揚反革命集団」事件は、その典型的な事案だったと言えよう。

「饒潘揚」とは饒漱石[27]、潘漢年[28]、揚帆[29]という当時共産党中枢にいた三名の高級幹部の名前から名づけられた「反革命集団」の略称である。一九五〇年代となってすぐにこれらの幹部は毛沢東の放逐のリストに上っていた。饒漱石は高崗とともに党中央の指揮権を簒奪しようとした軍幹部とされるが、潘漢年と揚帆は抗日戦争以来国民党支配地区で秘密工作に従事していた、いわば共産党の地下工作の元締めだった人物である。いずれも後には名誉回復を勝ち取っ

ているのだが、一九五五年四月までに逮捕投獄されている。これら一連の事件には「反革命集団」という犯罪の名称が初めて用いられており、政治的社会的に完全に葬り去るというパターンにおいて、この直後の胡風事件と酷似している。阿壠についての証言を残した公安幹部の録音を聞くと、胡風問題を語る冒頭に、「そのころ潘漢年逮捕の問題があって」ということにはっきり触れている。つまり「公安的」な感覚から言っても、「饒潘揚反革命集団」から「胡風反革命集団」までは、一直線でつながっていたのである。

我々が何よりも注目しなければならないのは、この犯罪集団の認定が毛沢東自らの判断と指示によっているということである。つまり両者とも「欽定」の犯罪者であり、カリスマのように毛沢東にすべての権力が集中していく階梯のなかで、巧妙に設定された「国家に対する反逆罪」だったのである。また両者ともに「集団」と看做されていることも注目すべきであろう。もともとまったくの個別な出来事で、独立した個人の営為だったのにも拘らず、それを「集団」として組織的な動きとしてまとめ上げる手法に、この当時の権力の排他的構造がうかがえる。この間の事情、「胡風反革命集団」事件の経緯に関しては、すでに多くの書が刊行されており、本論では繰り返さない。

一九五〇年に始まる阿壠批判の展開は前節で見たとおりである。阿壠はこの際限のない批判の中で、毛沢東主席に直訴する手紙を書くまで追い詰められていた。何度反論を書いても無視され、ただ共産党官僚から非合理な攻撃が一方的にそして執拗に繰り返されていたのだ。しかしながら、毛沢東に直接信書を書いて送付するという形式は、文学者としてはあまりにも天真爛漫な表現であり、政治的判断としてはまったく的をはずしていた[30]。というより、胡風とその友人たちを「小集団」として一括し、しかもその組織的目的に「反革命」という国家反逆罪を適用しようとしていたのが、毛沢東主席その人だったとすれば、あまりにもできすぎた皮肉といわねばならない。

阿壠逮捕までの経緯を簡単に振り返っておこう。

阿壠批判および路翎批判は、国内的には三反五反運動、国際的には朝鮮戦争の展開の中で、直接間接にしぶとく繰り広げられ激化しており、胡風とその友人たちは次第に焦燥と不安に苦悩するようになっていった。文化界をめぐっては、毛沢東の指示のもとで「武訓伝批判」が政治思想批判の運動として大規模に進められ、その潮流の中で、一九五二年には延安文芸講話に学ぶ運動が、文芸界粛清の様相を強めながら、再び全国を席巻した。この一九五二年五月二五日、『長江日報』に彼らの古くからの親友による激しい胡風批判の文章が掲載された。それは阿壠や路翎と並んで雑誌『希望』の一九四五年創刊号巻頭論文「主観を論ず」を執筆した舒蕪であった。舒蕪は成都では阿壠や方然とともに、雑誌『呼吸』の主力メンバーであり、その創作主体の絶対性を主張する激烈で明快な論調は、当時の胡風とその友人たちの傾向性を強く物語るものだった。しかし一九五〇年初頭からの粛清の嵐の中で、舒蕪は悩みながらも結局共産党官僚の軍門に降り、毛沢東の延安文芸講話の立場を強調しつつ、胡風の「主観戦闘精神」と芸術重視の文芸思想を徹底的に批判した。その文章には「最初から『延安の文芸座談会における講話』を学習しよう」というタイトルが付されており、発表後まもなく、六月八日付の『人民日報』はその全文を転載したのである[31]。転載した『人民日報』は、編者の言葉として次のような一文を入れた。

本文は五月二五日『長江日報』に掲載されたものである。作者がここで挙げている「主観を論ず」は、一九四五年に重慶の文芸刊行物『希望』に発表されたものだ。この刊行物は胡風を頭とする文芸上の小集団が編集していた。彼らは文芸創作において、一面的に「主観精神」の作用を誇張し、いわゆる「生命力の拡張」を追及していたが、実際は革命実践と思想改造の意義を否定していたのである。これは一種の、実質的にはブルジョワジー、プチブルジョワジー的な個人主義に属する文芸思想である。舒蕪の「主観を論ず」はこうした文芸思想を鼓吹する論文の一つだった。ここに発表する文章は、過去の誤った観点に対する舒蕪自身による自己批判であり、歓迎に値するものである。

ここに明確に、「胡風を頭とする文芸上の小集団」というレッテルが確定したのであるが、この断定はあまりにも大きかった。このそれほど長くない文章において舒蕪は、胡風ら「大衆から離脱し、実際から離脱した」知識分子には、この延安文芸講話の真意が理解できるはずがないと指弾し、彼らこそ「純粋な骨董鑑賞家」であって、技巧のみに走り、きらびやかな言葉で自分を飾っているに過ぎないと断じた。そして舒蕪は、いまからでも遅くないから、「いち早く書斎、講壇、創作教室を抜け出し、大衆の実際の闘争の中に身を投じる」よう呼びかけるのである。

胡風には、自分の側にまだ立ってくれている友人たちから、怒りの手紙が続々と届いた。阿壠が『人民日報』に舒蕪の文章が掲載された翌日、六月九日に胡風に送った手紙には次のような一節がある。

あいつ（舒蕪）はまったく死人の復活です。

人間は自分のことなら顔を洗おうと尻を拭こうとかまいません。しかし犬の肉が腐って売れなくなったら、看板を偽って羊の肉を掛けねばならぬほど、下卑てしまってはいけません。（中略）やつはころころ変わります。最初は自分のこと、次は些細なこと、三回目があっても不思議ではありません。しかしやつのために阿鼻地獄にひきずりこまれるなんて、昔は考えもしなかったことです。

まったく刺々しい、荒れ果てた気がします。真理はどこにあるのでしょうか。[32]

「復活」とは、胡風の有名な長編詩「時間開始了（時間は始まった）[33]」で歌われ、よく知られた言葉であるが、本書第二章1で述べた胡風死亡、胡風裏切りのデマが流れた際に、胡風は随筆「死人復活的時候（死人復活の時）」を書いて反論している。[34] それにしても「やつのために阿鼻地獄に引きずりこまれる」という一文は、あたかも予言のように不気味な響きを残していた。そしてこの予言の示す阿鼻地獄への道程は、この一九五二年九月に北京で開催された「胡風文芸思想討論会」において、やはり着実なステップを固めていくのである。胡風は年末までの間、数回にわたって開かれた会合において、自分の見解をまったく改めなかったばかりでなく、批判者の側の偽善性を断固として指摘していた。しかしながらこの「討論会」の過程で、胡風らを「文芸上の小集団」として排斥する傾向は回を重ねるごとに深まっていき、社会的にも胡風らがプチブル的セクトとしてまるで常識のように看做されていくのである。この粛清における権力の目標が、次第に狭まり明確化されていくことがよく見て取れよう。

一九五三年にも胡風批判の動きは着実に進んでおり、「討論会」の総括的な文章として党の文芸政策を担う高級官僚林黙涵と何其芳による胡風批判論文[35]が『文芸報』に掲載された。またこの年、第二回文芸工作者代表大会（第二回文代会）が開かれ、延安文芸講話路線・社会主義リアリズム路線の継承発展が確定していく。ただ同時に開催された中華全国文学工作者協会第二回大会において、胡風は改組された作家協会の常務理事に選ばれている。これまでの段階では、文芸思想の粛清を進める中で、胡風とその友人たちが、小集団として批判されてはいるものの、まだ文芸界内部の批判運動として展開していたというべきだろう。阿壠の文芸論などの著作もこの段階では刊行が許されていたのである。

展開が急になるのは、一九五四年のことだ。この年、春ごろから胡風は友人たちの勧めに基づいて、党中央に対して直接彼らの現状を訴える報告書、長文の手紙に着手し始めた。そしてこの『関于解放以来的文芸実践状況的報告（解放以来の文芸実践状況に関する報告）』[36]と題された報告書は、胡風から共産党中央委員会の習仲勲（このとき、中央文化教育委員会副主任）に手渡され、正式に毛沢東へ上申する形となった。のちにこの報告書は『三十万言書』と言われ、大規模粛清の引き金となっていく。この年七月二二日のことだった。胡風の『解放以来の……』は四つの部分からなる詳細な報告書であり、これまで共産党に根強くはびこっていた文芸官僚の弊害を告発したうえで、今後の文芸政策への提言と意見をまとめた内容になっていた。胡風はこれらの弊害を創作者の「頭上にぶらさげられた五本の刀」と比喩して、痛烈な批判を加えていた。

この強固なセクト主義の勢力圏の中では、林默涵、何其芳同志の私に対する批判からだけでも分かるように、読者と作家の頭の上に、五本の「理論」の刀がぶらさげられている。

作家が創作の実践に従事するには、最初に完全無欠な共産主義の世界観を身につけなければならない。さもなければ、この「世界観」と「一体化」している社会主義リアリズムの創作方法の姿を望むことはかなわない。つまりこの世界観ははるか向こう岸にやられてしまい、もう二度と到達するすべがなくなるのである。

生活といえるのは労働者、農民、兵士の生活だけであって、日常生活は生活ではなく、占める位置がなくともあるいはもっと少なくてもよい。この刀が生活をバラバラにし、労働者、農民、兵士の生活を真空管にし、その生活にはいっていく前に作家の感受性を麻痺させてしまった。そのため、作家は過去や現在の生活を生活としてみようとする意欲もその必要もなくなり、いかなる生活も理解し吸収することができなくなった。とりわけ労働者、農民、兵士の生活はそうである。

思想改造をしなければ創作できない。この刀が作家を実践と労働から遠ざけ、現実の内容を自分の内部に取り込むすべを失わせて、日に日に萎縮、衰弱させ、思想改造を絵空事ないしは反語にしてしまった。

過去の形式だけが民族形式であり、「優秀な伝統」を「継承」し「発揚」しなければ新文芸の欠点を克服することはできない。外国の革命文学やリアリズムの経験を受け入れるとすれば、それはすなわち「ブルジョア文芸に屈する」ことにほかならない。（中略）

題材には重要か否かの区別があり、題材によって作品の価値を決定することができる。「芸術に忠実であること」

とはすなわち「現実に忠実であること」の否定にほかならない。この刀が作家を「唯物論」に動かされる機械に変えてしまい、まったくの題材一辺倒にさせ、題材や「典型」捜しに狂奔させている。（中略）いわゆる「重要な題材」は、必ず希望のあるものでなければならない。革命に勝利したからには新旧の闘争があってはならないし、なおさら人が死んではならない。（中略）革命に勝利したからには立ち後れや暗黒があってはならない。（中略）こうしたことが作家に何も書く意欲を失わせ、書いたものも当然ながら全篇「希望」に満ちた、つまり全篇嘘だらけのものになった。今なお克服しなければならない立ち後れや「暗黒」を否定すること、すなわち今向かいつつある希望を否定することが、作家を完全に政治や人民から遊離させてしまったのである。[37]

胡風や阿壠、そしてその友人たちが直面した共産党官僚の文芸政策上の誤り、というより文芸政策の名を借りた犯罪的言動を「五本の刀」として、胡風は実に見事にまとめている。第一に共産主義世界観の強要、第二に労農兵の生活の虚像化、第三に執拗な思想改造の強要、第四に民族形式への排他的傾斜、第五に題材の極端な偏向、この五つのポイントこそまさに一九四〇年代以来、中国の良心的な学芸を萎縮させてきた元凶だったのだ。胡風はこの文の最後に、次のような怒りの言辞を置いた。

この五本の刀がぶらさがっている下で、まだ現実と結びつく作家がいるだろうか、そして言うに足るリアリズムが、創作実践があるだろうか。

問題はこの五本の刀それ自体ではなく、この五本の刀を勝手に操っているセクト主義にある。

一九五四年七月、胡風はもはや後戻りはできないステップを踏み出した。賽は投げられたのだ。胡風とその友人たちにとって、非常に不安な日々が始まった。しかし胡風の『三十万言書』に対する毛沢東と党中央からの明確な対応は何も起こらなかった。そうして数週間が過ぎたその年の秋一〇月、学芸の世界で新たな批判運動が巻き起こった。「紅楼夢研究批判」である。

李輝は『囚われた文学者たち』において、この「紅楼夢研究批判」が胡風に微妙な影響を与えていたと指摘する。「紅楼夢研究批判」とは、当時の紅楼夢研究の第一人者である北京大学の兪平伯に対して、李希凡、藍翎という若手研究者がこの老大家の研究態度をプチブルジョア的であるとして批判したことが始まりで、彼らの権威に挑戦する態度を毛沢東自らが支持したことで、大きな動揺が文壇に走ったのだ。そして、李・藍の発言を抑圧したとして『文芸報』の高級編集者馮雪峰らが厳しく批判され、文芸思想の批判運動として一気に全国に拡がっていった。同時に展開された胡適思想批判とも呼応して、学問研究の姿勢を問いなおす粛清的な色彩が広範に強められていく。そもそも『文芸報』は、一九四九年の建国直前に創刊された共産党文芸政策の実現を理念とする共産党中央直属の半月刊文芸雑誌であり、編集部には党中央直轄の丁玲、袁水拍、馮雪峰など名だたる文学者が入っていた。胡風が『三十万言書』で徹底的に批判した公式主義の権化こそこれらの幹部にほかならなかったから、胡風は自分の毛沢東への「報告書」が、この批判運動を展開させるきっかけになったのではないかと考えたと李輝は指摘する。胡風とその友人たちは、相当な興奮状態にあったと思われるのである。そうして一一月を迎えて間もなく、胡風はこの問題に関する『文芸報』編集部に対する批判大会[38]において、これら『文芸報』編集部をはじめ自分の報告書で告発した文芸官僚たちに対して、激しい批判を長時間にわたって展開した。しかしこの興奮は短い夢のようにはかないものだった。胡風からの批判に対して袁水拍が反論を加え、一二月八日には周揚が「我們必須戦闘（われわれは闘わねばならない）」と題する演説を行って、「胡風小集団」批判を一気に盛り返したのである。拡大連合会議は、兪平伯批判に対する『文芸報』編集部指導層ら対応を巡る議論が展開するはずだったのだが、胡風の党文芸官僚に対する激烈な批判演説を受けて、急速に緊迫の度を深めていった。『三十万言書』が『文芸報』指導部を批判する引き金になったのではなく、『紅楼夢研究』批判自体が、胡風とその友人たちに致命傷を与えるためのトリガーだったのである。そしてこの時の周揚発言が一二月一〇日に『人民日報』に掲載されるに至って、胡風はついに状況の不利を悟り、「我的自我批判」(私の自己批判)」という小文を党中央に提出することになる。年の明けた一九五五年一月の事である。当然ながら胡風とその友人たちは、これで最悪の事態が収まるのを期待したのである。

この三回にわたって開催された連合会議の最終日一二月八日には、天津から阿壠も招聘されていた。阿壠はその日のことを書いた手帳に次のような文章を残している。[39]

……丁玲が〔この会議で〕発言し、わたしの文章に関して袁水拍の意見に賛成する旨を述べる。この会議にはわたしもすでに出席していた。

わたしはすぐにメモで主席団に次のような意見を提出した。丁、袁両同志の意見には賛成できない。書面による意見を提出したいので、対処をお願いする。また、丁、袁両同志の意見を発表する場合は、わたしの書面による意見も発表をお願いする。茅盾はわたしが書面を提出してから対処すると答えた。

午後の会議の前に、陳伯達に会い、書面による意見は補足してから手渡すことを告げる。同時に、主席団に伝達してわたしの代わりに会議で明言してくれるよう頼む。陳は書面を金曜日に手渡すよう要求したが〔一つ会議があるので〕、補足の整理が間に合わないと答える。彼は来週送ってくれてもいいと言う。二つ目の点は、主席団に伝えてくれたかどうか不明。主席団は発表しなかった。

午後周揚が報告する。わたしの文章に触れて言ったことは、次のとおり。わたしは作者がスパイであることを「隠ぺい」している。「神格化」への反対とは、新人物を描くことへの反対だ。「その他の階級」も「主人公」にしてよいというのは、ブルジョアに「主人公」となる資格があると言うに等しい、など。詳しくは、翌日〔一〇日〕の新聞を見よ。ただメモに目を通すように言ったところ、会議では触れたが、発表時には削除した。

阿壠が会議において主席団による公式な発表を要求しているのは、前節で取り上げた阿壠の二つの論文「傾向性を論ず」と「正面人物と反面人物についての略論」のことである。一九五〇年の阿壠批判が執拗に繰り返し行われてきた状況は、すでに見てきたとおりであるが、この最終段階を迎えた場面においても、丁玲、袁水拍、茅盾らによって、あの論破されたはずの不合理な論理でもって、蒸し返されたのである。実は、これに先立って、一一月三〇日、袁水拍は四年前に提出された阿壠のこの二篇の文章を、阿壠に返却した。これは共産党文芸部門の高級担当者として、阿壠に対して放った最終的な拒絶の回答だった。袁水拍の原稿返却の手紙には、次のような文面が書かれていた。

亦門同志：あなたの二篇の原稿を掲載しなかった原因については、すでにお話しました。あなたは繰り返し原稿を送ってこられましたが、何の訂正もされず、編集部の意見も理解されませんでしたので、本当にわれわれの仕事は困難を来しました。またあなたは、われわれが送り返した原稿を受け取ろうともされず、二篇の原稿は手元に預かるほかありませんでした。(40)

阿壠の名前の呼称に「同志」という敬称が使われるのも、残りわずかな時間しかなかった。文面は丁寧であるものの、袁は一方的に、阿壠の「非協力的態度」と「頑迷な姿勢」をあげつらって、自己弁明の布石を敷いているのだ。すでに袁らには、これから後の胡風批判の劇的展開が見えていたのかもしれない。

胡風の自己批判提出には、毛沢東に対する一途な信頼があったことは、もはや言うまでもなかろう。しかし一九五五年となってから、それまで行われてきた兪平伯・胡適文芸思想批判は、批判の矛先を明らかに胡風とその友人たちの「小集団」に向けていった。『文芸報』は批判目的で胡風の『三十万言書』の一部を公表し、胡風批判の文章も掲載され始めた。胡風批判は次第に拡大されていったのだ。そして二月、中国作家協会主席団拡大会議において、胡風批判が正式な議題となって承認された。『人民日報』二月一二日付の第一面は、「中国作家協会主席団拡大会議開催全ソ作家代表大会の伝達と学習を決定　併せて胡風のブルジョア的唯心主義文芸思想に対する批判を展開することを決定」という表題で、長文の決議内容を伝えた。もはや事態は、胡風らの期待に反して、取り返しのつかない段階を迎えようとしていたのだ。この中で胡風は「小集団」を組織して、共産党の文芸路線に対抗し、ブルジョア的な文芸を広めようとしたとして厳しく指弾された。李輝は繰り返し、この批判運動が毛沢東自らの指示だったことを強調している。胡風とその友人たちは、完全に追い詰められていった。

批判運動が質的な展開をするのはその二ヶ月後、一九五五年五月一三日である。毛沢東の指示により『人民日報』が「胡風反革命集団に関するいくつかの資料」と題して、胡風とその友人たちの「反革命の動かぬ証拠」を掲載した。紙面には、舒蕪が「胡風反革命集団」のメンバーと交わした私信が解説付きで列挙され、同時に胡風の「解放以来の文芸実践状況に関する報告」所収の「付記」、胡風自身の「私の自己批判」原文が載せられた。それはまさに、「極悪非道な反革命集団」摘発の宣戦布告ともいえる衝撃的内容だった。

「反革命」は一九四九年の建国以来、中国人の耳にあまりにも馴染んだ反逆罪だったが、私信の文面を根拠に反革命などの批判の理由を作り上げることは、この時に始まったと言っていい。本論ではすでに、阿壠の私信が「国民党の大物スパイ」である証明に使われた経緯を見てきたが、この同じような作為が積み上げられ、連続三回にわたる「胡風反革命集団に関する資料」として全国に広められて、胡風らは犯罪者として内外に悪名を晒すことになるのである。

阿壠の罪名は「胡風反革命集団骨幹分子」、つまり犯罪の中核的存在ということだった。

6、阿壠逮捕から公判まで、絶筆と獄中の断片

公安警察による逮捕は、『人民日報』の「胡風一派」弾劾文掲載後まもなく一九五五年五月に一斉に行われた。人民代表大会常務委員会による「胡風反革命集団」逮捕の承認は五月一八日だったが、正式承認よりも早く、全国規模では約二〇〇〇名に対する取調べが始まっており、公式に反革命集団のメンバーとして七八名が摘発され、逮捕も前倒しで行われていた。胡風は夫人の梅志とともに北京で逮捕された。北京ではこのほか、路翎、緑原、牛漢、そしてあの杜谷などが逮捕されている。本書で名前の挙がった人々では、賈植芳、耿庸、何満子、羅洛、彭柏山、羅飛などが上海で、化鉄と欧陽荘が南京で、冀汸と方然が杭州でそれぞれ逮捕された。阿壠は天津で逮捕されたが、このほかに魯藜と魯甸も当地で逮捕されている。

阿壠逮捕。この日の出来事を陳沛は生涯忘れなかった。彼は『阿壠百年記念集』として魯迅博物館編で出版された『萎ませてはならない白い花』[41]の巻頭に寄せた文「父を想う」の中で、次のように書いている。

一九五五年の夏、さらに大きな災厄が襲いかかった。一九五〇年以来父は不公正な扱いを受け続けてきた。その年の五月の初め、日曜日に学校から帰ってくると、いつも笑みを絶やさない父の表情が厳しくこわばっており、普段のように私に物語を話してくれたり、遊んでくれたりはせず、必死になって手紙や原稿などを焼却していたのだ。その後何年も経ってから、父が多くの友人を守るために、これまでやり取りのあった書簡などを焼却したのだということを、私ははじめて知った。

次の日曜日に帰宅したときには、状況が急転していた。家のドアを入るとすぐ、中には多くの見知らぬ人たちが

阿壠と陳沛（提供：陳沛）

いた。父は私に、出版社のおじさんたちだよと言っていたが、本当は公安の係官たちで、父はそのときすでに拘束下にあったのだ。捜査の邪魔にならないように、公安の一人が私を家からとても離れていた第二文化宮に連れていったのだが、その途中で天津市中心部の濱江道にある外文書店を通りかかった際に、本を買いたいといって店に入り、結局絵葉書を何枚か買ってもらった。帰宅後、父は私に「これからは節約に心がけなさい、むやみに金を使ってはいけない」と意味深長な言葉を言い聞かせた。そのすぐ後に私は学校に連れ戻された。あの日、家にはかつてのようなぬくもりも笑い声もなかった。父のこの短い言葉が、私に対する最後の言いつけと暗示「もちろん私にはその意味がわからなかったが」だった。そしてこのときの帰宅が、私と父との永訣の時となった。それ以後私は、父に二度と会うことはなかった。父は私の幼い心の中に、記憶の中に、長く留まっていたが、その面影は次第に遠く薄れていく。しかし断ち切られた肉親の情愛と思いは、時空を超越して慕い求め合い、繋がっているのだ。[42]

陳沛は筆者に対して、阿壠が手紙を焼却していたのは、五月一五日の逮捕の一週間前、つまり五月八日の日曜日のことで、洗面器の中に書簡を入れては焼いていたと証言している。この当時の中国では学校に寄宿する「住校生」がかなりいて、そういう生徒たちは月曜日に登校したらそのまま宿舎に入り、土曜日か日曜日に帰宅するというのが慣例だった。陳沛もこういう「住校生」だったからこそ、日曜日ごとの家族との思い出は人一倍深かったのだ。最後に父と会った一五日も日曜日だったことを考えると、「学校に連れ戻された」や「このときの帰宅が父との永訣の時となった」という言い方に込められているのがどれほどの悲しみであったか、われわれは読み取らねばならないだろう。父阿壠は、息子との別れの直後に、政治犯の収容施設のある「和平区新華路七号」に連行された。陳沛は筆者に、そこが当時の百貨大楼の後ろだったことをはっきり覚えていると語った。

この後、阿壠は長い取調べを受けることになる。その断片は本書でこれまで見てきた内容から推測できることもあるが、実際の監獄における阿壠の姿は見えてこない。しかし阿壠が獄中でまったく節を曲げなかったという事実は、さまざまな証言によって伝えられている。その中でも林希の『白色花劫――「胡風反革命集団」冤案大紀実（白い花の災厄――冤罪事件「胡風反革命集団」長編実録）[43]』は詳細に事件を追った力作である。林希はかつて阿壠の学生だった。天津南開大学で講座を持っていた阿壠が林希に文学の道を指し示したのである。阿壠逮捕時一九歳、本名侯紅鵝、文学青年林希は、「胡風反革命集団」の中でも年少のメンバーだった。本書には師阿壠に対する林希の無念の情が溢れている。

阿壠が逮捕されてから最初に収容された和平区の施設は、解放軍の軍部に属する施設だった。そこはきわめて特殊な場所で、軍部には多くの勤務者がいたのだが、政治犯専用の収容施設が存在していることは、ほとんど知られていなかった。だから逆に監獄の圧迫感はなかったという。しかし阿壠が「欽定の犯罪者」であることは間違いなく、毎日厳しい尋問を受けねばならなかった。尋問を担当したのは、検察院所長、公安局科長、そして一般の科員の三名だった。この科員は若く、天津の「胡風分子」の尋問のほとんどに立ち会っていた。みなから「劉大」(劉兄)と呼ばれていたこの人物こそ、陳沛の録音に登場する劉迺強である。阿壠はこうした尋問に極めて冷淡だったという。それは林希が劉兄から聞いたことだった。というのも、林自身、後に阿壠を断罪する公判において検察側の証人として出廷しなければならず、劉迺強らはその証言内容の事前調整のために、頻繁に林希こと侯紅鵠を召喚していたからだ。劉兄は林にこう言ったという。

阿壠という人はたいへん学問があって、理論だけでも相手を打ち負かせるんだ。そういう彼に罪を認めさせるのは、実に難しい。しかも今日罪を認めたって、翌日には覆してしまうんだ。(44)

公判における林希の「証言」が必要な理由もここにあった。阿壠本人が罪を認めない以上、「反革命罪」を立証できる証人を揃えなければならなかったのだ。しかも阿壠は「胡風反革命集団」の「第二号首魁」だったから、阿壠の言動は単なる一犯罪者の域を超えて、胡風事件全体を代表する問題とみなされていた。阿壠は犯罪者としてすでに「公人」、つまり象徴的存在に格上げされていたようだ。実際、阿壠は天津の文学界の関係において、この事案の見取り図の中核にいて、「阿壠とどういう関係だったか」が胡風分子摘発の決め手となっていた。しかし林の記すように、阿壠が友人の誰かを告発するようなことは絶えてなかった。自分の反革命の証拠とされる諸案件も、先に見たように、すべて否定していたし、他の人間との「反革命」的な交際関係もまったく否認していた。獄窓の外では阿壠批判の大合唱が展開していたが、阿壠はまったく動じずに、冷静に尋問に臨んでいたという。

この当時の阿壠の証言が公開されたのは、二一世紀になってからの事である。『新文学史料』二〇〇一年第二期に阿壠の絶筆とされる上申書が、公安警察関係者の協力によって発表された。日付は「一九六五年六月二三日」となっており、阿壠の判決の出る八ヶ月前ということになる。(45) 本書ではすでに部分的にこの阿壠絶筆を引用しているが、ここに全文を訳出して載せ、阿壠の鬼気迫る筆致を伝えたい。

訊問員殿へ：本文を読んでもらいたい、そして上級への伝達もお願いしたい。

この文面は、監獄管理員の示唆に基づいて書いたものである。ここに述べられる内容は、過去において何度も繰り返してきたことであり、ただ表現形式が異なっているだけに過ぎない。事実はやはり事実で、やはりこれまでのような内容なのであり、新たな物事が生じているわけではない。しかし監獄監理員は、上申書を書けば上級に反映することができ、問題の解決を推し進められるだろうと示唆している。それはもちろんいいことであるに違いない。

私はさらに説明しなければならない。一、この文書は内部用の資料である。二、物事の本質を明らかにするために、事実の真相を示すために、そして説明をあいまいにしないために、私はタブーを避けずに単刀直入に述べることにする。この点は了解してほしい。

まず根本的に言って、「胡風反革命集団」事件は完全に人為的で、虚偽であり、捏造されたものだ！〔原注、傍線は原本に付されてあったもので、以下同じである〕

発表された「資料」は、実際は真実ではなく、しかも混淆され、黒白を顚倒したもので、まったく前代未聞の驚くべき内容である。「資料」本体の選択、組合せ、利用法、および資料発表の方法、編者の付した前言、および醸し出された全体の雰囲気などなどは、すべてこの「事件」が人為的なものだったことを十分に説明している。いま私は率直に指摘しよう。このようなやり方は、偽のイメージを作り上げ、錯覚を作り上げるもので、対象を歪曲し、対象を迫害するものであると同時に、全党と大衆、そして全国人民を騙すものであると。

だから私は、この「事件」はまったくの錯誤に違いないと考える。

それはブラジルのクーデター（一九六四年軍部による政変）と同じだ！「松川事件」（一九四九年に起きたでっち上げ事件）と同じだ！　しかしそれらはブルジョアジーの政権のことで、ブルジョアジーの政客によるものだった。

もしもプロレタリアートの政党でも闇に乗じてこのような事件が起こるのなら、それはプロレタリアートの意識を喪失しているのであり、プロレタリアートの意識が微塵もなく、それはもはや偽のプロレタリアートの政党に堕したと言わざるを得ない。

まして迫害されているのは政治的には同志であり、けっして敵ではないのだ！

仮に敵を攻撃するにしても、敵自身が犯した罪によって責めるべきであり、罪名を捏造したり、無から有を生んだりしてはならず、是非を顚倒させたり、黒白を混淆させたりするなど、絶対あってはならないのだ。

「資料」においては、事実の真相を歪曲している個所が相当数存在している。そのなかのいくつかは、それ自身が明らかな矛盾を含んでいて、よく読んでもらえば、そこに露呈している矛盾は容易に暴くことができる。人間の為す業など高が知れているが、厳然たる事実こそが本当の力を持つからだ。事実には自ずから客観のロジックがあり、事実本体が世界に向かって語ることができるからだ。事実本体が歴史の客観的な存在であり、それは人の意志によって転移させられたりしないからだ。たとえ一時期、それを巧みに利用しようという人の意志があったとしても、その事実に対しては、最後には結局無力であり、無駄な事なのだ。歴史はこのように私たちに教えているし、マルクス主義もこのように私たちに教えている。国会放火事件（一九三三年のドイツファシズムによる陰謀事件）も最後には結局破綻したではないか！……

嘘の寿命は長くない。一個の政党が人民に対してずっと嘘をつき続けていたら、道義的にはすでに自ら崩壊しているのだ。しかも欺瞞という類の過ちは、発展し累積する傾向があるもので、量の変化から質の変化を起こし、ゆっくりした変化から急激な変化になっていく。弁証法によれば、それは岩石を持ち上げて自分の足を打つものであり、自己否定なのだ。それ自身が自分の拵えた歴史の結果を受け止めなければならず、この運命から逃れることはもはや不可能だ。

二つ例を挙げよう。

最初の例は私が胡風に出した一通の手紙で、その内容は国民党が内戦を発動する決意、まさに「刀を磨いている」ということを伝えたものだった。

私が反対していたのは国民党、蔣介石であって、心配していたのは共産党、左翼の人々だった。つまり私は革命のためを思ってこうした手紙を書いたのだった。

しかし「資料」ではこの手紙の灰色の形式（原注、故意にあいまいな形で書いたことを指す）を逆に利用して、私が共産党に「反対」して、国民党を「支持」しているかのように作り、人民に向かって宣告したのだ。

それは恥ずべき手法であり、また悲しむべき手法であった。

次の例は胡風から私への返信で、陳焯という人物の消息を訊ねた内容だった。

この手紙を「資料」として掲載した後、編者は「注記」を書いて、胡風と陳焯とは政治的な関係を持っていたことが、今や明らかになった云々と述べている。

これは明らかに政治的な迫害で、政治的な欺瞞だ！　これ以外の解釈など到底できない。

もしも編者のロジックのように胡風と陳焯の間に本当に政治的関係があったのなら、胡風はなぜ直接陳焯に手紙を書いて依頼せず、私にこうした手紙をだしたのだろうか？　なぜ胡風はこの手紙で陳焯を「陳卓」と書き間違え、しかもこの前の手紙では「陳卓然」と間違えているのか？　なぜあなたがたのみつけた「密書」が陳焯などの人々の手紙ではなく、こういった文書だけなのか？　これは矛盾だ、矛盾だ！

これらの「資料」等々について、いま全面的で詳細な叙述と分析をする必要はないし、そういう気持ちにもなれない。ただ例証として、一、二点を指摘すればそれだけでもう充分だろうと思う。

私はこれらの経緯が迫害であり欺瞞であると強く思う。一九五八年より前のことだが、私は論争したことがあり、現在に至るまで、党に対する疑念〔原注、これはいわゆる「ドミートリイチ」的な心情だ。チェーホフの『第六病室』を参照せよ〕（訳注、精神病患者収容施設の話、ドミートリイチは精神病患者で周囲に果てしない疑念を抱く）を依然として私は抱き続けている。私は何度も断言している、私は押しつぶされるかもしれないが、けっして屈服はしない、と。

しかし年月があまりにも長くかかってしまったから、とりわけここ一、二年というもの、私の党に対する信念は、しばしば激しく揺らぐようになってしまった。

一九三八年以来、私は党を追い求め、党に対し熱い愛情を注いできた。私の心は清らかで単純だったから、このような不祥な「事件」が起こるとは夢にも思っていなかった。当然私も大きな見地に立って、光明に目を向けるべきだと思う。しかしこの「事件」は黒い影となっていつも私の周囲に立ち現れていた。私は一九四二年の延安魯迅芸術学院における整風運動の時のように、毛主席自身が問題解決に当たったように、最後には真理を見出し、真実を見出すことをまだ期待している。そうなってはじめて、一個人が辛い思いをしたとしても、まったく代償がないわけではないということになろう。

「事件」全体が、すなわちこのような一つの主要な矛盾、基本的な矛盾なのだ。

私の心は遊星のように、この矛盾を中心にして旋回している。

これは一つの過ちだ。しかし党のすべての事業と功績から見れば、この過ちの占める位置はとても小さく、党は必ずこの過ちを棄て去らなければならない。

だから最後に、私の唯一の熱望を述べたい。それは今回の事件を通して、党と同志たちの納得と信任を取り戻し、事件自体が喜劇の結末を迎えることだ。

陳亦門　一九六五年六月二三日(46)

阿壠の絶筆となったこの上申書には、『新文学史料』編集部によって「押しつぶされても、けっして屈服しない」という表題が付された。阿壠の獄中の姿勢を余すところなく伝える文書である。ここにはこの事件全部の欺瞞性が明確に語られており、自己のゆるぎない潔白に誇りを持つ以上、そこに浮かび上がるのは共産党への強い疑惑とならざるを得ないという悲しい認識が述べられている。そして強大な権力を持った党の前に、自分の存在がいかに脆弱なものであるかを意識するとき、訳もなく押しつぶされてしまう自分の命を見据え、それでも決して屈服することはしないという意志を、阿壠は人の尊厳をかけた決意として凛々しく宣告しているのである。獄中一〇年を経てなおまったく揺るがぬ魂の姿は、巨大というほかはない。

阿壠の強固な意志は、ここに読み取られるように、圧倒的であった。それはこのでっち上げ事件の公判の維持が極めて難しいことを物語っていた。担当官たちは行き詰っていたようにも思える。林希は公判の証言のために頻繁に面会していた「劉兄」ら公安幹部から、阿壠の獄中での状況を次のように伝えられていた。

まず阿壠の態度に関してだが、獄中では「まったく逆らってばかり」で、「きわめて態度が悪い」こともしばしばだった。検察担当官の話では、ある問題を明確にさせるために、阿壠に対して「夜を徹して」説得したことが何度もあった。ところがそういうとき、阿壠は「夜を徹して」独り壁に向かって座ったまま何も話さなかったのだ。「事案担当」係官が教えてくれたところによると、こういう態度は毫も後悔していないという意志の典型的な表現だということだ。

次に阿壠の「頭」については、きわめて明晰で、どんなに大きな事実も小さな事実もみんな記憶していて、いつ、どこで、誰とどんな話をしたかなど、(取調べで)こちらが少しでも間違おうものなら、阿壠はけっして認めなかった。「事案担当」係官が私に、公判において阿壠の「青年に毒害」を及ぼした「犯罪行為」を証言させようという理由もここにあった。およそ「事案担当」係官が私に語らせようとした証言に足るはずの内容のすべては、阿壠による認定があって初めて成立することになっており、阿壠は「頭」がはっきりしていたから、いい加減な話などまったく受けつけなかったのだ。(47)

阿壠はただ独り、厳格という概念をはるかに超えた激しい自律の精神によって、果てしない尋問に耐えてきた。「劉兄」こと劉迺強が陳沛に語ったところによると、阿壠は実際、しばしば抗議のために絶食を続けたという。ハンガーストライキである。弱者にとっての最後の抵抗ともいえる抗議手段を阿壠は何度も繰り返したのだ。その都度、公安担当者たちはあの手この手の懐柔策を使って、昂ぶる阿壠の胸の火を鎮めた。阿壠に食事を摂らせるための最後の決め手は、「君の主張を必ず上部に伝える」ということだったそうだ。獄中の凄絶な孤独を貫き通した強靭な精神性は、ここに挙げた林希の回想にも明らかであろう。林希は自分自身の忸怩たる悔恨の念とともに、阿壠への思いを切々と綴っているのだ。

阿壠の孤高な精神力の堅持は、こうして一一年間、天津市中級人民法廷の公判まで続けられた。林希はその日を「一九六五年一二月五日、あるいは六日だった」としている。北京で胡風に対する有期徒刑一四年という判決が下された一週間後のことだった。林希はこの公判に検察側証人として出廷した。阿壠とは実に一〇年ぶりの再会である。そのときの阿壠の姿は脳裏に烙印のように焼き付けられており、生涯忘れることはできないと林希は言う。

公判に先立つ数十日も前から、林希は王所長や「劉兄」ら担当官たちから証言すべき内容の原稿を渡されて、徹底的に暗誦させられたうえ、何度も繰り返し証言の練習をさせられていた。その内容は次のようなきわめて簡単なものだったという。

私は学生でしたが、阿壠と知り合うようになってから思想に変化を来し、しだいに胡風の影響を受けるようになって、革命的な作家や革命路線を攻撃する文章を書くまでになっていきました。阿壠は私を前途有望な青年だと褒めたたえましたが、それは胡風集団の仲間獲得と継承者物色のためだったのです[48]。

林希の強要された単純な証言から、公安の戦略がすぐ読み取れよう。それは第一に、「反革命集団」として強引にまとめあげているという点、第二に、「国家転覆を企てる陰謀集団」に仕立てているという点である。文芸の自由な傾向性に対する思想的粛清であるという本質は、隠蔽されなければならなかった。社会主義中国の憲法の保障する「自由」と明らかに矛盾した刑事告発は、不可能だったのである。

こうしたでっち上げの証人は、林希のほかにも数名用意されていた。彼らはその日、公判の開かれる法廷の控室に集められた。林が出頭命令の時刻通りに裁判所に出向くと、王所長と劉兄が正面入り口で待ち構えていた。阿壠が昨夜になってまたもや罪状を認めないと言い始めたので夜通し阿壠の説得に当たって、ようやく公判に連れ出せたと言うことだった。非常に緊迫した空気が法廷に漲っていた。そしてついに林希が召喚された。

法廷にはびっしりと人が座っており、私は自分がどのようにして前に進み出たか覚えていない。正面には二〇人ほどの判事が座っていたが、近視眼の私には各自の前に置かれたプレートに何が書いてあったのか見えなかった。私は何よりもまず阿壠の姿を見たかった。私が尊敬し、私に誠実に応じてくれた恩師に会いたかった。

阿壠の髪は真っ白になっていた。いつも笑みを浮かべていた顔は、深く皺が刻まれて強張り、眼光は鈍く重苦しいものに変わっていた。彼は小さな腰掛に座っており、手前には小さな机があって、印刷された資料が拡げられていた。もちろん起訴に関する書類だったのだろうが、赤鉛筆で描きこまれた曲線が見えた。阿壠は当然被告席にいたわけだが、緊張しているようにまったく見えなかったばかりでなく、あまりにも平静過ぎて、私よりもずっと落ち着いているように感じた。(49)

阿壠はまったく証人の方を見ずに、独り穏やかに被告席に座っていた。しばらく経って林希が、件《くだん》の作られた証言に立った際に初めて阿壠と視線が交わされた。そのとき林希は「自分の視線が震えていたのか、それとも阿壠の視線が震えていたのかはわからなかったが、阿壠の落ち着き払った眼差しに、絡み合った複雑な情感が溢れ出ているのを感じた」という。林はこの眼差しに出会った直後、自分の「証言」の最後に用意されていない内容を語った。当時の公安警察との関係を考えると、それはずいぶん大胆な賭けだったと言えよう。林は、「自分という犯罪者も人民の寛大な処遇を得て、今では労働生活の中で新たな暮らしを始めています(50)」と付け加えたのだ。それは阿壠への必死のメッセージだった。被告席の阿壠はこの話を聞いて再び平静になり、表情を和らげたという。そのあと阿壠はもう二度と林の方を見ることはなかった。判事による証拠物件（例によって手紙と原稿など）の尋問も順調に進んだ後に、阿壠に判事が「証人に対して質問はないか」と訊ねたが、阿壠は「何もない」と答えた。それからまた数名の証人が法廷に立って、型通りの尋問が行われた。証言に立った証人たちは「任務」完了後また控室で待機することになっていた。そして休憩をはさんで、法廷は判決を宣告するために再開され、すべての証人がまた法廷に並ばされた。

判決は「有期徒刑一二年」だった。阿壠はすでに一一年以上も獄中にあるから、このままだと後数ヶ月監獄にいれば釈放という運びである。林希はこの判決を「影の操縦者の面子を立てた(51)」結果だと言っている。つまり、無罪にするわけにも即時釈放にするわけにもいかないから「一二年」という微妙な年月にしたのだと。判決の後、阿壠に対して「三日以内に上告できる」と判事が告げた。

この時、法廷中が死んだように静まり返り、全員が阿壠の公式な発言を待っていた。私も首を伸ばして、多くの聴衆の向こうにいる阿壠の姿を求め、阿壠最後の答弁を待った。

「私は上告を放棄する」阿壠の声は落ち着いていて、抗弁するようすはなかったが、圧倒するような憤怒がその場にいる誰にも感じられた。彼は自己犠牲の道を選択したのだ。

「すべては私の責任であり、関係するものは誰もいない」こう言い終わると、彼は立ち上がった。四名の警務官が阿壠を連行して法廷を出ていくとき、彼は法廷の真ん中の通路を胸を張り、顔をわずかに上げて、まっすぐ前を見て歩いて行った。それは、私が学校の講堂で初めて彼を見たとき、多くの人々の間を通って演台に上っていったあの姿とまったく同じで、軽やかで飾らず、厳かな雰囲気を保ったあの足取りだった。

私はほとんど立ち上がっていた。私たち数名の証人、かつて彼の友人だった者たちはみなわずかに腰を上げて、彼が通り過ぎる時に私たちの方を見てくれるのを願った。私たちと眼差しを交わすことを願った。しかし彼は誰一人として目を向けなかった。というより、彼は証言した者たちがどこに座っていたかさえ、わかるはずがなかった。彼はあのように落ち着いて、従容として出て行った。すべての人に代わって罪を受け、黙々と歩み去ったのである。(52)

この時の姿が、阿壠が友人たちの前に立った最後だった。

7、阿壠の死、家族の証言

阿壠逮捕後の人生を「略年譜」は次のように記している。簡略な人生の記録とはいえ、一人の人間の四八歳の記述の後、一一年も飛んで五九歳の記述となり、そして翌年の死亡しかここには書かれていない。ここに記載のある、阿壠が亡くなった「天津新生医院」というのは天津監獄に付随する医療施設である。

一九五五年〔四八歳〕五月、「胡風反革命集団骨幹分子」という罪名で逮捕投獄される。

一九六六年〔五九歳〕二月、天津市中級人民法廷から有期徒刑一二年の判決が下る。八月二日、「罪を認める」態度が良いということで、天津市中級人民法廷から「繰り上げ釈放許可」の宣告があったが、「文化大革命」によって実現されず。

一九六七年〔六〇歳〕服役中に骨髄炎（脊髄カリエス）を発症し、三月一七日、天津新生医院にて逝去。

一九六五年のでっち上げの公判の後、阿壠は再び天津監獄に収監されたのだが、獄中の阿壠に残された時間は、もはや長くはなかった。公判の翌年二月に「禁固一二年」の判決が確定した。すでに一一年間獄中にあった阿壠は、あと残りの半年ほどを耐えれば刑期が満了することになっており、実際この一九六六年八月二日には、「繰り上げ釈放」の宣告も得られた。しかし中国はこの年、激動の一〇年を迎えようとしていた。毛沢東のクーデターとも評される「文化大革命」が上海を皮切りに全国に広がっていくのである。この過程で、中国の曲がりなりにも確立していた法制が崩され、紅衛兵たちによる恐怖政治が社会を覆っていく。天津監獄に収監中の阿壠もその網を逃れられず、せっかく獲得した「釈放」の宣告も取り消されてしまう。反革命の巨頭である阿壠の判決自体が覆され、阿壠は天津監獄で終身刑に等しい状態に置かれるのである。しかしながらこうした阿壠の状態は、彼が一応確実に官憲の手の中にあったということを意味していた。彼に対する紅衛兵の攻撃にはおのずと制限があったのだ。皮肉なことに、阿壠は監獄のおかげで文革の残忍な経験をそれほど受けなくて済んだということになる。もし阿壠が釈放されて天津市内に戻っていたら、間違いなく糾弾大会に引き出され、情け容赦のない暴行を受けて、即刻、死への道をたどるしかなかっただろう。あの公安警察に保管されていた「南京」も直ちに焼却されてしまったに違いない。

しかし獄中の阿壠の実際は、やはり過酷なものだった。長期間にわたる非人間的な収容生活で、阿壠の健康は著しく損なわれていたのである。阿壠は結核菌が骨髄を冒していく「脊髄カリエス」を罹患していた[53]。それは、骨が少しの衝撃で折れてゆく、というよりも骨がもはや体を支えられず、激しい苦痛を伴ってぼろぼろに崩れてしまう恐ろしい病気だった。骨に始まる病巣は急速に体中に拡がり、皮膚も内臓も菌に冒されていったという。

陳沛は前掲の「父を想う」の中で、苦痛に満ちた回想を次のように続けている。

ある年のことだ、一九六六年一二月の末のことだったと思う。そのころ歴史に前例のない「文化大革命」の中で、私は「犬のガキ」として社会から蔑まれていた。ある日、私は工場の保安課に面会人がいるから出頭するように言われた。不安に苛まれながら保安課にいくと、見知らぬ二人の男がいた。保安課の責任者からは「こちらのお二人は市の公安局の方だ」と紹介された。そのうちの一人が私に「君の父親が重病になっていて、君に会いたいと言っている」と告げた。

幼時に父と別れてから、私はずっと父に会っておらず、私の生活の中から完全に姿を消してから一〇年以上も経っていた。しかもそのころ社会から言われ続けてきたのは、阿壠は胡風分子だ、胡風は反革命だ！　阿壠は反革命だ、ということで、父という言葉は「反革命」の概念と堅く結び付けられてしまっていた。あの当時は「一切の化け物たち（牛鬼蛇神）を掃きだしてしまえ！」という「文革」の赤色テロリズムが社会の隅々までも覆っていたから、私は父に会いにいけなかったし、会う勇気もなかった。もし工場保安課の人間の目の前で、私が拘留されている「反革命」の父に会いに行くということに同意したら、工場の造反派の群衆が私を父と同じように別な世界に連れて行ってしまうという可能性が極めて大きかった。だから私は面会に行くことを拒否した。公安局の人からさらに、父の持ち物のいくつかの処理をするようにとも言われたが、私は硬い表情のままその受け取りも拒否した。翌年の早春、その日はひどく冷え込み、ガスのかかった暗い空から雨が降っていて、風も強かったように思うのだが、どこまでも続く凄惨な景色の下、父はついに持ちこたえられず、その真紅の誠実な心臓の鼓動が止まった。「文革」後にある人から、父は臨終のときに病気で骨がもろく砕け、身体のあちこちに深い裂傷ができ、全身が鱗状にささくれだっていたということを聞かされた。しかし父の心の傷は、肉体の病苦よりもはるかに父を苦しめていたに違いない。父は期待を、悲憤を、病苦を、心痛を抱きながら、こんな状態でこの世から、家族から、そして終生愛し続けた文学の事業から去って行った。

関係部門の指示により、父の遺体は焼却処分されて遺骨を残してはならないということだった。しかし善意ある火葬労働者によって、父の遺灰はこっそりと小さな箱に収められ、塀の片隅に埋められた。こうして父の遺灰は保管されたのだ。このことを思い出すたびにいつも、涙で目がかすんでしまう。私はただ星座や銀河の向こう、果てしない宇宙に向かって呼びかけるだけだ。

お父さん！　どこにいるんですか、私はとても申し訳ないことをしました、聞こえますか、お父さん！

ついに本書もこの凄惨な回想の描写を迎えた。父を想う息子の「取り返しのつかない」悔恨の情に、心がえぐられるような思いを抱くのは自然であろう。筆者が天津の陳沛を初めて訪ねたのは、二〇年前、阿壠研究に取り組み始めたころだった。筆者が『阿壠先生の『南京』を翻訳して日本の読者に届けたい」と申し入れたときに、陳沛は声を震わせて激しく泣いた。自分が臆病だったから父の最期を看取ることができなかったばかりか、面会はおろか、手紙さえも拒んできたと、沛は何度も何度も筆者に訴えた。「文革」という人間性のかけらも認められない時代に、反革命の子として生き抜いてきた沛、その心の奥には誰も慰めえない自責の念が固く蟠《わだかま》っていたのだ。

陳沛は筆者に、父阿壠に関する思い出をもう一つ語ってくれている。陳沛は父が収監されてから、公安担当官の監督下で小学校と中学校の時代を送っていたのだが、そのころ毎年、自分の写真を提出するように言われていたという。少年の陳沛には、その理由がまったく分からなかったのだが、実は父阿壠が息子の写真を求めていたのだった。それはあるいは果てしない尋問の恰好な取引材料になっていたのかもしれないが、毎年着実に成長していく自分の息子の写真を、獄中の阿壠は愛おしむように眺めいっていたに違いない。一九五五年の逮捕当時、満一〇歳まであと三ヶ月、小学校四年生の子供は、中学生となり思春期を迎え、卒業後には工場労働者となっている。亡き母瑞の面影を強く宿したやさしい面立ちの息子沛、毎年写真を求めた獄中の阿壠の心情は察するに余りある。

阿壠は公判においてすべての罪が自分一人にあると宣言し、控訴の権利を放棄した。その姿勢は獄中においても変わらなかったのだろうと推測できる。当時の中国は近代的な法治の思想は皆無で、あらゆる決定は紅衛兵の力関係で動いていった。もちろんその頂点に毛沢東がおり、四人組がその周囲を固めていたから、あたかもすべてが毛沢東の意思で動いているように見えるのだが、実態は四分五裂を繰り返す様々な紅衛兵組織の勢力図と、各地方の権力を握った「革命派大衆」の統治があるのみだった。わかりやすく言えば、各地の恣意的な個人の傾向性がいつでも「革命の方針」として実行され得たのだ。これはつまり、阿壠でさえも獄中においてそれなりに従順な態度を示せば、待遇面で改善される可能性もあったということだ。逆に考えれば、阿壠が理由の如何を問わず自己主張を続ける限り、服役囚にすら認められているはずの権利のすべてを無残に剥奪され、まったく人権の極北に置かれてしまうだろうということになるのだ。林希が心配した「阿壠のまじめさ」は、こうして間違いなく阿壠の獄中の日々を凄惨なものに変えていったと思われる。筆者は取材の過程で、天津の別な公安警察関係者の証言を入手したのだが、それによると、阿壠の病気が進行していったころ、「頑迷な」阿壠に恨みを抱いた公安幹部某が、収監中のやくざやごろつきを故意に阿壠の監房に入れて、殴る蹴るの暴行を加えさせていたというのだ。どの時代にもこういう手合いは権力の命令に犬のように従って、理由もなく人を傷つける。獄中の阿壠の最期の日々の無残さは、想像を絶している。

陳沛が「父を想う」で述べた「阿壠の遺骸は焼却処分された」という箇所は、中国語原文は「就地火化」である。つまり即刻焼却して骨も灰も掃き散らしてしまうよう指示されていたのである。しかし「善意ある火葬労働者」によって遺灰はそのままひそかに木箱に納められ、火葬場の塀の一角に埋められたのだ。この部分は、取材によってより正確なことがわかっている。実は担当係官だった「劉兄」こと劉迺強が火葬場の労働者に指示して遺灰の散逸を防いだのだった。この遺灰保存をめぐるエピソードは、この暗黒の時代にあって人情の健在を示す得難い物語として伝えられており、筆者も学会での研究発表の折に心温まる話として紹介してきた。しかし今思えば、穿った見方ができないわけでもない。劉迺強が自分の担当した「反革命分子」阿壠の人間性の大きさを確信していたからである。つまり劉迺強は、自分が尋問を担当して入獄から獄死に至るまでの経緯に立会い、そして「遺骸焼却」の現場まで責任者として監督してきた、この阿壠が犯罪人ではないことを誰よりも承知していたはずなのだ。やがてこの遺灰が正当な扱いを受ける日が来るかどうかは見通しのないものの、人知れず「大人物」の遺灰を保存しておけば、秘密である以上上級機関で問題になることもなく、将来逆の政治的変化があっても保身できるということも無意識のうちに計算されたのかもしれない。この時代の中国の底知れぬ闇は、現在の思料の及ぶ範囲をはるかに超えている。しかし皮肉なことに、この劉迺強も当時の暴力支配の犠牲となっていく。まもなく始まる「文化大革命」で「胡風反革命集団」への同情と甘い対応などを批判されて、大規模な糾弾大会に牽き出された挙句に、「当権派分子」(反動的権力者の一員)として厳しい監視下に置かれていったのだ。そして劉迺強が陳沛に語ったところによると、彼自身二度にわたって自殺未遂を起こしているのである。この意味では、次に述べる陳沛と劉迺強の邂逅は、加害者と被害者の範疇を超えた深い思いによるものだったのかもしれない。

劉迺強が阿壠の遺灰を探し出せるかもしれないと陳沛らに申し出たのは、胡風派とされた人々の名誉回復が各地で行われた後の事だった。陳沛の語ったところによると、彼は一九八二年ごろに、亡父の消息を求めて劉迺強の自宅を訪れている。その際、成長して逞しくなった陳沛の容姿と真剣な表情に驚き、劉は顔がこわばったまま反応できなかったという。劉は沛が「父の復讐」をしに来たと思ったのだった。沛の挨拶で誤解であることがわかり、ようやく安心した劉の話の中で、阿壠の遺灰の件が持ち出されたのだった。劉との約束の日、沛は妻と息子、娘を伴い、叔父同様に行き来していた林希にも一緒に来てもらって、劉の案内をたよりに、遺灰の木箱を埋めたあたりを探し回った。そしてついに、亡父の遺灰の箱を掘り出したのである。

阿壠の追悼会は一九八二年六月二三日に天津革命公墓で挙行された。遺灰はこの時に祭壇にまつられることになる。奇しくもその日は、一七年前に阿壠が絶筆となった「押しつぶされても決して屈服しない」に署名を残した日だった。阿壠の名誉回復は一九八〇年の事だ。「略年譜」は次のように記している。

一九八〇年九月、中国共産党中央委員会が正式な文書を発表し、「胡風反革命集団」事件が冤罪だったと認め、この事件に関連した者たちを無罪とし、名誉回復を行った。阿壠は「革命のために少なからぬ有益な仕事を成し遂げた」と宣言された。一一月六日、天津市中級人民法廷が阿壠に対する誤った判決を取消し、無罪を宣告した。一二月二三日、中国共産党天津市委員会が阿壠に対して徹底的な名誉回復措置を行った。
一九八一年八月、人民文学出版社が文学者二〇人の作品集『白色花』を出版し、阿壠の詩一二篇を掲載した。
一九八二年六月二三日、天津市文聯が中国共産党中央委員会と同天津市委員会宣伝部の温かい配慮のもとで、阿壠と蘆甸のために追悼会を挙行した。

「略年譜」の記載する「正式な文書」とは、一九八〇年九月二九日に発表された中国共産党中央委員会の文書を指しており、それは中央委員会が公安部、最高人民法院、および同法院党組織の上程した『胡風反革命集団』事件に関する再審査報告」を承認したという内容だった。その中で共産党は正式に、「胡風反革命集団」の案件は、「当時の歴史的条件の下で、二種類の性質の異なる矛盾を混同してしまい、間違いを帯びた言論とセクト的活動を行った同志たちを反革命分子・反革命集団だと認定してしまった冤罪事件であった」と認め、すべての胡風事件連座者の名誉回復を決定したのである。そのうえで党中央は、「この措置を徹底しなければならない」と強調していた。この決定を受け、胡風に対しては一一月三日に、阿壠に対しては一二月二三日に名誉回復が行われるという運びになったわけである。しかしこの段階においてもなお、共産党中央は胡風とその仲間たちを「間違いを帯びた言論とセクト活動を行った同志たち」という括り方をしていた。胡風らの自由な執筆の主張は「間違い」と「セクト活動」というレッテルを貼られており、やはり共産党とは違う「誤った傾向の集団」というイメージから逃れることはできていなかったのだ。

生きて復帰できた胡風らはこのいい加減な名誉回復に異議を唱え、何度も問題提起を行っていた。その結果、胡風のいくつかの未解決な案件に関して一九八五年に公安部が再調査報告としてまとめ、一九八八年六月一八日に中国共産党中央弁公庁により「胡風同志のさらなる名誉回復のための補足通知」が公表された。共産党史はこの「通知」により胡風に関するすべての誤った決定が取り消されて、いわゆる「胡風反革命集団」事件は完全に名誉回復が行われたとしている。

8、阿壠の死の意味——本章の結びに代えて

胡風事件は本当に名誉回復が行われたのか。

この問題は実はかなり難しい内容を含んでいる。名誉回復とは日本語の翻訳上の表現で、あまり正確ではない。中国語では「平反」という語で表わされているのだが、その意味は、誤って行われた処分措置を取り消して、元の地位身分に戻し、業績の正義を認めて名誉を回復させるということである。単なる名声挽回の意味の「名誉回復」とは異なっている。実は中国史上、このような「平反」の例は枚挙にいとまがなく、中には京劇の題材となって民間に伝承されている話すらある。つまり中国にあっては歴史的にも「由緒正しい」言葉だということができるのだ。しかしよく考えてみれば、この語が「断罪する側」の論理によって使われていることはすぐに推測されるだろう。断罪するのは常に当時の帝王や権力者に決まっており、歴史はそういう「平反」を寛容にも断行した権力者らの、自己の判断の過ちを認める度量の深さと、名誉回復を認められた元罪人たちの感謝の喜びを伝えている。ここには奪われた尊厳の回復を加害者に要求し、人間として生きる道が損なわれた賠償を断固として求める近代的市民社会の発想はない。加害者のシステムそのものに対する検討は、さらにまったく考えられないのだ。そこに現れているのはあくまでも権力を持つ側の温情としての「平反」であり、あまりにも前近代的な統治の姿である。

中国は辛亥革命から新中国建国を経て、西洋近代の内包する矛盾も凌駕した「社会主義国家」を建設したとされ、このような封建的政治の遺物はなくなっているはずだった。しかしながら、胡風事件に象徴されるように、政治的事件の連続した中国現代史において、この特殊な言葉「平反」の使用頻度はかくも多いのである。権力のありようは確かに異なっているが、「共産党の英明な指導」のおかげで「平反」が行われ、思いやりある措置によって元罪人たちの「追悼会」が開かれて彼らの名誉が回復したという流れは、まったく昔の中国の物語そのものに見える。この事実は、中国に建設された国家が本質的に過去の時代の底流を受け入れていることを暗示している。

「胡風反革命集団」事件に連座した人々は、一九八〇年代初頭から次々に「平反」を果たした。それはまず市民権の回復に始まり、一定の地位のある生活への復帰が続いた。多くのものは現職への復帰を果たす。胡風は建国直後の指導的地位から判断されて、「文化部副部長」職待遇が与えられたが、それは文部副大臣クラスの報酬を保証するということになる。逮捕された時代に執筆活動や編集に携わっていた人たちは、多くは人民文学出版社などの出版社に職を与えられ、また経済生活を支える同業組織である作家協会の幹部に就任するものも多かった。恨みを呑んで死んでいった者たちに対しては「追悼会」が開かれ、遺族たちはそれなりの待遇を与えられていった。阿壠に関していえば、追悼会後すぐ詩集が出版されたのちに、文学史上の記念的大作「南京」が、緑原ら旧友の大変な努力のおかげで『南京血祭』と題されて正式に刊行された。陳沛は大学に進むことができ、ロボット工学の技師として働きそれなりの成功を収め、結婚後は前述したように優秀な一男一女に恵まれた。林希は作家として名を挙げ、作家協会代表団の一員として日本を訪問したこともあり、現在では米国に住む家族のもとに半年、天津に半年といった恵まれた生活をしている。

こうした経済面での待遇の改善を見れば、阿壠らの名誉回復は顕著であるように思える。胡風冤罪事件に対する中国共産党の対応は、やはりしっかりとした措置となって表れているのだと。しかし注目しなければならないのは、阿壠らの冤罪を作り上げた共産党主導下の体制の問題が、この間一貫して何も語られていないということだ。新中国建国初年の混乱における指導上の誤りは認めているものの、毛沢東を中心にした共産党中央の構造的問題は検討の対象にもなっていない。その後の阿壠に対するでたらめな公判の責任は問われず、禁固一二年の判決が覆された原因や阿壠獄死の状況も、すべて国家的悲劇とされる「文化大革命」の悪しき結果だとみなされている。

「正義」は目的によって担保される。この冤罪事件を振り返ると、共産党中央の文芸思想の徹底というこの上ない崇高な正義のために、手段を選ばず、対立的傾向を処断しただけなのかもしれないとも思えてくる。いかなる恣意的な操作も、その時代と社会における合目的性がある限り許されるということだ。正義を握っていれば「犯罪」は随意に作り上げられるのだ。

こういう状況を考えたとき、阿壠の監獄における孤高な姿勢の意義が改めて浮かび上がってくる。林希は「阿壠は犠牲となる道を選んだ」と述べた。阿壠の友人たちはもとより、阿壠を訊問した係官たちも誰も皆、阿壠の無罪をわかっていたのである。阿壠が「最低でも有罪」にされるのは国と党の方針で「仕方がない」としても、「おとなしくしていれば必ず温情をかけられるはずだ」と、多くの人がわかっていたのだ。そして阿壠自身もたぶん、こうした因習的な中国社会の行動原理を誰よりもわかっていたはずなのだ。しかし阿壠は獄舎への道を歩み、獄中で死を迎えることになっても、まったくたじろがなかった。阿壠の歩調は、天津南開大学の講壇に向かっていた時のように、ゆったりと誇らしげだったのである。

中国史にはあえて死を選ぶ者たちの系譜が、やはり燦然と輝いている。たとえば戊戌変法に殉じた譚嗣同は、日本への亡命の可能性があったにもかかわらずそれを断り、処刑されることを望んだ。それは政変のさなかに、自らの目指した変法維新運動のために血を流すものがいなければ、この運動自体に意味がなくなると強く意識していたからである。譚は処刑されることにより、維新運動が中国に根を伸ばしていくことを願ったのだ。この絶対的な死の選択は、阿壠とつながるように思う。

阿壠の絶筆には国民革命軍の軍人として生命を賭した戦いを続けてきた誇りが満ちている。彼は共産党を正義の党と信じ、その勝利のために、自分のできうるあらゆることをしてきた。その心の潔白は絶筆の中で透明な輝きを放っているといっていい。阿壠は自分の周縁の人々が、家族も学生も、みんな連座の憂き目にあわされている以上、自分だけ妥協する道はないと思ったに違いない。減刑や釈放の道は、自分の「罪」を認めることに連なるからだ。それよりも阿壠は「刑」を受容することを選んだ。誤った逮捕と拘束、誤った判決に対峙し、その不当性を証明するには「刑」に耐えなければならない。「刑」に服しているからこそ、権力の犯罪性が証明できるのだ。阿壠の遺灰が公安係官によって隠されていた事実は、権力の犯罪の劇的な証明といえる。

阿壠は自分の死によって、自由な創作の思想を次世代に繋いだ。

阿壠は、ともすれば政治的理由のみで判断されがちな現代文学において、創作者の思想と表現の自由という価値の決定的意義を、改めてすべての人に問うているのである。

注

（1）王建安（一九〇七～一九八〇）湖北省出身、紅軍の万里長征時代からの軍大幹部。解放戦争の時、華東野戦軍第八縦隊司令官。後に中国共産党中央軍事委員会顧問。

（2）彭柏山（一九一〇～一九六八）本名彭冰山、湖南省出身。魯迅の指導を受けた文学者。中国共産党文芸政策・宣伝工作の幹部、新四軍政治部科長、解放戦争時に華東野戦軍第二四軍副政治委員。胡風事件に連座、その後文革中の批判運動で殴殺された。娘彭小蓮は著名な映画監督。解放軍部への就任の話は、『阿壠致胡風書簡全編』書簡番号二二四、二二七及び二二八（二四四～二四八頁）に、仲介した胡風の返信も含めて掲載されており、阿壠の希望の強さが読み取れる。

（3）魯藜（一九一四～一九九九）本名許図地、福建省出身、詩人。一九三八年延安抗大に学び、従軍記者として活躍。人民共和国後、胡風事件に連座したが、名誉回復後に天津文壇の指導者に復帰。阿壠の天津移住の件に関しては冀汸第一章注（7）前掲回想一三一頁、及び前掲『阿壠致胡風書簡全編』二五四頁注に関連記載がある。

（4）第一章注（41）前掲『阿壠詩文集』二四二頁。

（5）方然校長の安徽中学。

（6）冀汸前掲回想一三〇頁。

（7）同右、一三一頁。

（8）李離（一九二七～）本名張立信、山東省出身、ジャーナリスト。胡風事件直前に『人民日報』文芸部で編集担当。名誉回復後天津師範大学、河北大学などで教鞭を執った。

（9）李離「憶阿壠（阿壠追憶）」『新文学史料』一九九一年二期、一三二頁。

（10）図書館長にならないかという話は前掲『阿壠致胡風書簡全編』書簡番号二七六（二九八頁）で阿壠自身が触れている。

（11）李離「憶阿壠（阿壠追憶）」一三三頁。

(12) 同右、一三二頁。
(13) 前掲『阿壠詩文集』五三七〜五三八頁。
(14) 同右、五四六頁。
(15) 同右、五四二頁。
(16) 「新ライン新聞　政治経済評論」一八五〇年四月、大内兵衛・細川嘉六監訳『マルクス＝エンゲルス全集』第7巻、大月書店、一九六一年版。
(17) 前掲『阿壠詩文集』五五八頁。
(18) 同右、五六〇頁。
(19) 『粤海風』二〇〇六年第二期所収、羅飛「為阿壠弁誣（阿壠のために誣告を解明する）——マルクスとエンゲルス合作の書評を読んで」。
(20) 前掲『マルクス＝エンゲルス全集』第7巻二七一頁〜二七二頁。
(21) 「批判と自己批判」に関して『人民日報』には、阿壠の自己批判書が掲載された一九五〇年三月二六日前後に、たとえば、「開展批評和自己批評（批判と自己批判を展開しよう）」（三月二四日）、「反対把自我批評口語庸俗化（自己批判をスローガン的に凡庸化することに反対する）」などの記事が掲載されている。後者はスターリン論文の翻訳。
(22) 阿壠著、羅飛編『后虬江路文輯』（寧夏人民出版社、二〇〇七年一月）一九九頁。
(23) 英語版は未確認。
(24) 阿壠の自己批判の掲載された三月二六日の『人民日報』紙上には、「用厳粛的態度対待翻訳工作（厳粛な態度で翻訳の仕事に臨もう）」など翻訳のいい加減さを批判する二本の記事が掲載されていた。
(25) 『魯迅研究月間』二〇一二年六月号掲載。
(26) 阿壠は「土改日記」と題した小型のノートを残している。前出の魯迅博物館「胡風文庫」で保管。
(27) 饒漱石（一九〇三〜一九七五）江西省撫州出身、人民共和国の元勲と称される軍人。新四軍、華東軍、第三野戦軍で政治委員、人民共和国初代上海市書記。抗日戦争の多くの戦役で輝かしい功績を上げたが一九五三年中国共産党中央に反逆して分裂工作を行ったとして処断された。文革中に再度有罪とされ、獄死。
(28) 潘漢年（一九〇六〜一九七七）江蘇省出身、共産党統一戦線工作の中心人物、都市部で多くの秘密工作にも従事。二〇歳で国民革命軍総政治部宣伝科長となったのを皮切りに、『新華日報』『救亡日報』社長、八路軍上海弁事処主任などを歴任、人民共和国後に上海副市長。胡風事件直前の一九五五年四月に国民党汪精衛に内通していたという嫌疑で投獄。労働改造農場に拘束されたまま死去。文革後名誉回復。

(29) 揚帆(一九一二〜一九九九)江蘇省出身、共産党軍部公安部門高級幹部。北京大学中文系卒、演劇運動に従事していたが、新四軍軍部秘書となり、以後公安、秘密連絡などを管轄。共和国後、上海市公安局長。一九五五年に潘漢年事件に連座して逮捕。名誉回復後、上海市政治協商会議常任理事。

(30) 筆者の師村松暎は、胡風らが毛沢東に手紙で直訴したという方法が、きわめて非合理であることを何度も指摘していた。

(31) 李輝著『囚われた文学者たち——毛沢東と胡風事件』上・下(千野拓政他訳、岩波書店、一九九六年一〇・一一月)に詳細が記載されている。

(32) 同右、『囚われた文学者たち』上、一六〇頁。

(33) 胡風「時間開始了」は一九四九年一一月二〇日付け『人民日報』に掲載され、一九五〇年一月に上海海燕書店から同名の詩集として出版された。

(34)「死人復活の時　数人の親しい友人およびまだ会ったことのない友人へ(死人復活的時候　給幾個熟識以及未見面的友人)」付記に「一九四二年四月一四日夜　于桂林之灌風楼」とある。関連記述、前掲『胡風回想録』三九一頁。

(35) 林黙涵「胡風反馬克思主義的文芸思想(胡風の反マルクス主義的文芸思想)」(『文芸報』一九五三年二号、一九五三年一月)、何其芳「現実主義的路還是反現実主義的路(リアリズムの道か、反リアリズムの道か)」(『文芸報』一九五三年三号、一九五三年二月)。詳細は、前掲『囚われた文学者たち』上、一七七〜一七八頁参照。

(36) 胡風『関于解放以来的文芸実践状況的報告(解放以来の文芸実践状況に関する報告)』(『三十万言書』)湖北人民出版社、二〇〇三年一月。前掲『囚われた文学者たち』上、二〇六頁参照。その内容は、第一部分:数年来の経過の概況、第二部分:いくつかの理論的な問題に関する説明材料、第三部分:現実の事例および党派性について、第四部分:付録——参考としての提案となっていた。特に第三部分において、解放後数年間にわたる周揚、丁玲ら共産党官僚からの不条理な攻撃を概観し、反論している。阿壠に関する説明もここにあり、舒蕪への反論も含まれていた。

(37) 前掲『囚われた文学者たち』上、二一二〜二一四頁。

(38) 一九五四年一〇月三一日、一一月七日、一二月八日の三回北京で開催された「中国文学芸術界連合会」主席団と「中国作家協会主席団」の拡大連合会議。

(39) 前掲『囚われた文学者たち』上、二四九〜二五〇頁。

(40) 同右、二四六頁。
(41) 北京魯迅博物館編『一枝不該凋謝的白色花　阿壠百年記念集』寧夏人民出版社、二〇一〇年一一月。
(42) 同右、三～四頁。
(43) 林希著『白色花劫』長江文芸出版社、二〇〇三年一月。
(44) 同右、三三八頁。
(45) この文書の編者による前書きには、阿壠が獄中で重病を押して残した文書とされているが、林希の回想や陳沛の追悼文では病気の発症は、判決後のように読み取れる。この文書を書いた時には、阿壠にはまだ毅然とした精神を保持する体力があったと考えるべきではないだろうか。
(46) 阿壠絶筆、前掲『新文学史料』二〇〇一年二期、六六～六七頁。
(47) 林希『白色花劫』三四〇頁。
(48) 同右、三七四頁。
(49) 同右、三七六頁。
(50) 同右、三七七頁。
(51) 同右、三七九頁。
(52) 同右、三七九～三八〇頁。
(53) 阿壠は『阿壠致胡風書簡全編』書簡番号七六（一八八頁、一九四二年九月一二日重慶発）で肺結核の疑いでX線検査を受けたことを胡風に知らせている。結核菌は着実に病巣を広げていたということになる。

第四章　長編小説「南京」とその意義
――半世紀を経て甦る戦争文学

1、長編小説「南京」の概要――中国語版『南京血祭』と日本語版『南京慟哭』

一九三七年一二月一三日、南京は凄惨な戦闘の末に陥落した。侵入した日本軍によって行われた殺戮と暴虐の日々の出来事は「南京大虐殺」として、世界史的な意義をもって記憶されることとなる。これらの日々の残酷な事件に関して、現在「南京大虐殺」を認めない政治勢力であるにしても、戦争中に「南京事件」が発生したこと自体を否定してはいない。南京陥落前後の非人間的状況は、日本・中国はもとより、世界中でさまざまな形式できわめて頻繁に取り上げられている。そういう現状から見れば、当時中国ではすぐさまそれが作品化され、全国に伝播されていったとふつうは想像するだろう。だが中国においては、実際にこの凄惨な出来事を小説に昇華したのは、この阿壠の長編小説「南京」が初めてだったのである。日本でも翻訳された著名な作家周而復の長編小説『南京の陥落』[1]の発表はずっと後のことで、奇しくも阿壠の長編が復元刊行されたのと同じ年、一九八七年のことだ。周而復は南京の出身ではあるが、リアルタイムで執筆された作品と同じレベルで論じることはできない。

本書第二章で見たように、阿壠の長編作品「南京」の原稿は一九三九年一〇月、南京陥落から一年一〇ヶ月後に完成した。これより早く一九三八年には、日本で石川達三が『生きている兵隊』を、火野葦平が『麦と兵隊』をそれぞれ発表している。阿壠の作品「南京」は当時、重慶国民政府の統一戦線文芸雑誌『抗戦文芸』主催の長編小説公募で

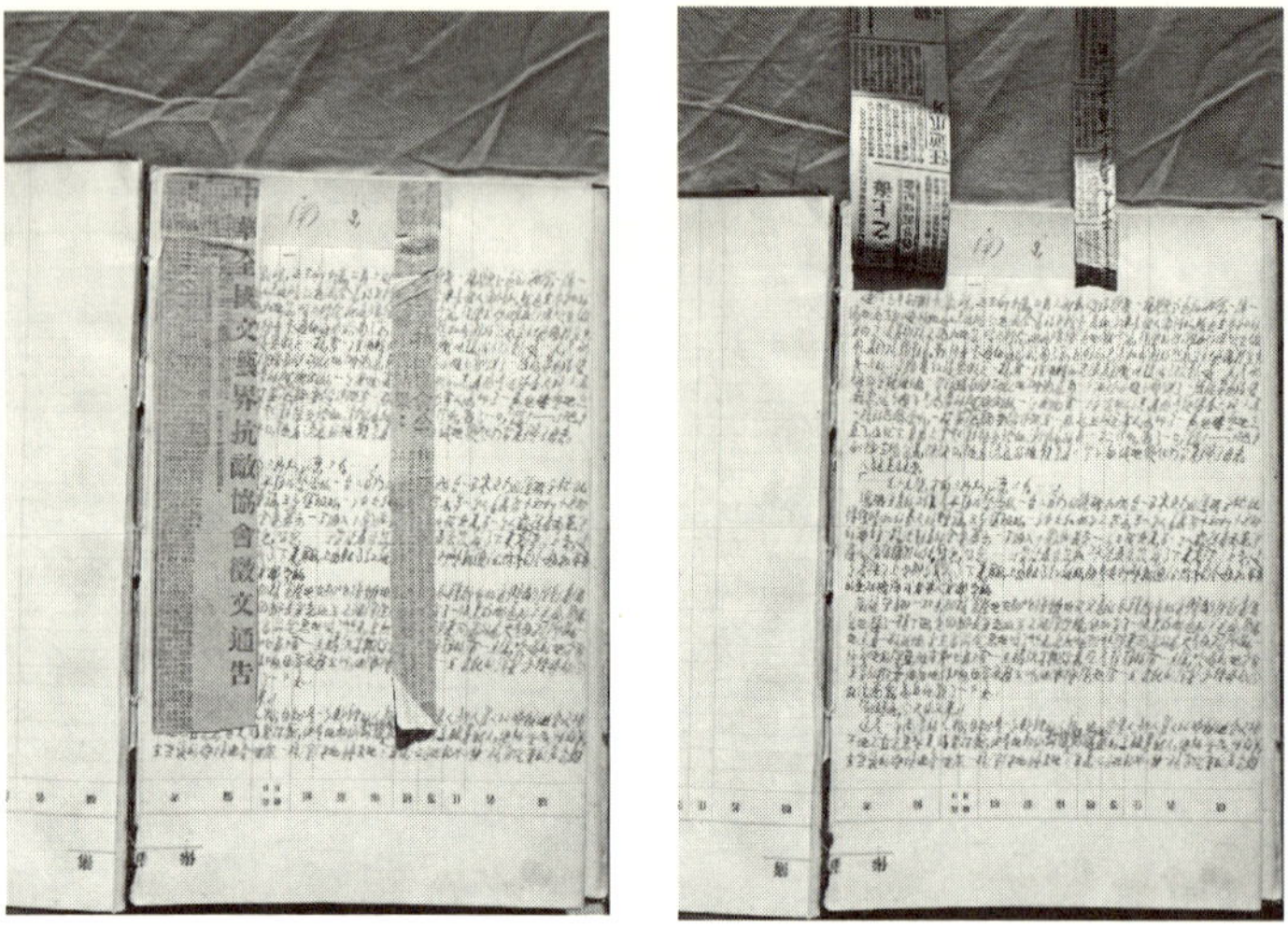

公安警察から返還された「南京」執筆ノート（提供：陳沛）

賞金を与えられた作品ではあったのだが、このとき正式出版には至らなかった。刊行は作品完成から半世紀後の一九八七年、書名は『南京血祭』と改題されていた。しかもこれは原作そのものの出版ではなく、執筆用のノート[2]に書かれた原稿を基にしたもので、原作では三〇万字あったという長さも、復元されたのは一四万字ほどに過ぎず、そのうえ、文面においても編集委員会の判断で変更した箇所があると断り書きまでついていた。阿壠がかつての創作の記憶を辿って綴ったメモの集成に過ぎなかったのである。

筆者は阿壠の子息陳沛にこの原稿を確認させてもらったのだが、几帳面な阿壠としては珍しく筆致が乱れており、読み進めるのにもかなり労力のいる文面であった。これは推測すれば、阿壠自身が将来このノートに手を加えてきちんとした形で刊行しようと思っていたに違いないということになろう。しかし彼は当時、内戦から統一へ向かう祖国にとって必要なことは新たな文芸への提言であると確信しており、多くの文芸評論を書くことに全精力を費やしていたのである。「南京」を修正する時間はなかったのだ。そして大変残念なことに、人民共和国建国後は厳しい論争に巻き込まれてさらに時間がなく、最終的には獄中の人となってまったく執筆の自由を奪われ、執筆ノート自体が阿壠逮捕の際に中央公安によって極秘文書とされて厳重に保管されることになった。阿壠自身がこのノートを見直す機会は完全に閉ざされてしまうのである。私たちはここに、誠実な創作者としての阿壠の二重三重の無念を読み取らねばならない。

付言すれば、書名を『南京血祭』としたのは、「南京」だけでは単なる観光案内や地理書などと間違われるかもしれなかったからだという。この変更を決めたのは、阿壠の年下の友人で、本書刊行の際の編集委員として中心的な役割を担ってきた詩人緑原で、『南京血祭』の「序」も彼によるものだった。こうした経緯は阿壠という名前が中国文壇でいかに忘れ去られていたかを物語っており、往年の彼の業績を知るものからすれば、非常に残念な出版と言わざるを得ないエピソードである。それでもなお、私たちはこの書が刊行に漕ぎ着けたこと自体に、作者とその友人たちの深い思いと、そこに至る血のにじむような労苦の積み重ねを感じ取るべきであろう。

半世紀を経ての出版となったこの『南京血祭』は、拙訳によって一九九四年に『南京慟哭』として日本で刊行された。しかし翻訳にあたって筆者は、阿壠とその作品の真実を理解したうえで本書を求めたわけではなかった。北京の書店に並べられていた『南京血祭』を、まったく偶然に手にしたことからすべて始まったのである。正直に申し上げれば、筆者はこの時初めて阿壠の情熱あふれる迫力ある筆致に触れて感動を禁じ得なかった。

前述したように、阿壠が長編小説「南京」に着手したのは一九三九年の延安滞在中のことで、初めの二章までを延安で書き、その後のすべての章を、古傷と新たな負傷の治療のために移動した西安で、七月から一〇月までのわずか数ヶ月間という短い期間のうちに書き上げている。この事実は、中央公論社特派員だった石川達三が陥落後すぐに南京に赴き、そこで実際に経験した衝撃を翌月にわずか一〇日間で書き上げて、『中央公論』一九三八年三月号に発表していたことを連想させる。翌一九四〇年までに治療を終えた阿壠は延安には戻らず、国民党軍将校として重慶に向かっている。「南京」の原稿は、この過程で雑誌『抗戦文芸』の長編小説公募に投稿され、審査の結果第一位に選ば

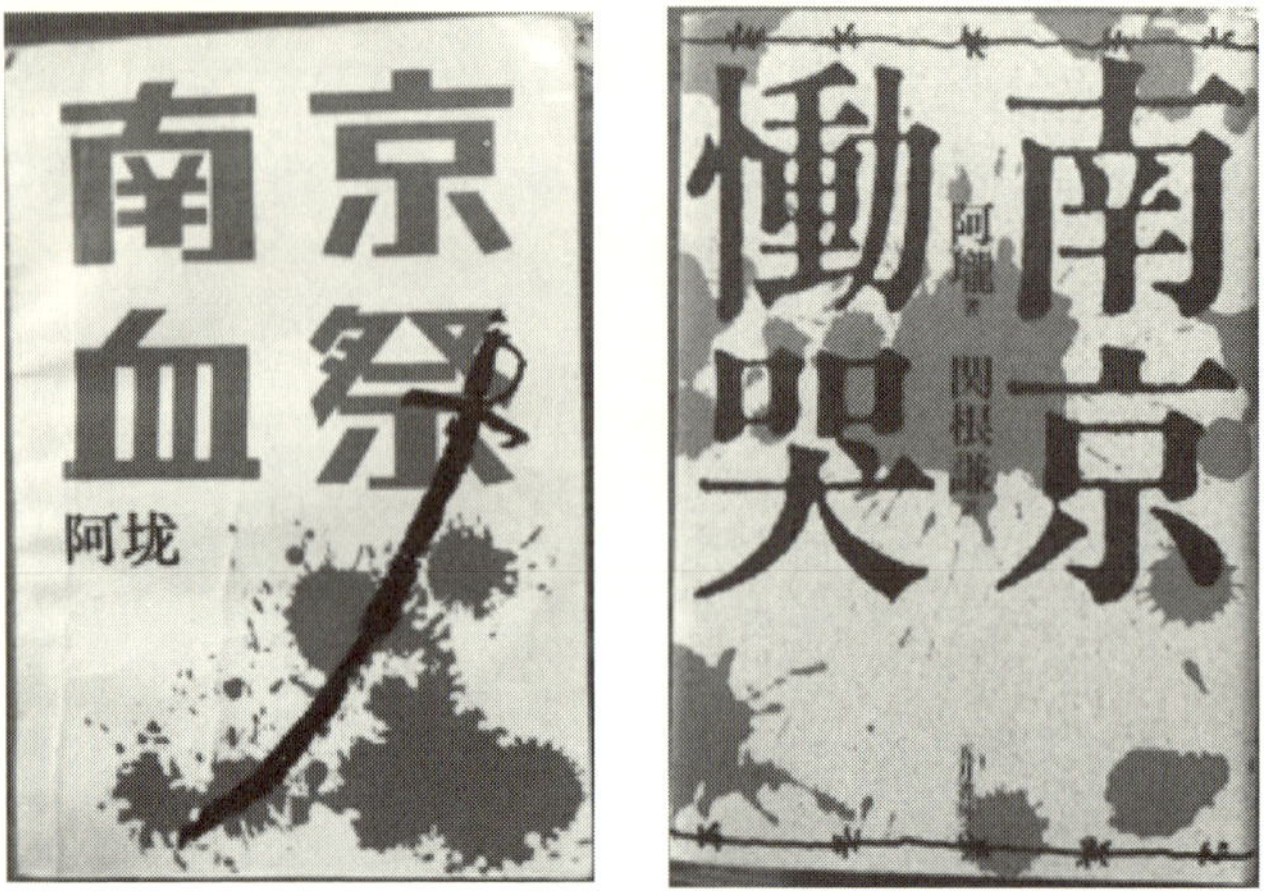

復元出版された『南京血祭』と日本語訳『南京慟哭』

れたのだが、後述する複雑な事情により正式出版されないまま原稿が戦乱のなかで紛失してしまうのである。阿壠の一九三九年版原作をもはや見ることができないのは、中国にとっても日本にとっても、そして世界の現代文学にとって取り返しのつかない損失である。

『南京血祭』は本編九章とエピローグ（尾声）からなっている。南京陥落直前一一月の状況から陥落当日までが描かれており、エピローグには陥落後の象徴的な戦闘の意義が述べられている。これはいくつものエピソードを重ねる形で書かれた作品で、もちろん日本侵略軍の残虐さを容赦なく描いていたが、それと同時に、当時の南京防衛軍内部の問題も鋭く抉り出されていた。また市民の生活や感情、知識人と農民間の矛盾とその克服の過程、中国人の覚醒の実態なども描きこまれていて、南京陥落の真の意味を問う作品であった。作者阿壠は日本との戦いの只中にいる戦闘者・軍人として、戦闘の勝利への道の確信に燃えながら、直面した敗北の意義を闡明しようとしているのである。以下、『南京血祭』を各章ごとにまとめておく。

第一章は五小節からなっている。一九三七年初冬の南京の状況を国民革命軍陸軍通信小隊長厳龍、市民たち、ある老婆とその孫、軍事教練中の青年学生兵、仏教徒鐘玉龍、スラム街の人々などを通して描く。当時の南京の生活者たちが、日本軍の開始した猛爆撃の中で何を目にし、何を考えていたか、そしてその運命はいかなるものだったかについて詳細で速い展開の叙述が進む。侵略者への怒り、凄惨極まりない爆撃、青年の夢と犠牲、宗教と現実、人間とは何か、中国の運命と将来についての作者阿壠の思いが込められている。

第二章は四小節からなる。爆撃で破壊された一一月末から一二月初め、日本軍の南京侵入を目前にして南京からの避難を強いられた市民の姿を描く。厳龍の友人歩兵少尉袁唐、憲兵少尉曾広栄、第五中隊少尉関小陶など自らの手で愛する南京を破壊しなければならない知識人出身の青年将校の悲痛な思いが語られる。焼芋売りの寡婦、一人暮らしの老女、私塾の老教師など頑固に撤退を拒否する人々に対する切ない説得工作の詳細が丁寧に書き込まれていく。また避難後住む人のいなくなった邸宅で盗みを働く中国兵などが点描され、青年将校たちの間で繰り広げられた抗日戦争と自らの犠牲、および阿Q的奴隷根性をめぐる論争が情熱的に語られる。

第三章は二小節からなり、南京の地理と自然の美しさ、悠久の歴史について深い思いが印象的に述べられ、それら由緒ある場所の現時点における防御態勢について軍事的専門用語を駆使して詳しく説明される。そして南京防衛に当たる国民革命軍南京最高首脳会議の状況が再現され、蔣介石の扇動的演説と首都防衛軍司令長官となった唐生智の虚栄と野望が、実録風に描写される。もっとも重要なのは、後に陸軍参謀学校教官となるほどの専門知識を持った阿壠が、この章において、南京の兵力配置や防衛ラインの構築などについて極めて詳細な描写をしていることである。阿壠は、首都南京の防衛体制が万全を期した準備を整えたと公表されながらも、実は多くの弱点を内包していたと強く指摘する。本章において、南京の防衛体制なるものの「完成」が遺憾の思いとともに語られる。

第四章は二小節からなり、一二月五日の九華山守備隊の奮戦が描かれている。某連隊歩兵第二大隊第六中隊長で歴戦の古兵張涵と付属重機関銃小隊長で学生出身の王煜英の心の交流を主旋律としながら、日本軍大部隊の猛攻撃の中で苦戦を強いられ、やがて粉砕されていく中国軍将兵の悲痛な戦闘の状況が伝えられる。そして彼らの英雄的な最期を通して、この戦いにおける犠牲の尊さが強く訴えられる。

第五章は二小節からなり、淳化鎮の王耀武部隊砲兵陣地での戦闘が描かれている。日本軍によって南京外郭の防衛ラインが全面的に突破され、中国軍は次々に陣地を放棄していく。こうした中で、砲兵陣地においては全面的敗走に抗して、一二月七日に必死の防衛戦が展開される。阿壠は、農民出身の砲兵趙仁寿など無知で粗野にしか見えない中国人が確執を乗り越えて勇敢に戦う様を描き、肉弾戦で日本軍の陣地占領を阻止しようとした逸話なども点描していく。しかしこの時もはや、中国軍に日本軍の進撃を止める力量はなかった。

第六章は四小節からなり、一二月九日に外郭防衛ラインを破られたのち南京市内に後退した中国軍の混乱した状況を描く。阿壠は特に光華門の袁唐小隊長、紫金山の関小陶少尉、教導隊の曾広栄少尉の奮戦に焦点を当て、混乱してパニックに陥った中国兵たちを必死でまとめようとしてきた彼らの努力の尊さを情熱的に語る。そして間近に迫る圧倒的な日本軍の姿が、不気味な凄惨さをもって描写される。

第七章は三小節からなるが、この章は阿壠の戦死した同窓生黄徳美など三名に捧げられていて、これまでの青年将校たちの奮戦の流れからは独立した内容となっている。黄徳美は華僑の知識人で、黄埔軍官学校で阿壠とは同期だった。彼は一二月一一日、牛首山、雨花台の激戦において勇猛果敢に戦い犠牲となった。この章においては、混乱する中国軍のただ中にあっても、戦闘を堅持した人々の姿を生き生きと描いている。またそれとは対照的に、臆病な農民の無知が結局日本軍を雨花台に導いてしまったという逸話も描かれ、農民出身の中国兵たちの見境のない敗退ぶりが詳細に述べられる。ここに中国の軍隊に対する阿壠の厳しいまなざしがあり、同時に阿壠独特の無念の思いが込められている。

第八章は三小節からなり、一二月一一日と一二日に南京市内全域を襲った壊滅的なパニック状態が詳細に描かれる。長江に逃れ出ようとして中山北路、新街口から挹江門《ゆうこうもん》に殺到する人々とそれを阻止する中国軍守備兵の武力を行使した凄惨な闘争、軽戦車を走らせ手榴弾を投げつけて同胞を蹴散らし、逃げ延びようとする中国軍の姿、そして混乱の中で同胞によって殺される人々の無残な最期、さらに長江渡し場で船を求めてあがく軍人や市民たちの逸話など、阿壠の入手した情報が次々と語られていく。この凄絶なパニックの中で憲兵少尉蔡子暢は、一二日夜に自分の小隊を率いて長江を渡って脱出する。阿壠はこの脱出の姿に中国の戦争と中国人、中国軍の運命を象徴しようとする。さらに張涵、関小陶、袁唐など最後の戦いを挑む青年知識人将校の姿が迫力をもって描かれ、激烈な実戦を経て大きくそして強く変貌した厳龍少尉の凜々しさに中国の未来が込められる。

第九章は四小節からなり、一二月一三日の南京陥落の当日から翌日までの状況が四つの角度によって描かれていく。第一は日本軍に投降した日和見主義の二人の兵士が結局辿ることになる悲惨な運命。第二は力強く成長した厳龍少尉が徐州部隊に合流するまでの戦いの旅。第三は長江渡河における張涵少尉の最後の戦いと日本軍の小さな敗北。第四は長江岸の死体処理場での老教師と最下層の中国人の交流、涙を流す日本兵の逸話。この四つの角度からの描写によって、阿壠は中国の最終的な勝利への道に対する確信を述べ、優勢に見える日本軍内部に存在する倫理的敗北の必然性を象徴的に語っている。

エピローグ（尾声）は三小節からなり、南京からの脱出に成功した国民革命軍上級将校が敗残の中国兵を集めて蕪湖に進撃し、これを奪還するまでを描く。彼らは、正規軍とは程遠い寄せ集めの軍団で、ただ怒りだけで集結していたのだが、道々日本軍を次々と打ち破っていく。「鉄軍」と呼ばれた怒りの軍団の実話である。「鉄軍」によって、一二月八日に陥落した蕪湖は一二月二〇日に奪還されている。この章によって、阿壠は勝利の道への展望を証明したといえる。

以上が『南京血祭』の概要である。このほか、刊行された『南京血祭』には先に触れた緑原の「序」と阿壠自身による「後記」[3]が掲載されている。

2、作品『南京血祭』の性格

阿壠の長編作品「南京」は、本書において初めから「長編小説」として扱ってきたが、この断定には、いくつかの問題が残されている。作者阿壠自身は自作がいかなる文学であるのかに関して、「後記」において次のように述べている。

ここには（「南京」には）真実の話と、他から持ってきた真実の話があり、かなりルポルタージュに似ている。しかしここには虚構の物語もあるのだ。とりわけ、資料の収集がきわめて困難で、真実の話は輪郭だけということが往々にしてあり、私がそれに色を塗り、血肉をつけ、一つの構想にまとめざるを得なかった。これはまるで小説の方法だ。こうして私はこれをルポルタージュとすることも小説とすることもできなかった。(4)

ルポルタージュへのこだわりは、当時実際に戦地の最前線にいる軍人として次々に報告文学を発表してきた阿壠にとって当然の結果である。これまで紹介してきたように、阿壠がペンネーム「S・M・」で最初に登場するのは一九三六年であり、胡風の雑誌『七月』への掲載開始は一九三八年のことで、いずれも前線からの生々しい報告文学の作者としてであった。阿壠は文学を通して抗日戦争に対する貢献を果たしていきたいと熱望しており、最も直接に戦争の真実を反映して人々の魂を揺り動かせるのは、ルポルタージュの形式だと考えていたのだ。したがって阿壠はこの文面から読み取られるように、本来はこれまでのようなルポルタージュを目指しながらも、結局は小説的にならざるを得なかったということを、かなり深刻に悩んでいたようだ。本作の発表以前に知遇を得て、その後一貫して運命的な盟友となった胡風からは、「リアリズムの精神を把握し、主観の激動のままフィクションに走らないように」と、これまで作品が掲載されるたびに何度も助言をされていたと阿壠は述懐している。こうした創作態度は基本的に胡風とその周辺の文学者たちの、この時代の気風を表していよう。戦争の時代においては、ルポルタージュ文学の価値がきわめて高くなることは紛れもない事実である。緑原も『南京血祭』の「序」で次のように述べている。

少なくともこれ（「南京」）は小説ともルポルタージュともいえない印象を人に与える。これは怒りに駆られた詩人が猛烈な勢いで筆を走らせ、書き上げたものである。別な観点から言えば、この作品において、個人の主観的な情緒が小説にとって不可欠であるはずのリアリズムの精神をかなり抑えてしまっているのである。(5)

緑原は阿壠の文学的傾向を鋭く指摘していると言える。彼の言う「怒りに駆られた詩人が猛烈な勢いで筆を走らせ、書き上げたもの」という表現は、まさに本作の特徴そのものであり、阿壠の燃えるような情念は一読してすぐに読者に伝わってくるはずで、阿壠の心の叫びと言っていい重要な要素なのである。出版元である人民文学出版社は「報告文学体長編小説（ルポルタージュ風長編小説）」として刊行したのだが、客観的にその適切なジャンルを考えてみると、長編小説とすることも、長編ルポルタージュとすることも、あるいはこの二つの分野の融合したものとみることも難しいように思える。原作者阿壠の修正の手が加えられなかった事実を、今一度思い起こす必要がある。紛失した三〇万字の原作がない以上、本来の作品の姿はこの刊行された『南京血祭』に基づいて判断するしかないのだが、少なくとも本作品は最前線で戦った戦士の精神力（あるいは心の力＝魂）によって叫び出された叙事文学であるということだけは間違いない。

阿壠の創作上の葛藤に関しても、ここで少し触れておきたい。当時さかんに問題にされていたリアリズムの精神とは何かということである。それは一見、ありのままの出来事を一切の修飾なしに叙述しようとする文学の傾向のことのように思われる。ここではこの問題を詳しく論じないが、いわゆるリアリズム文学論は社会主義文芸の方向や政治情勢の展開への貢献などの戦略的課題と関係して、語義以上に複雑な内容を持つものであった。なによりも、胡風自身が創作主体の個性を重んじる一種主観主義的な創作理念を唱えており、その周辺に集まっていた若き文学者たちに甚大な影響を与えていた。それはたとえば、描こうとする内容の真実の姿は大切だが、叙述の展開のなかでそのありのままの姿を超えて、はるかに真実を表現しうるディスコースが存在するという論調がそうだ。前述の阿壠の表現上の苦悩は、まさにこのありのままの姿を超える「真実」のディスコースの問題と言えよう。またリアリズムの精神の論調は、当時の政治戦略であった啓蒙主義への反発の様相も呈するものであった。後述する郭沫若など国共合作政府の文芸政策首脳たちは、単純明快なスローガンによる反日闘争の激化や抗日戦争の発展を目指しており、当然のことながら、その過程では真実の姿のディテールよりも、感情的昂揚を扇動する方向が重視されていた。ここにおいて、リアリズム精神の重要性の強調は現実的意味合いを一気に深めるものとなり、その論争の激しさは、そのまま厳しい政治闘争になる可能性も秘めていたのである。それは実は、後年の延安文芸講話に続く「革命における知識人の位置」の問題に、まともにぶつかっていく論点を秘めてもいたのである。

次に本作品の登場人物について考えてみると、大きく分けて四つの群像を見ることができる。第一は厳龍（第一章、第九章）、袁唐と曾広栄（第二章、第六章、第八章）ら学生知識人出身の青年将校。第二は張涵（第四章、第八章、第九章）を中心とした農民出身の将兵。ここには第四章、第五章、第八章の兵隊たちが含まれる。第三は、描写は少ないものの、第三章などに登場する中国軍最高首脳や上級将校の群像であり、「尾声」における「将軍」もこのグループと見られる。第四はほとんど各章に描かれている一般の市民や農民の群像である。阿壠はこの四つの群像を中間的な登場人物の設定やそれらの人間関係の配置により、一つの小説世界に結びつけようとしているが、たとえば、第三章、第五章、第七章、尾声などのようにかなり独立性の強いセクションも存在しており、全体の必然性を読み取るのはやはり困難だと言わざるを得ない。ただ明確な意図として指摘できるのは、「時間的経緯」によって展開をコントロールしようとしている点である。これはなお決定的な統合の要素とはなりえないかもしれないが、少なくとも、「南京陥落」という事態の一貫性は主張されていると言えよう。このような構成上の「弱点」は先にも述べた本来の原作原稿が紛失していることに大きな原因を求めなければならないのだが、それでもなお、読者は読み進むにつれて一つの全体的なイメージを結んでいくに違いない。それは、本作品が一つ一つのエピソードを重ねながら、時間軸に従って、それらが短編や中編のまとまりの中に吸収され、やがて一つの中国の戦争の悲劇として鮮烈な印象を築き上げるからである。繰り返すようだが、本作は「南京陥落」に対する作者の情念（それは前述の戦士の魂であり、正当な憤怒と限りない人間愛ということができる）によって結びつけられたいくつかの短編と中編の集合体なのである。

本作品の構成に関して阿壠自身は次のように述べている。

しかしこの本で私は、そのようなこと（ある主要な登場人物を決めること）ができなかった。南京の戦いでは、一つの角度から、そしてそれぞれの分野から、その全貌を書かねばならなかったからだ。しかも事実として、抗日戦争はけっしてある一人の英雄の業績ではなく、少数の人間の壮烈な行為でもない。それは全民族、中国人民全体のもので、一人一人の将兵の血肉の中に内在するものなのだ。私には、ひとりあるいは数人の英雄を作り上げることはできない。歩兵も彼（つまり「英雄」のこと）であり、砲兵も彼であり、淳化鎮の戦いにも彼がいたし、雨花台の戦いにも彼がいて、渡し場の守備兵にも、渡河の兵士にも、そして戦車との肉弾戦にも彼がいたではないか。それでは私の作品の情感を支離滅裂にしてしまえばいいのか。それもできない！――どうすべきか。私は人物によって小説の情感を一貫させるという技法を放棄し、逆に事件によって、戦争によってこの情感を貫いて、この小説のまとまりを探った。これはしかし私の向う見ずな試みに過ぎない。(6)

阿壠の意図した、戦争という事件そのものによって、小説の情感を貫くという「向う見ずな試み」は、この時代の常識的な小説の体裁から大きく外れたものであるが、作者の情念の強さによって、作品としての完成度を高めたと言えるのではないだろうか。

阿壠の情念を正面から受け止める役割は、第一の群像グループにあった。彼の描く四つの群像の中で、特に鮮烈なイメージを結ぶのがこの知識人出身者の群像である。最初に登場する厳龍は若い知識人の典型であり、抗日の民族的情熱を持っているものの、実際の戦闘の前では本来の気質的弱さに悩んでいく。それはある意味で、文化と教養によってはぐくまれた高貴な優しさでもあったのだが、彼は級友たちと共に敗色の濃い実戦の中で本当の強さに目覚めていくのだ。やがて最終章において、圧倒的な戦死者の中で決然と進んでいく彼の姿に焦点が結ばれる。それは端的に言って、非常事態におけるビルドゥングスロマーン（成長物語）の特質と考えられよう。阿壠自身が事件による一貫性を重視したと述べているように、この小説において南京陥落の時間の経緯は常に大きな位置を占めており、すべての登場人物の運命がこの時間によって決定される。そして厳龍らはこの時間軸の激流に時には弄ばれながら、確実に覚醒していく主体として捉えられる。当然のことながら、この視点は国民党陸軍高級将官である阿壠自身の感性によって獲得されるものなのである。ここに本作品の統一的印象を支える情念のもっとも本質的要素を確認することができよう。

第二の圧倒的多数である農民出身の将兵の物語では、伝統的な中国の忌むべき性格と中国の軍隊の実情が冷静に描かれ、物語の主旋律としては、ぎりぎりの土壇場でなければ発揮され得ない中国人の底力、魂の力の凄まじさが流れている。南京の戦いは民族の存続をかけた土壇場に彼らを追い込んでいったのである。しかし多くの場合、その底力の発揮はあまりにも遅く、むやみに多くの犠牲を伴うものであった。しかも伝統的な行動様式に従って、こうした最後の力さえ出し切れずに悲惨な最期を遂げる者もあまりにも多かったのである。阿壠の筆力は容赦なくこの暗黒に切り込んでいる。

第三の中国軍最高首脳、上級将校の物語は第三章と「尾声」の二部分に集中しているのだが、極めて対照的な姿が描写されている。前者では南京防衛軍最高首脳たちの腐敗と排他的野心とが冷ややかに描かれており、後者では民族的な怒りに燃えた将軍の英雄像が主題となっている。しかしこの物語は紙幅自体が少なく、展開に唐突さも明らかに見えており、阿壠にとってはまだまだ完成にほど遠い物語の「種」のようなものだったのではなかったかと推測される。

第四の市民・農民の物語は、彼らが残虐な南京戦における最大の犠牲者として無残に生命を奪われ、家族や財産、そして夢や希望の一切も奪われていくことが主題となっている。ここに描かれる群像はそれぞれ個別で、相互の関連性は薄いのだが、積み上げられた逸話は様々な角度から「犠牲」の真相に迫っている。特に第一章、第二章の人物像はすさまじい迫力があり、侵略戦争の犯罪性が作者の悲痛な叫びとともに伝わってくるような高い完成度を持っている。

本作品は、南京陥落を頂点とする日本の残虐な侵略に対する怒りを中心的なテーマとしているとされるが、単純な批判や告発を目指したプロパガンダではない。ここには南京戦に直面した中国人の生き方を詳細に描出しようという意志が強く働いており、明日の抗日の戦闘勝利につながる力を導き出す覚悟が込められている。阿壠のリアリズムの精神を認めるとするなら、まさにこの単純なプロパガンダ的展開を否定したところにこそ注目すべきだろう。彼は現実の中国人の生きざまを、何の脚色もなしに（当時隆盛な啓蒙的立場も一切取らず）、まっすぐ描こうとしていたのだ。原作執筆地は延安であり、西安であったが、政治的中心重慶は国共合作が破綻の傾向を急速に強めており、戦略爆撃の展開を中心にして日本軍の攻勢はいっそう激しくなっていたのだ。しかしこの執筆作業の中で、阿壠の勝利への確信は少しも揺らぐことはなかった。この意味においても、第一の群像である青年知識人層の描写は重要であった。抗日戦争の真の意義は、この群像の覚醒の物語によって、全体のものとなっていくからである。彼らは南京を巡る時間の経緯の中で、伝統的因習的中国のおよそすべての腐敗、堕落、享楽、裏切り、怯懦、そして背徳に直面していく。それらは軍首脳や地方の名士たちによるものばかりではなく、一般市民や農民、そして彼らの指揮下にある兵隊たち（それらの多くは農民だった）によって突き付けられる現実だった。彼らはまた精神性においても、想念の確かさを検証されなければならなかった。たとえば、中国伝来の悲観主義と楽観主義、無力感、そしてあの「阿Q精神」、これらの現実的存在を実感しながら、その一切の誤謬性が「南京陥落」という局面において検証を求められたのだ。この過程で、青年知識人の群像は、自分の青春のすべてを犠牲にしなければ、中国の本当の勝利はかち得ないことに気づいていく。冷厳な事実を前にした彼らの悲壮な決意は、とりもなおさず、原作者阿壠の情念の深さを示すものだと言えよう。

言わずもがなの事ではあるが、この小説には中国共産党が一度も現れない。南京防衛の戦役において、中国共産党の姿がなかったことは紛れもない事実であり、歴史学者黄仁宇が指摘するように(7)、中日戦争二一〇〇万の中国人犠牲者のうち三分の二以上は国民党軍とその統治下の民間人であり、抵抗の歴史から国民党軍部の足跡を消すことは妥当性を欠いているのだ。阿壠はこういう後世の政治の結果を、想定もしていなかったに違いないが、強力な侵略者日本軍を前にした決死の戦いを全力で描こうとした結果、国民党軍の英雄的な戦いを主旋律とした戦争文学を成立させたのである。

3、阿壠創作の現実認識と象徴性

阿壠は前節で見たように、リアリズムの精神を基底にしながら、描写においては高度な象徴性をもった抽象化を目指しており、現実の本質を貫いてさらに昇華していく「真理」を表現しようとしている。それは胡風の主張する「主観戦闘精神」の成功した実作化とみることができる。たとえば『南京慟哭』第一章の日本軍による猛爆を前に発令された空襲警報サイレン音の描写は、まさに現実に起こった出来事が「真理」へと抽象化されていく恰好の例といえよう。

サイレンは吹雪の夜に飢えた狼が獲物を求めて吠えている叫びのように聞こえた。それは低く抑えて遥か彼方から起こり、突然高まっていくと、狂風となり大空を駆けめぐる。そして己の鬱積を、己の貪婪を、己の残酷を訴えながら、空漠たる原野に鳴り渡り、やがて低く沈んでいく。あたりには死ぬ間際のうめき声のような鼻音が、ずっと尾を引いているだけだ。しかし次の瞬間、それはまた威嚇するような響きを帯びて吠えはじめる。神を叱責し、生命を叱責し、そして一切を叱責して人類を戦慄させ、地上に不安を撒き散らすのだ。

サイレンはまた古代恐竜の絶叫のようにも聞こえた。地層が崩れたとき、あるものは火山に焼かれて炎に身を包まれた。このとき恐竜は果てしない彼方を目指して巨大岩石を飛び越しながら逃げ惑い、爪で自分を引き裂き、牙で自分に噛みついた。悲しさと恐ろしさ、怒りの混じりあった辛い思いが恐竜を襲う。そして恐竜は真っ青な大空に向かって助けを乞う絶叫を放ったのだ。

あるものは不安に轟く海の波に呑み込まれ、襲いくる力にその呼吸を止められながらも自分のいた岸辺と大陸を見つめた。恐竜はかつての場所へ、穏やかでのびのびとした生活に戻ろうとして本能的に泳ぎはじめたが、海水はその手に流れ来てはたちまち流れ去り、巨大な体のどこにも力の入れようがなかった。波は大きな手がゴムマリをいじるように恐竜をもてあそんだ。放り上げたかと思うと硬い地面に落とし、捕まえては打ち、押さえつけた。恐竜の剛健な力によって疲労はさらに蓄積され、その口がすでに幾度も水中に没していた。もはや海に沈むしかなかった。このとき恐竜はもう一度海面に首を突き出し、時間と空間に向かって最後の絶叫を放ち訴えた。世界はこんなにも穏やかに、この巨大な生物が世の終末以前に絶滅するさまを眺めているのかと。

しかしまた無傷の恐竜もいた。その恐竜はこの変異に激しく怒り、その爪を高く挙げると、暴風に吹き飛ばされてきた岩と地の裂け目から吹き出してきた溶岩に襲いかかった。もはや後には退けなかったし、退こうとも思わなかった。そして両の目を血走らせて荒々しく柱状の熱い鼻息を吹き、鋭い牙をむき出してずっしりと重たい尻尾を振りたてた。挑戦し格闘しなければならなかった。恐竜は歴史を、自分と仲間の歴史を決定しようとした。こうして彼は続けざまに幾度も、大きく響きわたる雄叫びを上げた。(8)


阿壠のサイレン音の描写はこのように徹底している。現在多くの映画やドラマのシーンにある警報の音質は、聴覚を否応なく傾注させる無機的な単純音の繰り返しであるが、一九三〇年代日中戦争の時代の警報はまったく異なっている。筆者は旧重慶歴史博物館の展示品の中に、当時の警報装置があるのを見つけ、鳴らしてもらったことがある。それは手動式で、次第に大音量になっていくラッパ型拡声器の大きなものという印象だった。その日突然、重慶の博物館中に鳴り響いたその警報音は、凶暴な動物の高まっては低く唸る威嚇の吠え方にそっくりだと思われた。阿壠の描写はまさにこの感覚を捉えていた。

この描写には阿壠の鋭い現実認識が表れている。「古代恐竜」とは紛れもなく中国であり、長い歴史と広大な国土と人民を擁する祖国が、白日の下で絶滅の危機にあえいでいる姿を阿壠は瀕死の恐竜に仮託したのである。大きな歴史の潮流の中で、中国の命運は完全に絶望的な状況に陥っているのだが、やはり自分自身の手で「歴史を決定するために響き渡る雄叫びをあげざるを得ない」のである。自己の人間の証明として、これは絶対にやらねばならない事なのだ。しかしこの「雄叫び」が勝利に結びつくかどうかは、この一節には語られていない。いや、どのようなものであっても、古代の恐竜の絶望的な状況を変革できるとは、到底思えないといったほうが正確である。だが、どうあっても彼らは叫ばずにはいられないし、叫び続けなければならないのだ。このいわば暗黒の認識が阿壠の心の底の中国像なのであろう。この一節が第一章の最後におかれていることの意義は大きい。つまり、このような絶望的な感覚が全体を支配する情緒になっていくからである。そして阿壠の戦いは、阿壠の叫び声は、ここから発せられることになるのだ。ここに阿壠の現実認識と象徴化の結合を見るのは自然である。

阿壠の現実認識の毛沢東理論との関連についても触れておく。阿壠はその「後記」[9]冒頭において、毛沢東の『持久戦論』に対する熱狂的な確信を表明している。

軍事的要素あるいは経済的、政治的要素のどこから見ても、持久戦というこの理論は、すでに金字塔のように確立している。これには歴史的不朽性があり、Prometheus的偉大さがある。敗北主義は消え残る霧であり、この理論は日光だ。敗北主義は月を眺めては喘ぐ牛に過ぎないが、この理論は客観的存在の必然性をしっかりとつかんでいる（中略）勝利の曙光はほのかに中国軍旗を照らしはじめている。これらはみな鉄のように有力な事実だ。[10]

ここに述べられた勝利の確信と作品内の現実認識にはかなり隔たりがある。『南京血祭』において勝利への展望が強調されたのは「尾声」だけで、他の各章では、目覚めた中国人の民族的気迫と日本人の倫理的敗北の示唆からしか、勝利への道のりは語られていない。しかも先にも見たように、「尾声」の描写は唐突で説得力がなく、勝利への方向性はロマンティシズムに満ちた夢に終わっている。しかし阿壠文学の価値は、まさにこういうアンバランスのうえにこそあると言えるのかもしれない。阿壠は現実の暗黒を徹底的に描き切ろうとしていた。そしてその凄惨な作業の極北に光を見出しているのである。逆に言えば、「光」、つまり阿壠の信じる希望の方向は本質的に現実認識の深化からしか生まれないはずのもので、「金字塔」のような理論から演繹的に導き出されるものではないのだ。『南京血祭』においては、作者が最終的な修正の手を入れることができなかったという、決定的な負の状況に目をつぶったとしても、希望と現実のアンバランスなベクトルが同時に存在しているのである。このような矛盾をはらむ立ち位置は、一九三〇年代以降抗日戦争の歳月を超え、内戦時期に至るまでの中国の良心的知識人に共有された時代の特質だったのかもしれない。

阿壠における現実認識の深みとその対極に置かれる象徴主義的な傾向については、次の阿壠自身の指摘に着目すべきであろう。

このような誇張した芸術の完成は、「真実」の情緒を前提として初めて保証される。そしてこれによって成り立っているからこそ、この芸術はその反発作用として有効かつ充分に「真実」の情緒を保証するのである。情緒における「真実」とは、ある情緒の突出のことである。それは高揚して燃え上がるものではなく、集中して先鋭化するものなのである。(11)

阿壠は「事実」の羅列が「真実」になるとは考えない。「真実の情緒」こそが文学の価値を決定する要素なのである。また同時に「南京」の創作において、特定の主人公に強引なストーリー性を持たせるような虚偽も否定した。現実に存在し得ないヒーローなど不要であるばかりか有害なのだ。『南京血祭』の報告文学とも長編小説ともつかないといわれるジャンル性、およびおびただしい登場人物がちりばめられた章立て、ならびに各章の間の関連性の薄さは、考え抜かれた意図によって最初から構想されていたものだったとも考えられるのである。

4、「南京」の文学的達成――日本の作品との比較検討

阿壠の「南京」は中国人作家による初めての南京陥落の小説化であった。阿壠は現役の高級将校としての身分を持つ極めて特異な作家であり、その作風にも同時代の他の文学者には見られない独自の品性が認められた。本節では改めてその作品自体の文学的な到達度に関して、日本の作家との比較を通して考察していく。

まず南京陥落に関係する作品群と実際の戦闘状況について振り返っておきたい。一九三七年五月に日本軍は杭州湾上陸作戦を敢行するのだが、この状況は伍長通信兵だった火野葦平が『土と兵隊』および『花と兵隊』に作品化した。一九三七年七月七日の盧溝橋事変による日中全面開戦を挟んで、同年八月の上海防衛戦は阿壠が『第一撃』に、さらに同年一一月の日本軍による南京爆撃は『南京血祭』に作品化している。同年一二月一三日の南京陥落は同じく『南京血祭』と石川達三の『生きている兵隊』に描写され、石川は陥落後の翌一九三八年一月の状況も作品化している。この年五月の徐州作戦は火野葦平の『麦と兵隊』のテーマとなっており、阿壠も『南京血祭』の「尾声」に印象的な描写を残している。

当時は首都南京陥落以前に、戦時首都として重慶が決定されており、一九三七年をピークに政府機関をはじめ経済、政治、教育などあらゆる部門と産業が重慶に移動していた。一九三八年六月には激烈な「大武漢防衛戦」が展開するが、一〇月二七日に武漢も陥落し、日本軍は当地を拠点に戦時首都重慶への戦略爆撃を開始する。そして翌一九三九年五月三日と四日、後に「五三・五四《ウーサン・ウースー》」と称されることになる大爆撃が重慶を襲う。このころ阿壠は延安および西安で「南京」の執筆に集中している。阿壠が重慶に移動するのは、一九四〇年二月のことだ。

（1）原民喜との比較

阿壠の迫真の筆力は、先述の空襲警報の描写に明らかなように、爆撃下の状況の再現シーンに端的に現れている。

いま、この大通りがまさに地獄と化している。死人、血、砕けた坂、瓦礫、曲がった鉄柱、変形した鉄の扉、後足のない三毛猫、電線、これらの恐怖と痛苦に満ちたものがこの大通りのすべてだった。建物の並びが一列完全にふっ飛んでいた。乗用車が一台灰と鉄骨を残して真っ黒に焼かれている。そして路面は裂け、（中略）そこの壁一面に点々と付着していたのはすべて爆撃で吹き飛んだ人の肉片だった。それは芸術家の描く「桃林に春馬を試す」という図案そのものだ。赤や紫の色をした腸が、葉をすっかり落とした木の枝にひっ掛かっている（中略）家の軒の上まで飛ばされた子供の首が一つ、やり場のない怒りを込め太陽を睨みつけている。[12]

南京の貧民の暮らしていた下町に対する日本軍の爆撃のシーンである。防衛任務に就く厳龍少尉の視線を通して、爆撃によって現出した凄惨な世界が語られるのだ。厳龍の目に飛び込んできたのは、無機質のものが異様な形に変容し、生命の宿っていた肉体が想像を超える色彩と構図で異質な造形を形作っていく新しい地獄だった。この前後には、爆撃で極限状況に追いつめられていく人々の姿が、たとえば抱いていたはずの孫を失った老婆、幽鬼のようにさまよう群像、救援の人々の遭遇する凄惨な遺体など次々に描きこまれていくのだが、ここに描出されたシーンは、磨きこまれた文章によって爆撃全体の想像を絶する恐怖と破壊を読者に強く印象付けている。

阿壠の筆致は、原爆投下直後の広島を描いた原民喜[13]の『夏の花』を彷彿とさせる。原民喜はこの作品の中で、妻の姿を求めて地獄と化した広島市内を彷徨うのである。

ギラギラと炎天の下に横たわっている銀色の虚無のひろがりの中に、路があり、川があり、橋があった。そして、赤むけの膨れ上った屍体がところどころに配置されていた。これは精密巧緻な方法で実現された新地獄に違いなく、ここではすべて人間的なものは抹殺され、たとえば屍体の表情にしたところで、何か模型的な機械的なものに置換えられているのであった。苦悶の一瞬足搔いて硬直したらしい肢体は一種の妖しいリズムを含んでいる。電線の乱れ落ちた線や、おびただしい破片で、虚無の中に痙攣的の図案が感じられる。だが、さっと転覆して焼けてしまったらしい電車や、巨大な胴を投出して転倒している馬を見ると、どうも、超現実派の画の世界ではないかと思えるのである。（中略）路はまだ処々で煙り、死臭に満ちている。[14]

阿壠も原民喜も、この爆撃を無機質なモノと命のあった肉体との異様な変貌において、新たな構図を持った絵の世界と捉える。もちろんこの二人の文学者に交流も影響もあり得ないのだが、創作において不思議な一致が感じられるのである。それは実際の爆撃下で生存の極限と人間性の破壊を経験させられた芸術家の魂が、自然に共鳴した結果だったと言えるのかもしれない。ここに見られる恐怖と無念とは、「南京」執筆当時阿壠の抱いていた深い思いとまったく共通している。

（2）石川達三との比較

阿壠の原作「南京」と石川達三[15]の『生きている兵隊』とは、南京陥落の多くの場面において共通する描写を残している。石川達三は一九三七年一二月二一日に中央公論社特派員として中支方面に派遣され、翌年正月まで南京に滞在して取材に集中した。そして一月末に帰国後、ただちに執筆に取り掛かり、一〇日間にわたり昼夜ぶっ通しで『生きている兵隊』三三〇枚を完成、『中央公論』の同年三月号（二月発行）に掲載された。しかし発売即日に「新聞紙法違反容疑」で発禁処分となり、九月に「禁錮四ヶ月執行猶予三年」の判決が下された。この判決に対し検事側は不服で控訴したが、石川は判決後、再び中央公論社特派員として武漢作戦に従軍した。翌年第二回公判において前判決は確定した。この際にゾルゲ事件の尾崎秀実が証人として出廷していることは有名な事実である。なおその後、一九四〇年に「紀元二六〇〇年」の恩赦により、禁固刑は三ヶ月に減刑されている。『生きている兵隊』は、戦時中は出版できない状態が続き、終戦後一九四五年に河出書房より刊行されている。

南京陥落、この歴史的事態に対して、阿壠と石川達三とはまったく正反対の立場から創作に臨んでいることは言うまでもないが、戦争という極限状況下における知識人の精神性を主題としている点は、モチーフにおける重要な共通の態度として考慮すべきだろう。

石川達三は医学士近藤一等兵の倫理意識の変容を次の有名な場面で描出している。

他の兵は彼女の下着をも引き裂いた。すると突然彼らの眼の前に白い女のあらわな全身が晒された。それは殆ど正視するに耐えないほど彼らの眼に眩しかった。見事に肉づいた胸の両側に丸い乳房がぴんと張っていた（中略）（近藤一等兵は）腰の短剣を抜いて裸の女の上にのっそり跨がった（中略）彼は物も言わずに右手の短剣を力限りに女の乳房の下に突き立てた。（中略）医科大学を卒業して研究室に勤めていた彼にとって女の屍体を切り刻むことは珍しくない経験であった。しかし生きている女を殺ったのは始めてである。

今になって格別に残酷すぎたとは思わない。スパイであれば当然の処分であった。（中略）生命が軽蔑されているということはすなわち医学という学術それ自体が軽蔑されているということだ。自分は医学者でありながらその医学を侮辱したわけだ。（中略）そうだ、戦場では一切の知性は要らないのだと彼は思った。[16]

石川達三は、スパイ嫌疑のかけられた若い女性を殺害する医学士近藤一等兵の述懐を通して、「戦場では一切の知性は要らないのだ」と結論付ける。そもそも石川の執筆動機のなかに、「南京陥落」「日本軍大勝利」を祝賀の提灯行列で単純に騒ぎ立てて喜びふける日本人の目を覚まさねばならないという強い自覚があった。石川は知識人が脆弱な倫理性に浸っていることを戒めようとする構えを持っていたのである。『生きている兵隊』の初版の「自序」には、次の文章がある。

原稿は昭和十三年二月一日から書きはじめて、紀元節の未明に脱稿した。その十日間は文字通り夜の目も寝ずに、眼のさめている間は机に座りつづけて三百三十枚を書き終わった。（中略）私としては、あるがままの戦争の姿を知らせることによって、勝利に傲った銃後の人々に大きな反省を求めようとするつもりであった。

石川のこの強烈な意識は、次の従軍僧侶片山玄澄の殺戮場面ではさらに明白に読み取れる。

（残敵掃蕩の部隊とともに入ってきた）片山玄澄は左の手首に数珠を巻き右手には工兵の持つショベルを握っていた。そして皺枯れ声をふりあげながら路地から路地へと逃げる敵兵を追って兵隊と一緒に駆け回った。（中略）「貴様！……」とだみ声で叫ぶなり従軍僧はショベルを持って横殴りに叩きつけた。刃もつけていないのにショベルはざくりと頭の中に半分ばかりも喰いこみ血しぶきを上げてぶっ倒れた。

「貴様！……貴様！」

次々と叩き殺していく彼の手首では数珠がからからと乾いた音を立てていた。彼は額から顎鬚まで流れている汗を軍服の袖で横にぬぐい、血の滴るショベルをステッキのように杖につきながらのそのそと路地を出て行くのであった。（中略）

いま、夜の焚き火にあたって飯を炊きながらさっきの殺戮のことを思い出しても玄澄の良心は少しも痛まない、むしろ爽快な気持でさえもあった。(17)

石川達三は日本軍における実際の取材を通して、知識人の典型たる医師と僧侶を見出し、その知的精神性の崩壊を、戦時下の必然として描いた。彼にとって、それは戦争遂行のうえで必要な姿勢であり、知識人の持つべき覚悟とでもいうべき精神力であった。しかし石川の筆致の迫力は、原作者の意図を超えて、戦争の凄惨な真実に触れたばかりでなく、日本軍の潜在的に持つ反社会的倫理性の辿る崩壊の道をも示してしまったのだ。即日発禁処分の理由はあまりにも明らかである。

これに対し、阿壠においてはこれまで検討してきたように、南京陥落という絶望的敗北と国家壊滅の危機が、若き知識人の虚弱な傾向性から精神力の高みへと導く決定的状況として捉えられていく。登場人物の第一の群像、知識人の青年将校たちの成長が物語の重要なテーマとなっているのだ。たとえば阿壠は、南京から資産家たちが避難していった後に残る豪邸で、中国兵が略奪を働いている場面を容赦なく描く。近年の反日映画などの作品では決して見られない描写である。荒れ果てた南京市街を感傷にふけって歩いている学生出身の将校袁唐少尉が、ちょうどその略奪の行われている豪邸に立ち寄るのである。袁唐は略奪する農民兵に激怒して、反射的にその兵を殴打する。袁は叫んだ。「貴様は中国兵だぞ！　それでも中国の兵隊か！　恥知らずめ、中国兵の面汚しめ！」

これに対して農民兵は殴られる理由がわからない。兵は、「わたしは焼いてしまう物なら持っていったって構わないと思いました」と袁に答えるのである。袁はその時、この戦争の性質と自分の立場を深く認識する。

こういうことは普通の兵の無邪気さの表れでしかない（中略）兵というのは百姓でもあるんだ。連中がどれだけ分かっているというんだ。俺は殴るべきじゃなかった。……初めて人を殴ったのに、間違ってしまった。[18]

石川達三の描く医学士が医師としての倫理性や精神性から遠ざかっていくのに対し、阿壠は青年将校が殴打という一種の暴力行為を通して、中国の農民兵の本質を肌で知り、さらに知識人として軍務につく意義に目覚めていく姿を描出している。

また宗教家と戦争の現実に関しては、石川達三の描く片山玄澄の凄惨さは筆舌に尽くしがたいものがあるが、阿壠は爆撃下の市街を彷徨う敬虔な仏教徒を中心に据え、その遭遇する残酷無比な現実の前に、宗教者としての自制心を失って発狂する姿を描いていく。鐘玉龍は四肢をもぎ取られた死体や、瀕死の人々の群れの中をふらふらと進みながら、精神崩壊の道をたどる。その最後のスイッチとなるのが、次の場面である。

この世に仏なんかいない！　ああなんと罪深い！　わたしには日本をやっつけられないのか、ああ阿弥陀仏よ、どうやって日本をやっつけたらいいんだ、こんな有様なんか見たくない！　それより、俺を、俺を死なせてくれえ！

（中略）

彼はもう気が狂いそうだった。そして大声で叫びたかった。地に跪き天の犯した罪を責めずにはいられなかった。この世界は、この暴虐に苦しむ世界は、仏の御心によって作られたのではなかったか。残忍な日本の飛行機は仏の掌から生死をつかさどる大権を奪ってしまったのか。そして日本人が中国人より善良で穏健だからといって、仏は千災百劫の罪を中国人にだけ下したもうたのか。それもこの年若い母親やかわいらしい無邪気な子供までも容赦せずに。

（中略）

そうしているうちに、彼はまた目撃したのだ。そこには壁が一面だけ完全な姿で切り立っていた。そしてその外側に、柱が折れて瓦が崩れ落ちた離れがぽつんと残っていた。ここには四、五人の人が爆撃を避けて逃げ込んでいた。中年の女の血の気の失せた青白い顔が閂のかかっていない戸の隙間から見えた。その顔は天井を通して空を見上げていた。軒下には半分吹き飛ばされた頭が転がっている。

突然、敵機が三機、真上に飛来して、強風をたたきつけた。

次の瞬間、彼がまだ訝しさも恐ろしさも感じないうちに、爆弾がドーンという音とともに投下され、ちょうどこの天井に命中した。そしてあたり一面まったくの暗闇となり、鼻を衝く硝煙と灰燼に包まれた。壁はバタッという音とともに完全に倒壊した。子供が一人泣き叫んでいる。破片、煉瓦や泥土などが空中に舞い上がり飛び交っている。

何か柔らかいものが鐘玉龍の口の中に飛んできて、危うく喉を詰まらせるところだった。「なんだ、これは?」

(中略)

右の掌に受けてこのわけのわからないものに目を近づけてみると、それはまるで熟しきった水蜜桃の噛みとられたかけらのようで、生々しいほど赤く、グチャグチャしている。彼はさらにしっかりこれを見つめた。——なんと、これは肉片ではないか!

彼は蠍に触ったように、反射的にそれを投げ捨てたが、その手は罪の意識に縮まった。それからすぐに嘔吐した。腹の底から猛烈な力を持った嫌悪感が、怒った雄牛のように外へ外へと突進してくる。その力はポケットを裏返すように、彼の臓腑を完全にひっくり返そうとしていた。

彼は目を見張り、太った頬と唇を膨らましてはへこませた。そして空を仰ぎ、不実な親友を責めるような口調で、悲痛な声を張り上げた。

(中略)

彼はワアーと叫ぶと走り出した。そして怯え切って瓦礫の堆積に突き進み、幾度も転びながらそれを乗り越えて、路地から飛び出した。それから爆撃の続いている大通りをまるで疾風のようなすごい勢いで走り回った。
鐘玉龍は狂ったのだ。(19)

阿壠は敬虔な仏教徒鐘玉龍の精神崩壊の過程を劇的に描いた。彼は普段まったく肉類を摂らず、すべての生命への憐れみと仏への精進に日々を送っていたのだが、この爆撃の日、人肉の破片を口にしてしまうことになる。ここまでの地獄めぐりのような残虐を目の当たりにして、この仏教徒は敵日本への憎悪を滾らせるのだが、そういう憎悪自体、信仰の人が持つべきものではないと鐘玉龍は自責する。しかし憎悪は抑えようもなく膨らみ、仏の御心までもが疑わしく思えるようになっていく。もはやこれまでの信仰生活の中心がぼろぼろになってきているのである。そして「人肉のかけら」、この段階で、彼の精神性は完全に崩壊する。阿壠は戦争の残酷な現実が一人の忠実な信徒を追い詰めていく階梯を描き切った。我々は阿壠の筆致が信仰の尊さを蹂躙するのではなく、戦時下における非人間的状況の告発に全神経を集中していることに注目すべきだろう。石川達三の描く宗教者は、筆とともにますます信仰の理念から遠ざかっていくのだが、阿壠においてはまったく正反対のベクトルが働き、高い宗教的倫理性が保持されていると言えよう。

（3）日本兵の涙について――「慟哭」の意味

阿壠の「南京」は中国で刊行された際に『南京血祭』となっていた。その理由は第一節で述べたとおりである。本書日本語版は拙訳によって『南京慟哭』という書名となったのだが、邦題の理由は、阿壠の原作に涙する日本兵の姿が印象的に描きこまれているからである。石川達三と阿壠の双方が持っていた知識人の戦争参加の命題がここに関係している。

石川達三は知識人の脆弱さを超越しなければ戦争遂行はできないとし、その脆弱さの主要な要素として、知性が人の精神に及ぼす倫理的拘束力までも含めてしまった。したがって石川によって描かれる知識人の戦争は、反知性的かつ反理性的にならざるを得なくなるのだ。一方、阿壠は知性の力を最高に発揮する方向性と努力がない限り、中国の防衛戦は戦いぬけないと強く主張しているのである。阿壠は抗日戦争勝利の確信を、倫理的に中国が保持しうる「義」の存在に見ており、侵略者日本の敗北の理由も、日本が理知的で倫理的な「義」を喪失しているところにあると確信しているのだ。阿壠のこうした創作の態度が「南京」における日本兵の涙に結ばれていく。

次にあげる場面は、中国版『南京血祭』編集の際に削除された箇所である。これは筆者が阿壠の子息陳沛から原作ノートを示されたときに見出した貴重な一節で、日本語版『南京慟哭』で初めて再現することができた部分である。[20]ここでは南京の民家に侵入した日本兵が、中国の老婦人の前で泣き崩れているのだ。

戸を開けて入ってきたのが日本兵だったので、張の奥さんはすっかり慌ててしまった。娘の阿蘋はすぐに奥の間に隠れ、中から鍵をかけて閉じこもっている。彼女は中で、声をたてないようにしっかり口を噤み、抽斗から取り出した鋏を握りしめて泣いていた。

敵が入ってきたとき、二人はちょうど日本人が誰彼かまわず強姦するという話をしていたところだった。鼓楼では強姦された挙句殺されたお婆さんがいたそうだ。お婆さんは裸に剥かれ、まるで悪質な冗談のように、あそこに草を詰められていたそうだ。

十四人の日本兵に輪姦された十三歳の娘の話も出た。大切に育てられた花のような少女で、まだつぼみの娘だったのに、ひどい輪姦で息も絶え絶えになり、下腹部が無残に腫れ上がっていたのだそうだ。

「人間のやれることじゃないわ、まったく畜生にも劣る奴らなのよ！」

奥さんは日本軍を罵倒していた。しかしこう罵ったほんの数分後に、日本兵が自分の家に、自分の目の前に現れたのだ。

奥さんは何をどうしたらいいのかまったくわからなかった。ただひたすら命がけで娘を守り、何としても娘を逃がすことだけを思いつめていたのだ。

彼女は日本兵の前に跪いた。自分がどうなっても、阿蘋には指一本触れさせないつもりだった。

しかし日本兵は穏やかに彼女に近寄り、彼女を助け起こして椅子に座らせた。そして中国語で話しかけるではないか。

「ニィテ、プヤオパ……（恐がらないでください）」

奥さんはすっかりわけがわからなくなってしまった。

本当に日本人なのかしら、どうしてさっきの噂みたいなことをしないんだろう。いったい何をしたいのかしら。これだけで済むはずはない、きっと何か恐ろしいことを考えているに決まっているわ。日本人も中国語が話せるなんておかしい、この人は広東人かもしれない。

奥さんは日本兵を見つめた。しかし手の震えは止まらなかった。涙で潤んだ瞳も震えたままだった。

「ニィテ、ツォ　ウォテ　マァマ、ウォテ、ツォ　アルツ。（あなたは私のお母さんのような方です、私はあなたの息子みたいな者です）」

今度はこの日本兵が跪いた。そして溢れる涙で頬を濡らしながら、奥さんを見上げて微笑んだ。それから彼は張家の祖先の霊を祭ってある部屋に行き、また跪いて俯き、敬虔な祈りを捧げた。(21)

中国の反日作品では、日本兵の野蛮さが典型描写の中に組み込まれており、いつも残虐で放埒な野獣となって読者の前に現れる。しかし前章で見たとおり、阿壠はそうしたステレオタイプを厳しく拒否していた。彼は最後まで人間を描くことに執筆者の良心を賭けていたといっていい。ここで涙にくれる日本兵を通して、人間としての彼らもやはり残酷な戦争の被害者の側面を持っているのだということが、切々と伝わってくるようだ。

もう一箇所、印象的な日本兵の涙の描写がある。これは長江の川岸で遺体処理に駆り出されていた私塾の老先生曹公俠が、思わず日本兵の死体を蹴飛ばしてしまうという場面で、日本版『南京慟哭』の最後の一文となる箇所である。

先生は日本兵の死体を下ろしたとき、無意識のうちに笑っていた。そして死体のだらしなく開いた口が憎たらしく思えて、思わず足で蹴ってしまった。

しかし不運にも、先生の行動はすべてあの監督の日本人に見られていたのだ。

日本人が先生のほうにやってくる。だが男は先生を殴りつけようとはしなかったし、銃も向けてこなかった。それどころか男は先生の前で腰をかがめたのだ。そして指で地面に一つの丸を描いた。

それから男はまた後ろに退き、先生を見つめながら右手を首の後ろに当て、首を斬り落とす真似をした。

しかしこのとき、日本人の目には大粒の涙が溢れていたのである。それが何故なのか、理由は分からなかったが、確かにこの日本人は泣いていたのだ。[22]

ここに描かれたような、涙する日本兵の存在は史実としては議論の余地があるかもしれないが、現役の前線指揮官の一人としての阿壠こと陳守梅少佐には、多くの戦友や友人を通して、間違いなくこうした情報が寄せられていたのだ。実際当時の中国の新聞には、自殺した日本兵の記事も掲載されていて、勝ち進んでいるはずの日本軍の精神的貧困は、中国知識人の話柄に上っていたのである。

『南京慟哭』においては、この最終段の直前に、次の一節が置かれている。壊滅状態の南京を脱出した厳龍少尉の新たな旅立ちのシーンである。厳龍は青年将校として力強く成長していた。彼はひどい霧の中を中国の部隊を求めて歩いていた。その前にうっすらとした灰色の林の陰影が見えてくる。そこに近づき、彼は大きな木の下で一休みした。

大粒の水滴がポツリポツリと厳龍の体に落ちてきた。ふと見上げると大きな木の枝に外套のようなものが何枚か掛かっている。ぼんやりとしてよく見えないが、八枚はあるようだ。不思議に思って近づいてみると、それは日本兵の首つり死体だった。それもどうやら自殺のように見えた。

厳龍には絶えまなく落ちてくる大粒の水滴が、これらの死体の目から流れ出る声なき涙のように思えた。

「なぜなんだ?」

日本兵の自殺が何を意味しているのか、彼は深く考え込まざるを得なかった。

「日本は南京をすでに占領した。これは途方もない皮肉なのか。彼らの言う『生命線』に到達し、勝利をかち取ったときに、なぜ自殺しなければならないのだ」

答えは見つからなかったが、突然彼の脳裏にひらめいたことがあった。彼は自分の前途と中国の前途に光明が満ちていることを確信したのだ。そして袁唐の言うように、日本は重大な矛盾をその内部に抱えているがゆえに、必ず敗れるということが、このときはっきりとわかった。それは目前の深い霧を吹き飛ばすようなひらめきだった。

厳龍は歩き続けた。行く先は徐州である。(23)

阿壠の「南京」はやはり象徴主義の傾向の強い作品である。この最終段に込められた意味はもはや誰の目にも鮮明で、中国の勝利を担う若き知識人、青年将校の力強い旅立ちと勝利者であるはずの日本軍人の精神的衰退が、極めて対照的に描きこまれているのである。現実を超えた真実の姿を創造することが、阿壠にとってのリアリズムの精神であることを今一度思い起こす必要があろう。

（4）対象化される現実——史実との関連における小説

阿壠の石川達三との描写の共通性は、史実との関連においても重要な問題を提示している。それは挹江門《ゆうこうもん》の惨劇に関することである。南京陥落の際、日本軍は南京市内を厳しく包囲し、四方から侵入していったのだが、西北側城門をただ一つ、長江下関に続く挹江門は開けていた。当然この門を目指して、南京市民も中国軍の敗残兵も殺到することになる。生き延びるわずかな好機を挹江門に求めたのである。石川達三は次のように描いている。


友軍の城内掃蕩はこの日もっとも悽愴であった。南京防衛軍総司令官唐生智は昨日のうちに部下の兵をまとめて挹江門から下関に逃れた。

挹江門を守備していたのは広東兵の約二千名であった。彼等はこの門を守って支那軍を城外に一歩も退却させない筈であった。唐生智とその部下とはトラックに機銃を載せて、城門を突破して下関に逃れたのであった。

挹江門は最後まで日本軍の攻撃を受けなかった。城内の敗残兵はなだれを打ってこの唯一の門から下関の碼頭に逃れた。前面は水だ。渡るべき船はない。陸に逃れる道はない。彼らはテーブルや丸太や板戸や、あらゆる浮物にすがって洋々たる長江の流れを横切り対岸浦口に渡ろうとするのであった。その人数凡そ五万、まことに江の水を真っ黒に掩うて渡っていくのであった。そして対岸に着いてみたとき、そこには既に日本軍が先回りして待っていた！(24)

この挹江門での惨劇には、日本軍が故意に開けておくという戦術があったことを前提にしたうえで、さらに次の要素が確認できる。第一に挹江門での戦闘が中国軍内部の武闘であったこと、第二に日本軍の戦術が功を奏し、長江渡河に殺到した中国人が数万人規模で死んだということである。第一の中国軍内部での武闘に関しては、石川は南京守備軍司令官唐生智将軍が、挹江門守備部隊に対してトラックに据えた機銃を乱射しながら門を突破して脱出したと書いている。この部分は有名な箇所で、近年公開された映画『南京！南京！』でも、中国軍同士の抗争の場面を残している。しかし映画においては非常にあいまいな形にぼやかされた、いわば中国軍に遠慮したような描写であり、石川の描いた機銃の乱射は映像にもなっていない。

南京・挹江門（筆者撮影）

これに対して、阿壠の描く挹江門の惨劇は極めて深刻であり、これまで公表されたあらゆる南京陥落を描く作品において、もっとも残虐な描写となったのは間違いない。

事実としての挹江門の大混乱については多くの証言が残っているのだが、注目すべきは、日本軍の圧倒的な恐怖が迫っているとはいえ、生き延びようとする中国軍同士、中国人同士でパニック状態の殺戮が展開してしまったことである。阿壠は新街口や中山北路から、挹江門まで逃げ惑う群衆がびっしりと連なったと書き起こし、群衆の集中した挹江門で行われた悪夢を次のように描いている。

挹江門の三つの城門はすべて半分しか開かれてなく、後は砂嚢で塞がれていた。守備部隊は人の通行を一切禁じて、群衆に対して散発的な威嚇射撃をしている。群衆は盛んに罵り声を上げて大騒ぎをしている。

しかし群衆はこの城門を結局突破した。転んで倒れたような者を踏みつけて、すごい勢いで流れ出している。

この群衆に対し、守備部隊が機関銃の掃射を開始した。大混乱に陥った群衆の中からもこれに応戦して発砲する者があり、城門の上と下でまるで市街戦を演じているようだ。秩序など完全になくなり、人々が際限なく密集してくる。倒れた人の顔を後から押し寄せる人が次々に踏んでいく。鼻がつぶされ、眼球が飛び出し……人がばたばたと倒れる。押し寄せる人の足元で秋の虫のような呻き声が広がり、倒れ重なった人垣から号泣が響く。それでも人々は城門をめがけて突き進むのだった。……

「上から撤退せよと命令されているんだから通せ!」

「上からは誰一人絶対に通すなと命令されているんだ!」

倒れていく人、押し寄せる群衆……

間もなく、死体と重傷の人間が、半分だけ開いていた城門を厚く厚く塞いでいった。

この時、小型の戦車が三台群衆を波しぶきのように跳ね飛ばしながら、フルスピードで突進してきた。押しつぶされた人の血が戦車のキャタピラを真っ赤に染め、血肉の塊が泥水のようにあたり一面に飛び散った。激怒した兵士たちの罵声と射撃がこの戦車に集中したが、戦車は人肉でできた道路の上を、車体を揺すりながらまるで何事もなかったかのように走り去っていった。

城門は一〇メートルほどの高さがあったが、今ではすでに小さな穴でしかなかった。人々は人間の肉体で作られた坂を登り、腰をかがめてこの穴をくぐっていくのだった。

死者の間に埋まってしまった馬が首をもたげて激しくいないている。馬は自分の悲惨な定めから抜け出ようと、必死にたてがみを振り乱して頭を持ち上げる。見開かれた眼、荒々しい鼻息、茶色の眼には痛々しく膨張した血管

が浮き出ている。やがて馬はしだいに衰弱し、嚙みしめた大きな歯の間から白い泡を大量に吹き出した。(25)

阿壠は南京市内中心部の新街口から挹江門まで、南京から逃げ延びようとする群衆がびっしりと連なっていたと記述しているが、詳細に見てみると、それはたいへんな距離となることがわかる。新街口は南京中心部の繁華街で、そこからまっすぐ北に中山路が伸びている。この賑やかな大通りを一キロメートルほど行くと鼓楼に出る。この鼓楼から北西の下関地区までおよそ六キロメートル、市内を突き切るようにして走っているのが中山北路であり、挹江門はこの大通りの突き当り付近に聳える南京市内北西部を守る城門だったのである。挹江門は長江に開いた城門であり、挹江門から最短で七〇〇メートルほどで長江川岸に達する。そして川岸から対岸まではおよそ一五〇〇メートルある。この最後の命を賭けた大河まで一〇キロメートルにも及ぶ道のりが市内から逃げ惑う人々でびっしりと埋まり、無秩序な大混乱が展開したということになるのだ。

阿壠はこのパニック状態に中国の軍隊の致命的な弱点を見出したからこそ、そして中国民族の悲惨な宿命を見抜いたからこそ、このもっとも残酷な描写をあえて詳細に綴り続けたのである。後世の人々は、この場面を原稿に綴っていた時に阿壠の胸を覆っていた深い悲しみを読み取るべきであろう。

現在南京には有名な「南京大虐殺記念館」があり、様々な展示が行われているのだが、この挹江門に関してはほとんど触れられていない。実際に挹江門付近から長江川岸まで歩いてみても、この史実に対するモニュメントは見つからなかった。長江に出たときに一番目を惹いたのは「渡江勝利記念館」の壮大な紅旗のモニュメントであったが、これは抗日戦争の時代でなく、国共内戦終盤の一九四九年に共産党の人民解放軍の大軍が長江を渡ったことを記念するもので、下関地区挹江門における殉難者を偲ぶ記念碑ではなかった。阿壠の作品が発表当時出版を見送られた理由の一端がここに推測され、またその政治的理由は現在にも影を落としているように思えてならないのである。

（5）火野葦平との比較

第一章でも触れたように、阿壠が「南京」を執筆した直接の引き金になったのは、火野葦平の通信兵としての執筆態度に憤激したからである。阿壠は次のように述べている。

ある日私は、当時中国にいた日本の文学者池田幸子さんからこう言われた。以前彼女は中国のルポルタージュを高く評価していたが、最近日本でも石川達三の『生きている兵隊』以外に、また新しく一六万字に及ぶルポルタージュが出版された。当然それは侵略戦争の賛美であって、意識的には評価に値しない。しかしその分量と鉄砲を一発撃っては一筆書き継ぐという作者の創作態度は、中国の作者と作品を凌駕するものであるという。残念ながら彼女は書名と作者の名前を覚えておられなかったが、書かれた内容は杭州湾から上陸して徐州で会戦するというもので、作者は通信兵だったそうだ。

私は自分を、中国人としての自分を恥じた。そして激しい怒りにとらわれた。私は「偉大な作品」が抗日戦争に生まれず、侵略戦争に生まれたなど、とても信じられない。それに分量と創作態度のことも、私を不快にした。

恥辱だ。

このルポルタージュを私はまだ読んでいないが、最近日本の文壇動向に関する論文を読んで、火野葦平の『麦と兵隊』のことだと察しがついた。

中国はすでに抗日戦争という血で書かれた「偉大な作品」を持っている。もしもこの「作品」の忠実な複写ができるのなら、やがて近い将来に、インクで書かれる偉大な作品も出現するはずだ。これは必ず『麦と兵隊』を超えるものになるだろう。もしこれがついに現れないなら、それは中国の恥だ。
しかしもとより私には「偉大な」野心など微塵もなかった。ただ心の中で憤怒の炎が燃えていただけなのだ。[26]

阿壠を執筆に奮い立たせたのは、通信兵火野葦平[27]の『麦と兵隊』だったのである。彼は侵略者の側にこの戦争の文学的果実を奪われることに、本能的な嫌悪感を抱き、激しい闘志を燃やした。火野葦平の文学者としての姿勢は、次の『麦と兵隊』の序文に現れている。

私は戦場の最中にあって言語に絶する修練に曝されつつ、此の壮大なる戦争の想念の中で、なんにもわからず、盲目のごとくになり、例えば私がこれを文学として取り上げる時期が来ましたとしても、それは遥か先の時間のことで、何時か再び故国の土を踏むを得て、戦場を去った後に、初めて静かに一切を回顧し、整理してみるのでなければ、今、私は、この偉大なる現実について何事も語るべき適切な言葉を持たないのであります。私は、戦争について語るべき真実の言葉を見出すということは、私の一生の仕事とすべき価値あることだと信じ、色々な意味で、今は戦争についてては何事も語りたくはないと思っていたのです。しかしながら、又、別の意味で、現在、戦場の中に置かれている一兵隊の直接の経験の記録を残しておくことも、亦、何か役に立つことがあるのではないかとも考え、取りあえず、ありのままを書き止めて置くことに致しました。[28]

火野葦平の文学者としての態度は、皇国の聖なる戦争に参加できる喜びに満ち、通信兵としての責務を十二分に意識したものだった。この姿勢の傾向性は、目的が侵略軍の賛美にあるという大前提はあるものの、戦争ルポルタージュ作家にとって極めて理想的な覚悟だったといえよう。火野は次にあげる『土と兵隊』の序文で、さらにこの立場を明確にしている。

私は数日の内に戦闘のために前線へ出発致します。私はそうして、既に私が取りとめのない通信を送って困らせた愛弟も戦場に出でたと聞き、我々はお互いに戦場の通信を交換しようと思い、弟の限りなき武運長久を祈りつつ、「土と兵隊」の筆を擱きました。又、私はこの文章の中に出てくる私の愛する兵隊達の下へ帰り、再びそれらの兵隊とともに戦場を馳駆することに対し、喜びに似たものがあるのであります。[29]

阿壠は執筆段階で火野葦平の作品を読んでいないと書いているが、石川達三の『生きている兵隊』も火野葦平の『麦と兵隊』も、出版後かなり速やかに中国語で部分訳が読める状態になっていた。[30] 実際、胡風は武漢から重慶へ向かう船中で火野葦平の『麦と兵隊』を読了し、これを「退屈きわまりない作品」で「作者はこれによって私は悪魔になってはいなかったとみずからを慰めているに過ぎない」という感想を持ったと、その日記に記している。[31] 胡風の問題にした場面は、侵略の側のルポルタージュの持つ非人間性がもっともよく現れた描写ということができよう。それは『麦と兵隊』の最終段だった。

奥の煉瓦塀に数珠繋ぎにされていた三人の支那兵を、四五人の日本の兵隊が衛兵所の表に連れ出した。敗残兵は一人は四十位とも見える兵隊であったが、後の二人はまだ二十歳に満たないと思われる若い兵隊だった。聞くと、飽くまで抗日を頑張るばかりでなくこちらの問に対して何も答えず、肩をいからし、足をあげて蹴ろうとしたりする。甚しい者は此方の兵隊に唾を吐きかける。それで処分するのだということだった。従いて行ってみると、町外れの広い麦畑に出た。ここらは何処に行っても麦ばかりだ。前から準備してあったらしく、麦を刈り取って少し広場になったところに、横長い深い壕が掘ってあった。縛られた三人の支那兵はその壕を前にして坐らされた。後に廻った一人の曹長が軍刀を抜いた。掛け声と共に打ち降すと、首は毬のように飛ぶ、血が篩のように噴き出して、次々に三人の支那兵は死んだ。
　私は眼を反した。私は悪魔になってはいなかった。私はそれを知り、深く安堵した。(32)

この場面は『麦と兵隊』の有名な描写となった部分で、特に最後の行は火野葦平のヒューマニズムを感じさせる文章として受容する傾向もあるという。しかしここに描かれる排他的感情と人格無視の精神性は、あきらかに阿壠の持ち続けた創作理念とは異なるものだ。次の一文も、火野の文学性を表す描写である。

　私は衛兵所に行って見た。表口の狭い家の表に歩哨が立っている。入り口の近くに一人の年配らしい支那の兵隊が膝を抱いて蹲っている。額の広い眼の鋭い男である。綱が付いていない。私は訊ねてみた。これは中尉なのですよ、昨日津浦線の附近で捕らえたのですが、鉛筆を貸してくれというので、鉛筆を貸して書かしたところ、自分は今までの抗日的挙作を潔く揚棄する、ぜひ生命を助けて頂きたい、そうすれば自分は日本軍の為にいかなる犬馬の労でも採るつもりである、自分は湖北の地理に明るいから、来るべき漢口攻撃の折には自分が道案内を致します、と云うようなことを書くので、いろいろ訊い正した結果、司令部の方で、まあ何かに使ってみてもよいということになり、縄目だけは解いてやったのですよ、と衛兵の一人が話した。(33)

火野葦平には中国に生きる人々との魂の交流が微塵もない。侵略する側の振りかざす「正義」のみが彼の文学を支えているのだ。当時一〇〇万部のメガヒットという驚異的な記録は、火野が通信兵として、戦地の状況や兵たちの生活の真実を知りたいという庶民の願いに応え得たからであり、また日本の読者も単純明快に中国の愚鈍と悪辣なイメージを持ちたいと願ったからでもあろう。戦争における文学者の役割に慄然とすると同時に、戦争自体の非人間性の大きな影を改めて感じざるを得ない。

この項の最後に、阿壠の『南京慟哭』への「献辞」ともいうべき一文を紹介する。阿壠の文学が、侵略者のルポルタージュを本質的に否定していく力を持ちうる理由がここにあると思う。

（南京防衛戦は）まさに血にまみれた経験であり、教訓であった。
これは戦術の誤りだ！
しかしここに百世代にわたる運命が賭けられたのだ。
この一文にわたしのささやかな赤き心を込めて、南京退却の激しい風や波の中にあって想像を絶する苦難に喘ぎながら抗日戦争を支え続け、そして根付かせ、耐え忍んでいった将兵たちに、四億人の中の一人として感謝の限りを捧げる。[34]

5、『抗戦文芸』長編小説公募と「南京」発表までの不可解な経緯
――統一戦線政策と創作の自主性をめぐる推論

（1）阿壠「南京」が示す問題

阿壠「南京」の文学上の高い達成度は、これまで見てきたとおりである。ここでは、こうした阿壠の文学的才能と達成を前提に、なぜこの歴史的作品「南京」が当時すぐに刊行できなかったのかについて推論を述べてみたい。

阿壠は、西安に治療のために退いた時、長編小説「南京」を完成した。「南京陥落」をテーマにした小説が、日本

人作家によってすでに発表されているということに対する憤激に駆られ、そして中国軍人であり作家である自身の使命感に燃えて、阿壠は一気にこの長編を書き上げたのだ。その後『抗戦文芸』誌が長編小説の公募を行なっている事を知って、彼は「南京」を応募作品として投稿した。しかし実は、この公募は複雑な経緯をたどっており、最終的には公募自体がキャンセルされている。つまり「南京」は没にされ、発表の機会を失ったことになる。公刊された資料と関係者の回想録などの証言を追跡してみよう。

まず『抗戦文芸』であるが、この雑誌は一九三八年に組織された「全国文芸界抗敵協会（文協）」の機関雑誌で、老舎、郁達夫、胡風など錚々たるメンバーが名を連ねていた。胡風は研究開発部門の責任者で、この公募の中心的な役割をになう人物だった。『南京血祭』の「自序」（『南京慟哭』では「作者による解説」）では、阿壠は胡風から励ましと創作上の助言を受けていたと記述しているが、胡風はその回想録において、阿壠の創作について二度言及しており[35]、二度目の言及で長編小説公募に作品を提出したことは知らなかったとしている。

（文協の懸賞応募作品の選考に関して）すでに数編の原稿が送られてきており、作者については、その時の選考委員たちの取り決めで、名前と略歴は明かさないことにしていた。原稿は孔羅蓀の手元に置かれ、選考委員の一人として、彼は登録と原稿保管の責任を負っていた。その後、つづけざまに数編の作品を読んだ結果、内容と芸術水準から、最も当選条件にふさわしいと感じたのは、長編報告文学の「南京」だった。この小説は南京陥落を描いたもので、国民党軍の混乱と任務放棄を非難し、敵の残虐ぶりを告発していた。よくできた作品だと思ったわたしは、他の選考委員にも尋ねてみると、誰もがこの作品の素晴らしさを認めていた。ところがこのことから、孔羅蓀がこっそり作者名を見てしまい、しかもその名が広まってしまうという予想外のことが起きた。梅林がこの作者は、以前『七月』に作品を発表したことのあるS・M《ママ》だとわたしに告げた。〔S・M《ママ》自身は規則を順守して、応募することをわたしへの手紙に書いたり、ほのめかしたりしたことはなかった」。こうして応募規則を破ったのが選者ということで、選考が思わぬ方向に動きだし、わたしは窮地に立たされた。結局、当選作品なしとすることで決着をつけ、二篇の比較的優秀な作品に「原稿料」を与えることになった[36]。

胡風の回想録の記述をまとめると、事の顚末は次のようになる。

応募作品の選考委員会は、阿壠の作品を確かに受け付けたが、選定作業中に、委員の一人であった孔羅蓀が好奇心に駆られて、封印された作者の名前を見てしまった。委員会は公平選考の原則の下で作業しており、作者名は匿名にされていて、委員はそれを知ってはならないことになっていた。阿壠の名前は孔羅蓀から他の委員にも知らされ、それが胡風の知人で、胡風の雑誌『七月』の常連投稿者であることが皆の知るところとなってしまった。公平の原則に基づく厳粛な公募はこうした「不注意」によって泥を塗られ、結局、この公募自体をキャンセルしなければならない事態になった。しかし「不始末」の起こる直前まで選考の査読は進んでおり、この段階で、委員たちは皆阿壠の小説を第一席とすることで一致していた。阿壠の作品に対する高い評価は、この段階ですでに確定していたのだ。そしてこの「不始末」の妥協案として、阿壠には賞金四〇〇元が渡されることになった。

つまり端的に言って、これは表面化されはしなかったが『抗戦文芸』誌におけるスキャンダルといってもいい事件だったのである。胡風はこの賞金について、先の引用に続けて次のように述べている。

賞金は分けることができても、懸賞小説の波及効果を上げることはできなかった。「南京」などは、全員が一致してその出来をほめながら、発表や刊行の機会も与えられなかった。なぜなら、資金を提供した新聞社は彼らとつながりのある作家に賞を取らせたかったのだが、出てきたのが『七月』に関係する書き手だったため、失望して新聞に掲載すると言いださなかったからである。（中略）彼は賞を取る栄誉は得られなかったが、四〇〇元は治療のために大いに役立った。そのために文協に抗議しなかったのみならず、謝意すら示してくれた。中国的とは、損害を受けた者の諒解をこのように容易に得られるということに他ならなかった。当時、中国で唯一の南京大虐殺を描いた作品が現在に至るもなお、それにふさわしい評価を受けることもなく、また影響を与えていないということは、いかにも残念と言うしかない。[37]

この問題について胡風夫人梅志も同様な証言をしている。[38]梅志によると出版を申し出ていたのは、当時の有力紙である『掃蕩報』だったが、幻の第一席作品が左翼文芸誌『七月』と関係の深い作家のものだということがわかって、出版計画はうやむやのうちに消えてしまったという。

また、阿壠の『南京血祭』を出版するために奔走した緑原によると、この作品が当時出版できなかったのは、阿壠が戦闘の真実の姿と残酷な死をあまりにもリアルに描写しすぎたからだという。国民党政権下における言論抑圧を匂わせる発言である。

一見どれも理路整然とした説明なのだが、阿壠の作品がそれほど高い評価を持っていたとなると、いくつかの疑問が湧いてくる。第一に国民党軍系の出版社がこの作品の刊行から手を引いたとしても、左派系の胡風ら関係者たちがなぜ、この作品の出版を考えなかったのかということである。胡風自身『七月』を冠にしたアンソロジーや個人集、詩集などの出版を行なっていたし、他のメディアへ売り込むことも考えられたのではないかという疑問が湧いてくるのだ。第二に孔羅蓀ほどの名のある文学者、編集者が、なぜこのようなばかげたミスを犯したかということである。彼は巴金との親交も篤く、新中国の文壇でも重鎮的存在だった。しかもこれは『抗戦文芸』という正式な機関雑誌の公募選考作業であり、学生の同人誌の編集とはわけが違うのである。よほどの理由がない限り、これほど不名誉な初歩的ミスは犯さないだろう。第三は出版を申し出ていたという『掃蕩報』の問題である。この新聞は国民党の中央軍機関紙で、この当時『中央日報』と並んで国民党を代表する新聞だった。第一席の作者と『七月』の関係が明白になったがゆえに、この新聞社の申し出ていた出版計画が立ち消えになったというのだが、よく考えてみるとやはりおかしい。問題の左翼雑誌『七月』の編集責任者胡風が『抗戦文芸』の編集委員であり、研究部門の責任者であることは、公然たる事実だったはずだ。選考に胡風の意見が反映されると見るのは、当時の文学界にあっては、意外でも何でもない当然のことなのだ。

この三つの疑問は、阿壠個人の事情、あるいは胡風ないし孔羅蓀など『抗戦文芸』側の個別な事情によって、解答が与えられるものではない。もっと総合的な「時代」を見る視線が必要なようだ。

この問題の切り口として、文芸誌『抗戦文芸』の公募公告を確認しておこう。「公募公告」は第四巻三、四期合刊(雑誌原本が破れていて発刊年月日が読み取れなかった。他の資料でも明記されていない。ただ一九三九年初夏から九月までの発行であることは間違いない)に大きく掲載されていた。

「文協・作品公募公告」

一、応募作品は一〇万字以上の創作小説で、当選一作品を本会の組織専門委員会により決定する。
一、題材に関しては、(一)前線における戦闘情勢、あるいは(二)敵占領区における生活動態、あるいは(三)後方における生産建設の進展過程のいずれかとする。
一、当選者には賞金一〇〇〇元を与える。
一、原稿締め切りは今年一〇月末までとする。原稿送付先は重慶〔郵政〕箱二三五号、外地から郵送する際には、消印の期日有効とする。

一、当選者決定後、本人に通知するほかに、新聞公告を行なう。できうる時に表彰式を行なうが、これは遅くとも来年二月までには挙行することとする。

「説明」：

1、今回の公募は、本会が貴陽中央日報社と宜昌武漢日報社の依頼を受けて行なうものであり、賞金はこの両社によって醵出される。ただし、選考の責任は完全に本会に属するものである。

2、当選作品には賞金が与えられるが、版権はやはり作者が保有するものとする。しかし貴陽中央日報社と宜昌武漢日報社には優先的な発表権があるものとする。紙上にて発表する際には別途発表費が支給され、これは毎月月末に支払うものとする。

3、当選作品の紙上発表が決定された場合、貴陽中央日報社と宜昌武漢日報社はこれを同時に連載するものとする。しかし連載期間は三ヶ月を越えてはならない。連載終了後、作者はこれを単行本として出版販売することができる。ただし、その際、表紙およびカバーに「中華全国文芸界抗敵協会公募当選作品」という文字を書き込み、あわせて本会に計一〇〇部を贈呈しなければならない。

4、もし当選者のほかにも優秀な作品があったなら、本会はこれをも表彰し、あわせて作者の出版の援助を行う。

5、応募者は姓名〔本名〕、発表の際使用する筆名、信頼できる通信住所、作品のタイトル、および簡単な創作経過などを別紙にまとめて明記し、原稿に同封して提出すること。原稿のいかなる部分にも、作者の姓名を書いてはならない。郵送の際の包装紙には「公募小説作品」と明瞭に書き記すこと。

6、原稿は浄書して、句読点なども明記されていなければならない。

7、戦争中のことであり、交通通信が困難で、後方も空襲の危険を免れないから、作者は必ず別途原稿を保管し、郵送の際は書留郵便とすること。
8、本会は原稿を受領後、受け取り確認の返信は出さない。しかし選に漏れた作品は作者に返還する。

ここから、この公募に対する文協の並々ならぬ期待と意気込みが感じられよう。また賞金が一〇〇〇元だったこと、国民党系の二つの新聞社がスポンサーだったこと、匿名公募の原則の執拗なほどの強調、佳作にまでも出版援助を申し出るほどの出版への非常に高い期待などが明瞭に伝わってくる。その後、第六巻一期（一九四〇年三月三〇日発行）に「会務報告（総務部）」の中で「研究部の活動報告」があり、そこでこの公募の途中経過が触れられている。

研究部の今春もっとも忙しい仕事は、貴陽中央日報社と宜昌武漢日報社に代わって行なっている公募小説の審査である。二月の末までにまだ一〇作品しか受け取っていないが、その字数は全部で一五〇万字から一六〇万字にも及んでいる。研究部は審査方法を決定しており、それはすでに理事会の批准を得ている。さらに審査委員も推薦決定しており、この三月中旬をめどに査読を終了し、年次大会において当選者の表彰と賞金授与が行なえるよう選考活動を進めている。

後の資料でわかるのだが、阿壠は二番目の投稿作品であり、この一五〇万字という総作品字数からみると、阿壠の原作三〇万字というサイズが際立って大きかったことがよくわかる。圧倒的な長編だったのである。また研究部が選考を担当していることも明示されている。研究部責任者として、郁達夫、胡風、鄭伯奇の三名の名は本誌に何度も出ており、公募と胡風の関係は歴然たるものがあった。たとえば「研究部報告」（第四巻一期、一九三九年四月一〇日）には「主任（中略）郁達夫、胡風、鄭伯奇、工作状況」という小見出しで「研究部の状況は二つの段階時期、武漢時期と重慶時期、に分けて考えられる。武漢時期には主任郁達夫、胡風以外に魏孟克、邢桐華、羅蓀らを幹事として招聘し、活動の活性化を図った」などと記載されていた。ここから、主任胡風とともに、孔羅蓀が期待される活動家であり十分に信頼されていたことも読み取られよう。

『抗戦文芸』はその後二度、途中経過を報告している。

「文芸簡報〔記者〕」中華全国文芸界抗敵協会は武漢日報社[39]に代わって長編小説公募選考作業を進めており、第一陣の一〇作品の査読がすでに終了した。その後引き続き六作品の応募があり、現在、個別に査読を進めている。
（第六巻二期、一九四〇年五月一五日）

「会務報告〔総務部〕」（六）小説公募：本会は貴陽中央日報社[40]の委託を受けて抗戦長編小説の公募および審査を行なっているが、現在一九作品の応募があり、そのすべての審査を終了した。結果は文協改選大会において発表する。
（第六巻四期、一九四〇年一二月一日）

時が経つにつれて「小説公募」の扱いが小さくなっており、最終的には、次の報告となるのである。これは後ろのほうの頁（五七頁）の最後に横組みで組まれた簡単なもので、公募の最終報告といったタイトルさえついていなかった。

「文芸簡訊（署名なし）」（第二段落目に）貴陽中央日報社[41]の委託を受けて、文協は公募長編小説の選考を行なってきており、これまで前後して一九作品の応募があったのだが、組織委員会の選考評定の結果、当選作品なしという結論に達した。原作は返還され、賞金は貴陽中央日報社がこれまでどおり保管することとなった。ただ、応募作品中、応募番号二番の「S・M・」君の「南京」、応募番号一六番の陳痩竹君の『春雷』は実に優れた作品（「実為佳作」）なので、本会より原稿料（筆潤）としてそれぞれ四〇〇元を贈ることになった。（第七巻一期、一九四一年一月一日）

これが公募の最終結論だった。「S・M・」はもちろん阿壠のペンネームの一つである。「筆潤」四〇〇元は、当時の金額としてはやはり破格のものだったといえる。しかしそれにしても、当初の期待と意気込みから見ると、大きな後退だった。

阿壠と賞金を分けた陳痩竹[42]は英文学を専攻した翻訳者でもあり、ワーズワースやバーナード・ショーに関する論著もある学者肌の人物である。この『春雷』は江南での抗戦と反売国奴の闘争を描いたもので一九四一年に重慶で出版され、後に戯曲『江南の春』と改題されて当地で上演された。好評を博したという記述もあるのだが、『春雷』だけが出版されていたという事実は興味深い。選考委員全員が実力を認めていた「南京」は結局出版されなかったのである。まったく対照的な出来事と言わざるを得ない。

次に、この当時の重慶メディアの状況を確認しておこう。

（2）戦時首都重慶の新聞・出版界の状況

一九三六年一〇月の魯迅の死以後、「二つのスローガンをめぐる論争」は、周揚の主張していた「国防文学」路線に収斂されていく。これは共産党の側から言えば、国民党との統一戦線を第一義とする方針の堅持を意味する。西安事変を経て一九三七年には、この統一戦線政策が明確な姿を現し、侵略者日本との全面戦争に対する体制が整えられていく。そして押寄せる日本軍を前に、一一月には国民政府の南京からの撤退が決定され、武漢を経て重慶が戦時首都となるのだ。政府撤退の翌月、南京は陥落した。

一方重慶は、このころまでに政治的経済的な中心地としてにわかに活気付いていった。抵抗する中国の文化的中心地となったことも言うまでもない。抗日統一戦線の旗印のもと、多くの文学者が重慶に集まってきた。もちろん共産党員もいれば、共産党シンパもいて、著名な作家も続々と集結したのだ。巴金、老舎、郁達夫、そして郭沫若などのビッグネームもこの時期に重慶政府の要職に就いた。共産党の統一戦線政策は、着実に根付いていったといえる。

重慶政府時代の文化状況を記した資料『抗日時期的重慶新聞界』(43)によると、重慶の新聞界はこの時期、共産党と国民党が非常に優れた協力体制を敷き、紙面づくりや取材のみならず、新聞用の紙や活字の融通まで快く積極的に行なっていたという。共産党の『新華日報』社長潘梓年(44)が重慶に赴任した際、何よりもまず手始めに、国民党の新聞社など重慶各社との交流会に駆けつけたという逸話も紹介されている。日本軍の重慶空襲で戦況が悪化した三八年には、国民党も共産党も独自の新聞経営を中止し、重慶十大紙共同編集の統一新聞「聯合版」(45)を発行したこともあった。

一般的に国民党といえば言論抑圧と発禁の連続といったイメージが文学史では定着しているが、この重慶の時期は当てはまらない。つまり、長編小説「南京」の出版問題という見地から言えば、この時期政治的に弾圧される理由は見当たらないということになるのだ。少なくとも、国民党の言論統制が小説の発行を阻む第一要因ではなかったという点は、押さえておく必要があるだろう。また著名な左翼系文学評論家・ジャーナリスト胡風がいたから、国民党側から睨まれたというのも当たらない。胡風自身この時期、国民党の『中央日報』に寄稿して自己の見解を述べたことすらあるのだ。(46)『掃蕩報』の出版の申し出の際も、胡風の存在が邪魔だったということはありえないことがわかるだろう。

重慶は国共両党の蜜月時代だった。上層部の真意はともかく、都市の文化状況はまさに友好協調ムードが溢れていたのだ。こうした統一戦線政策の文化面における現れには、明瞭な特徴があった。それを当時の紙面から見てみよう。

この時期の重慶各紙の論調には、統一戦線政府の優れた見識、国民革命軍の奮戦、英雄的事跡、日本軍のモラル的敗北などを強調する傾向が見られる。共産党の「紅軍」が国民党軍との統一指揮系統に組み込まれ、「八路軍」「新四軍」となったことは共産党の統一戦線に対する並々ならぬ決意をあらわす出来事であった。南京陥落から二週間後、一九三八年元旦の紙面[47]には、蔣介石委員長の指揮下に団結しなければならないという共産党側の主張が大きく載っている。共産党に対する国民党からのエールも際立つ。たとえば『中央日報』はこの年、長編旅行記「ソ連紀行」をロングラン掲載したし、翌三九年にはスターリンのソビエト共産党一八回大会に対する報告全文も掲載した。「ソ連紀行」はもちろんソ連を賛美するもので、反共の宣伝のためのものではない[48]。

こうした統一戦線に対する賛美の傾向と共に、無視できないのは、戦闘的気運の高揚を目指す記事が多いことである。戦勝の記事、勝利への確信の記事が繰り返されるのだが、その一方で、敗北や混乱の報道はほとんどなされていない。それは、「南京事件」の報道に端的に現れている。先にも触れたが、三八年元旦とは南京陥落の二週間後のことであり、南京で虐殺はまだ横行していたのだ。このとき、郭沫若の主宰するこの新聞は、まったくこれに触れていない。『中央日報』もそうである。南京はときおり小さな報道記事の中で触れるか、あるいは、海外からの報道として翻訳されて触れられるだけだ。それはたとえば欧米の上海での新聞『大美晩報』や『密勒氏評論報』[49]などに掲載された記事を翻訳して伝えるという形である。

「南京事件」に対するこうした姿勢は今から見るときわめて異様だが、戦意高揚のために敗北と壊滅は語らないという暗黙の了解が知識人の間にあったというのは言いすぎだろうか。翻訳という形での発表は、事件を早く伝えたいという善意の精神とともに、文責を海外の原作者に置いて、自らの責任を相対的に軽くする意識が働いていたのではないかとも思われる。

長編小説「南京」を取り巻く環境は、きわめて好ましくないものだったのだ。阿壠の小説は、日本軍の残虐を描写するばかりでなく、戦闘の真実の姿を伝えようとする中で、国民党軍の腐敗、国民政府蔣介石の戦略的失敗、戦術の混乱、退廃的な国民性にまで触れていた。はっきり言って、この時代の要求する「戦時小説」ではなかったのだ。

戦時首都重慶のこうした特殊な状況を踏まえた上で、次に、もう一つ別な角度から「南京」出版不能問題を考えてみたい。

（3）郭沫若と胡風

一九三八年から四〇年代の初めまで、郭沫若と胡風の間に、執拗な論争があった。[50] それは抗戦時期の文化の「普及」と「向上」をめぐる論争で、口火を切ったのは郭沫若だった。一九三八年一月、郭沫若は「抗戦と文化問題」というエッセイの中で、現在中国に必要なのは、文化の「普及」であり、それもパブロフの「無条件反射」のように、敵日本に対して反射的に抗戦を組織し動員するような体制を築かなければならないと主張した。そして、文化の質の「向上」を唱えて高尚な論理にばかり走るような知識人達は、当面する普及の任務を軽視するばかりでなく阻害さえするような連中であり、その態度は「非国民的」であって、甚だしきは「利敵行為の嫌疑」があると見られても仕方がないと断じたのである。

これに対して胡風は、後に「持久抗戦中の文化運動を論ず」としてまとめられた三篇のエッセイの中で、名指しこそしなかったものの明らかに郭沫若のエッセイを踏まえて、徹底的な反撃をした。特にその三にあたる「普及も向上も必要」の中では、実際の戦闘においては安易な「無条件反射」論のような抗戦活動はありえず、「普及」に名を借りた人民大衆に対する愚民政策は必ず破綻すると説き、より高度な質を目指す文化活動こそ、真の普及の基礎だと主張した。

当時中国は「国民総動員」体制に突入しつつあり、単純でわかりやすいスローガン的抗日作品が大量に生産されていた。胡風はその単純反復の没個性的な文化を批判していた。そこには胡風の文芸思想である「主観の戦闘性」が欠如していたのである。しかし郭沫若らからすれば、当面する抗日戦時体制にすべてを集約する事が急務であり、国共両党合作の国民政府とその指導下の中国軍の輝かしいイメージの構築が文芸活動の主要な任務とされていた。つまり現実の政府と軍の問題点を抉るような複雑な文学ではなく、明快な抗日の思想を喧伝する英雄主義的民族主義的作品が望ましかったのである。これは前節で見た重慶新聞界の状況と完全に一致している。ここで大切なポイントは、郭沫若の論調が彼個人の立場を超えているということだ。重慶国民政府の重職にあった郭沫若は、共産党中央直属の秘密党員でもあった[51]。胡風はこういう関係を、友人を通して知っていたと思われる。郭沫若の見解が即共産党の正式見解とまではいかないとしても、共産党中央と指導部ブレーンたちの傾向を物語っていることは、胡風には明らかなことだったのである。

この論争の経過も実は不可解な展開をしている。郭沫若が三八年一月に口火を切った後、胡風は同年六月から九月に三篇のエッセイを発表した。これに対して、郭沫若は三九年九月に「無条件反射についての解説」という反論を書き、胡風を名指しして激しい批判を加えた。胡風側からは公式な反論がなかったが、後に胡風は、郭沫若が「解説」発表後すぐに自ら某編集者に送った手紙を入手して公表した。この書簡には郭沫若がパブロフの用語を間違って引用したから謝して訂正したいという旨の内容が書かれていた。この書簡を資料として掲載した後、胡風は郭沫若の真意を告発しないままに、後日談のような形で曖昧な表現の文章を残して、この問題に決着をつけた。この間の事情についてはっきり記載しているのは、当時出版された胡風の第三評論集『民族戦争与文芸性格（民族戦争と文芸の性格）[52]』のみで、後年の『胡風文集』、『郭沫若全集』のいずれも、この経過がわかるようには掲載していない。

ここから読み取られることは、郭沫若の政治的な力が当時相当強かったという点と、あの強気な胡風がどうも途中で論争を避けたように思われるという点である。結果的には、共産党の統一戦線政策が圧倒的なパワーで推し進められていったのだ。左翼文学者胡風は共産党の政策の支持者としてアピールする道を選んだともいえよう。当時の重慶は左翼文壇に、有形無形の差こそあれ、こういう選択を迫っていたと見てもいいだろう。

ところで当時の胡風には、他の文人とまた違う意味の思想的立場の問題があった。それは、中国共産党の統一戦線政策に大きな力を及ぼしたコミンテルンとスターリンのアジア政策にも関連することである。胡風が当時「中国のルカーチ」と言われていたことは周知の事実であり、実際、彼の「主観的戦闘精神」にはルカーチの大著『歴史と階級意識』の強い影響があった。しかし不運なことに、この一九四〇年、当のルカーチは自身に掛けられたトロツキストの嫌疑を晴らすために、モスクワにおいて『歴史と……』を自分の手で否定していた。そしてトロツキーを追い落として血の粛清を強行してきたスターリンは、このルカーチ問題でほぼ完全に独裁的権力を掌握していく。こういう事態を前に胡風は、前にも述べたように、誰よりも強く、トロツキスト的思考と彼自身が無関係であることを力説する必要があったのだ[53]。

この時代、「トロツキスト」は反革命と裏切り者の代名詞として定着しており、国共合作の重慶政府のもとでさえも、反トロツキストの論調や記事は極めて激しいものだったのだ。たとえば、一九三八年三月のブハーリン事件では、『新華日報』は「裏切り者トロツキスト・ブハーリン一派」の「卑劣な行為」と「ふさわしい末路（連座一八名の銃殺）」を連日大きく報道し、彼らが日本軍部の金で動いていたという記事さえ載せていた。トロツキストは日本侵略者の回し者という単純明快な図式も出来上がっていたのである。単純な図式化といえば、当時は国民党との統一戦線政策と国民総動員体制に意見を言うことも、その延長線上に簡単にまとめられてしまう危険性が強かった。それはすなわち共産党の基本政策に反対することであり、ひいてはコミンテルンとスターリンの見解に反対することと見なされて、トロツキストと同じ「反革命」の立場に結びつけられていくのである。こういう流れを想定してみると、はじめて郭沫若の語った「非国民的態度」「利敵行為の嫌疑」などという聞きなれない言葉が際立ってくる。これは中国語の文脈ではなく、日本語的な用語だと思われる。日本語を自由に操れる者だけが、この語のもつ「恐ろしさ」を知っているのだ。そしてこの当時、重慶知識界で日本語を話せたものは、郭沫若や夏衍、郁達夫などのほかには、胡風ぐらいしかいなかったはずだ。郭沫若の最初のエッセイが誰に向けて書かれていたのか、胡風は正確に察知していたと考えてまず間違いはなかろう。

阿壠の「南京」は胡風の「主観的戦闘精神」と「戦闘的現実主義」を見事に作品化したものといっていいのだが、同時に、当時の郭沫若らの路線からは大きく外れた作品で、共産党の統一戦線政策に一石を投じてしまう恐れすらあった。優れた作品であるだけに、その政治的危険性も大きかったのである。これは、ある思想的立場の表明が一人胡風のみの問題ではなく、すべての左翼系知識人にとっての試金石になりうることを物語っている。統一戦線政策と国民総動員体制を支持するか否か、これは直接トロツキストの嫌疑に関わる問題だったのではないだろうか。それは一種の言論の統制でもあり、独裁的官僚的な政治体制の始まりという性格が秘められていたとしても過言ではない。魯迅生前に闘われた「二つのスローガンをめぐる論争」の真の意義が、悲劇的な形でここに展開しているように私には思える。

阿壠の「南京」を受け取った時、選考委員会を襲った混乱の意味はもはや明白である。選考委員会のメンバーはその知性によって、「南京」の非凡な達成と作者の文学的才能をよく見抜いていたのだが、同時にこの作品の底流に危険な因子が潜んでいることもわかっていた。厳封されていた「南京」の作者名を開けるよう、孔羅蓀を衝き動かしたのは彼の「好奇心」などではではない。一種の自己保存の本能が高級編集者孔羅蓀を動かしたのだろう。それは単に彼一人のためではなく、選考委員会全員の安全のためでもあったはずだ。賞金四〇〇元を二人に与えて、公募自体をキャンセルするという決着は、彼らの苦心の妥協策だったと見ていい。その後陳瘦竹の『春雷』だけが出版から上演まで順風満帆の道を歩むのに対し、明らかにそれよりも文学的には上だった「南京」がまったく日の目を見られなかった理由も明白だ。当時の文芸政策に沿った作品は直ちに出版され、そうでないものは敬遠されたのである。

歴史的な意義のあった長編小説「南京」を葬ったのは、こうした国共連合政権の国家総動員体制と膨張しつつあった権力の影に萎縮していく左翼知識人の自己規制、自己検閲《セルフ・センサーシップ》の姿勢だったのではないだろうか。これはその後の中国文壇を襲う影であり、数々の粛清の悲劇を暗示する事件でもあったのだ。胡風の悲劇も阿壠の悲惨な最期も、このときにすでに宿命的に育まれていたのである。

（4）阿壠の反応

この項の最後に阿壠の反応をまとめておく。阿壠自身は、自分の応募した長編小説公募に関して、それほど多くのことを語っているわけではない。『阿壠致胡風書簡全編』書簡番号二五(54)（一九三九年一一月八日西安発）の胡風宛の手紙末尾に、「文協の長編小説公募（の結果）はまだ死刑判決が出ていません。刑を待つ身はうれしいものではありません（待囚者是不悦的）」と書いたのが最初で、その後、数回のやり取りが残されているだけだ。

第一章で見たように、阿壠は延安で「南京」執筆の決意を固めたときから胡風に相談をしており、原稿もしばしば胡風のもとに送って意見を聞いている。しかも阿壠が公募に応じている事実は、この書簡番号二五の文面からすると、すでに胡風との間で周知の事実だったに違いない。とすると、先に述べた『抗戦文芸』公募の厳格な規定は最初から崩れていたことにならないだろうか。胡風は選考委員の中心的な人物だったのである。応募番号二番の力作が自分に関係の深い人物の作であることを、胡風はずっと隠していたのだろうか。阿壠は書簡番号二七(55)（一九三九年一一月二一日西安発）で、「『南京』に関しては前にも申し上げたように、こんなにあなたにご迷惑をおかけしてしまって、果たしていいものかどうかわかりません」と述べて、胡風への気遣いを見せている。これは前述の『胡風回想録』二六八頁の胡風の記述「わたしは窮地に立たされた」と呼応している。結論として筆者は、「南京」が胡風と緊密な関係にある阿壠の作品であることは、当初から選考委員会周知の事実であり、「匿名原則」は重要でなかったと推測する。選考において問題だったのは、「匿名原則」が破られたかどうかではなく、「南京」原作の内容だったとみるほうが自然だろう。

さて実直な阿壠も、応募作品の選考が延期されていた時にはかなりいらだちを見せ、書簡番号三二で次のように述べている。

「南京」を文協に投稿したことをまた悔やんでいます。私の願いは速戦《マ》速決《マ》で、もし自分のためになるなら歯の治療もでき、本も出版できると思ったのです。しかしこんなに延期してしまうとは思いもよらず、私は持久戦を余儀なくされてしまいました。(56)

これは一九三九年一二月二四日西安発の手紙の末尾部分で、その前にはかなり長いスペースを使って「大革命の時代にプラトン式の大恋愛をして失恋した」こと、「今度の何未秀はそれ以来二度目」で「騙された」「三度目の恋愛はしない」と激した言葉が並んでいる。この手紙を書いた時の阿壠は、相当落ち込んでいたようだ。

選考は翌年になっても続けられていた。前述の第一陣六作品（「南京」を含む）の査読が終わったとの通信が『抗戦文芸』載ったのは一九四〇年五月だったが、その直前にはどうやら選考に関する「批評」が原作者に届いていたようだ。阿壠は書簡番号三八（一九四〇年四月一日西安発）で次のように述べている。

「南京」についての批評は読みました、読みましたとも、そしてじっくり考えました。しばらく時間を置いてようやく気を鎮めたのですが、今回は、忍耐強く次のような結論に達しました。私自身の序文の中でも早くから自覚的に指摘してきたことですが、歴史を叙述するに当たっては、私には一人の中心的な人物を設定して物語を貫くようなつもりはまったくありません。だから登場人物はささやかな人々であり、物語もこまごまとしたものの集まりなのです。それに事実上、一人の人物に集中することなど不可能なのです。（中略）それ故に、私に書き直せと言われても、以上の理由から私にはできません。私はそれぞれの章に登場する人物をきちんと書き上げること、それぞれの事物をしっかり書き込むことしかできないのです。(57)

この手紙の日付と『抗戦文芸』通信欄の日付は接近しており、応募作品の匿名原則が初めから無視されていたことは明らかであろう。またこれまで検討してきた阿壠の「南京」の文学的特性が、ここで原作者によって改めて確認されていることも注目に値する。

選考結果が確定したのは、一九四〇年の年末で発表は一九四一年一月一日付だった。阿壠には選考結果が年末には届いていたようである。彼は次のような怒りの文面を胡風に送っている。書簡番号四八、一九四〇年一一月二〇日西安発である。

私が不愉快なのは、お金のせいです。当選しなかったというのならそれでいいのに、なぜまたお金を持ちだすのでしょうか。私はこう想像せざるを得ません、こわもての顔で「兄弟よ！　金だ、受け取りたまえ！　――しかし文句を言ってはいけないよ！」と言われているような、あるいはいわくありげな笑みを浮かべながら「君に不合格のお金をあげよう、不合格の栄光を与えよう、しかし君は我々の公平な権力に対して署名して承諾しなければならないんだ」とでも言われているようなものです。（中略）私はお金に頭を下げなければならないのでしょうか、い

や、それはだめです、私はまだ彼らに頭を下げるのですか。(しかし自分の状況を考えるとやはりお金が必要だ、という記述)

だから私は四〇〇元を受け取ることにしました。「南京」の書名と筆名を誌上に公表すれば、本作の歴史的事件における失敗の証拠となり、将来の人のために一種の索引の効果が残せるでしょう。しかしどうかお願いですから、「陳守梅」という本名は露出させないでください。そうしないと、私の文芸の仕事は難しくなり、軍事の仕事〔これが私の本業です〕もおしまいになってしまいます。(中略)〔もう一つ反動的な考えがあります、本作は修正を加えないことにし、その本来の姿で世界に登場させてみたいのです[58]〕

ここには阿壠の憤懣やるかたない思いが爆発している。胡風は前述のように、「阿壠は四〇〇元に感謝していた」と回想していたが、この手紙を読むと、阿壠の怒りと苦しみが手に取るようにわかり、またそれを貫き通して一種の哀しみの情まで伝わってくる。文協のやり方は、札束で頬を殴りつけて感謝を強要し、そのうえ原作者に沈黙を強いるようなものだ、と阿壠は胡風に訴えている。そして自身の治療や重慶への旅費の工面など考えて、万やむを得ず、四〇〇元を受け取ることにしたという経緯も書き込まれている。また阿壠は、文学者として軍人として生きていくために絶対に身分を隠さねばならず、胡風と文協の全面協力を願い出ているのだが、その件には痛々しい思いを禁じ得ない。注目したいのは括弧内の記述である。自ら「反動的な考え」と述べてはいるが、「南京」原作に一切修正を加えないでそのまま読者に見せたいという気持ちは、自らの創作への不動の自信の表れでもあり、また原作に相当厳しい批評が加えられていたことをも示唆している。それは筆者の推論のように、現下の統一戦線政策に基づく抗日戦争推進のわかりやすく啓蒙的な作品こそ進歩的であり、阿壠のような暗黒の現状告発作品は時代からすれば「反動的」以外の何物でもない、という批判の流れだったのではないだろうか。

阿壠の自作への思いは、二〇一四年の『阿壠致胡風書簡全編』の刊行まで筆者も知りえなかった。この問題の複雑な絡み合いは、今後まだまだ時間をかけて解きほぐしていかねばならないのだろうと思っている。

注

（1）周而復著『南京的陥落』人民文学出版社、一九八七年七月。膨大な長編『長城万里図』の一。邦訳は竹内実監修『南京陥落・平和への祈り』上・下、晃洋書房、二〇〇〇年二・五月。
（2）「南京」執筆用ノートとは南京気象台の業務用大型帳簿の裏に書き込まれた草稿である。阿壠は一九四七年に重慶から杭州・南京へと下り、その際に化鉄の紹介で南京気象台に職を得ている。原作「南京」は一九四〇年脱稿後、一九四一年にも一度書き直されているが、それらの原稿は紛失していた。執筆ノートには中央公安の印が押され、証拠物件の通し番号が付されている。現在北京魯迅博物館所蔵。
（3）『南京血祭』（人民文学出版社、一九八七年一二月）の阿壠による「後記」は『南京慟哭』（拙訳、五月書房、一九九四年一一月）では「作者による解説」として内容をまとめた形で掲載しており、完全な訳出ではない。
（4）『南京血祭』二二七頁。
（5）『南京血祭』所収の緑原「序」は『南京慟哭』では割愛されている。当該引用箇所は『南京血祭』四頁。
（6）『南京血祭』二二六〜二二七頁。
（7）黄仁宇著『中国マクロヒストリー』（山本英史訳、東方書店、一九九四年四月）序文「はじめに」六〜七頁参照。
（8）『南京慟哭』一七〜一八頁。
（9）『南京血祭』二一六頁。
（10）同右、二一六〜二一七頁。
（11）阿壠著『人・詩・現実』（羅洛編、北京三聯書店、一九八六年七月）所収「誇張片論」六四頁。
（12）『南京慟哭』六〇頁。
（13）原民喜（一九〇五〜一九五一）詩人、小説家。広島市生まれ。慶應義塾大学文学部英文科卒。原爆投下時に広島市幟町の生家で被災。『夏の花』は『三田文学』一九四七年六月号に発表された。鉄道自殺。

(14) 原民喜著『夏の花』(『原民喜　作家の自伝七一』日本図書センター、一九九八年四月、所収) 一四一〜一四二頁。
(15) 石川達三 (一九〇五〜一九八五) 秋田県横手生まれ。一九二八年早大英文科中退、一九三五年『蒼茫』で第一回芥川賞受賞。
(16)『現代文学大系48　石川達三集』(筑摩書房、一九六三年) 所収「生きている兵隊」、一五六〜一五八頁。
(17) 同右、一六一頁。
(18)『南京慟哭』一〇一頁。
(19) 同右、五一〜五二頁。
(20) 原文は魯迅博物館所蔵「胡風文庫」に保管されている。
(21)『南京慟哭』二〇七〜二〇八頁。
(22) 同右、二一五〜二一六頁。
(23) 同右、二〇九〜二一〇頁。
(24) 前掲『石川達三集』一九四〜一九五頁。
(25)『南京慟哭』一七五〜一七七頁。
(26) 同右、二一九〜二二〇頁。
(27) 火野葦平 (一九〇七〜一九六〇) 福岡県生まれ。早稲田文学部から入営、その後伍長として杭州湾に上陸。一九三八年「糞尿譚」で芥川賞受賞。『麦と兵隊』(改造社刊) は一〇〇万部を突破。中支派遣軍報道部所属。戦後は「戦犯作家」として公職追放。睡眠薬自殺。
(28) 火野葦平『麦と兵隊』初版前書きより、『土と兵隊　麦と兵隊』(社会批評社、二〇一三年五月) 二二二頁。
(29) 前掲『土と兵隊　麦と兵隊』二二一頁。
(30)『麦と兵隊』の中国語訳は半月刊文芸誌『雑誌』(上海出版) の「特訳稿」として第二巻二期から五期 (一九三八年九月一六日〜一一月一日) に、翻訳者呉哲非で連載されたが、翻訳途中「五月一六日」の項で「未完」としたまま中断された。理由は付されていない。一年後重慶の文芸誌『弾花』第三巻一期 (重慶出版、一九三九年一一月一〇日) に張十方訳で部分訳が掲載された。単行本としても二種類刊行された。①『麦与兵隊』(哲非訳、雑誌社出版、一九三八年、この書では「五月二二日」まで訳されている)、②『麦田里的兵隊』(雪笠訳、満州国通訊社出版部、一九三九年)。『生きている兵隊』は同じく文芸誌『雑誌』第一巻一期 (一九三八年五月一〇日) に「未死的兵」と題され、白木訳で部分訳が掲載された。なおこれらの翻訳文献情報は、復旦大学張業松教授の提供によるものである。

(31) 前掲『胡風回想録』一五九～一六〇頁。

(32) 前掲『土と兵隊　麦と兵隊』最終段、二二九頁。

(33) 同右、二二八～二二九頁。

(34)『南京慟哭』二二九頁。

(35) 最初の言及は『胡風回想録』一四〇頁～一四一頁。胡風は「西安で延安に戻れる日を待つ間、日本帝国主義の南京大虐殺を告発したルポルタージュ文学『南京』を書き上げ、抗敵文協が主催した〝文学賞〟に応募した。ところがおせっかいな連中が勝手に封を開けてしまったため当選は見送られたが、彼には一等賞の報酬が与えられた。彼はその金で重慶にやってきたわけである」と述べている。

(36) 前掲『胡風回想録』、二六七～二六八頁。

(37) 同右、二六九頁。

(38) 梅志『胡風伝』（北京十月文芸出版社、一九九八年一月）四三五頁。

(39) 原文のママ、貴陽中央日報の名前なし。

(40) 原文のママ、宜昌武漢日報社の名前なし。

(41) 同右。

(42) 陳瘦竹（一九〇九～一九九〇）本名陳定節、江蘇省無錫出身。国立武漢大学外文系卒。南京国立編訳館をへて、戦後は国立中央大学（南京）教授、江蘇省文聯副主席など。

(43)『抗戦時期的重慶新聞界』（重慶日報社編集発行、一九九五年八月）一三頁。

(44) 潘梓年（一八九三～一九七二）中国共産党の新聞工作の中心人物。前出の潘漢年は従弟。文革中に迫害されて死去。後に名誉回復。

(45) 前掲『抗戦時期的重慶新聞界』に重慶十紙聯合版について詳しい叙述がある。特に七三～九〇頁参照。

(46)『中央日報』一九三九年九月二四日付け「文芸専刊」に胡風の文章「時代現象について」が掲載された。

(47) 郭沫若主幹の『救亡日報』広州版。『中央日報』の「ソ連紀行」は、陳祖東の署名で一九三八年九月一七日～一二月二〇日まで連載された。

(48) 最初のソ連邦旅行記『餓郷紀程』を書いた瞿秋白は、つい数年前にこの新聞の経営者国民党政府により処刑されていた。

親友を救うために奔走した魯迅がもしあと二年生きていて、この状況を見たらいったいどう思っただろう。

（49）『大美晩報』一九二四年四月上海で創刊、英文名 Shanghai Evening Post and Mercury。『密勒氏評論報』一九一七年六月上海で創刊、英文名 Millard's Review。

（50）この項で扱う郭沫若胡風論争関係資料は以下のとおりである。

「郭沫若関係」：①一九三八年一月、郭沫若「抗戦と文化問題」（『自由中国』三期、後に『羽書集』所収、『郭沫若全集第一八巻』所収）②一九三九年六月二九日、郭沫若「無条件反射の解説（無条件反射解）」第一原稿、（『文学月報』七、八期両期合刊号に掲載、郭沫若全集未収）③一九三九年一〇月一〇日、郭沫若「『無条件反射の訂正』について（関於「無条件反射」的更正）」（郭沫若書簡、胡風評論集『民族戦争と文芸の性格』所収、郭沫若全集未収）④一九四〇年六月二七日、郭沫若「無条件反射の解説」第二原稿（『羽書集』所収、『郭沫若全集第一八巻』所収）。

「胡風関係」：⑤一九三八年八月、胡風「持久抗戦中の文化運動を論ず」その一、「我々は何を獲得したか」⑥一九三八年九月一六日、胡風同上、その二、「文化の中心の問題について（関於文化中心問題）」⑦一九三八年九月二六日、胡風同上、その三、「普及も向上も必要（要普及也要提高）」初出は『国民公論』一九三八年一〇月⑧一九四三年一月二二日、胡風「解釈幾句」

＊上記胡風「持久抗戦中の文化運動を論ず」三編（⑤⑥⑦）と解釈⑧、および②と③は胡風評論集『民族戦争と文芸の性格』（一九四三年、桂林）に掲載。ただし、胡風全集には⑤⑥⑦の三編のみ所収。

（51）秘密党員に関する記述は、前出呉奚如の回想記「我所認識的胡風（私の知っている胡風）」（『我与胡風（私と胡風）』二五頁）による。また呉奚如は『新文学史料』一九八〇年二期に、一九三八年当時郭沫若を魯迅の後継者とする共産党中央の秘密決議があったという回想を寄せている。（長堀祐造著『魯迅とトロツキー』（平凡社、二〇一一年七月）三八三頁参照。）

（52）胡風著『民族戦争与文芸性格（民族戦争と文芸の性格）』桂林南天出版社、一九四三年、『胡風評論集』所収、人民文学出版社、一九八四年五月、北京。

（53）Yunzhong Shu "*Buglers on the Home Front: The Wartime Practice of the Qiyue School*" (Albany: SUNY Press, 2000)pp.101-103.

（54）第一章注（4）前掲『阿壠致胡風書簡全編』三二頁。

（55）同右、三四頁。

（56）同右、四〇頁。

（57）同右、四七頁。

（58）同右、五九頁。

第五章　阿壠の詩論について

——抵抗の詩人阿壠

1、阿壠詩論研究の立場

本章では詩人阿壠の業績について初歩的な総括を行い、その特徴をまとめて、今後の研究に供したい。阿壠は一九五一年、五十年代出版社より『詩与現実（詩と現実）』三巻を出版している。これに先立ち一九四八年には『人与詩（人と詩）』一巻を、また一九五四年には『詩是甚麼（詩とは何か）』一巻をそれぞれ出版した。中でも『詩と現実』は、阿壠が最初に詩論を発表した一九三九年以来およそ一〇年間にわたって書き綴ってきた約七〇篇をまとめたものであり、詩に関する論著でこれほど膨大なものは、中国近代文学史上稀有である

しかしながら『詩と現実』三巻（原文では『第一分冊』『第二分冊』『第三分冊』）は一九五一年刊行してすぐに絶版となり、以来現在にいたるまで再版されておらず、一般的に入手にし得るのは『人・詩・現実』(1)など数編の阿壠に関するアンソロジーだけである。

膨大な詩論と紹介したが、阿壠は執筆のはじめから大きな構成意図をもって着手したのではない。これは一〇年間にわたる詩に関する考察を一つにまとめたものであり、それぞれの考察がそれ自体完成し、独立している。阿壠はこれらの考察のほとんどに、謙遜の意味をこめて「～片論」という題を冠しているが、断片的な論という意味を強調していると同時に、その当時にあって最も重要だと思われる課題に即時に対応していることも表わしている。『詩と現

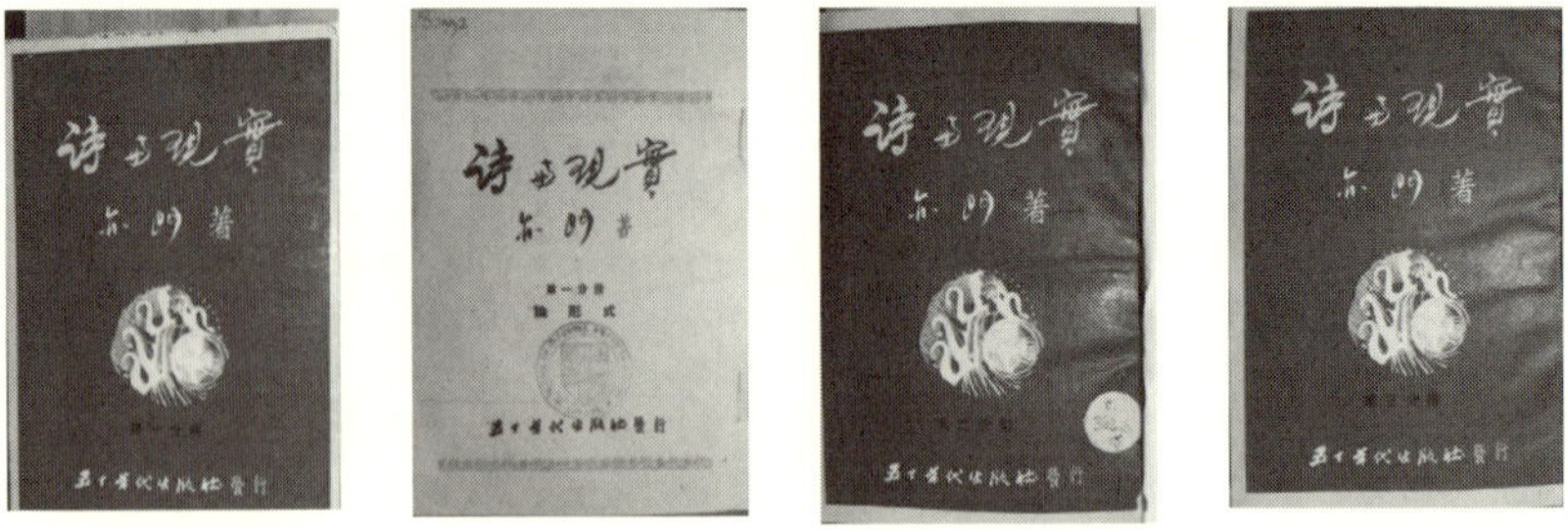

詩論『詩　与現実』第一分冊～第三分冊（ロンドン大学 SOAS 図書館所蔵）

実』の総目次は次のようになっている。

『第一分冊』：全作の序論として「引論」を置き、有名な「箭頭指向（矢の方向）」と「我們今天需要政治内容、不是技巧（我々の今日必要としているのは政治内容であり、技巧ではない）」の情熱的な詩創作の宣言ともいうべき二編を並べる。第一分冊の本論は「論形式対於内容的関係（形式の内容に対する関係を論ず）」というタイトルで、以下の一七の「片論」を配している。「形式片論」「節奏片論」「排列片論」「形象片論」「象徴片論」「誇張片論」「対比片論」「語言片論」「語言続論」「技巧片論」「『形象化』片論」「『音楽性』片論」「『音楽性』再論」「『大衆化』片論」「諷刺詩片論」「田園詩片論」「旧詩片論」。

『第二分冊』：タイトル「論内容（内容を論ず）」として、次の三三の論を配している。「詩片論」「詩的戦略形勢片論」「内容別論」「内容又論」「内容一論」「内容二論」「真実片論」「思想片論」「理智片論」「霊感片論」「敏感片論」「想像片論」「幻想片論」「才力片論」「伝統片論」「因襲片論」「模倣片論」「風格片論」「境界片論」「修養片論」「態度片論」「自我片論」「効果片論」「賞鑑片論」「批評片論」「曖昧主義片論」「自由主義片論」「理想主義片論」「形式主義片論」「楽観主義片論」「公式主義片論」「『現代派』片論」「黒人詩片論」。

『第三分冊』：この分冊は大きく「論現象（現象を論ず）」と題され、「論詩人（詩人を論ず）」「論作品（作品を論ず）」という二つのカテゴリーが設けられている。「詩人を論ず」では、タゴール（太戈爾）、馬凡陀、緑原、冀汸、化鉄の五名の詩人が取り上げられ、それぞれ「片論」となっている。「作品を論ず」では、「我是初来的」「醒来的時候」「鍛錬」「旗（孫鈿）」「預言」「白毛女」「他死在第二次」「流雲小詩」「旗（穆旦）」「新詩雑話」という一〇点の作品に対する批評が、例によってすべて「片論」として配されている。そして最後に、全巻の「後記」が付けられている。

本章ではこれら七〇篇の詩論を網羅的に解析するゆとりはなく、ごく簡単な紹介にとどめざるを得ない[2]が、まず詩人阿壠に関する評価をみてみよう。第一に挙げるべきは、この『人・詩・現実』の編集を統括し、あわせて序文を寄せた羅洛である。彼は阿壠の詩論によって、空白といわれた中国一九四〇年代の詩壇が実は豊富な新しい詩に満ちていたことが証明されると主張している。そしていろいろな潮流の一試論として阿壠を位置付け、阿壠もまた政治状況と深く切り結びつつ、詩の芸術性を追求したとしている。[3]これは極めて妥当な評価であろう。次に万同林の著『殉道者』[4]に注目したい。彼は阿壠について次のような評価を下しているのである。

詩自体の意義から見ると、阿壠の才能は時に胡風や艾青および他の同人たちを超越していた。（中略）阿壠に一種の宗教的な感覚が備わっていたことにより、その詩作にはある種の思索的な息づかいが注入され、多くの詩篇に宿命のような「予兆」あるいは一生の定めの隠喩とが付与されることとなった。彼には張中暁[5]の持つニーチェ的な敏感さがあったばかりでなく、キェルケゴール的な寄る辺のない孤独の実感が常に付き従っていた。この点に関して、胡風とその同人たちは必ずしも理解していたわけではなく、彼自身さえもはっきりと自覚していたわけではなかった。[6]

阿壠は胡風の同人の中にあって特異な魅力のある詩人である。聖者、阿壠。彼の優美な詩篇は無意識の状態において人生を「予見」し、未来を「予言」した。（中略）人生を愛し、詩を愛する人よ、阿壠を記憶してほしい！

阿壠との対話は、卑劣なものに高尚さを教え、凡庸なものに昇華を与え、偉大なものには平凡が何であるかを見せてくれるだろう。彼の詩には現代の人格的な「聖書」が培われている。人々はその中から自分自身の浄化と安寧を見いだすだろう。

阿壠よ、安らかに眠りたまえ、縁あってあなたの詩に触れるすべての人々の魂は、あなたと共にあるのだ。(7)

これは阿壠の詩の特異性とその文学の到達点および阿壠の人格に関する簡潔明瞭な評価であり、今までの論者が誰一人として言えなかった指摘である。「聖者、阿壠」は第三章で触れたように天津時代の同僚たちが阿壠の生活姿勢から付けた呼び名だったが、万同林は阿壠の詩の達成からこの「聖者、阿壠」という語を捧げた。言うまでもなく阿壠に関する最高の評価である。

また胡風事件との関連において、現代文学研究上の問題として、路莘と耿庸の指摘する次のいくつかの点は注目されるべきだろう。(8)

* 胡風事件の研究は文学理論の問題を無視するわけにはいかない。こうしなければこの事件はまったく根拠をなくしてしまうからだ。このような一大事件を胡風の個性の欠陥が原因だとしてしまうのは、著しく妥当性を欠く態度といわねばならない。

* この事件自体に関して多くの人々は、一九五五年から一九八〇年までのこととして語るが、それ以後、つまり八〇〜九〇年代に起こったこともこの事件とのつながりにおいておろそかにできない。

* 政治的な立場を抜きにして、文学の価値だけについて見ても、阿壠の詩論は後世の誰一人として超えられたものはいないと言える。

路莘と耿庸は政治的な事件の現象として文芸を考えるのではなく、中国政治の枠組み全体を文芸批評の一対象として捉え直し、作品自体の持つ意義を明確にすべきだと示唆している。阿壠の詩論に対する高い評価は、そうした総合的な研究姿勢によるものである。こうした方法論自体かつてほとんど採られていなかった。近年の文学史評価の論調を見ても、特殊な政治的価値を第一に置く姿勢があることは否めない事実である。

たとえば厳家炎は『中国現代小説流派史』[9]で特に「七月派」を概説して、「創作実践において（中略）神経質で不正常な方面に向かってしまう。（中略）七月派の作家自身の持つ思想的、気質的な弱点やある種のあまり健康的でないものなども人物の形象に投影している」と指摘している。ここでいう「弱点」とは、後の記述から見るとニーチェの思想などを指していることがわかる。また潘頌徳は『中国現代詩論40家』[10]において、「当然、阿壠の詩論には偏向的な部分と不足の部分が少なからず存在している。まず阿壠は詩の政治内容を強調するあまり詩の技巧に対する重視が十分でなかった」と指摘している。つまり政治に傾斜し過ぎて詩の技巧を軽視していると阿壠を批判するのだが、これらの評価にはやはり明らかな「政治的」な拘泥の存在を感じさせる。

2、阿壠詩論の骨格――詩と詩人について

阿壠詩論の骨格をなすのは『希望』創刊号に掲載され、後に『詩と現実』の巻頭（「引言」）を飾ることになる「矢の方向」である。これは詩の芸術に関する長文の宣言であり、詩人阿壠が情熱を傾けて語った詩的散文、あるいは韻文的テーゼといっていい。

阿壠は次のように述べている。

詩は内から外に向かうものであり、外から内に入るものではない。[11]

詩は火種だ。詩は自らを燃焼することから始まって、やがて世界を燃焼させる。[12]

これは阿壠の基本的な主張で、すぐにわかることは、胡風の「主観戦闘精神」との呼応である。第二章で見たとおり、『希望』創刊号は胡風の文芸主張を徹底的に展開した編集になっているのだが、同時に阿壠の詩人論には次のような展開があり、そこに彼の特異性がはっきりと表れている。

自分が鳳凰だからといって碧梧の枝の上で威張りちらしてはいけない。瓦礫の中のコオロギでさえ琴を弾くことができるのだから。その音色をおまえは真似することもできないのだ。[13]

愛情と戦争とは発展した矛盾の統一である。大いなる愛情がなければ大きな戦争はあり得ない。愛があるからこそ憎しみがあるのだ。戦闘は愛をもって起点とし終点とするもので、陸上競技場のレースのようなものだ。仮に愛情を果肉とすれば、戦闘はその果肉を包み守る堅い棘のある外殻のようなものだ。[14]

詩人の創作は妊婦の出産と同じだ。破裂の苦痛が肉体を突き破るものではなく、魂を突破るもので、陶酔の歓喜が肉体の歓喜ではなく、魂の陶酔であるのだ。[15]

非常に豊かな比喩が用いられているのは、阿壠の詩論の特徴である。ここで阿壠は鳳凰とコオロギを使い、明らかに格が違うと思われるものであっても、その存在価値は不変で同じように尊いと説き、愛情と憎悪、そして戦争の意義について、その有機的な結合について語っている。そして詩人の創作が妊婦の苦痛と歓喜に酷似していることを、肉体と魂の破裂の比喩で説き明かしている。ここに描出される詩人の世界は、先鋭な自我の意識によって成り立つものであり、芸術の創造に従事する喜びに満ちたものである。政治戦略における文芸工作者の任務の観点よりも、芸術を指向するものの「心性」に、明らかに阿壠の論は傾斜している。阿壠は何よりも「詩人としての人間の完成」を目指していたのである。「矢の方向」において、阿壠は詩人を特別な人種とすることを拒否した。


私はいわゆる詩人という特殊な人を認めない。

農夫が自分の勤勉な労働によって作られた緑玉のような果実を賛嘆するとき、この農夫は詩人である。

労働者が灼熱の迸る鋳鉄に力強いハンマーの一撃を加え、思わず雄々しく咆哮するとき、この労働者は詩人である。

赤子が母親の満面の笑みを眺めながら言葉を学び始めるとき、この赤子は詩人である。

それゆえ、今日において詩人は歴史の人となる。

あらゆる花がその芳香を失う日において、それでもなお芳香を放ち続ける花は、もとより特殊な位置が与えられる。

詩人は商品世界のなかにあってその赤子の心を失わないある種の特殊な人である。(16)


阿壠は純粋な魂の持ち主を詩人と考える。ここには「任務」としての文芸工作者の概念は読み取れない。赤子の魂を持ち続けて自らを燃焼させるという、精神の在り方のみが詩人と社会を結ぶ絆である。自己が完全に燃焼して消滅することが、詩人を決定するのだ。阿壠はこのような感性を持った詩人に対し要求する。

すべては非常なる天才から生まれるのではなく、きわめて人間的な生活から生まれるのだ。生活に対する格闘が強ければ強いほど、生活への望みが大きくなり、生活から得る感性も強大になる。強く大きな感性があって、初めて強大な発揚がありうるのだ。（中略）とりわけ問題は、私が生活したいかどうかであり、その生活がいかなる生活であるかという点だ。——真実に、充実した、堅実な生活を送ることのみが重要なのだ。[17]

詩人が生活に忠実であるということは、誠実に人生を考えるということであり、自分の存在の基礎たる状況を見据えることだ。政治情勢の大所高所から一括するのではなく、自己の置かれた環境から、その詩人独特の感性が生まれる。こうして生まれる感性は、生きることに誠実な態度によってのみ、純粋に磨かれていく。人生とは個別的であり、一人一人にそれぞれの宿命の色彩を帯びた生活がある。阿壠が詩人に要求するのは、こういう一人一人の人生と生活に誠実に取り組むことである。これはたとえば、「労働者」や「下層貧農」といった「理想的」な生活環境を設定し、そのなかに飛びおりて彼らの歌を代わって歌うことではない。阿壠は詩人自身が置かれた「生き生きとした現在」を把握することなしに、「夢想の果実を通して未来と接触すること[18]」など不可能だと断言する。

彼（詩人）は自己の完全な、とりわけ独立した生活の性格を持っていなければならない。彼は自己の血肉で生きていなければならず、気ままに操られる傀儡や誰かに付属する人格であってはならない[19]。

そしてこの個人の生活が社会や時代と不可分につながっている。彼が直面する社会や時代の矛盾や制約はすべて個の生活を通じて現われる。詩人はこのように自分の現実からしか本質に迫れないし、詩の生まれる根源はここにしかないのだ。この生活と社会に関する観念に立ち、阿壠は詩人の自我をこう表現する。

自我とは、自己の存在の巨大な価値、およびその偉大な力と責任を、人に認識させるものである。そして自らの主体的な地位を強烈に記憶させ、外部の力に支配されるロボットとならせないものである。(20)

しかし、このように認識された自我も、中国の現状のもとでは、次のように言わざるを得なくなる。

我々の自我は、社会的な自我とならざるを得ない。そうなのだ、これはまったく止むを得ないことなのだ。今日我々の（中国の）建設が、まず破壊的な性格を帯びていなければならないがゆえに、我々の人生における戦いは、まず追い詰められて止むを得ず行なうという性格を帯びてしまうのである。(21)

この言葉は詩人阿壠の誠実な姿を写し出している。阿壠は自分の宿命としての人生と生活に真っ向から取り組むかから、人間の本質を見抜き、自我の結実を詩に描こうとした。この過程で中国の現実が幾重にも重く詩人阿壠にのしかかる。しかし現実との格闘なしに詩人の感性を磨く方法はなく、詩人は厳しく自分を追い詰めていくしかないのである。

ところで、このように強烈な自我の主張は、毛沢東の延安文芸講話路線と大きく異なってしまうものであった。阿壠は文芸講話路線の成功作とされる集団創作劇『白毛女』に対して、きわめて慎重な批判を「『白毛女』片論」で行なっている。彼は芸術的にも政治的にもこの作品が突出した成果を収めていると称賛しつつ、そこに描かれた農民たちの「受動的な立場」を問題にし、

いかなることがあっても、(人民大衆は)闘争において受動的な地位に置かれてはならない。(中略)これは人民の自覚性の問題なのである。[22]

と、傍点を付けながら強調するのである。阿壠はこの作品に描かれた光明がある日突然、解放軍によってもたらされたこと、つまり虐げられた農民が最後まで受け身であり、自らの主体的な葛藤や闘争がまるで描かれていなかったことを問題にしていた。これが中華人民共和国成立の前年に書かれていたことは、あまりにも暗示的である。さて、このように自己の生活を通じた感性を重んずる芸術論は、もはや言うまでもなく胡風の主張する「主観戦闘精神」につながる考えである。しかし阿壠の詩人観は、胡風をさらに徹底したものといえる。阿壠は時代と社会の要請を、常に詩人の客体としてとらえている。そして芸術としての詩を、如何にしてより高い完成度を持った水準に導くかについて、鋭い考察を続けたのである。

次に阿壠の詩そのものに対する見方を検討してみる。

3、詩の言語と象徴性

「言語の拝物教を打倒せよ」[23]という激しい言葉で始まる「語言片論(言語片論)」は、阿壠の詩論のなかでも重要なものと思われる。彼は個々の言語にそれ自体の価値を見出だす、いわば「言語絶対主義」を批判しているのだ。当時

この傾向は「右」からも「左」からも現われていた。もちろん阿壠は言語の価値を否定するものではない。彼は生活の言語と詩の言語を峻別し、詩の言語を創作の段階で純化された「魂」のようなものとして捉えた。

論の始めに阿壠は、伝統的な苦吟の遊戯性をいくつかの例を挙げて否定する。阿壠はこういう言語の遊戯を、「静止した貨幣が拝金主義者にのみ神秘的な光沢を賦与するように、孤立した貨幣が守銭奴に対してのみ支配の権力を有するように」(24) まったく無意味だと断定した。このような「言語遊戯」の手引書を書こうとするものではないという自分の立場を、阿壠はまず鮮明にしたのである。

そのうえで、「それぞれの事物や動作はみなそれぞれの名前を持っている。しかもこれが唯一の名前なのである」(25)というトルストイの言葉を引用し、言語と詩の関係を次のように規定する。

> 詩において、これ（言語の正確さ）はまず内在する芸術的要求によって決定されるのであり、何を表現するのかが始めにあり、その後、何を用いて表現するかということになる。言辞が詩を決定するのではなく、意境および雰囲気が言葉や文字を決定するのだ。別な言い方をすれば、言語が文学を完成するのではなく、逆に、文学が言語を完成するのである。（傍点は原著者）

阿壠は言語の問題の前提として詩人に内在する芸術の情念を重視した。研ぎ澄まされた情念は、必然的な帰結として一つの言語と結びつく。情念の主体たる詩人の内的世界と、客観的存在たる言語の緊張した関係が、芸術の言語を生む。そしてこういう創作主体の必然的要求が薄弱であったり欠如していたりすると、言語の問題は遊戯と紙一重の「技巧論」に堕してしまう。阿壠は「技巧論」についてこう指摘する。

言語の拝物教は詩を抹殺するばかりでなく言語自体も抹殺してしまう。それが文字の遊戯であるか知恵の遊びであるかを問わず、結果は同じ轍となり、共に同じ方向へと進んでしまうのだ。

表面的に、あるものは言語の伝統を擁護する態度を取り、またあるものは、これと相反する態度で、あたかもこの伝統を破壊するかのように見える。しかし往時の句を拾い集めて咀嚼するものと、新奇を衒って言辞を弄するものとは、まったく違うところがない。前者を文学遺産の継承、あるいは張三李四（「凡庸な人間」の意）の模倣の技巧論といい、後者を古い酒瓶に入れた新しい酒、あるいは民間のなかに埋没する技巧論という。[26]

後者の「民間のなかに埋没する技巧論」は、当時の大きな論争であった「民族形式」「大衆化」の問題に直接関係し、やがて延安文芸講話路線との決定的な相違点となっていく。阿壠は言う。

我々の国には早くからおびただしい山歌や方言があったが、我々は詩の国などには決してなれなかった。まして詩の民族にもなれなかった。我々の生活は、人間らしい生活ではないし、まして詩の生活であるはずがない。（中略）もともと山歌という形式は過去の形式であり、進歩したいという要求を持つ言語を奪い取ってきて（山歌を）構成することなど不可能なのである。一方、進歩を要求する言語のほうからみても、敵対するような過去の形式に対しては猛烈な反撃をするものなのである。方言という言語は原始的なものであり、荒々しく粗雑で、直接に詩の言語とは決してなり得ない。[27]

こうした「小手先の技巧論」の否定に立ち、阿壠は詩の言語について考察を進める。

社会一般の言語と芸術一般の言語の相違は、後者が情緒と思想を包括しているところにある。そして詩の言語とは、とくに情緒を包括するものでなければならない。しかし詩の言語にはもとより何らかの思想が欠如していてはならず、しかもこの思想は最高のものでなければならないだろう。このことは、「思想は偉大な文字である！　もし人類の尊厳が思想のなかに隠されていないとすれば、それは文字のなかに隠されているのだ」と、プーシキンが言うところのものと同じである。しかし詩と詩の言語において、思想は情緒によって浸透されたものである。あるいは、それは情緒のなかに溶解してしまったものなのである。(28)

客観的存在としての言語が詩人の手によって創造に委ねられるとき、阿壠は詩人の情念をもっとも重視した。そしてこの引用から、阿壠の重視した情念が「ある思想の強い影響下」に成り立つものであることが読み取れよう。中国近代文学で「思想」という言葉が出ると、ただちに特定の主義主張を思い浮べるのが常であるが、ここではそうではない。阿壠の言う思想は詩人の内面で行なわれる哲学的思索を指しているのだ。詩人のある事象に対する思いが詩人の心を動かし、一つの情念を生む。そしてこの情念が、詩人の創作過程を経て、ある必然的な言語と結びつく。ここに詩が成立するのである。ではこの必然的な言語とは何か。阿壠は次のように説明する。


詩の言語とは思弁の言語ではなく感染の言語である。

詩の言語は客観描写の言語ではなく主体の陳述する言語である。

一粒の麦が一つの生命を宿しているように、一つの暗示は一つの世界を有している。

詩の言語が韻律の言語といわれるのは、この言語が情緒の旋律の充足を内在していることを指しているのであり、外部から加えられる音声の繁雑な音色のことではない。[29]

ここで阿壠は詩の言語の情緒性とともに、詩の言語の持つ高い暗示の力と、そこに内在する韻律の充足を指摘している。ある情念が詩の言語となるとき、詩人の世界がそこに暗示的に展開していくのだが、この展開は詩人の情念が要求するある韻律の作り上げる世界となって、我々読者の前に現われる。ここで注意しなければならないのは、阿壠のこのような詩的言語に対する考え方が、初期象徴主義の詩人マラルメの発想に、きわめて似通っていることである。マラルメはその詩論『詩の危機』のなかで次のように指摘している。

話すことは、事物の現象に対して、ただ物々交換的な関係しか持たない。文学では、現実とは、暗示の対象とさえなればよく、事物のもっている性質は、そこから引き出されて、観念という形で実体化される。

一般大衆にとっては、言語はまず、通貨のように物の価値を簡単にあらわすための物である。しかし「詩人」のもとでは、それとは反対に言語は何よりもまず人間の心の底からほとばしり出る夢と歌であり、虚構の世界を作るための芸術に材料として使われる必要上、その虚構性をとりもどす。

詩を作るという行為は、まず、一つの思想が等価値のいくつかの主題に分裂するのを、突然眼の前に想い浮べることであり、次に、その分裂した主題を、語でもってふたたび組み上げることだからである。これらの主題はたがいに韻を踏む。外形から見た詩篇の特徴とは、詩句が共通の拍子をもっていることと、それを最後に結び合わせる韻の一撃とである。[30]

ここで阿壠の詩論の特徴である、一般の言語と峻別された詩の言語、情念の表出としての言語、詩における思想と韻律の必然的結合、必然的な言語のもつ暗示性、という四点が、いずれもマラルメの主張と一致していることがわかろう。また偶然とはいえ、詩の言語の対極にある一般の言語の比喩に「貨幣」を使っていることまで、この二人の詩人には共通しているのである。

一九四〇年代後期に、こうした阿壠の考察はますます深まっていったようだ。詩の象徴性や音楽性に対する彼の論文に、我々はその過程を読みとることができる。

象徴とは詩の昇華した情緒によってもたらされる意象であり、集中された力が向かっていく意象である。象徴された事物は我々の闘争を高度に集中したものである。あるいは闘争の歴史と社会から昇華されて現れたものである。故にそれは表象性を持ち、一読してすぐに理解し納得するものである。[31]

詩の音楽性は、詩の持つ情緒の進行状態と思想の流動の性格によって決定される。それゆえに詩は、おのずから一種の内在的な旋律を持つのである。[32]

我々にとって、言語はすでに理知的で客観的な性格を帯びた事物となった。しかし音楽は、現代音楽に至るものまですべて、そのほとんどがこんなにも情感的で主観的なものなのだ。言語を一種の凝縮された状態の情感だとすれば、音楽は一種の蒸発した状態の理知だということができるだろう。問題はやはり同じである。[33]

阿壠の詩論の基調は、創作主体が精神的に充実していくとき、その情熱は必然的で、自然な要求のもとに為される技巧性をもって、詩を生み出すということにまとめられよう。またこうして生まれた詩には、必然的に自然な象徴性と内から滲み出る音楽性が付与される。一方、詩を生み出す詩人自身の思想は、個としての誠実さに満ちたものでなければならない。そしてこのような誠実な精神は、一個の人間としての自分自身を見つめることによってのみ得られるものである。逆に言えば、その思想の中に、因習的なものや退嬰的なものの容喙を黙認するような欺瞞が存在するとき、その詩は虚偽の情熱によってこねくられた文字の配列となってしまう。これがいわゆる「客観主義」の現れとして排斥される対象なのである。

現代の文学史記述においてよく見られる、「政治内容を強調するあまり、詩の技巧を無視してしまった」といった阿壠に対する評価がまったく根拠のないことは、もはや言うまでもあるまい。

このようなモダニズムの芸術論と一種の暗合まで持ってしまった阿壠が、その後の中国現代史のなかで抹殺されていくのは、残念ながら、あまりにも当然だったと言わねばならないのかもしれない。

次にこの言語観のうえに立って、技巧的な側面での阿壠の詩論を検討する。

4、詩における必然性としての技巧

阿壠の詩の技巧などについての考察は、羅洛の編集では、「形式の内容に対する関係」としてまとめられており、「節奏片論」、「排列片論」、「形象片論」、「形象再論」、「誇張片論」、「対比片論」、「語言片論」が収められている。「節奏片論」で論ぜられた節奏とはリズムのことであり、詩における韻律を考えるものである。前節での考察から明らかなように、阿壠は詩の韻律をきわめて高く位置付けている。

節奏とは、人類の生命活動の規則的な進行がもたらすものであり、呼吸と脈拍は自然の秩序である。詩の韻律も、この法則から発し、またこの法則に帰結する。しかしこれ（詩の韻律）はさらに高く、力の旋律であり、形式を超えた詩の情緒がこのなかに充満融和しているのである。だから第一に、力の旋律の前に音楽的な旋律は従属的な地位に置かれなければならない。

力の旋律は（詩の）内にあって、ある一つの情緒の包括する各々の因子間の組み合せにより、多種多様な調子の強弱遅速を形成する。(34)

阿壠の言う「力の旋律」は詩人の内的な情念によって発動するものであり、外在する既成の旋律が詩人を動かすのではない。こう考えるから、阿壠は伝統的な平仄の詩を否定するのである。阿壠は詩人の内部生命が要求する自然の旋律を考えた。詩の成立に関する阿壠の思考の枠組みは、このように、すべてに優先して詩人の主体的な有様を問題にするのである。

「排列片論」で論じられる排列とは詩の外見上の形式を指している。伝統的な詩を否定する新詩は、完全な自由体を用いるという論に阿壠は反対し、新詩に「力の排列と美の排列」が必要不可欠であるとする。阿壠によると、「力の排列」は詩の内容を規定するもので、「美の排列」は詩の修辞的側面である。前者は詩の内容の要求する形式であるが、これが逆に内容に大きな影響を与える。また「美の排列」は視覚、聴覚といった人間の感性に働くものであり、詩を最終的に完成させるものである。阿壠は後者を純粋に形式に属するものとしているが、二義的なものとは考えていない。そしてこの説明のために、卞之琳など象徴主義の詩人の詩を引用している。また「力の排列」の例として胡風の詩をあげている。

ここで興味深いのは、阿壠の主張からすると、「力の排列」を強調しなければならないのだが、「排列片論」では「美の排列」の解説のほうが具体的で説得力があるという事実である。これは引用した詩の完成度にも関わることであるが、阿壠自身が象徴主義詩人卞之琳にかなり惹かれていたことを物語っている。阿壠の心の奥に住む詩人の魂は、卞之琳のもつ象徴性や暗示性に富む美しい韻律や排列を、どうしても棄てきることができなかったというべきなのかもしれない。阿壠は「排列片論」の最後にこう述べている。

しかし力の排列と美の排列とは無関係の孤立したものではなく、甲が是なら乙は非という関係でもない。これらは協調した統一体であり、それぞれの異なった構成条件が交錯し、あるいは完全に、あるいはある程度に重なり合うものである。そして機械化の対極にあるものである。[35]

この強引ともいえる結論は阿壠の願望と読むべきだろう。原則的に一体のものとして「力」と「美」を考えたいのだ。

「形象片論」と「形象再論」で論じられる「形象」とは、たとえば活字の字体や写真、あるいは絵画などを詩の装飾に使う技巧を指している。阿壠はこういう技巧を、詩における外道として厳しく批判し、次のように断言する。

これらの形象は半植民地インテリゲンチャの頼りない苦悶であり、一種の自慰的な過敏症の嘔吐物に過ぎない。[36]

(詩の形象化は) 何よりもまず詩の空虚と詩人の情緒の凡庸、そして貧困である。それはあたかも醜い婦人が好んで濃厚な化粧をするのに似ている。しかしどんなことをしても彼女の青春はとうてい補充できないのだ。[37]

この手厳しい批判の根拠は、阿壠の詩に対する純粋な思いによる。彼は詩の生命を「情感、ただ情感のみ」としている。そして詩の問題は、この情感の詩における到達度の高さと、その完全かつ優美な保証にある、と論じている。詩によって読者に伝えようとするイメージを、あらかじめ写真なり絵画なりで示してしまえば、詩の推敲の労は不必要になる。当時の中国で、文字から遠く離れた大衆を対象として考えたとき、写真や絵画によって主張を伝えようとする方向は、それなりに魅力のある試みだったのだと思う。実際この当時の芸術活動は、あらゆるものを総動員して、より効果的に大衆の覚醒を促そうとする傾向がきわめて強かった。

しかしそれでは、「形象」は不必要なのだろうか。阿壠自身、「形象化」を否定はしない。ただ方法が違うのである。阿壠は純粋に言語による形象の創造を主張している。繰り返すようだが、彼は詩人の情念と思想がその必然的結合において言語と結びつき、そこに当然の結果として韻律を生み、詩の美的成就が完成されると考えていた。いわゆる形象はこの過程において創造され、イメージとして読者に伝達される。つまり詩そのものの生み出す結果が、読者の脳裏に強烈な形象を焼き付ける。阿壠は、この形象の存在を「完全に情感の要求に服従するもの」と位置付けるのである。写真などを通して安易に与えられるものではなく、言語自体の持つイメージの創造が、阿壠の考える詩の形象だったと言える。

「誇張片論」と「対比片論」で論じられる誇張や対比は詩の技巧としてよく知られている。しかし当時一般的には、とくに誇張を捉えて、芸術に表わされる「真」は科学の真実と異なるといわれてきた。また伝統的な詩歌の世界の成功作も、現実の「真」を求めたものではなく、理想の「美」を表現したものとする論が行なわれていた。阿壠はこれらの観点を単なる技巧論、形式主義の無知と享楽として退け、詩の芸術の出発点を無視した空虚な形式論だと批判した。彼の考える詩の出発点は「情」である。

我々において、いわゆる誇張は、第一に、形体の「真」のためのものではない。故に、第二に、形体の「真」は二義的なものである。しかし、情緒の「真」のために芸術の「真」を完成し、またその結果として形体の「真」は破壊されたように見えるが、実際は、さらに高い水準で、それらは高度に完成されるのである。[38]

詩人の情念の真実の表現のために「誇張」が行なわれる。それは現実の存在形式を破壊するが、現実の有様を突き抜けて、高度に昇華された真実を表現する。誇張によって結実した真実が真理を表現し得るのは、詩人の情緒が現実の世界を厳しく見つめることによって、保証されているからである。そして誇張を保証する詩人の情緒の「真」は、かならず「高揚ではなく、燃焼でなければならない、つまりそれは集中して先鋭化したものでなければならない[39]」と、阿壠は強く要求するのである。

一方、詩における「対比」を阿壠は「誇張」の対極としてとらえた。つまり詩句そのものからは直接読み取れないが、その詩句を通して間接的に、あるいは負の効果をもって読者の脳裏にイメージされる世界である。「対比片論」は次にあげる艾青の四行詩「荒涼[40]」を冒頭に引用し、その評価をめぐって論じられている。

向こうの山には木がない
向こうの地には草がない
向こうの河には水がない
向こうの人には泪がない

「向こう」とは解放区のことである。この詩は共産党支配下の「荒野、土塊、山々、終わりのない労働、貧困、そして恐るべき飢餓という荒涼たる有様を描いている」という評価に対し、阿壠はこの評論家が「文学上の強姦」をしているると糾弾する。艾青が「向こう」の世界を描くとき、詩人の脳裏には強く「こちら」の世界、つまり重慶とそこに代表される世界が対比され意識されている。悲惨荒涼とした山岳に力強く頑健に敵を見つめる人々の眼を、阿壠は艾青の詩から読み取り、同時に、「こちら」の脆弱華美、腐敗混乱が彷彿としてイメージされ心を打つと指摘するのである。

以上の検討から阿壠の技巧に対する考え方の基本が理解できると思う。阿壠は詩人の情念が「真」であるかぎり、当然の結果として然るべき技巧を生むと考えた。詩は詩人の情緒の要求する必然的な言語と結び付き、現実世界の一切の秩序に拘束されず、その世界を展開することができる。それは詩の言語によって、独自の韻律と排列を作り上げた高度の美の世界でなければならない。こうした阿壠の詩論が象徴派詩人にかなり近いものであることは明白であるが、同時にこういう阿壠の姿勢に、芸術家としてのきわめて強い自負を読み取れると思う。

5、阿壠のタゴール観

阿壠におけるタゴールの影響を考える前に、中国のタゴール受容の状況について確認しておきたい。

山室静はその著『タゴール』の中でK・クリペラーニ（『タゴールの生涯』の著者）の言葉を引用して、タゴールという存在を次のように説明している。

「タゴールは西欧の知性の上に、アジアの〈心〉が生きており、単に博物館の中の興味ある見本としてでなく、一つの生きた実在物と見られるべきものであることを、はじめてまざまざと印象づけた」のであり、かくて彼は、「アジアの無視された人間性と、その潜在的な回生力に対する西欧の認識の象徴」になったのだ。[41]

この言葉は最も簡潔なタゴール評価であると同時に、アジアの知識人にとってのタゴールの衝撃の深さを物語る言葉にもなっている。ラビンドラナート・タゴールがノーベル文学賞を授賞したのは一九一三年のことだったが、それ以後彼は自己の信念に基づき、世界各国を歴訪、中国も二度訪れている。その都度彼は熱狂的な歓迎を受けた。たとえば一九二四年四月の訪中は、梁啓超の招待で、案内役は徐志摩が担当した。新聞も連日その動向を追っており、白熱した歓迎ぶりがよくわかる。

タゴール自身も中国に対して熱い感情を持っていたようだ。

私はこのような（中国人の）筋肉のたくましい肉体とこのような律動的な仕事ぶりを、ほかのどこにも見たことはない。その力の一打一打が肉体を美しくつくりあげると同時に、その美しさがまた仕事をも美しくする。（中略）こうして仕事の力と、熟練と歓びとが一つに結集しているのを見たとき、この大民族において、どんなにかその力が国じゅうにひろがり集められているかを、私は深く痛感していたのである。（中略）中国のこの力ゆえにアメリカは中国を恐れる。（中略）このような大きな力が現代の手段を所持した日には、すなわち彼女が科学をわがものにできた暁には、この世界に彼女を妨げうるどんな勢力があるだろうか。[42]

あなたがたはいま、若い生命という天与の贈り物をたずさえてここにいる。それは明けの明星のように、中国の未来の来たるべき日への希望でかがやいている。[43]

この世界への愛と、地上の物たちへの愛が、物質主義に陥ることなく可能であるということを証明するのが、あなたがた中国人の使命である。[44]

このように、タゴールの中国に対する感想からは、おなじアジア人としての強い共感と、アジアの未来を一緒に切り開いていきたいという意欲的な呼びかけがはっきり読み取れる。

タゴールの作品については、中国でもノーベル文学賞授賞後ただちに冰心、鄭振鐸など有力な文学者によって翻訳作業が始まっている（全集の出版は一九六一年）。このような過程で、タゴールの衝撃は次の二つの方向を持つようになる。

タゴールの詩で、特に広く愛唱されてきたものに、次の詩がある。

われらの国の大地と水を、空を果物を、甘美ならしめよ、主よ！
われらの国の家庭と市場を、森と畑を、充実ならしめよ、主よ！
われらの国の約束と希望を、行為と言葉を、真実ならしめよ、主よ！
われらの民族の息子と娘の生命と心情を、一つにならしめよ、主よ！[45]

この詩からすぐに読み取れるように、タゴールが中国に与えた衝撃の第一の方向は、ナショナリズムであった。しかし、彼の言葉や歌がすでに「一切の排他主義や、単に威勢のいいだけの偏狭なナショナリズムの怒号を去った、至高の理想主義を高唱[46]」していることも事実であった。ここで指摘される理想主義は、「真理の旅人」タゴールの深い宗教的な思索と人間愛の哲学に裏付けられたものであったが、ここからいわゆる「神秘主義」の傾向が、中国に与えた第二の衝撃の方向として考えられるのである。『泰戈爾詩選』の序文（一九七九年執筆）で、季羨林は次のように述べている。

私たちはタゴールが一生涯、中国に同情し、中国を愛してくれていたことを知っている。（中略）「衒学趣味」の連中がタゴールを自分たちの主張のために利用したこともあったが、彼はやはり積極的な作用を果たしたのである。彼が訪中して以後、彼の作品は大量に中国語に翻訳された。（中略）だからタゴールの中国に対する影響は、まず詩歌に現れた。二〇年代の中ごろから中国文壇には『園丁集』『新月集』『飛鳥集』などのような小詩が登場しており、タゴールの詩歌の中国新文学萌芽期の文学創作における影響が明らかである。(47)

季羨林の指摘するように、たとえば中国新詩史上大きな役割を果たした「新月社」は、タゴールの詩集『新月』からその名をとって一九二三年に設立されているし、具体的な詩人の名前を挙げれば、この当時、冰心、鄭振鐸をはじめ、徐志摩、卞之琳、そして郭沫若に至るまで、タゴールの影響は明白に認められるのである。

こうしてタゴールの衝撃の第一の方向は、中国ナショナリズムにグローバルな見地からの高い誇りをもたらし、第二の方向は、人間の存在についての思索の重要性を示唆していった。そして第一の方向が公的社会的に広い受容が進んだのに対して、第二の方向は詩人の中に深く先鋭的に根を下ろしていった。こういうベクトルの方位は、中国文芸界が抱えていた矛盾の位相に合致する。つまり延安文芸講話に結実される路線とモダニズムの潮流との、三〇年代からはじまって四〇年代に先鋭化する矛盾である。

中国における特殊なタゴール受容について、多くの詩人が意識的であったわけではない。また彼らからすれば、意識的である必要もなかったのかもしれない。それは第一の方向があまりにも「載道」の伝統観念に一致しており、「社会の要求する文芸の路線」から見れば、ある意味で当然の反応だからである。つまりこの立場からすれば、タゴールの哲学的な傾向は階級的な弱さの現れであり、評価に値しないものである故に、無視できるものだった。一方、第二の方向は、西洋の近代的な文芸のアジアにおける具現者としてタゴールをとらえており、現世的なもの（つまり当面の政治状況など）に対する拘りは、タゴールとは無関係なものとして考えられた。このように巨人タゴールは、分裂した形で受容されていたとみることができよう。阿壠はまさにこうしたタゴールの中国的受容のはざまで、独特の立場を取った文学者だった。それはこの二つの方向の間で深刻な葛藤を展開しながら、自己の文学の模索を続ける苦悩に満ちた足跡だったのである。

阿壠のタゴールに関する論述は、愛情の破綻と流浪の生活を強いられた一九四七年に集中している。最も長編の論述である「タゴール片論」の付記に、阿壠は次のように記した。

　およそ二〇年前になるだろうか、私は『飛鳥集』を読んで一種の歓喜の感情を引き起こされた。そして四川でまた偶然にタゴールを読む機会に恵まれた。しかしそれはもう二〇年も前のことであり、とりわけこの数年、新詩の問題については私自身にもある感触が生まれた。しかもこれまでの人生において多くの喜びと苦しみを経験し、今の自分の人生の道が決められてきている。そこでこの際タゴールについて書いてみようかと思った。[48]

二〇年前、つまり一九二七年ころというのは、彼の文学活動が始まったころのことである。その後の苦闘の人生において、彼はタゴールへの想念を絶っていたように述べているが、一九三九年の長編小説「南京」には、単なる反日のプロパガンダでなく、生命への畏敬や、民族間の憎しみを越えた温かい感情をテーマにした内容も盛り込まれていた。他の詩作に見られる生命の参加を考え併せても、彼のタゴールへの傾倒は一貫していたと見てまちがいないだろう。

次に四川だが、これは彼の人生の大きな転機のあった土地である。ここで彼が「偶然」タゴールを手にしたと述べているのは、修辞上の技巧にすぎない。彼はこのとき自ら「求めて」再びタゴールを通し自己を検討したにちがいない。一九四七年の時点で、まるで修羅のような作品世界の中にいる彼が、三度タゴールの文学を考え直そうとしていることを見ても、これは言明できよう。彼にとってタゴールは何よりも一つの原点であったのだ。

さて「タゴール片論」の中で、阿壠のタゴールに対する論述の「公的」な部分は、次の一節に尽きる。

> タゴールの「創造」論は『創世記』に過ぎず、「表現論」はマジックに過ぎない、「統一」論は絶対論に過ぎない。そしてこの一切は、タゴールの唯心論に過ぎないのだ。つまりタゴールのすべての思想——「智恵」と詩の平方根に過ぎないのだ。(49)

阿壠は徹底的にタゴールを否定しているように見えるが、実は論の展開が屈折している。「タゴール片論」の最後で阿壠は、タゴールを次のように総評しているのだ。

> 真理の立場からみれば、もとよりタゴールは我々にとってマイナスである。しかし人格の面からみれば、彼自身がきわめて大きなプラスを擁しており、我々のトルストイとガンジーに対する見方と同じ地位を与えられなければならない。彼は「詩哲」の名に恥じない人物である。いや、彼は完璧に、真実に、「人類の子ども」なのである。（中略）仮にガンジーの宗教行動が極限において政治行動とならざるを得なかったと言うことができるなら、ここではタゴールの政治的な要求もすでにあまりにも純潔であり、誠実であったがために宗教的な要求に変容してしまったと言うことができるだろう。こういう意味から言えば、同じように、人間が神を「創造」したのである。いやこれは、人が——彼自身が神となったのである！(50)

ここにおいて阿壠は、中国の現下の戦いにおけるタゴールの宗教的思想の及ぼすマイナス面を批判しながらも、タゴールの圧倒的な魅力に沈潜していく詩人の心を自身の内面に確認している。ある意味で阿壠は必死にタゴールから逃げようとしているのかもしれない。この論の結びは、次のような「叫び」ともいうべき言葉になっているのだ。

しかし、それがどのような神であるにしろ、我々は、結局このような無神論者の集団なのである！(51)

阿壠はタゴールの人格を高く認めながら、タゴールの詩の真理を支える宗教性は否定している。しかし本来、真理の否定の上に、「詩哲」「人類の子ども」としての肯定は成り立ち得ないはずだ。それでもなお批判を敢行しようというところに、戦う詩人としての阿壠の必死さが読み取れよう。この矛盾を阿壠の内部において両立させていた論理は、具体的な状況からの発想だったように思う。たとえば、タゴールの「統一」の思想に対し、阿壠は次のように批判する。

人は宇宙を「統一」することはできない。それは心が物質を統一できないからだ。生活がひどく圧迫されて分裂と惑乱のうちにあるとき、「統一」などもとより語り得ないものである。単純で孤立し、枠外にあるが如く超然とした心、あのタゴールのような心こそ無力で哀れむべきものにならざるを得ないのだ。(52)

阿壠の批判を簡潔に言えば、現実の物質世界の具体的な状況が解決されない限り、タゴールの語る生命と愛の充足の世界は実現しないということになる。彼らはその具体的な戦線で日々闘っているが、その実際の生活において、タゴールの夢想はまったく無力であり、無関係の境地である。しかも中国の複雑で厳しい状況においては、マイナスですらある。阿壠は「我々においては、戦闘と大衆の生活の要求においては無用であり、有害である[53]」とさえ論断している。これが彼のタゴール批判の基本構造であるが、ここには重大な問題が潜んでいる。たとえばタゴールの人間愛について、阿壠は次のように述べている。

彼が人を愛しているというのは事実である。しかし別な面からみると、これもまた真実であるのだが、彼が愛しているのは抽象的で観念的な人間であり、一種の哲学と詩の人格を愛しているのである。これは具体的な現実の人ではなく、市井におけるあの凶暴な肉体ではないのだ。彼の愛には魂の美しさと、夢の甘さがある。しかし物質の世界に接触したとたん、彼は目が眩みため息をつき、傷つき、怒りに震えるのだ[54]。（中略）彼は必然的に現実から離脱し、やはり必然的に群衆から離脱する。彼のこの矛盾は彼が歩めば歩むほど遠く離れていくものなのである[55]。

しかしこの年に阿壠自身によって書かれた「対岸」や「去国」の詩境は、まさにここに批判された「目が眩みため息をつき、傷つき、怒りに震える」世界ではなかったか。この引用における「彼」をタゴールではなく、阿壠自身と置き換えても、この論断はそのまま成り立ってしまうように思える。阿壠のタゴールに関する考察は、このように彼自身の生き方への思索と交錯している。つまり彼はタゴールの世界に深い憧れを抱きながら、現実の状況の中から強くこれを否定しなければならなかったのだ。しかもタゴールの文学を批判することは、自己の創作世界を批判することになる。彼の創作主体としての強い自我意識は、人間存在の悲劇を自己の中に縮図として見ながら、その孤立した独自の思索をたどっているのである。しかし闘争の中におかれた公的な彼は、現実の中国の立場から厳しくこれを批判しなければならない。ここに阿壠のタゴール論の難解さの鍵が潜んでいる。

逆に言えば、阿壠はタゴールへの批判を基調にしながら、タゴール的なものの保持の方向を探っていたのかも知れない。これは批判的な論述のあちこちに散りばめられたタゴールへの高い評価から窺い知ることができる。

私はタゴールが優越感にひたって風刺しているとは決して思っていない。そして彼の本当の憎悪が次のようなところにあるとしか思えないのだ。彼はガラスランプへの同情を妨げないが、煙と灰に対しては決して寛容にはなり得ない。——もしもそれらが太空のうちに充満して大地を覆ってしまったら、我々の人生と世界は、どんなに汚濁にまみれた人生、どんなに冷たく凍りついた世界になってしまうことだろう。[56]

総じてタゴールのこのような詩は、どう言われようとも内容が豊富で充実したものである。特に、詩以外で、人生の中において、世界の中において、我々はやはり彼の光輝を借りてたくさんのものを見ることができるのだ。——たとえそこにあるものが彼自身の見ることのできないものであっても、そして見たくないものであっても。[57]

彼ら（ガンジーとタゴール）のは、何と偉大な夢想！　何と偉大な魂であろうか！　この太陽が虹を照らすように美しく、翼をひろげて羽ばたく高尚な空想の前にあっては、疑いもなく、タゴールはガンジーの遥か上にいる。（中略）タゴールはこうしていつも蒼穹を仰ぎ見ているのである。[58]

最後の引用の「夢想」ということでは、別の箇所で阿壠はレーニンも「偉大な夢想家[59]」であるとし、「夢想」が賛美すべきものであることを強調した上で、タゴールの「森林哲学」を論断しているのである。こうなると難解であることよりも、無意識の誤解や、意識的な曲解を容易に生じさせてしまう。難解であるのは阿壠の苦悩の深さを物語るものだが、それが真摯であればあるほど、現実社会での政治的な危険性は高まっていくのである。

タゴール、その一首の小詩は一つの宗教哲学に等しい。その思想、情感と生活は、我々の必要とするものとはまったく異なるが、彼においては、人と自然と神とが、穏やかにそして譲り合いながら一つに融合されている。彼には彼の大いなる抱擁があり、その詩には形象の力が備わっている。それは我が煩瑣な技巧論者の遠く及ばぬところである。(60)

これは阿壠のタゴールに対するほとんど絶賛に近い評価である。阿壠にはこうしたタゴール論に見られる拒否しつつも傾斜してしまう方向とは逆の、傾倒していながら実作に反映されないという矛盾した傾向も見られる。この数年前に書かれた小説「南京」に関しては、毛沢東の『持久戦論』をプロメテウスの火と称えて勝利を確信する記述を残しながら、小説の展開においては、倫理的な勝利のほかは描き得ていない。また、長編の詩「縴夫」でも、この詩に関する多くの論者の賞賛する「勝利への確信」よりも、「一寸の前進」の絶望的な困難にひたすら耐える状況が強調されているように思われる。政治的文脈においては勝利への前進が訴えられていたとしても、文学者阿壠の精神はそれに単純に従っていくことができなかったのではないだろうか。阿壠の全詩論の中で、タゴールに関する叙述は随所に散見されるのだが、それは阿壠がタゴールに詩人として抑えがたい魅力を感じていた証左であるし、また阿壠の文学観の根底に宗教的哲学的境地から生じる人間の尊厳と自然への畏敬が抜きがたく存在していることを物語っているのである。

6、阿壠の詩論に見る「政治」——胡風との差異

タゴールへの傾斜に見られる阿壠の独特な文学意識は、政治との一種の距離感の相違として、胡風と微妙に異なる方向性を示していた。こうした差異については、やはり万同林が一種の傾向の差として指摘している。

詩における審美的体験についていえば、胡風も阿壠も人間性の深刻な描出を旨としていたが、胡風に社会と歴史の側面への情動の偏りがあったのに対し、阿壠には宗教的・哲学的境地への沈潜の傾向があった。だから胡風が多くの友人の中でより強い好感を抱いていたのは魯藜であり、阿壠ではなかった。詩友でさえもこのようだったので、文壇から忘れ去られた阿壠は、いっそう孤独で凄惨に見える。それゆえであろうか、あの『白色花』はあんなにも冴え冴えとして美しいのだ。(61)

阿壠と胡風の傾向の「差」をもたらしたものは、もちろん文学者としての資質の差であったのだろうが、より決定的な因子は文芸における「政治」の位置に関する概念の相違であったと思われる。極言すれば阿壠と胡風の文芸観の相違というべき境地だった。こうした相違について無意識だったと万同林は述べているが、阿壠自身やはりこの差異を意識していたのではないだろうか。これまで見てきたとおり、しばしば阿壠は自分の文学が理解され得ないことを感じて、その理由を「自分の筆力の至らなさ」と述べ、深い嘆きを残しているが、そこにこそ阿壠の特異性があったのだ。

胡風の文芸観における「政治」は、現実の状況にきわめて密着した、いわば政治戦略的な意識を強く持った「政治」であった。たとえば胡風は次のように語る。

（「民族革命戦争で獲得された基礎」について）第一は国民の精神を普遍的に奮い立たせたことであり（中略）第二は啓蒙教育活動の広大な展開である。

（「いくつかの結果」について）第二に、既成作家たちは自己再教育の道を歩み始めた。それは一般的には深刻な過程であるといわれる（中略）そこで彼らは予想もしなかった新しい天地を発見し、これによって彼ら自身の認識を豊富にし、修正さえもするに至った。またこれにより、その創作方法を高めたり改めたりし、さらに広々とした道へと歩みはじめたのである。(62)

ここに見られる論調はこの時代の胡風の基本的な立場であった。本書第四章で長編小説公募の際の顚末に関連して、胡風と郭沫若の啓蒙をめぐる論争を紹介したが、胡風は文芸の向上を強調する自己の主張を徹底させる道は選ばなかった。啓蒙の必要性を十分に認めているという立場を見せたのである。それは当時の政治情勢をしっかり把握した身の処し方だったと言えよう。強調される「啓蒙」と「改造」に即して言えば、胡風の政治的な文芸観は社会主義文芸理論に原則的に添う形で展開しており、毛沢東の「延安文芸講話」の理念にも基本的に近い立場だったとしても過言ではない。(63)胡風は当面する政治課題、あるいは文芸の今日的課題を常に意識していた。またそれゆえに彼は柔軟な考えを持ち得たのである。(64)

一方、阿壠にとっての「政治」は、ほとんど「生活」「人生」と同義語であった。阿壠は『詩と現実』巻頭の「引言」における「矢の方向」と並ぶ詩論「我々が現在必要なのは政治内容であり技巧ではない（我們現在需要政治内容、不是技巧）」で次のように主張している。

（詩に込められる）いわゆる政治内容とは、政治上の出来事や政治的な要求と詩で直接切り結ぶものばかりではない。生活の情緒を通してその日常の様相や感覚、あるいは衝動といったものを描くことでも、まったくかまわないのである。

ため息も政治である。リンゴの木も政治である。（中略）

いわゆる政治内容とは、覚醒した労苦人民の戦闘要求でもって現実生活の真実を突き破り昇華させるもので、人民の政治闘争を豊かにし、これと結合するものである。これは政治概念の空虚な反復ではないし、また絶対にそうであってはならないのである。あの内から外に向かうものではない、いわゆる「注入方式」の政治概念とはまったく違うのだ。(65)

阿壠は「ため息も政治である」「リンゴの木も政治である」と説く。「社会性を持ってはじめて人間と言える」と主張する胡風とその友人たちの共通認識は、当然の結果として、政治を際だたせることになるのだが、阿壠は人間の生きる姿そのものを「政治」ということばで言い表したに過ぎない。また「概念」の空虚な「注入方式」（これはある意味では「啓蒙」の一種の姿である）に対する戒めも、阿壠の文芸観をよく表したものと言えよう。別な言い方をすれば、阿壠の「政治」意識はとりもなおさず、創作する主体の側の在り方を規定する概念だった。だから当面する政治的課題や任務に応える文芸創作よりも、主体である作家や詩人が現実と格闘する姿勢自体と、その格闘の中から生み出される苦悩の描出に傾斜していくのである。

ここに見られた胡風と阿壠の「政治」を巡る感覚の差異は、彼らの文学の質に大きな影響を与えるものであった。つまり端的に言えば、その時期その時期の状況に敏感に反応して文学の課題を見いだし、臨機応変とも言える文筆活動をしていた胡風に対し、阿壠は、過酷な現実を自己あるいはその時代の文学者に課せられた「宿命的状況」として捉え、その中に生きる自我の内面へ、内面へと創作の道を深めていったのである。

こうした方向が顕著となる時期こそ、一九四〇年代であった。この時期、阿壠には、「文学」を「革命のプロセスにおける道具」と見る組織への理念的な同調と、文学創作自体を自分の人生の根源として位置づける文学者の資質とが同時に存在していたと思われる。そしてこれが常に、阿壠に激しい葛藤を引き起こす火種だったのだ。

胡風文芸思想の中核たる「主観戦闘精神」は、政治的状況に対する創作主体自らの意識的な関与のあり方を強く主張しているのではあるが、同時にその主体重視の傾向性が、自己の存在に関する深刻な思索を紡《つむ》ぐ精神力になって、本来の字義通りの姿で静かに浸透していたのも事実なのである。新しい時代を迎えるための現実の闘争は複雑化・先鋭化していき、渦中にいる知識人に単なる方法論だけでなく、内的な考察の種を蒔《ま》いていったというべきだろう。自己の内省を深めていこうとする欲求は、誠実な知識人にとって抑えがたいものであり、自然な趨勢でもあった。阿壠のタゴールをめぐる創作と理論の軌跡は、このことをよく説明している。

7、阿壠文学の特異性——予言としての詩

阿壠の詩論を概括的に評するとすれば、次のように言うことができるように思う。

阿壠の模索した新しい詩の高処は、マヤコフスキーやプーシキンのロマンティシズムをもちながらも、限りなく象徴派詩人の試行に近付くものだった。これは意識としてはタゴールの民族性と神秘主義をもち、ランボーやボードレールの破壊に共鳴するもので、方法としてはマラルメに近いものだった。そしてこれは宣伝の道具としての文芸を拒否した胡風の段階に留まらないものだった。これらの事実は、阿壠が当時の詩壇において特殊な存在だったことを明示している。近代知識人の心を持った芸術家が、当時の中国に偶然あるいは宿命的に置かれたとき、しかも彼が自己の良心に忠実に生きようと決意したとき、この芸術家はどういう状態になるだろうか。阿壠の抱いた葛藤はまさにこ

のようなものだったと思われる。

阿壠の前には、つぎつぎと新しい闘いの要請が現われた。「延安文芸講話」を経て、それは一種の総動員体制となり、文芸は思想宣伝の一環に据えられていく。抗日の闘いとそれに継ぐ解放戦争の高揚のなかで、阿壠は闘争の進展と反比例する文芸界の砂漠化を感じていたのではあるまいか。民族の解放独立は本来、一切の抑圧からの人間の人格の解放でなければならない。それは当然、新しい高度な文芸を人々にもたらすはずなのだ。ところが、阿壠の生きた現実は、着実にこの方向から逸《そ》れてゆくものだった。人格の感じられない言葉だけの「理想」的な詩が主流となり、詩人自身の情念の燃え上がるような詩は、レッテルを貼られて否定されていった。阿壠は闘争の方向として新中国誕生を準備しながら、文芸を道具としてしまう機械化には、必死に抵抗しなければならなかった。こういう一見頑固偏屈な阿壠の態度を支えたのは、詩人の魂であり、自身の情念に忠実たろうとする不屈な自負心であった。

阿壠の人生を振り返ると、詩人阿壠の情念の核が明白に見えてくる。その核の基底には、少年時代からの芸術に対する嗜好があり、天性の才能があった。この基底のうえに民族の危機に立ち向かう軍人の精神が一つの極を形成した。「軍人」という言葉には、文学とは相いれない否定的なイメージが付きまとうのだが、歴史的政治的条件を吟味していくと、阿壠にとっての「軍」は、国民党と共産党という枠組みまで取ってしまった、一種純粋な、あるいは原初的な「戦闘集団」であったと考えるべきであろう。人間としての尊厳を守る最前線に、阿壠のイメージする「軍人」が屹立している。逆に言えば、誇りと魂を失った「軍」は党派性に関係なく阿壠の拒絶するところだったのである。

阿壠は実際にこういう意味での「軍人」であり、実際の戦闘に参加し、重傷を負って撤退するまで力の限り戦った。しかし彼は、それ以上に、より精神的な意味で、怒りに燃えた「戦士」であったのである。これは戦略の善悪に拘らず、ひたすら与えられた任務のみに忠実なロボットのような軍人との大きな違いである。この戦士の魂が阿壠の情念の重要な極となった。

もうひとつの極には、言うまでもなく、亡き妻への深い愛情がある。妻との愛情生活はまさに嵐のように過ぎ去ってしまったが、そのあまりにも悲劇的な突然の終結が、阿壠の一生負い続ける恋着と自責の想いとなった。これは絶えず阿壠に内省を促すものであり、神秘的ともいえる哲学的思考に阿壠を導くものであった。

阿壠の情念をかきたて続けさせた二つの「極」、この二つの極は阿壠という詩人を動かすエネルギーの源であった。それらは激しく反発しあいながらも一体となって、阿壠の創作を導いていったのである。敢えて言えば、前者の極が政治に影響されやすいのに対し、後者は完全に個我の支配下にあり、阿壠にとっては、この極の放棄は、詩人であることを止めることであった。そればかりでなく、個我を棄ててロボット化することをも意味していた。このような資質と情念の持主が、結果的には象徴主義的な傾向となるのは、至極自然な道筋であると言わねばならないだろう。阿壠は胡風らの政治的「主観主義」とは足場の違う、ある意味では力点の違う、文学における個としての創作主体を重視する、一種のヒューマニズムの道を歩んでいたのである。

阿壠の詩におけるこうした特異性を考えるとき、その究極の高みに、予言あるいは予知としての詩という概念に辿り着く。万同林はこう指摘している。

阿壠の詩創作における直接の触媒となったのは、彼の遭遇した愛情の問題であったかもしれないし、また自ら国民党を裏切って共産党に軍事情報を提供していたことの惹き起こす内心の自省であったかもしれない。しかし彼の詩に内包されるヒューマニズムと生命尊重の意識は、触媒それ自体を大きく超越し、その時代の担っていた人生と運命のすべてを貫き、未来の生活の基本的価値観念と最終的に思慮されうる種々の変数を予言していた。そうすることによって、アプリオリにではなく人が感性で知見しうる宿命を代弁していた[66]。

阿壠自身、予言としての詩の意義について充分に自覚していた。「矢の方向」の最後に阿壠は次のような注目すべき表現を残している。

詩人は光明を歌い賛美する。しかも無上の知恵と最高の意志を通して明日の光明を歌い賛美する。この意味において詩は予言である。詩人はいつも光明の予言を作り上げる。（中略）予言それ自体には必ず歴史の、そしてそれ自身の真実性が備わっているのだ。（中略）予言、それはどんなに美しい詩であろうか！(67)

阿壠の「矢の方向」はこういう文を綴った後に、「さあ、我々は明日を予言しようではないか（讓我們預言明天吧）！」と高らかに宣言して終わっている。詩人は歴史の必然性を自覚しているからこそ、真実に触れ得て未来を歌い上げることができる。真の詩人は予言の中にこそ存在するのだ。そして阿壠は「予言は詩人の本能であり、職務でもある(68)」と断言する。この言葉通り、阿壠はまさに真の詩人であった。阿壠のその後の人生において、中国に生きる人々の希望に満ちた未来を見つめながらも、自身の肉体と魂の双方から流されていく血を覚悟していたのかもしれない。「矢の方向」には、次のような言葉も残されており、自身の宿命に対する阿壠自身の決意が感じられるのだ。

イエスを売ったユダは、イエスを売ったのではなく、ユダ自身を売ったのだ。
身を売って裏切った詩人は革命を売ったのではない。革命は一人の裏切者の卑小な力で売り棄てられるものではない。彼が売り棄てたのは、僅かに彼自身の呪わしい魂だけだ。
しかしながら、ユダは十字架においてイエスの血をどんなに無残に流させたことだろう、そして身を売って裏切った詩人は、真理と正義の歴史の中にどんなにひどい受難を組み込んでいったことだろう。(69)

ここで述べられる裏切りの凄惨な図は、一〇年後の阿壠とその友人たちを実際に襲う冤罪の構図そのものだったのである。真実を射抜く予言に、慄然とするほかない。

この項の最後に、阿壠の残した作品の精粋ともいえる二篇を紹介し、本章を閉じることにする。前述した成都の文芸誌『呼吸』創刊号に、阿壠は署名亦門で「珠」と題する詩を発表している。この詩について阿壠は、この雑誌の後書き「一期小結」で誰からも理解され得ない「詩の不幸」という表現をしている。

海の潮と生い茂る藻の暗礁の中にあって
　干上がった砂礫の浜に打ち上げられ
　　白い羽根の海鳥に啄まれたりもし
そしてまた海藻とともに波間に吐き出されたか――

（中略）

そして潜水夫が海底の藻草に絡め取られて白骨の姿となってしまったころ
　そして親貝が、やはり浪花と砂礫の類の貝殻になってしまったころ
　　いっそのこと深海に沈みゆき、泥砂に埋もれ、存在に忘れ去られようとしても――
しかしどうしようもないことに、真珠よ、それは永遠に隠すことのできない一粒の光なのだ！[70]

これは五連からなる詩で海の奥深く沈みゆく珠玉の真実の光を歌うものである。繰り返す波のような詩句の配列と韻律に対する工夫は、引用した最初と最後の一連からでもすぐに読みとられよう。第一連は「真珠」をのみ込む海の

描写だが、ここでは「真珠」という言葉自体が現れてこない。第二連は町の市場で、第三連では女性たちの装飾の中で、第四連では詩人たちのサロンの中で、それぞれ真実の「珠」が決して存在し得ないことを歌い、最終連で、すべてが空虚となる海底に沈みゆく珠玉に向かい、「いっそのこと深海に沈みゆき、泥砂に埋もれ、存在から忘れ去られようとしても」それは無駄なことで、真珠こそは、「永遠に隠すことのできない一粒の光なのだ」と歌いかける。

この抽象的な詩は、直接的には愛妻の消失を契機にしながら、真理の探究の困難さとその継続の意志を表現しているのがわかる。「詩の不幸」と言い切り、理解され得ぬ詩を作り続ける詩人の覚悟は、単なる諦念や孤独感を超えて芸術家としての孤高の精神性をも表現しているように思える。阿壠は自分の性格と自作の詩の特異性を意識し、自身の行く末の蕭然たる光景までも予知していたのだろう。

これは阿壠の文壇における最後の作品にも続いていく傾向だった。阿壠の遺作集『風雨楼文輯』[71]には逮捕直前までの阿壠の随筆の一部が掲載されている。これらの原文は、前述したように、遺族の委託を受けて現在北京の魯迅博物館が「胡風文庫」に保管している。阿壠は最後まで自由の精神の輝きを失っていなかったことが、これらの文章の隅々に明確に現れている。阿壠は「言語（語言）」と「個性」について、次のような言葉を刻んだ。

言語は、詩人自らの体温を帯びている。
詩人の体温が人に感染する。
生活の言語だけでなく、性格の言語でもある。
詩に関して、風格に関して、詩の言語に関していえば——
それは、人格の声である。[72]

個性を取り消すこと――不可能だ。

個人主義は、当然集団主義の対立物である。

しかし個人主義と集団主義を混同してはならない。

（中略）

集団は桎梏ではなく、統一だ。

個性が集団を豊かにするのだ。個性が解放され、必然の中で自由を獲得するときに。

集団が個性を発展させるのだ。集団が個性を解放し、さらにすべてを統一するとき、集団は発展の動力となる。

太陽が惑星を従えて進んでいくように。(73)


言語が「詩人自身の体温を持つ」「生活と性格の言葉」であり「人格の声」であるという主張は、前掲の「語言片論」の延長にある。この基本的な立場から阿壠は、消滅し得ない「個性」が「集体（＝集団）」の対立物であることを認めつつ、その集団とは桎梏の結果ではなく、個性と個性を結ぶ統一でなければならないと説き、個性が解放されて自由を得たとき、はじめて豊かな統一が実現すると主張する。この論理は、文芸主体の独自性を強く意識した四十年代の彼の論調にいっそうの拍車をかけ、さらに前進させたものとも言えよう。阿壠は文学界の全体主義的な閉塞状況に全力で立ち向かっていたのである。そういう権力の構造にがっちり組み込まれていく文学の未来も、そしてその中で生きていかなければならない自己の姿も、阿壠の脳裏には明瞭に予感されていたに違いない。

本章で扱ったのは阿壠の詩と詩論に関する極めて初歩的な紹介と雑駁な感想に過ぎない。阿壠の詩の全体像については、まだほんの端緒を開いたばかりである。阿壠研究が政治的な側面ばかりでなく、その芸術性の深みを真剣に探るときにはじめて、阿壠の優れた業績がはっきりと姿を現わすはずだ。本章がそのために幾分でも貢献できれば、まさに幸甚である。

注

（1）前掲『人・詩・現実』第四章（注11）参照。
（2）前掲『人・詩・現実』では、原本を、「一、論形式対於内容的関係（形式の内容に対する関係を論ず）」、「二、論内容（内容を論ず）」、「三、論詩人和作品（詩人と作品を論ず）」の三分野に再編集して載せている。
（3）前掲『人・詩・現実』、羅洛による「序」、二頁。
（4）万同林著『殉道者』、副題「胡風及其同仁們（胡風及びその同仁たち）」山東画報出版社、一九九八年五月。
（5）張中暁（一九三〇～一九六六）胡風事件の被害者の中で最年少の文学者。繊細な思索の跡を誠実に綴る随筆を残す。迫害されて病苦と貧困の中で死去。耿庸著『未完的人生大雑文』（上海遠東出版社、一九九六年三月）に詳細な記載がある。張中暁遺稿『無夢楼随筆』（路莘整理、上海遠東出版社、一九九六年二月）。『無夢楼全集』（武漢出版社、二〇〇六年一月）。
（6）前掲万同林『殉道者』三九五頁。
（7）同右、四三二～四三三頁。
（8）路莘は現代文学評論家で耿庸夫人。耿庸については第一章注13参照。ここで引用した胡風問題に関する三点の指摘は、万同林が路莘と耿庸から得た七項目の示唆に含まれる。前掲万同林『殉道者』二～三頁に掲載。
（9）厳家炎著『中国現代小説流派史』人民文学出版社、一九九五年一一月、二九三頁。
（10）潘頌徳著『中国現代詩論40家』重慶出版社、一九九七年九月、三九七頁。
（11）前掲『人・詩・現実』七頁。
（12）同右、八頁。
（13）同右、九頁。
（14）同右、二〇頁。
（15）同右、二二～二三頁。

(16)同右、七〜八頁。
(17)同右、「霊感片論」一二一頁。
(18)同右、「矢の方向」二四頁。
(19)同右、「自我片論」一五三頁。
(20)同右、一五四頁。
(21)同右、一五六頁。
(22)同右、「『白毛女』片論」二八七。
(23)同右、「語言片論」七〇頁。
(24)同右、七〇頁。
(25)同右、七三頁。
(26)同右、七五頁。
(27)同右、八二頁。
(28)同右、八八〜八九頁。
(29)同右、八九頁。
(30)『マラルメ・ヴェルレーヌ・ランボオ』鈴木信太郎訳、筑摩世界文学大系48、一九七四年五月、五〇〜五一頁。
(31)阿壠前掲「象徴片論」『詩与現実』第二分冊一一〇頁。
(32)同右、「技巧片論」第二分冊二〇六頁。
(33)同右、「『音楽性』片論」第二分冊二三二頁。
(34)前掲『人・詩・現実』「節奏片論」三三頁。
(35)同右、「排列片論」四四頁。
(36)同右、「形象片論」四七頁。
(37)同右、「形象再論」五三頁。
(38)同右、「誇張片論」六一頁。
(39)同右、六四頁。
(40)艾青(一九一〇〜一九九六)本名蔣海澄、浙江省出身、詩人。一九三〇年代の代表作としては詩集『北方』『大堰河』などがある。反右派闘争で追放され、一九七九年に名誉回復、その後中国作家協会副主席。四行詩「荒涼」は、茅盾主編の『文芸陣地』第七巻二期（一九四二年九月）に掲載された。なおここで問題にした艾青批判は雑誌『長風文芸』第一巻六期掲載の「論小詩」であるとされているが、著者名は伏字となっている。前掲『人・詩・現実』「対比片論」六五頁。

(41)『山室静自選著作集』巻八（郷土出版社、一九九二年五月）、六二頁。

(42)『日本紀行』、『タゴール著作集』第一〇巻、第三文明社、一九八七年三月、四三二頁。

(43)「中国の学生におくる」、前掲『タゴール著作集』第九巻、四九〇頁。

(44) 同右、五〇〇頁～五〇一頁。

(45) 前掲『山室静自選集』巻八、五五頁。愛国詩集『スワデジ』所収、中国語訳は冰心『泰戈爾詩選』（人民文学出版社、一九九一年）、五六頁。

(46) 前掲『山室静自選集』巻八、五五頁。

(47) 前掲冰心訳『泰戈爾詩選』一一頁。

(48) 前掲『人・詩・現実』所収「太戈爾片論」一八四～一八五頁。

(49) 同右、一八三頁。

(50) 同右、一八三～一八四頁。

(51) 同右、一八四頁。

(52) 同右、一八二頁。

(53) 同右所収「想像片論」一三八頁。

(54) この部分の原文「然而一到接触了物質的世界、他眩暈而且嘆息了、憂傷而恚怒了」

(55) 前掲『人・詩・現実』「太戈爾片論」、一七四頁。

(56) 同右、「内容片論」九八頁。

(57) 同右、一〇一頁。

(58) 同右「太戈爾片論」一六九頁。

(59) 同右所収「理想片論」一三七頁。

(60) 前掲『詩与現実』所収「形象化片論」第二分冊二二一頁。

(61) 前掲万同林『殉道者』三九九頁。

(62) 前掲『民族革命戦争与文芸』(『胡風評論集』中巻) 七二頁。

(63)「延安文芸講話」との特徴的な相違点は農民階層に対する見方、たとえば農民階層の「落後性」を鋭く分析した次のような箇所に現れている。

農民意識そのものとしては、歴史はおろか自分自身さえもはっきりと理解することのできないものである。農民の文芸鑑賞の能力において、非農民的な赤い糸を明確に貫くことを忘れてはいけない (中略)「農民が絶対多数を占めている」ことだけを見て、「彼らが決定的な作用をもっている」として、成長しつつある民間形式や農民の鑑賞能力の前に旗を揚げて降参してしまうことは、民族解放は無論のこと民族形式の創造においてすら、足を引っ張る作用があったとしても、「何ら」「重要な」「任務」の達成など到底できうるものではないのだ。(「論民族形式問題」前掲『胡風評論集』、中巻、二五四頁)

ここに見られる農民観は確かに重大な相違点であり、「延安文芸講話」路線から大きくずれていると見ることができるが、「自己改造と大衆啓蒙」を重視する基本的な方向において、両者は合致していると考えられる。

(64) 胡風の柔軟な考えの一例として「旧瓶装新酒 (古い瓶に新酒を入れる)」に関する論調をあげておく。胡風は『民族革命戦争与文芸』において、創作上の表現について次のように述べている。

啓蒙的な大衆文化の要求に応えて大衆文芸の空前の発展があったことは誰にもよくわかることだ。戦争の任務に突き動かされて、そして自身の身を投じたところの民衆の要求に突き動かされて、作家たちは民衆の熟知している言語、或いは民衆の受け入れることのできる言語を使って、民衆を教育し、民衆を動員するような作品を創作せざるを得なかった。我々は各種の小さな「新」形式の読み物を持った。我々は鼓詞、相声、唱本から旧劇等々まで、いわゆる「旧瓶装新酒」の旧形式の作品を持つに至った。(前掲『胡風評論集』中巻、七七頁)

胡風はこのように「旧瓶装新酒」の効用を指摘しているが、「論民族形式問題」(同、二二八頁) では現在の「旧瓶新酒」理論として、向林冰らの「単純な民間形式源泉論」を批判している。

(65) 前掲『詩与現実』第一分冊、四一～四四頁。

(66) 前掲万同林『殉道者』三九八～三九九頁。

(67) 前掲『人・詩・現実』二八～二九頁。

(68) 同右、二八頁。

(69) 同右、一〇頁。

(70) 方然編集『呼吸』一九四六年一号 (呼吸社、一九四六年二月) 一六頁。

（71）阿壠著『風雨楼文輯』路莘編、時代文芸出版社（長春）、一九九九年一月。

（72）同右、九〇頁。同書ではなにも付されていないが、北京魯迅博物館「胡風文庫」所蔵の直筆原稿によると、引用文の該当箇所に阿壠による傍点が付されている。

（73）同右、五六頁。

後記　「阿壠評伝」として

本書は阿壠に関する私の調査と研究の成果を総括した一種の報告書であるが、結果的に阿壠の人生と文学の果実をある程度まとめることができたかもしれないという意味で、いささか気が引けるのではあるが「阿壠評伝」と称しても許されるのではないかと思っている。現段階では中国内外を問わず、むろん日本においても、阿壠個人をテーマにした評伝が刊行されていない以上、敢えて本書をその最初の試みとして世に出そうと思った次第である。しかし完成した本書の内容を振り返ってみると、そのあまりに雑駁な文章と、不合理な構成、さらには推測だらけの立論に我ながら慄然としてしまう。わずかこれだけの達成のために、かくも長い時間をかけてしまったのかと忸怩たる思いにとらわれる。

私が『南京血祭』を手にして翻訳を開始した時から、すでに四半世紀もの時間が流れた。この間、阿壠に関して数篇の拙論を発表し、資料の調査報告の機会も作ってきて、二〇一〇年ごろからは阿壠に関する総括的な文書の刊行を公言までしてきた。しかしちょうど本務先で重職を担わねばならなくなったこともあって、一年一年と刊行を引き延ばし、とうとう今年の夏を迎えてしまった。私の研究に寄せられた多くの方々の支援と激励を思うと、自責の念に駆られるばかりである。特に、阿壠のご遺族、旧友の皆さんからはたいへん貴重なお話を伺うことができ、一件の取材から次の方へと紹介されて阿壠をめぐる豊かなネットワークが広がっていくのを実感できたことは、私にとって何よりも得難い収穫であった。しかし同時に、この阿壠旧友のつながりは、非情な時間の浸食を受けねばならぬ過酷な関係でもあった。何と多くの方々が世を去ったことか。私を最初に阿壠の世界に導いてくれた緑原、何度も丁寧に思い出を語ってくれた胡風夫人梅志、力強い小さな巨人賈植芳、事件の陰の論理を熱く語った耿庸、しっかりと自分の近作の計画を語ってくれた路翎、現代文学の作家たちの仲介までしてくれた牛漢、天津の思い出を語ってくれた魯藜、これらの先達はみなこの間に天に召された。私の耳には彼らの優しく力強い声の響きが今もなおはっきりよみがえる。お会いしてお話を伺おうと思いながら、校務の多忙にかまけて連絡をつけずにいるうちに、世を去ってしまった方々も数多い。阿壠晩年までの親友だった羅洛、化鉄、みなこの数年の間にお会いできなくなってしまった。私は自身の取り返しのつかない怠慢が呪わしい。本書の刊行がこうした方々の残された想いに万分の一でも応えられれば、私としてたいへん光栄である。

本書では阿壠の人生の足跡をできるだけ忠実に再現しようと努めた。しかしそれは序文でもお断りしたように、たいへん困難な仕事だった。阿壠が亡くなって半世紀も経ってしまったから調査不能のことも多い、という説明ではとても納得できない事態というほかない。時間の流れから見れば、まだ同時代の健在な方が活躍されている年代である。それにもかかわらず、阿壠の資料の最も根幹の部分、一九三〇年代から新中国建国までの状況は、遺族にさえもすべて公表されているわけではない。公安警察の取り調べで多くの事実が確認されているはずなのに、深く秘されたまま眠っている。当面の政権にどれほど一文学者の行跡が影響を与えるのか、私にはまったく見当がつかないが、史実を史実としてしっかり受け止め、学問研究の領域からなされる判断にゆだねるという態度こそ、市民社会の健全な発展の保証ではないだろうか。こう考えると、阿壠の真実が公開されるか否かは真の国民国家としての成熟度を見る重要な試金石になっていると言えよう。

阿壠関連の出版物も系統的に刊行されてきたわけではない。様々な事情を考慮に入れながら、慎重に、そして周到に一冊一冊と積み重ねられてきたのだ。それは阿壠の旧友、胡風事件の被害者やその家族の皆さんの並々ならぬ情熱と不屈の精神力の賜物である。私はそうした人々の根気強い仕事ぶりに心から敬意を表するのだが、同時に正直に言えば、研究者としては新しい刊行物が出るたびに驚き、時折は戸惑うことさえあった。しかしいずれにしても、阿壠の生涯の真実は、こうした努力の向こうにやがて明らかになるに違いないと私は信じている。

本書の構成は大きく言えば、阿壠の生涯（第一章～第三章）と作品論（第四章、第五章）とに分けられる。そして阿壠の生涯については第三章末尾に、作品については各省末尾にそれぞれ小結論を付してまとめている。ここではそれらを繰り返すことはしないが、阿壠が生涯をかけて追及した文学とは、一所懸命生き抜いていく、その真摯さから迸り出る言語芸術ということができるのではないかと私は思っている。中国文学史においてその系譜を見るならば、魯迅、譚嗣同を繋いでまっすぐ李卓吾につらなっていくのではないだろうか。一方、阿壠に見られる近代的インテリジェンスと自我の意識は、高度な人格の尊重と自律的な社会の構築が意識されてはじめてその輝きを放つものである。思えば、阿壠が曲がりなりにも自由に創作を発表できたのは、抗日戦争の時代と共和国建国前後の数年に過ぎなかった。確かに、それは筆名に身分を隠す必要があったかもしれないし、長編「南京」に至っては発表ができなかったのではあるが、阿壠は拘束されていたわけではなかった。つまり、中国に強固な権力が存在しない状況において、あるいは左右の力関係のバランスにおいて圧倒的な政権が存在し得ない状況において、阿壠の創作は可能だったのである。これは何を意味するのか、私はそれをしっかり見つめることこそ、中国研究に課せられた課題だと思う。

阿壠の生涯については、本書によって初めて明らかになったことがかなりある。残念ながら、推測の域を出ないものも多いのだが、私はそれらの推論についても、できる限りの証明を試みてきた。本書刊行の意義を自己満足的に言わせてもらえば、まさにここにあるのだ。私はこれらの推論にもぜひ多くの批判を仰ぎたい。後半の作品論に関しては、今次の刊行のために大幅に手を入れてはいるものの、基本的にかつて発表した拙論や大学での講義を基にしている。私としては当面のまとめとして阿壠の作品について述べてきたのだが、筆を擱く段階になってみると、積み残した課題が次々に見えてきて、文字通りの意味で、本書など阿壠評価の第一歩に過ぎないのだと、反省を込めて確かめざるを得ない。本書が今後の研究の深化に少しでも役に立つことがあるなら、望外の喜びである。

阿壠は四八歳の時に投獄されてから脊髄カリエスに冒されて衰弱死する六〇歳の年まで、天津監獄の囚人だった。亡くなった一九六七年、獄中の阿壠の存在を知っていた人は、中国にも日本にもほとんどいなかった。しかしながらその年までには、本書の多くの読者がすでに生を享けていたのではないだろうか。先述したように、ある意味でついこの前の現実なのだ。

阿壠、あなたは触れるだけで骨がもろく崩れ、全身が鱗のようになってやせ細っていたという。獄中一二年、あなたは最期の時まで清明な意識を持っていたのだろうか。

林希によって再現された公判の阿壠の姿が、友人たちの見た彼の最後だった。そのしっかりした足取りと頭を上げた表情は、課せられた罪への屈服を断固として拒み、ただ一人、誰にも頼ることなく、そして誰をも巻き込むことなく、自己の無罪を誇り高く物語っていた。獄中の阿壠は時折絶食を続けて激しく抗議したという。そしてその頑固さは看守らに自殺願望とみられることもあったとも伝えられる。私は獄中の阿壠に生命を絶つ誘惑がなかったとは思わないが、彼は厳しく生の道を貫いていたに違いないと思っている。かくも厳しい生を支える思想、あるいは情念とは何だったのだろうか。阿壠の文学から窺えるのは、生命と愛情への深い想念、あまりにも哀しい人の宿命への洞察である。阿壠にとって、民族や国家などもそうしたはかない存在の人間たちに与えられた宿命的な条件に過ぎなかった。ではこうした哀しみをもたらすものは何か、阿壠にはこの問題を突き詰めようとするまなざしが感じられる。もし「神」という言葉を阿壠が嫌っていたなら、超越的存在との魂の次元での対話と言ってもいいのかもしれない。それは万物に神性が宿るとする伝統的信仰ではなく、自我を強く自覚するが故に見えてくる倫理的存在と自身との関係性である。阿壠は「聖者」とも「殉道者」とも称された。生命を賭して、いや生命の重みを知り尽くしていてなおそれを犠牲にしようとする精神、それは極限にまで高められた魂の境地だったのではないだろうか。

本書の最後に、私はやはり「マタイ伝福音書」に記されたイエスの言葉を残したい。在天の阿壠の魂の安らかならんことを。

幸福《さいはひ》なるかな、義のために責められたる者。天國はその人のものなり。我《わ》がために、人汝《なんぢ》らを罵り、また責め、詐《いつは》りて各様《さまざま》の惡《あ》しきことを言ふときは、汝ら幸福なり。喜びよろこべ、天にて汝らの報《むくい》は大《おほい》なり。……汝らは地の鹽《しほ》なり……汝らは世の光なり。

「マタイ伝福音書」第五章より

【謝辞】

本書刊行にあたっては、杉野元子教授をはじめとする慶應義塾大学文学部中国文学専攻の同僚の皆さんの力強いご支援とご協力があり、畏友山本英史教授と長堀祐造教授からは常に懇切丁寧なご助言をいただいてきた。また調査研究においては重慶師範大学靳明全教授、復旦大学李振声教授、張業松教授の周到なお手配とご助力があった。慶應義塾大学出版会の坂上弘氏は出版計画の段階からいつも温かく見守ってくださり、出版にあたっては佐藤聖氏の正確で忍耐強い編集に支えられた。このほか多くの方々のお力添えによって、本書は刊行することができたのである。ここに心からの感謝の意を表したい。

阿壠年譜

一九〇七年　〇歳

三月二九日、杭州市の中流階層家庭、陳家の長男として生まれる。陳家の祖籍は安徽省。本名、陳守梅。生家は古い繁華街の一つである「十五奎巷」にあった。父陳溥泉は税務や金融の仕事に従事、生母との間に二男一女。継母との間に一九歳離れた末弟陳守春。

一九一八年　一一歳

陳一門の私塾に学ぶ。一家の没落に伴って退学、以後独学。特に茶館の外に立ち、中で行われている講談・歌謡などに聴き入り、詩歌の素養を深める。

一九二二年　一五歳

陳一門の助力を得て高級小学校に入学。茶館の外での独学を深め、旧体の詩詞を書き始める。

一九二四年　一七歳

高級小学校を修了。

一九二五年　一八歳

杭州の靴商に「学徒（見習い）」として入職。ほどなく絹商「沈奎記」に転職。これらの商舗はいずれも十五奎巷付近の店と思われる。

一九二七年　二〇歳

勤務先の沈奎記が倒産、失業したが、これを機に商人となる道を拒絶。春、小学校教師の紹介で国民党に入党。遅くとも晩夏までに、杭州国民党一区七分部、および一分部で党内の仕事に就く。「紫薇花藕」の筆名で杭州の新聞紙上に旧体詩と散文小品を発表。この年に独学で英語を学ぶ。

一九二八年　二一歳

国民党内での活動を深め、左派の「改組派」に加入。

一九二九年　二二歳

国民党内で活発に活動、鎮海県党部幹事、杭県党部幹事に就任。

一九三一年　二四歳

杭州から上海に出る。中国公学大学部経済系（社会科学院）に合格、正式な高等教育を受け始める。この間、魯迅の著作を中心とした「五四」以来の新文学作品やソ連文学を主とした外国文学作品の中国語翻訳版を大量に渉猟。

一九三二年　二五歳

中国公学在学中に国民党内で地位が昇格、上海呉淞区党部幹事を半年間兼任、後に実業部江浙区行業管理局弁事員及び科員に就任。この年、中国公学の校舎が第一次上海事変により焼失、退学。同校での就学期間一年。

一九三三年　二六歳
　中華民国中央陸軍軍官学校（黄埔軍校）第一〇期歩兵科に合格、校舎のある南京に移動し、当地で通学する。所属は学生第一総隊歩兵大隊第二隊。学校での実家の登記は「浙江杭県　杭州十五奎巷」。この間に中国共産党地下党員陳道生らと交流を深め、影響を受ける。

一九三五年　二八歳
　初めて「S．M．」の筆名を用いて上海の文芸雑誌『文学』などに自由詩や散文を発表。

一九三六年　二九歳
　筆名「S．M．」の散文「五月二一日」が茅盾主編『中国的一日』に掲載される。この年、黄埔軍校修了。実習期間を経て、陸軍第八八師団第五二三連隊所属少尉小隊長を拝命。このころには実家の焼失や凋落を経て、陳家は「杭州市横紫城巷五十一号韶華巷」に転居していたと思われる。

一九三七年　三〇歳
　八月一二日、所属部隊が上海戦の防御陣地構築のために江蘇から上海閘北に移動、翌一三日、上海防衛戦が勃発、最前線で指揮に立つ。一〇月二三日の戦闘で、小隊指揮中に日本軍の爆撃を受け、顔面右頬部分及び歯牙・顎部を砲弾の破片が貫通するという重傷を負う。前線から撤退を余儀なくされ、実家のある杭州の病院で最初の治療を受ける。その後さらに後方に移り、南昌、長沙の病院に収容される。

一九三八年　三一歳
　春、衡陽の湖南省全省保安団隊督練処に大尉教練官として赴任。七月、武漢に赴き胡風と初めて知り合う。一一月、胡風を通して中国共産党中央委員会長江局の呉奚如と知り合い、その紹介により徒歩で衡陽から西安に向かう。西安において共産党指導下の第一八集団軍弁事処で延安抗日軍政大学入学の申請を行う。冬ごろから抗大慶陽四分校、延安抗大で学び始める。衡陽滞在中、胡風編集の文芸誌『七月』にルポルタージュ「従攻撃到防御」（二月）、「閘北打了起来」（四月）をはじめ、一連の詩作を「S．M．」の筆名で発表。

一九三九年　三二歳
　年初、延安にて長編小説「南京」に着手、前二章完成。四月、歯牙・顎部に潰瘍ができる。発熱を押して野戦演習に参加した際に、右眼球を野草の棘で負傷。西安に撤退して治療を受ける。しかし西安滞在中に延安との交通線が閉鎖され、延安に戻ることが不能に。一〇月、西安で国民政府軍事委員会戦時幹部訓練第四団に少佐教官として就任。七～一〇月、「南京」一章二章を書き直し全編を書き上げる。重慶で刊行された文芸誌『七月』に「S．M．」の筆名で組詩「従南到北的巡礼」を発表。一一月、「従攻撃到防御」と「閘北打了起来」が胡風編集の「七月文叢」シリーズに『閘北七十三天』というタイトルで組み入れられる。このころ、周鈺もしくは何未秀という女性と親しい関係になる。

一九四〇年　三三歳
　二月、ルポルタージュ「斜交遭遇戦」を発表。中華全国文芸界抗敵協会主催の長編作品公募に小説「南京」を投稿、最高の評価を受けるが、諸般の事情により出版不能となる。賞金として四〇〇元を受領。西安で恋愛感情を抱いていた女性との関係を、このころに解消。

一九四一年　三四歳

二月、西安から重慶に向かい、国民政府軍事委員会政治部軍事処第二科に少佐科員として就任、間もなく軍令部第一庁二・三処に少佐参謀として転出。市内較場口近くの山城巷に友人と部屋を借りる。「聖門」「師穆」などの筆名を用い、鄒獲帆、姚奔、曾卓らが重慶で創刊した雑誌『詩墾地』に詩作を発表。

一九四二年　三五歳

詩集『無弦琴』が「七月詩叢」シリーズとして希望社（桂林）から刊行される。このころ桂林南天出版社の依頼で散文集「希望在我」を準備したが、原稿郵送中に遺失。

一九四四年　三七歳

春、重慶の中華民国陸軍大学第二〇期に合格、成都での実習に参加、このとき中佐に昇進。重慶郊外歌楽山の山洞にある陸軍大学宿舎に住まう。成都で平原詩社の方然、蘆甸などと友人として交流、このころから詩歌評論を中心にした文学評論を書きはじめる。五月、初春に知り合った一五歳年下の張瑞と成都で結婚、山洞の重慶陸軍大学宿舎で新婚生活を開始。

一九四五年　三八歳

筆名「阿壠」で論文「箭頭指向」を胡風編集の文芸雑誌『希望』に発表。「人仆」「方信」「魏本仁」などの筆名で同誌に詩作を発表。妊娠した瑞を成都の実家に帰し、週末ごとに重慶陸軍大学から通う。八月、成都にて息子陳沛誕生。

一九四六年　三九歳

三月、抑鬱状態にあった妻張瑞が服毒自殺。四月、長編の詩「悼亡」を完成。夏、陸軍大学を卒業し、成都陸軍中央軍官学校に中佐戦術教官として赴任。軍宿舎に住まい、瑞の実家に息子沛を預ける。この間、国民党軍隊の編制や配置状況などの軍事情報を胡風経由で共産党に伝える。またこの時期、成都において方然や倪子明らと文芸雑誌『呼吸』を創刊し、編集の中核を担う。

一九四七年　四〇歳

『閘北七十三天』を小説集『第一撃』と改題し、海燕書店から出版。上海の新聞『大公報』『時代日報』、および賈植芳、耿庸などの編集による『雑文・諷刺詩叢刊』に詩論や文学評論、政治諷刺詩などを発表。四月、脅迫的な匿名の警告文を受け取る。五月、密かに任地成都から出奔し、息子を瑞の実家に預けて、単身重慶に脱出。阿壠脱出と時を同じくして、中央軍校の手配令状が重慶に到着、阿壠は重慶からさらに実家の杭州に逃避。この時長江を下る船民憲号に詩人緑原一家と同乗。しばらく杭州韶華巷にある実家で父らと生活する。八月、友人の伝手で南京に赴き、偽名陳君龍で南京中央気象局に資料室代理主任として就職。

一九四八年　四一歳

七月、南京の陸軍大学兵学研究院第一六期に中佐研究員として採用される。一〇月、昇進し、南京の陸軍参謀学校に大佐教官として就任。この期間、中国共産党地下組織に軍事情報を提供し続ける。詩、詩論、評論、政治詩などを精力的に書き、『泥土』、『荒鶏小集』、『横眉小輯』、『螞蟻小集』、『時代日報』などの誌紙に発表。

一九四九年　四二歳

年初に詩論集『人与詩』を上海書報雑誌聯合発行所から出版。五月、杭州、上海から国民党軍敗走、共産党政権に。このころまでに国民党陸軍から離脱。六月、北平で開催された中国文学芸術工作者第一次代表大会に招聘される。同年九月、上海鉄路公安局に一時期就職、勤務地は上海北駅鉄路公安処。上海虬江路の北駅鉄路職工宿舎に住まう。

一九五〇年　四三歳

一月一一日、天津に入り、天津市文学芸術工作者聯合会創作組組長および天津文学工作者協会編集部主任に就任。天津文聯宿舎に住まい、息子沛を成都から迎えて一緒に生活を始める。二月、魯藜主編の雑誌『文芸学習』の編集に参加。筆名「張懐瑞」で『文芸学習』誌上に発表した「論傾向性」と上海の『起点』誌上に発表した「略論正面人物与反面人物」が批判を浴びる。九月、現状打破のために毛沢東主席に直訴の手紙を出す。

一九五一年～一九五二年　四四歳～四五歳

詩論『詩与現実』三巻（五十年代出版社）を刊行、すぐに批判を受け出版禁止となる。

一九五三年　四六歳

評論集『作家的性格与人物的創造』を上海新文芸出版社より出版。

一九五四年　四七歳

詩論『詩是甚麼』を上海新文芸出版社より出版。

一九五五年　四八歳

五月、「胡風反革命集団の骨幹（中核）分子」として逮捕され、天津監獄に収監される。

一九六五年　五八歳

六月、絶筆となった上申書（「可以被圧砕、決不可能圧服」）を提出。一二月、天津市中級人民法廷での公判に出廷。

一九六六年　五九歳

二月、天津市中級人民法廷から有期徒刑一二年の判決が下る。八月二日、「罪を認める」態度が良いということで、天津市中級人民法廷から「繰り上げ釈放許可」の宣告があったが、文化大革命の影響で実現せず。

一九六七年　六〇歳

この年の冬までに骨髄炎を発症。三月一七日、監獄の付属施設である天津新生医院で逝去。

一九八〇年　死後一三年

九月、中国共産党中央委員会、「胡風反革命集団事件」の冤罪を公式に認定し、連座した人々の名誉回復を実行。阿壠は「革命のために少なからぬ有益な仕事を成し遂げた」と再評価される。一一月六日、天津市中級人民法院、阿壠に対する原判決を破棄、阿壠の無罪確定。一二月二三日、中国共産党天津市委員会、阿壠の名誉回復を宣言。

一九八二年　死後一五年

六月二三日、天津市文学芸術界聯合会、中国共産党中央委

員会宣伝部、同天津市委員会宣伝部の共催で阿壠と蘆甸の追悼会が開催される。

＊　本表は本文中に訳出した「阿壠略年譜」を元に、筆者の調査結果などを加えて作成した。

参考文献

1、阿壠著作関連

阿壠著『詩与現実（詩と現実）』五十年代出版社、一九五一年一一月。

阿壠著『白色花』緑原・牛漢編、人民文学出版社、一九八一年八月。

阿壠著『第一擊』上海抗戦時期文学叢書、海峡文芸出版社、一九八五年九月。

阿壠著『人・詩・現実』羅洛編、北京三聯書店、一九八六年七月。

阿壠著『南京血祭』人民文学出版社、一九八七年一二月。

阿壠著『風雨楼文輯』路莘編、時代文芸出版社、一九九九年一月。

阿壠著『后虬江路文輯』羅飛編、寧夏人民出版社、二〇〇七年一月。

阿壠著『阿壠詩文集』人民文学出版社、二〇〇七年三月。

阿壠著『阿壠曹白巻』上海文芸出版社刊「海上百家文庫」、二〇一〇年六月。

阿壠著「阿壠致毛沢東信」常楠編『魯迅研究月刊』二〇一二年六月。

阿壠著『阿壠致胡風書簡全編』陳沛・暁風輯注、中華書局、二〇一四年八月。

2、阿壠著作翻訳関係

阿壠著『南京慟哭』関根謙訳、五月書房、一九九四年一一月。

阿壠著『阿壠詩集』、秋吉久紀夫訳、土曜美術出版社、一九九七年三月。

3、阿壠回想・阿壠論関連

緑原著『葱与蜜』生活・読書・新知三聯書店、一九八五年一二月。

蘇予著「藍色的勿忘我花」文芸誌『随筆』一九八九年五期、所収。

冀汸著「詩人也是戦士」季刊『新文学史料』一九九一年第二期、一九九一年五月、所収。

李離著「憶阿壠」季刊『新文学史料』一九九一年第二期、一九九一年五月、所収。

屈小燕著「評阿壠的『詩与現実』」『四川大学学報』一九九一年三期、所収。

梅志著『胡風追想　往時、煙の如し』（原題『往時如煙』）関根謙訳、東方書店、一九九一年一二月。

暁風編『我与胡風　胡風事件三十七人回憶』寧夏人民出版社、一九九三年一月。

耿庸著『未完的人生大雑文』上海遠東出版社、一九九六年三月。

胡風著『胡風回想録』南雲智監訳、論創社、一九九七年二月。

万同林著『殉道者』、副題「胡風及其同仁們（胡風及びその同仁たち）」山東画報出版社、一九九八年五月。

Yunzhong Shu　*Buglers on the Home Front: The Wartime Practice of the Qiyue School* (Albany: SUNY Press, 2000)。

耿庸・羅洛編集、緑原・陳沛修訂「阿壠年表簡編」季刊『新文学史料』二〇〇一年二期、所収。

林希著『白色花劫』長江文芸出版社、二〇〇三年一月。

羅飛「為阿壠弁誣（阿壠のために誣告を解明する――マルクスとエンゲルス合作の書評を読んで）」『粤海風』二〇〇六年第二期、所収。

北京魯迅博物館編『一枝不該凋謝的白色花　阿壠百年記念集』寧夏人民出版社、二〇一〇年一一月。

4、歴史関連

Thedore H.White, Annalee Jacoby, *Thunder Out of China* (N.Y. Apollo Editions, 1961)（中国語訳『中国暴風雨』（美）白修徳、賈安娜著、端納訳、香港、廣角鏡出版社、一九七六年）。

セオドア・H・ホワイト著『歴史の探求』堀たお子訳、サイマル出版会、一九七八年。

山田辰雄著『国民党左派の研究』慶應通信、一九八〇年六月。

小島晋治他著『中国近現代史』岩波書店、一九八六年四月。

中共湖北省委党史資料征集編研委員会、中共武漢市委党史資料征集編研委員会編『中国共産党歴史資料叢書　抗戦初期中共中央長江局』湖北人民出版社、一九九一年。

ルカーチ著『歴史と階級意識』城塚登他訳、白水社、一九九一年四月。

実藤恵秀著『中国人留学生史稿』（十五年戦争重要文献シリーズ）不二出版、一九九三年九月。

黄仁宇著『中国マクロヒストリー』山本英史訳、東方書店、一九九四年四月。

楊鳳城主編『中国共産党歴史』上・下、全四巻、中国人民大学出版社、二〇一〇年一〇月。

重慶抗戦叢書編纂委員会編『重慶抗戦叢書』重慶出版社、一九九五年八月。

韓渝輝他著『抗戦時期重慶的経済』
唐潤明他著『抗戦時期重慶的軍事』
唐守栄他著『抗戦時期重慶的防空』
李定開他著『抗戦時期重慶的教育』
程雨辰他著『抗戦時期重慶的科学技術』
彭承福他著『重慶人民対抗戦的貢献』
王明湘他著『中共中央南方局和八路軍駐重慶弁事処』
重慶日報社編『抗戦時期的重慶新聞界』
蘇光文他著『抗戦時期重慶的文化』
王炳照主編『中国私学・私立学校・民辨教育研究』山東教育出版社、二〇〇〇年一二月。
于風政著『改造』河南人民出版社、二〇〇一年一月。
段躍中著『現代中国人の日本留学』明石書店、二〇〇三年一月。
鄭超麟著『初期中国共産党群像　トロツキスト鄭超麟回憶録』長堀祐造他訳、平凡社『東洋文庫』(七一一、七一二)二〇〇三年一月、二月。
Eric.N.Danielson *Revisiting Chongqing: China's Second World War Temporary National Capital* (Journal of the Royal Asian Society Hong Kong Branch No45 2005)。
前田哲男著『戦略爆撃の思想』凱風社、二〇〇六年八月。
内田知行著「戦時首都重慶市居住者の籍貫構成と職業構成」研究年報『現代中国』八四号、二〇一〇年九月。
段瑞聡著「抗戦、建国と動員」(高橋伸夫編『救国、動員、秩序——変革期中国の政治と社会』)所収、慶應義塾大学出版会、二〇一〇年九月。
山本英史著『中国の歴史』河出書房新社、二〇一〇年一〇月。
笹川裕史著『中華人民共和国誕生の社会史』、講談社選書メチエ、二〇一一年九月。
丸山昇著『文化大革命に至る道　思想政策と知識人群像』岩波書店、二〇〇一年一月。
山本英史編『近代中国の地域像』山川出版社、二〇一一年一一月。
長堀祐造著『魯迅とトロツキー　中国における「文学と革命」』平凡社、二〇一一年七月。

周勇、山田辰雄他編『重慶抗戦史　1931―1945』重慶出版社、二〇一三年七月。
台湾国立中央研究院近代史研究所保管資料『陸軍軍官学校校史』（全六冊、非売、一九六九年六月配布、配布番号六三〇）
楊学房他主編『中華民国陸軍大学沿革史　曁教育憶述集』（三軍大学刊、一九九〇年一二月）

5、その他

ベネディクト・アンダーソン『想像の共同体』増補版、白石さや・白石隆訳、NTT出版、一九九七年五月。

茅盾主編『中国的一日』上海生活書店、一九三六年九月（邦訳『中国の一日――一九三八年五月二一日』中島長文編訳、平凡社、一九八四年五月）。

大内兵衛、細川嘉六監訳『マルクス＝エンゲルス全集』第七巻、大月書店、一九六一年版。

石川達三著『現代文学大系48　石川達三集』筑摩書房、一九六三年。

毛沢東著『毛沢東選集』中国共産党中央委員会毛沢東選集編集員会編、外文出版社・国際書店刊、一九六八～一九七二年。

『マラルメ・ヴェルレーヌ・ランボオ』鈴木信太郎訳、筑摩世界文学大系48、一九七四年五月。

郭沫若著『郭沫若全集』人民文学出版社、一九八二年一〇月。

胡風著「民族戦争与文芸性格」『胡風評論集』、人民文學出版社、一九八四年五月所収。

タゴール著『タゴール著作集』第九巻、第十巻、第三文明社、一九八七年三月。

周而復著『南京的陥落』（『長城万里図』一）人民文学出版社、一九八七年七月（邦訳『南京陥落・平和への祈り』上下、竹内実監修、晃洋書房、二〇〇〇年二月、五月）。

馬蹄疾著『胡風伝』四川人民出版社、一九八九年六月。

李輝著『囚われた文学者たち――毛沢東と胡風事件』上下、千野拓政他訳、岩波書店、一九九六年一〇、一一月。

タゴール中国語訳『泰戈爾詩選』謝冰心、石真訳、人民文学出版社、一九九一年八月。

山室静著『山室静自選著作集』巻8、郷土出版社、一九九二年五月。

厳家炎著『中国現代小説流派史』人民文学出版社、一九九五年一一月。

潘頌徳著『中国現代詩論40家』重慶出版社、一九九七年九月。

路翎著『路翎文集』安徽文芸出版社、一九九五年八月。

張中暁遺稿『無夢楼随筆』路莘整理、上海遠東出版社、一九九六年二月。

朱珩青著『路翎』中国華僑出版社刊、名家簡伝書系、一九九七年四月。

梅志著『胡風伝』北京十月文芸出版社、一九九八年一月。

原民喜著『夏の花』(『原民喜　作家の自伝七一』、日本図書センター、一九九八年四月所収)。

火野葦平著『土と兵隊　麦と兵隊』社会批評社、二〇一三年五月。

石川達三著『現代文学大系48　石川達三集』筑摩書店、一九六三年。

胡風著『胡風全集』湖北人民出版社、一九九九年一月。

胡風『関于解放以来的文芸実践状況的報告(解放以来の文芸実践状況に関する報告)』(『三十万言書』)湖北人民出版社、二〇〇三年一月。

『人民日報』編集部編『関於胡風反革命集団的材料』人民出版社、一九五五年六月。

中国作家協会上海分会編『揭露胡風黒帮的罪行』新文芸出版社、一九五五年七月。

竹内実編集・解説『現代中国文学』12「評論・散文」所収、胡風著「文芸問題に対する意見」(杉本達夫・牧田英二訳)河出書房、一九七一年一二月。

王凡西著「胡風遺著読後感」(長堀祐三訳)慶應義塾大学日吉紀要刊行委員会『慶應義塾大学日吉紀要　言語・文化・コミュニケーション』37、二〇〇六年九月。

黎活仁著『盧卡契対中国文学的影響』文史哲出版社、一九九六年九月。

関根　謙（せきね　けん）
1951年福島県生まれ。文化大革命直前の中国大連で中学時代3年間を過ごす。慶應義塾大学大学院修士課程修了。専攻は中国現代文学。現在、慶應義塾大学文学部教授。共著に『近代中国の地域像』（山川出版、2006年）、訳書に、梅志『胡風追想』（東方書店、1991年）、阿壠『南京慟哭』（五月書房、1994年）、格非『時間を渡る鳥たち』（新潮社、1997年）、虹影『飢餓の娘』（集英社、2004年）、陳染『プライベートライフ』（慶應義塾大学出版会、2008年）、李鋭『旧跡』（勉誠出版、2012年）などがある。

抵抗の文学——国民革命軍将校阿壠の文学と生涯

2016年3月30日　初版第1刷発行

著　者———関根　謙
発行者———古屋正博
発行所———慶應義塾大学出版会株式会社
〒108-8346　東京都港区三田2-19-30
TEL〔編集部〕03-3451-0931
〔営業部〕03-3451-3584〈ご注文〉
〔　〃　〕03-3451-6926
FAX〔営業部〕03-3451-3122
振替　00190-8-155497
http://www.keio-up.co.jp/
装　丁———佐々木由美［デザインフォリオ］
印刷・製本—萩原印刷株式会社
カバー印刷—株式会社太平印刷社

Printed in Japan　ISBN 978-4-7664-2313-6

慶應義塾大学出版会

プライベートライフ

陳染 著／関根謙 訳

現代中国に生まれた鋭敏で聡明な女性が「女」になっていくことを通して、苛烈に変転する国、家族、性、そして「男」を描き、中国文学の新たなアイデンティティを示す長編小説。

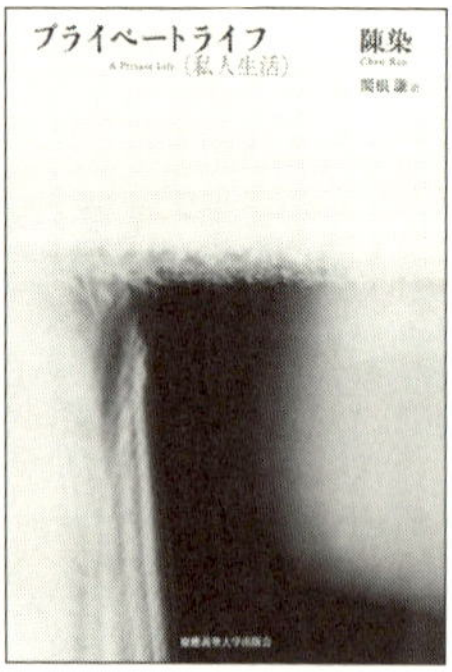

四六判／上製／368頁
ISBN 978-4-7664-1456-1
◎2,400円　2008年1月刊行

◆主要目次◆

表示価格は刊行時の本体価格（税別）です。

慶應義塾大学出版会

熱狂と動員
――一九二〇年代中国の労働運動

衛藤安奈著　1920 年代、開港都市として急激な経済成長をとげた広東・上海・武漢の三都市を対象に、中国共産党と国民党がそれぞれの思惑から労働運動を動員に利用していく過程を、豊富な史料を通じて浮かび上がらせた注目の書。　◎7,000円

陳独秀の時代
――「個性の解放」をめざして

横山宏章著　中国に近代啓蒙思想を持ち込み、伝統的な中国思想を批判し続けた陳独秀（1879年～1942年）の生涯とその思想を、最新の一次資料、関係者への聞き取り調査、中国で著しく発展した陳独秀研究の成果をもとに明らかにする。　◎6,800円

慶應義塾大学東アジア研究所 現代中国研究シリーズ
現代中国政治研究ハンドブック

高橋伸夫編著　現代中国政治の海外を含む主な研究・文献を分野別に整理し、問題設定・研究アプローチ・今後の課題と研究の方向性の見取り図を明快に描く、最新の研究ガイド。　◎3,200円

表示価格は刊行時の本体価格（税別）です。